BASTEI
LÜBBE

Wolfgang Hohlbein
Bernhard Hennen

Das Schwarze Auge

Das Jahr des Greifen

DIE AMAZONE

Fantasy-Roman

BASTEI
LÜBBE

BASTEI-LÜBBE-TASCHENBUCH
Band 20 231

Erste Auflage:
Juni 1994
Zweite Auflage:
November 1994
Dritte Auflage:
Februar 1996

Dieser Roman basiert auf
der Rollenspielserie
DAS SCHWARZE AUGE,
die von der
Schmidt Spiel + Freizeit GmbH
vertrieben wird.

Deutsche Lizenzausgabe 1994
Bastei-Verlag
Gustav H. Lübbe GmbH & Co.,
Bergisch Gladbach
Lektorat: Reinhard Rohn
Titelbild: Larry Elmore
Umschlaggestaltung:
Quadro Grafik, Bensberg
Satz: Fotosatz Schell, Bad Iburg
Druck und Verarbeitung:
Brodard & Taupin,
La Flèche, Frankreich
Printed in France

ISBN 3-404-20231-7

Der Preis dieses Bandes
versteht sich einschließlich der
gesetzlichen Mehrwertsteuer.

Karte von Aventurien
gezeichnet im Jahre 17 Hal
0 100 200 300 Meilen
Yeti-Land
Ifirns Ozean
Bernstein-Bucht
Brecheis-Bucht
Golf von Riva
Sorkten
Berik
Hibrek
Das Orkland
Meer der
Rulat

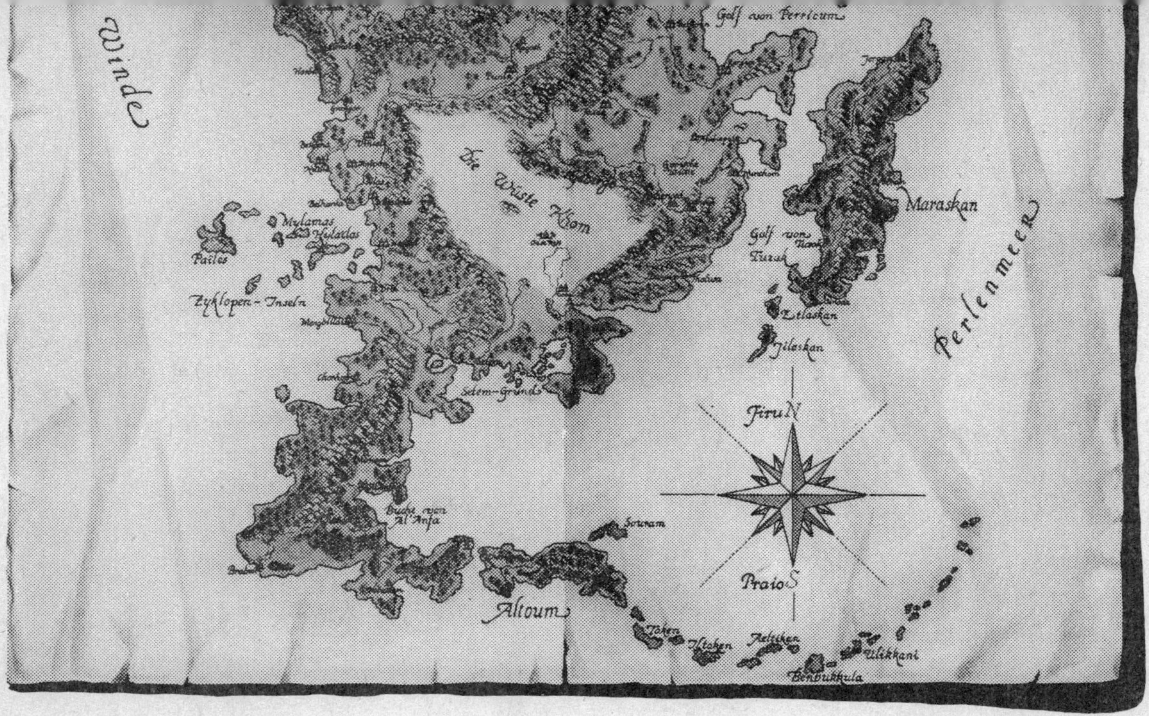
Winde
Golf von Perricum
Maraskan
Perlenmeer
Golf von Tuzak
Tuzak
Die Wüste Khom
Mylamas
Hilatlas
Pailos
Zyklopen-Inseln
Selem-Grund
Bucht von Al'Anfa
Altoum
Sorram
Token
H'Token
Aeltiken
Benbukkula
Ulikkani
Ilaskan
Jilaskan
Firun N
Praios S

1

Die schwache Morgensonne tauchte die Nebelschwaden über der Stadt in ein unheimliches, rötliches Licht.

Wie kalter Atem schlug Lysandra die feuchte Luft ins Gesicht. Unmittelbar vor ihr kauerte Himgi, der Zwergenhauptmann, und starrte angestrengt in den schier undurchdringlichen Dunst.

Die Schwaden waren so dicht, daß Lysandra, wenn sie an sich hinabblickte, kaum ihre eigenen Füße sehen konnte.

Der dumpfe Ton eines Hornes klang von Osten her.

Ganz in der Nähe der Bresche, dachte die Amazone. Drei kurze Signaltöne. Das vereinbarte Alarmzeichen. Also waren sie auch an diesem Morgen wieder in die Stadt eingedrungen.

Die Amazone tastete nach ihrem Schwertknauf. Ob sie wohl bis zur *Fuchshöhle* vorstoßen würden? Gemeinsam mit Himgi hatte sie sich in den Ruinen der ausgebrannten Ställe am Fuß des Turmes versteckt. Eigentlich sollte sie im Purpurgewölbe Wache halten, doch sie hatte das Gefühl hier jetzt dringender gebraucht zu werden als in dem düsteren Gewölbe tief unter dem Bordell. Dort hatte sie ohnehin nur einen jahrhundertealten Runenstein zu bewachen.

Als vor dem Morgengrauen wieder dichter Nebel vom Fluß her in die Gassen der Stadt gezogen war, hatte sie kurzentschlossen fast alle Wachen von dort unten abgezogen und ihre Kämpferinnen rund um den Turm verteilt.

Hier draußen war sie dann auf Himgi gestoßen.

Lysandra lächelte. Ja, gestoßen war buchstäblich das richtige Wort. Im dichten Nebel war sie regelrecht über den Zwerg gestolpert, als sie sich an der Wand des ausgebrannten Pferdestalls entlanggetastet hatte.

»Man sagt, daß die Geister unserer Ahnen uns an solch nebligen Tagen näher sind als sonst«, flüsterte Himgi leise, ohne sich zur Amazone umzuwenden. »Die Pforten zu

Borons Reich sollen dann weit offen stehen, und wehe dem, der im Nebel seinen Weg verliert ...«

»Mir wäre es schon ganz recht, wenn sich ein paar Orks vor der Zeit zu Tairach verirren. Mehr als ein halbes Jahr kämpfen wir jetzt schon, und noch immer steht Sharraz Garthai mit seinen Scharen vor den Toren der Stadt. Manchmal glaube ich, der Prinz, das Reich und selbst die Götter haben uns schon lange vergessen ...«

»Hör auf mit deinen frevlerischen Reden!« Der Zwerg richtete sich auf und drehte sich zu der rothaarigen Kriegerin um. »Es steht Sterblichen nicht zu, mit den Göttern zu hadern.«

Fern im Nebel ertönte Waffenlärm und Geschrei.

»Ich glaube, sie sind schon bis zur Webergasse vorgestoßen«, wechselte Lysandra das Thema.

Der Zwerg nickte. »Weiter als gestern.«

Himgi drehte sich wieder um und versuchte mit seinen Blicken den Nebel zu durchdringen.

Der Kampflärm in der Ferne war verklungen.

Wer das Gefecht wohl gewonnen hatte, fragte sich die Amazone. Verfluchter Nebel. Ob er wohl das Werk des Ork-Schamanen war? Vor vier Tagen hatten die Schwarzpelze Verstärkung bekommen. Eine Kolonne von hundert oder mehr Kriegern war in das Hauptlager östlich der Stadtmauern einmarschiert.

Am selben Tag war auch das Wetter umgeschlagen. Der Schnee, der nach der Feuerbestattung Marrads gefallen war und sich wochenlang gehalten hatte, war in weniger als einem Nachmittag weggetaut.

Am nächsten Morgen waren sie von Alarmrufen und lautem Hörnerklang aus dem Schlaf gerissen worden. Dichter Nebel war vom Fluß her aufgezogen und einige Gruppen Orkkrieger hatten diese Gelegenheit genutzt, in die Stadt einzudringen.

Das war der erste richtige Angriff auf die Stadtmauern gewesen, seit der schrecklichen Schlacht, in der Zerwas, die

Magier aus Bethana und so viele andere umgekommen waren.

Bislang hatte es allerdings den Anschein, als wollten die Schwarzpelze nur ihre Wachsamkeit prüfen. An den beiden vorangegangenen Tagen waren die Orks nicht weit vorgestoßen. Sie hatten sich damit begnügt, einige Häuser anzuzünden und einige unaufmerksame Wächter niederzumachen. Dann zogen sie sich schnell zurück.

Gegen diese Art von Überfällen war die Stadt praktisch schutzlos. Selbst wenn man alle Bürger unter Waffen auf den Mauern postierte, würde es nicht ausreichen, die Wälle lükkenlos zu überwachen. Die Orks brauchten lediglich Seile und Wurfanker und konnten dann im Schutz des Nebels an beliebiger Stelle einen Angriff wagen. Solange man kaum weiter als einen oder zwei Schritt sehen konnte, gingen sie fast kein Risiko ein.

Und sie? Lysandra ballte zornig die Rechte um ihren Schwertgriff, sie konnten fast nichts machen, außer im Nebel zu stehen, Wache zu halten und auf die Angriffe der Orks zu warten.

Die Amazone mußte an Alrik von Blautann denken. Wenn der Reiteroberst noch hier wäre, würde er wahrscheinlich vorschlagen, daß auch sie den Nebel nutzen sollten, um schlecht bemannte Vorposten der Orks zu überfallen.

Lysandra lächelte. Irgendwie fehlte ihr dieser größenwahnsinnige Draufgänger. Auch wenn sie sich meistens gestritten hatten, seinen aberwitzigen Plänen zuzuhören war doch immer erheiternd gewesen.

Hätte er die Stadt nicht verlassen, hätte es mit Sicherheit auch nicht diese dumme Rebellion gegeben. Man mochte über von Blautann denken, was man wollte, seine Leute hatte er immer im Griff gehabt. Auf sein Wort hätten sie mit Sicherheit ohne zu murren ihre Pferde geopfert.

Ob er wohl überhaupt noch lebte?

»Siehst du das?« Die Stimme des Zwergen schreckte Lysandra aus ihren Gedanken.

Der Nebel hatte sich immer noch nicht gelichtet. Angestrengt blickte sie in die wirbelnden Dunstschwaden, doch sie konnte nichts erkennen.

»Nicht dort hinten. Sieh dir mal die Pfütze vor deinen Füßen an!« Himgi klang ungeduldig. Aber was sollte es an einer Pfütze schon zu sehen geben?

Lysandra kniete sich neben den Zwerg, der mit besorgtem Gesicht noch immer wie gebannt auf die schlammige Wasserlache starrte.

»Siehst du das denn nicht?«

Lysandra gab sich alle Mühe, doch sie konnte beim besten Willen nichts Besorgniserregendes erkennen. Oder wollte der Zwerg sie vielleicht auf den Arm nehmen.

»Da ist es schon wieder.«

Lysandra legte den Kopf schief. Die Pfütze vor ihren Füßen war einen Schritt breit und mochte an der tiefsten Stelle vielleicht bis zu ihrem Knöchel reichen. Was im Namen aller Götter fand Himgi nur daran?

»Da, es erzittert schon wieder!«

Jetzt konnte die Amazone es auch sehen. Ein leichtes Zittern lief über die Wasseroberfläche. Ganz so, als ob in der Nähe ein Fuhrwerk vorbeigefahren sei.

Sie lehnte sich zurück und lauschte.

Nein, es war beim besten Willen nichts Verdächtiges zu hören. Seit einer ganzen Weile war kein Alarmsignal mehr erklungen. Wahrscheinlich hatten die Orks sich schon wieder zurückgezogen.

»Bei Ingerimm! Wir schlagen uns hier mit ihren Plänklern herum, und die graben sich inzwischen unter unseren Füßen durch.« Der Zwerg war mittlerweile aufgesprungen und starrte sie an.

»Begreifst du denn nicht? Sie graben Tunnel. Und sie sind schon direkt unter uns. Durch die Tunnelarbeiten wird das Erdreich erschüttert. Zu wenig, als das man es eigentlich bemerken würde. Wahrscheinlich graben sie sehr tief, und Ingerimm allein weiß, wie nahe sie dem verschütteten Stollen der Kultanlage unter dem Platz der Sonne schon gekommen sind.«

»Glaubst du, sie werden uns zuvorkommen?«

Der Zwerg zuckte mit den Schultern. »Ich weiß es nicht. Auf jeden Fall können sie wann immer sie wollen nach oben durchstoßen und mit Hilfe des Tunnels Truppen direkt ins Herz der Stadt bringen. Und vielleicht haben sie auch mehr als einen Tunnel gegraben … Ich muß zu Marcian. Halte du solange die Stellung.«

Ohne auf eine Antwort von ihr zu warten, machte sich der Zwerg davon und war fast augenblicklich vom dichten Nebel verschluckt. Der Kerl glaubte doch nicht wirklich, daß sie hier tatenlos stehen blieb.

Lysandra tastete nach der Holzwand des Pferdestalls. Wenn sie der Wand folgte, würde sie nach ein paar Schritten an der Außenmauer der *Fuchshöhle* stehen. Dort konnte sie sich bis zum Eingang des Bordells weitertasten.

Bei Rondra! Sie würde es den Schwarzpelzen schon noch zeigen. Viel zu lange hatte sie schon gewartet. Nun wurde es Zeit zu handeln. Das angstvolle Gezeter von Zauberern und Zwergen würde sie nicht mehr länger aufhalten.

»Hör auf damit, das kannst du nicht allein entscheiden!«

»Geh doch zu Marcian und mach Meldung.« Lysandra hatte für einen Augenblick die Spitzhacke abgesetzt und wischte sich den Schweiß von der Stirn.

Hinter ihr hielten zwei Kriegerinnen Nyrilla fest.

»Du wirst uns alle ins Unglück stürzen!« Wieder bäumte sich die Elfe gegen ihre beiden Wächterinnen auf, doch die Frauen waren stärker.

»Wenn ich nichts tue, wird das unser Unglück sein. Ich hab dir doch gesagt, daß die Orks Tunnel unter die Stadt treiben. Wenn sie vor uns zur verschütteten Kultstätte kommen und den Streitkolben finden, dann ist wirklich alles verloren. Noch haben wir das Schicksal selber in der Hand.«

Lysandra schwang erneut die schwere Hacke gegen den zugemauerten Tunneleingang. Dabei gab sie sorgsam darauf acht, nicht aus Versehen den großen Runenstein zu treffen, der in die Mitte der zugemauerten Toröffnung eingesetzt worden war.

»Denk an die Dämonenrune auf dem Stein. Die Gestalt mit den ausgerissenen Herzen.« Nyrilla hatte es aufgegeben, gegen ihre Bewacherinnen anzukämpfen. Ihre Stimme klang jetzt ruhig.

»Du glaubst wohl, Tairach persönlich wartet hinter dieser Mauer auf mich«, höhnte die Amazone.

Die Elfe antwortete ihr nicht mehr.

Nach etlichen Schlägen war endlich der erste Stein aus der Mauer gebrochen. Lysandra befahl ihren Kämpferinnen, Brechstangen zu nehmen, um damit das Loch zu vergrößern.

Vor Anstrengung schnaufend setzte sie sich neben die Elfe. Ausgenommen von Nyrilla, die auf Marcians Vorschlag zur Wache im Purpurgewölbe eingeteilt worden war, konnte sie allen Frauen hier unten trauen. Die meisten kämpften schon seit Beginn des Orkkrieges an ihrer Seite, die übrigen hatten sich als Unterführerinnen in der Bürgerwehr der Stadt hervorgetan. Jede von ihnen würde ihr bis in die Niederhöllen folgen, dessen war Lysandra sich sicher.

Außer Nyrilla. Nun, dann würden sie die Elfe einfach mitnehmen, wenn sie in den Gang eindrangen. Vielleicht mochte sie sogar von Nutzen sein. Schließlich konnten Elfen zaubern.

Die Amazone betrachtete Nyrilla verstohlen aus den Augenwinkeln. Wenn es hart auf hart kommen sollte, würde das Langohr schon ihren Befehlen folgen, dessen war sie sich ganz sicher.

»Wir haben es geschafft!« Arka, eine stämmige Frau mit kurzgeschorenen, blonden Haaren schwang triumphierend ihr Brecheisen.

In der Wand klaffte ein Loch, das gerade groß genug war, daß ein Mensch sich hindurchzwängen konnte.

»Zurück mit euch!« Lysandra stand auf und nahm einer der Kriegerinnen die Fackel aus der Hand.

Vorsichtig näherte sie sich dem Durchbruch und leuchtete

in den Tunnel, der dahinter lag. Im flackernden Feuerschein konnte sie einen Erdgang erkennen, dessen Boden mit bleichen Knochen übersät war.

Hier und dort schimmerte grünlich angelaufenes Messing von zerschlagenen Helmen und Rüstungen zwischen dem Gebein, und auch verrostete Waffen waren zu erkennen. Langsam, jeden Augenblick zum Rückzug bereit, steckte die Amazone ihren Kopf durch die Öffnung, um besser sehen zu können.

Die Flamme der Fackel brannte unstet in der verbrauchten Luft des Tunnels. Es roch nach Staub und Moder. Und noch ein anderer Geruch lag in der Luft. Etwas, das Lysandra nicht einzuordnen vermochte.

Ein würziger Duft, der in ihr die Erinnerung an seltsame Kulthandlungen im schwachen Schein schwelender Rauschkrautbündel weckte. Für einen Moment stand ihr mit quälender Deutlichkeit noch einmal die Szene vor Augen, mit der ihr Rachefeldzug gegen die Schwarzpelze begonnen hatte. Die Netze, die scheinbar aus dem Himmel auf sie und ihre Gefährtinnen herabgestürzt waren ... Das Stöhnen und die Schreie ihrer Schwertschwestern, während sie sich totgestellt hatte und so dem Schlimmsten entging.

Lysandra biß auf ihre Unterlippe, bis der Schmerz die Erinnerung vertrieb. Dann zog sie sich zurück.

Erwartungsvoll blickte sie die anderen Frauen an.

Die Amazone schlug sich mit der Faust gegen den Brustpanzer. »Na, was starrt ihr so? Wie ihr seht, bin ich noch immer aus Fleisch und Blut. Keine Geister und Dämonen sind über mich hergefallen. Hinter dieser Mauer liegt nichts, wovor man Angst haben müßte. – Es sei denn, man fürchtet sich vor ein paar morschen Knochen«, fügte sie mit einem verächtlichen Blick zur Elfe hinzu.

Nyrillas Augen schienen schier zu glühen. Lysandra hatte den Eindruck, daß eine seltsame Kraft in der Art lag, wie die Elfe sie ansah, und es fiel der Amazone schwer, sich von diesen leuchtenden Augen wieder loszureißen.

Ob Nyrilla wohl versuchte, einen Zauber auf sie zu legen?

Lysandra hatte schon die unglaublichsten Geschichten über die Magie der Elfen gehört.

»Los, nehmt alle Fackeln von den Wänden und folgt mir«, befahl sie mit schroffer Stimme. »Und vergeßt mir unsere Elfe nicht. Soll die Kleine mal zeigen, ob sie Mumm hat.«

Lysandra wußte, daß sie sich nicht noch einmal zu der Elfe umdrehen durfte. In der Rechten das Schwert, in der Linken eine Fackel, stieg sie durch die Öffnung in der Wand.

Einige lose Steine polterten hinter ihr in den Gang.

Vorsichtig sah sie sich um. Ob es hier wohl Fallen geben mochte? Besser nicht daran denken! Sie würde vorsichtig sein. Vielleicht sollte sie einfach die Elfe vorgehen lassen?

Nein! Wie konnte sie nur so etwas denken? Sie führte hier das Kommando, und sie würde auch ihre Schar anführen! Vorsichtig tastete Lysandra sich voran. War sie vielleicht schon so verweichlicht wie jene feigen kaiserlichen Marschälle, die ihre Truppen aus der Sicherheit eines Feldherrenhügels weit hinter der Kampflinie kommandierten?

Ihre Leute hielten zu ihr, weil sie immer in vorderster Linie gestanden hatte. Niemals hatte sie von jemandem etwas verlangt, wozu ihr selber der Mut gefehlt hätte. Das sollte sich auch jetzt nicht ändern.

Bei jedem ihrer Schritte ertönte das leise Knirschen von Knochen, die so dicht auf dem Boden des Ganges lagen, daß es unmöglich war, sich vorwärtszubewegen, ohne sie zu zertreten.

In die Wände des Tunnels, die aus lehmigem Erdreich waren, hatten die Orks Hunderte von Totenschädeln gedrückt, die mit bizarren Runen in roter Farbe bemalt waren.

Wieder ließ Lysandra den Blick über den Boden schweifen. Das unstete Licht der Fackeln warf sich ständig verändernde Schatten auf Wände und Boden. Immer wieder hatte die Amazone den Eindruck, daß sich außerhalb ihres Gesichtsfeldes etwas im Dunkeln verbarg. Doch sie konnte es nicht fassen. Wenn sie ruckartig den Kopf drehte war das, was sie zu sehen geglaubt hatte, immer verschwunden.

Bald schrieb die Amazone dieses Phänomen ihrer überreizten Phantasie zu. Oder sollte es gar ein subtiler Elfenzauber sein, mit dem Nyrilla versuchte, ihr Angst zu machen? Nein, sie würde sich jetzt nicht zu der Elfe umdrehen. Lysandra wußte, daß dieses Luder nur darauf wartete, daß sie sie anblickte. Nyrilla würde keine Gelegenheit bekommen, sie durch einen Beherrschungszauber zur Umkehr zu zwingen.

Die Amazone spürte, wie ihre Handflächen feucht wurden. Diese verfluchte Elfe, dachte sie. Sie beunruhigte sie mehr als der Tunnel mit all seinen hohläugigen Totenschädeln.

Lysandra versuchte sich auf die verrotteten Knochen am Boden zu konzentrieren. Sie mußte sich von dem ganzen Unsinn, den sie dachte, ablenken.

Oder war das alles der Einfluß der Höhle? Lysandra konnte hören, wie auch ihre Kriegerinnen leise tuschelten. Der Gang, dem sie folgten, verlief völlig anders, als sie erwartet hatte. Lysandra war der Überzeugung gewesen, daß hinter der vermauerten Wand ein Tunnel direkt unter den Platz der Sonne führte. Doch weit gefehlt. Der Gang beschrieb einen weiten Bogen und führte eher vom Platz weg als auf ihn zu.

Sie hatten schon mehr als dreißig Schritt zurückgelegt, als sie eine Stelle erreichten, wo ein Teil der Tunneldecke eingestürzt war. Aufrecht zu gehen war hier nicht mehr möglich. Man mußte auf die Knie und mochte vielleicht kriechend weiterkommen.

»Ihr bleibt hier, ich versuche, ob es hier ein Durchkommen gibt. Bin ich nach einer Stunde nicht zurück, dann kehrt um und benachrichtigt Marcian.«

Lysandra stieß ihre Fackel ins Erdreich, das den Tunnel blockierte. Wenn sie kriechen mußte, würde die Fackel sie mehr behindern, als daß sie Nutzen bringen würde.

»Ich wünsche dir Glück«, erklang Nyrillas Stimme.

Einen Augenblick zögerte die Amazone und überlegte sich, sich zum Abschied noch einmal umzudrehen. Doch mochte auch das eine Falle sein. Ein subtiler letzter Versuch, sie doch noch durch die Macht ihrer Elfenaugen in einen Bann zu schlagen. Nein, sie würde darauf nicht hereinfallen!

Vorsichtig kroch Lysandra in den engen Schacht. Erdmassen und herabgestürzte Felsbrocken hatten den ursprünglichen Gang fast völlig verschüttet. Nur ein enger gewundener Weg war übriggeblieben.

Bald mußte sich die Amazone flach auf den Bauch pressen, um noch weiter zu kommen. Ihre Hände und ihr Gesicht waren bald völlig verschmutzt. Lysandra grinste vor sich hin. Wie ein Maulwurf würde sie aussehen, wenn sie hier wieder herauskam. Wenigstens hatte sie bisher Glück, und der Durchgang war nicht plötzlich völlig verschüttet.

Unermüdlich kroch sie weiter durch die Finsternis. Die Dunkelheit war so absolut, daß sie kaum ihre eigenen Hände sehen konnte. Wenn nur das Erdreich nicht nachgab! Schon eine leichte Erschütterung mochte ausreichen, um den kleinen Durchgang einstürzen zu lassen. Sie erschauderte. Es wäre unmöglich, ihr dann noch rechtzeitig zu Hilfe zu kommen.

In aller Deutlichkeit stand ihr vor Augen, was für ein Ende sie in diesem Fall nehmen würde. Die Erde würde sie erstikken. Wenn sie Glück hatte, würde herabstürzendes Gestein sie zerquetschen, oder Staub und Dreck würden ihr in den Mund gepreßt, so daß sie daran erstickte.

Sie mußte an etwas anderes denken! Kalter Schweiß rann ihr über den Rücken. Lysandra versuchte schneller vorwärtszukommen. In der Dunkelheit stieß sie sich das Bein auf. Es mußte ein tiefer Schnitt sein, doch es war zu eng, um sich aufzurichten und die Wunde zu versorgen.

Weniger denn je, verstand sie in dieser Lage, wie es ganze Völker geben konnte, die freiwillig unter der Erde lebten. Was mochte die Zwerge nur dazu bewegen, sich in Sumus Leib zu graben und ein Leben in Finsternis zu führen?

Endlich wurde der Gang ein wenig breiter! Lysandra konnte sich jetzt auf allen vieren vorwärtsbewegen. Schließlich konnte sie wieder aufrecht stehen. Doch es war immer noch unmöglich, etwas zu erkennen. Es war, als habe man ihr ein Tuch vor die Augen gebunden. Lysandra tastete nach den Wänden des Tunnels. Hier schien der Gang wieder von der selben Beschaffenheit wie vor der Einsturzstelle zu sein.

Was war das?

Angespannt lauschte sie in die Finsternis. Hatte sie nicht ein Geräusch gehört? Ein Kratzen oder Schaben ... Ob es hier Ratten gab?

Die Amazone hielt den Atem an. Da war es wieder ...

Es schien links von ihr durch die Erdwand zu kommen. Sie preßte das Ohr an den feuchten Lehm. Jetzt hörte es sich fast wie dumpfe Schläge an. Wieder fielen ihr Himgis Worte ein.

Der Zwerg hatte unrecht gehabt. Die Orks waren nicht unter ihren Füßen ... Sie waren schon viel weiter! Das waren Geräusche von Spitzhacken, die in weiches Erdreich schlugen.

Wie weit sie wohl noch entfernt waren? Zwei oder drei Schritte? Oder ein Dutzend Schritte? Sie mußte Himgi holen. Er würde das besser abschätzen können.

Lysandra drehte sich um und suchte tastend nach dem Einstieg in den halbverschütteten Tunnel. Einen Moment zögerte sie. Alles in ihr sträubte sich dagegen, sich noch einmal wie ein Wurm durch's Erdreich zu winden.

»Rondra schütze mich, und schenke mir einen Tod auf dem Schlachtfeld, so daß ich mich würdig erweisen kann, dereinst an deiner Ehrentafel zu sitzen«, betete die Amazone leise. Dann nahm sie all ihren Mut zusammen und zwängte sich wieder in den engen Durchgang.

»Du hast was?« Marcian war außer sich vor Wut, als Himgi ihm von seiner Entdeckung berichtet hatte. »Wie konntest du nur Lysandra sagen, was du gesehen hast? Was glaubst du wohl, wo sie jetzt ist? Sie hatte von Anfang an keine Angst vor dem Runenstein, und du hast ihr jetzt einen Grund geliefert, ihn aus der Mauer zu brechen.«

Himgi blickte verlegen zu Boden und schwieg.

»Los, hol zehn deiner Leute und komm so schnell wie möglich ins Purpurgewölbe.«

»Jawohl, Kommandant!« Der Zwergenhauptmann salutierte und verließ im Laufschritt das große Turmzimmer, in dem Marcian sein Quartier genommen hatte.

Hastig zerrte der Inquisitor den schweren, schwarzen Wollumhang vom Haken neben dem Kamin. So hatte es ja kommen müssen ...

Im Grunde hatte Lysandra recht mit dem, was sie tat. Viel zu lange hatten sie schon gezögert, den Stein aus der Wand zu brechen. Wahrscheinlich lag dahinter nichts anderes als ein Labyrinth halbverschütterter Gänge.

Er hätte Himgi nicht so anschreien sollen. Im Grunde war es nicht sein Fehler. Er, Marcian, hätte wissen müssen, daß es auf Dauer nicht gutgehen konnte, wenn er die heißblütige Lysandra den vermauerten Eingang bewachen ließ.

Ärgerlich warf der Inquisitor die Tür zum Turmzimmer hinter sich ins Schloß und stieg die lange Wendeltreppe hinab. Er würde jetzt Lancorian holen. Auf alle Fälle wäre es besser einen Magier dabei zu haben. Vielleicht würde der Zauberer spüren, wenn sich nach dem Durchbruch durch die Mauer etwas verändert hatte.

Und wenn Lysandra nun nicht gegen seinen Befehl verstoßen hatte? Was machte ihn so sicher, daß sie in den Tunnel eingedrungen war? Vielleicht hielt sie immer noch ihre Wache? Dann wäre es an ihm, den Stein aus der Mauer zu lösen. Von seinen Leuten würde er das nicht verlangen.

Marcian erreichte den Hof der Garnison und blickte zum Himmel. Blaß schimmerte das Praiosgestirn zwischen den Wolken. Sein Gott würde ihn schützen. Schließlich war er Inquisitor! Er verkörperte die Gerechtigkeit des Praios unter den Menschen. Tief atmete er die kalte Winterluft ein. Ja, er würde es tun! Und sollte ihm etwas passieren, dann war das die gerechte Buße für seine Verfehlungen in den letzten Wochen.

Wie konnte er nur so dumm sein und glauben, die Orks würden es dabei bewenden lassen, tatenlos vor den Mauern der Stadt zu lagern und darauf zu warten, daß schließlich der Hunger die Bürger zur Übergabe Greifenfurts treiben würde.

Er hätte vorhersehen müssen, daß sie sich damit nicht begnügen würden. Er war der Kommandant, und er allein trug die Verantwortung.

Wütend schritt er aus und passierte das obere Burgtor. Was wohl aus Cindira werden würde, wenn er jetzt den Tod fand? Er versuchte nicht mehr an ihr feingeschnittenes Gesicht zu denken. Ihre seidige Haut. Ihre zärtliche Stimme und die Geborgenheit, die er in ihren Armen fand.

Leise begann er die Ordensregeln der Praios-Geweihten vor sich her zu murmeln, die auch er hatte erlernen müssen, bevor er das Amt eines Inquisitors bekleiden durfte. Doch das Bild Cindiras konnte er damit nicht aus seinem Geist bannen. Vielleicht war das einer der Gründe, warum man ihn nie in die Geweihtenschaft aufgenommen hatte. Er konnte sich nie nur den göttlichen Dingen widmen.

Als Lysandra aus dem halb eingestürzten Abschnitt des Tunnels hervorgekrochen kam, war sie so sehr von Schmutz bedeckt, daß selbst das leuchtende Rot ihrer langen Haare nur noch zu erahnen war.

Noch immer hielt sie dem stechenden Blick Marcians stand. Er hatte sie vor ihren Kriegerinnen mit scharfen Worten zur Rechenschaft gezogen. Doch die Amazone legte nur trotzig den Kopf in den Nacken und starrte ihn an.

»Hätte ich die Wand nicht aufbrechen lassen und wäre durch den verschütteten Tunnel gekrochen, dann wüßten wir jetzt nicht, wie nahe die Orks ihrem Ziel sind.«

»So, du weißt wie nahe die Orks dem Ziel sind?« Marcians Stimme klang kalt und zynisch. »Hast du ihn denn gesehen, den erschlagenen Greifen und den Streitkolben des Tairach?«

»Nein.« Die Amazone schien nicht im mindesten beeindruckt zu sein. »Ich habe nur gehört, wie sie sich durch die Erde arbeiteten. Doch sobald sie den Durchbruch geschafft haben, werden sie uns voraus sein. Ein einziger Krieger von ihnen, der den Ausgang des halbverschütteten Tunnels bewacht, den ich erkundet habe, wird dann ausreichen, um uns aufzuhalten. Ich brauche dir ja wohl nicht zu erklären, wie leicht es ist, jemanden zu erschlagen, der vor einem auf dem Boden kriecht. Entweder wir halten die Orks auf, sobald sie den Durchbruch bis zum Tunnel geschafft haben, oder wir können aufgeben.«

Als die Amazone geendet hatte, war es eine Weile still. Es war einfach nicht von der Hand zu weisen, daß sie recht hatte.

»Dann müssen wir eben verhindern, daß die Orks durchbrechen. Wir werden sie dort erwarten und bis zurück in ihr Lager prügeln. Es wäre ja nicht das erste Mal, daß wir sie besiegen.«

»Nur daß uns diesmal kein Zerwas mehr zur Seite steht«, erklang es hinter Marcian.

Der Inquisitor drehte sich um. Lancorian kam gemessenen Schrittes den Gang herab. Der Magier war außer Marcian und seinen Vertrauten der einzige, der wußte, warum der Vampir nicht mehr in die Stadt zurückgekehrt war. Seit der Inquisitor Lancorian die *Fuchshöhle* genommen hatte, hatte es kein freundschaftliches Wort mehr zwischen ihnen gegeben. Selbst wenn er ihm den Turm auf der Stelle zurückgeben würde, könnte es niemals mehr so wie früher zwischen ihnen sein.

»Entschuldigt, wenn ich mich ungefragt zu Wort melde.« Der Zwerg Arthag hatte sich zwischen die beiden gestellt. »Ich glaube, ich habe etwas gefunden, das uns weiterhilft. Folgt mir!«

Marcian war dankbar für die Unterbrechung. Er war kurz davor gewesen, sich mit Lancorian vor allen anderen anzulegen. Solche Fehler durfte er sich nicht leisten! Er mußte dafür sorgen, daß kein Streit ausbrach! Jede Fehde schwächte die Verteidigungskraft der Stadt.

Eine Fackel in der Rechten führte Arthag sie durch den Tunnel zurück, bis kurz vor die eingeschlagene Mauer, hinter der das Purpurgewölbe lag.

»Seht ihr das?« Der Zwerg beleuchtete eine Stelle, wo die Seitenwand des Tunnels nachgegeben hatte und Geröll in den Gang gestürzt war.

»Das hier ist die Lösung unserer Probleme!« Triumphierend blickte er in die Runde, doch die anderen schienen nicht zu begreifen, was er meinte. »In den Inschriften, die ich in Xorlosch studiert habe, hieß es: *Lang und gewunden ist der Weg, den Krieger und Häuptlinge gehen, doch gerade und kurz die Strecke, die den Priester zum Blutgott führt.* Nun seht euch den Gang an, durch den wir zurückgekommen sind! Statt gerade unter den Hügel zu führen, beschreibt er einen weiten Bogen. Ja, es sieht sogar ganz so aus, als würde er sich vom Platz der Sonne entfernen. Bis heute waren mir die verschlüsselten Zeilen, die meine Vorfahren niedergeschrieben haben, unklar, doch jetzt begreife ich endlich, was sie damit meinten. Es gibt zwei Wege zu dem verborgenen Kultplatz. Der Text ist keine Metapher auf das Leben, sondern eine konkrete Beschreibung dieser Tunnelanlage. *Lang und gewunden,* damit ist der Weg gemeint, den wir soeben beschritten haben. Entweder beschreibt dieser Tunnel einen großen Kreis und trifft schließlich auf den Kultplatz, oder er bildet sogar mehrere konzentrische Spiralen. Der zweite Gang aber führt auf kürzestem Wege zum Ziel. Und genau vor diesem Gang stehen wir jetzt. Ich bin sicher, wenn wir das Geröll hier beiseite geräumt haben, finden wir dahinter einen weiteren Tunnel.«

»Bringt mehr Fackeln«, befahl Marcian. Auch wenn die Worte des Zwergs schlüssig klangen, konnte er beim besten Willen kein Anzeichen dafür ausmachen, daß sich hinter dem Geröll ein Tunnel verbarg.

Arthag hob seine Fackel in die Höhe und beleuchtete die gewölbte Decke des Tunnels. Ein großer, grauer Stein ragte dort aus dem Erdreich.

»Seht nur«, rief er aufgeregt. »Dort, die Rune! Das Zeichen des Tairach. Der Dämon mit den zwei ausgerissenen Herzen! Dieselbe Rune war auch auf der Inschriftensäule in

Xorlosch eingemeißelt. Und genau darunter ist der Einsturz. Gebt mir eine Hacke!«

Marcian machte dem Zwerg Platz. Auch Himgi und seine Leute eilten Arthag zu Hilfe. Eifrig schafften sie Steine und Erde beiseite.

Nach mehr als einer halben Stunde Arbeit war deutlich zu sehen, daß an dieser Stelle ein Tunnel vom Hauptgang abzweigte, doch schien er vollständig mit Geröll angefüllt zu sein.

Fluchend warf Arthag seine Schaufel beiseite.

»Nun«, Marcian blickte ihn fragend an.

»Wir sind auf dem richtigen Weg, Kommandant. Doch Ingerimms Zorn hat diesen Tunnel gründlich zerstört. Wir brauchen Holz, um den Gang neu zu verschalen und Balken, um die Decke abzustützen, sonst werden wir nicht weiterkommen. Soviel wir auch graben, es rutscht ständig neues Geröll nach ... Mich tröstet nur, daß es die Orks mit Sicherheit auch nicht leicht haben werden. Wir konnten ja selber schon sehen, daß auch vom Hauptgang, auf den die Schwarzröcke sicher bald treffen werden, weite Strecken verschüttet sind.«

»Wie lange werdet ihr brauchen, um diesen Tunnel wieder begehbar zu machen?«

Der Zwerg zuckte mit den Schultern. »Ich weiß es nicht. Ist nur ein Teil des Tunnels eingestürzt, sind wir vielleicht schon heute abend im Allerheiligsten. Wenn es aber so weitergeht wie bisher, dann kann es auch noch einige Tage dauern.«

»Nun gut«, brummte Marcian. Dann blickte er in die Runde. »Keiner von euch wird ein Wort darüber verlieren, was hier unten geschieht. Wenn in der Stadt bekannt wird, daß die Orks einen Tunnel unter den Mauern hindurchgetrieben haben und daß unter dem Platz der Sonne ein Heiligtum des Tairach liegt, dann bricht eine Panik aus.«

»Was ist, wenn die Orks mehr als nur einen Tunnel gegraben haben?« Lancorian stellte die Frage, und Marcian hatte fast den Eindruck, als würde der Magier ihn lauernd ansehen.

»Wenn das der Fall ist und die Schwarzpelze dem Heiligtum schon näher sind, als wir vermuten, dann haben uns die Götter verlassen.«

»Welch pathetische Worte.« Lancorian warf Marcian einen vieldeutigen Blick zu. »Was mich angeht, so hast du mein Wort, daß niemand in der Stadt erfahren wird, was hier vor sich geht.« Damit wandte sich der Zauberer um und stieg durch die eingeschlagene Mauer ins Purpurgewölbe zurück, daß einst der exotische Mittelpunkt seines Freudenhauses gewesen war.

Marcian blickte ihm nachdenklich hinterher. Der Tonfall, mit dem der Zauberer die letzten Worte ausgesprochen hatte, verwirrte ihn. War das nur eine Anspielung auf das hinterhältige Versprechen, daß er selber vor Wochen Zerwas gegeben hatte, oder bedeuteten die Worte mehr?

»Noch etwas.« Lancorian hatte seinen Kopf noch einmal durch die Maueröffnung gesteckt. »Diesen Runenstein könnt ihr nun ruhig beiseite räumen. Der Schutzzauber, der einmal auf den Gängen der Orks gelegen hat, ist nun gebrochen. Was immer man damit gefangen halten wollte, kann diese Gewölbe nun verlassen.«

2

Oberst von Blautann hob den Arm und zügelte sein Pferd. »Halt«, rief er mit lauter Stimme. »Junker, laßt die Reiter dort am Waldrand ein Nachtlager aufschlagen und schickt einige erfahrene Krieger auf Wache.«

»Jawohl, Oberst Alrik!« Der bärtige Mann wendete sein Pferd und brüllte eine Reihe von Befehlen.

»Mich wundert, daß wir auf gar keine Schwarzpelze mehr stoßen.« Alrik drehte sich zu der Reiterin an seiner Linken.

»Ja, ungewöhnlich«, antwortete er knapp.

Andra stand in ihren Steigbügeln und blickte den Fluß hinauf. In der hereinbrechenden Dämmerung wurde die Sicht schnell schlechter. »Wochenlang haben wir uns fast täglich Scharmützel geliefert, und jetzt findet man von Whassois Schergen nicht mehr die geringste Spur.«

»Vielleicht haben sie aufgegeben und sich in ihre Winterlager zurückgezogen. Bei dem Wetter ist das ja wohl das vernünftigste, was man machen kann.«

Alrik lachte. »Ich hatte dich gewarnt! Tut es dir jetzt leid, mit mir gekommen zu sein?«

»Mir tut leid, daß man mit dir kein vernünftiges Leben führen kann. Was hatte ich denn für eine Wahl. Entweder in Ferdok bleiben und mich dort zu Tode zu langweilen, oder mit dir durch diesen Eisregen zu reiten. Ich kann dir nur sagen, mich wundert es nicht, wenn man bei diesem Wetter keinen Ork mehr sieht. Mir scheint, die sind vernünftiger als kaiserliche Kavalleristen.«

»Komm, laß uns zum Waldrand reiten, vielleicht haben sie ja schon ein paar Lagerfeuer entfacht. Wenn du erst mal die Kälte aus deinen Knochen vertrieben hast, wird sich deine Laune auch schnell bessern.«

Der Oberst wandte sein Pferd. Doch Andra rührte sich nicht von der Stelle. Obwohl es schon fast völlig dunkel war, starrte sie noch immer den Fluß hinauf. Auch wenn sie mit Alrik Späße gemacht hatte, so dachte sie doch insgeheim, daß es ein schlechtes Zeichen war, wenn sie auf keine Kundschafter der Orks mehr stießen. Das konnte nur eines heißen. Der Schwarze Marschall plante etwas, wofür er alle seine Krieger brauchte!

Zufrieden umrundete Leonardo das Schiff. So etwas hatte noch nie auf der Breite geschwommen, dessen war er sich vollkommen sicher. *Widder* hatten sie das Prachtstück am Morgen getauft, und ein Zwerg hatte den ganzen Nachmittag damit verbracht, stilisierte Widderhörner in die Panzerplatten am Bug zu hämmern.

Im Licht der Fackeln glänzte das Schiff rot, so als käme es soeben aus Ingerimms göttlicher Schmiede.

Es mußte wohl Krieg herrschen, um so etwas vollbringen zu können, sinnierte der alte Mechanikus. Niemals hätte in Friedenszeiten jemand ein Vermögen für Kupferplatten ausgegeben, um ein Schiff damit zu panzern. Ganz zu schweigen davon, daß man ihn verhöhnt hatte, wenn er auch nur den Gedanken geäußert hätte, ein Schiff mit Metall zu beschlagen.

Erst gestern hatte er noch Matrosen tuscheln gehört, daß die *Widder* wie eine Bleiente sinken würde. Leonardo schmunzelte. Morgen würde ein neues Kapitel der Flußschiffahrt beginnen. Immer wieder hatte er alles durchgerechnet. Es würde gelingen! Dessen war er sich völlig sicher. Auch Großadmiral Sanin war von dieser Idee überzeugt. Ihm war sie auch nicht so fremd, wie den ungebildeten Flußschiffern. Sanin wußte, daß in Festum und Al'Anfa schon seit einigen Jahren die Rümpfe der größten Hochseeschiffe mit dünnen Metallplatten verkleidet wurden, um sie vor dem schädlichen Befall von Bohrwürmern und Königsmuscheln zu bewahren. Die Panzerung der Flußschiffe diente freilich einem ganz anderen Zweck. Die Kupferplatten, die Leonardo bei den Zwergen aus Angbar geordert hatte, waren bis zu einen Finger dick. Sie sollten die Schiffe vor Brandpfeilen und den Geschossen leichter Rotzen und Aale schützen, so wie ein Ritter durch seine Rüstung geschützt wurde. Stimmten seine Berechnungen, dann konnten die insgesamt drei gepanzerten Schiffe selbst schwerstem Beschuß widerstehen.

Morgen würde ein Tag des Triumphs sein. Zufrieden streichelte Leonardo über die kalten Kupferplatten am Bug.

Trotzdem war er nervös. Auch an dem Tag, als sein *Adler* flugbereit gewesen war, war er sich seines Erfolges völlig sicher gewesen. Ein großer Ballon aus Stoff, in den Himmel gehoben allein durch die Kraft erwärmter Luft. Auf dem Zeichenbrett hatte damals alles gestimmt. Immer wieder war er die Berechnungen durchgegangen. Und doch war sein stolzes Luftschiff abgestürzt. Seinem Ruf als Mechanikus hatte das sehr geschadet. Es waren sogar Stimmen laut geworden, man solle ihn aus der Stadt vertreiben.

Nun ja, das war jetzt schon Jahre her. Er sollte die Vergangenheit ruhen lassen.

Ein Geräusch am Tor der großen Schiffshalle ließ ihn herumfahren. Ein Mann mit einer Blendlaterne war hereingekommen.

»Ich grüße Euch, Leonardo. Findet auch Ihr keine Ruhe in dieser Nacht?«

Es war Sanin, der Großadmiral der kaiserlichen Flotte im Meer der Sieben Winde. Mit dem breitbeinigen Gang eines Mannes, der sein Leben lang auf Schiffsplanken gestanden hatte, durchmaß er die große Halle. Fast zärtlich ließ er dabei seine Linke über den gepanzerten Schiffsrumpf gleiten.

»Die *Widder* ist Euer Meisterwerk, Leonardo. Eine neue Generation von Flußkampfschiff ist das. Ihr werdet damit Dere verändern.«

»Ihr übertreibt, Admiral.«

»Nur keine Bescheidenheit, Leonardo. Glaubt mir, ich erkenne ein gutes Schiff, wenn ich es sehe. Und das hier ist ein gutes Schiff! Allein der Katapultantrieb ...« Der Admiral lachte breit. »Aberwitzig, aber genial.«

Leonardo blickte verlegen zur Decke. Das Lob war ihm nicht recht. Nicht in dieser Nacht. Er wollte allein sein mit seinem Schiff. Warum ging der Admiral nicht in eine der benachbarten Hallen? Dort lagen die beiden Schwesternschiffe der *Widder*. Je mehr Lob er vorab bekam, desto peinlicher würde es, wenn etwas nicht wie vorhergesehen funktionierte.

»Mit der Feuerkraft der *Widder* werden wir die Orks aus ihren Stellungen vor Greifenfurt fegen. Sie werden denken, alle Sendboten der Götter würden sie auf einmal heimsuchen, wenn wir mit den Kupferschiffen kommen und anfangen zu schießen.« Der Großadmiral lächelte breit und tätschelte wieder den Rumpf.

Er führt sich auf wie ein Kind, daß mit seinem liebsten

Spielzeug prahlt, ging es dem Mechanikus kurz durch den Kopf.

Leonardos Blick glitt zur Reling und den Schiffsaufbauten. Oberst von Blautann hatte ihm ausführlich geschildert, wie die fünf Flußschiffe, die vor Wochen zur Stadt durchgebrochen waren, unter heftigsten Beschuß gerieten. Nun, die *Widder* würde sich wehren können. An Backbord und Steuerbord waren auf dem Dach der langgestreckten Kabine mitschiffs je drei Hornissen aufgestellt worden. Ganz vorne auf der Kabine stand ein Bock, ein Katapult, das Hylailer Feuer verschießen konnte. Im Bug des Schiffes war eine schwere Rotze aufgestellt. Dieses Torsionsgeschütz konnte Steinkugeln, groß wie Kürbisse, mehr als zweihundert Schritt weit schleudern.

Doch hier erfüllte das Geschütz eine ganz andere Funktion. Sollte es zu einem schweren Gefecht kommen, so daß man die Ruder einholen und das Segel reffen mußte, damit es nicht von Brandpfeilen in Flammen gesetzt wurde, dann würde sich offenbaren, aus welchem Grund dieses riesige Geschütz im Schiffsrumpf stand.

Ähnlich verhielt es sich mit dem Kran, der sich am Heck der *Widder* befand. Besonders hohe Schiffsaufbauten, die mit den stärksten verfügbaren Kupferplatten gepanzert waren, sollten die Bedienungsmannschaften schützen, wenn er zum Einsatz kam.

Leonardo hatte lange darüber nachgedacht, was er tun würde, wenn sein Befehl lautete, eine Flotte daran zu hindern, einen Fluß zu passieren. Natürlich würde er beide Ufer mit Geschützbatterien belegen, doch das wäre nur der erste Schritt. Ob die Orks bei ihrem technischen Unverstand überhaupt dazu in der Lage sein würden, mußte sich zeigen. Sollten sie überraschenderweise aber einen begabten Ingenieur in ihren Diensten haben, so würde dieser Kran der Flotte noch unschätzbare Dienste erweisen.

Sanin räusperte sich. »Ich wollte Euch noch einmal für alles danken, was Ihr in den letzten Wochen für die Flußflotte getan habt. Ich fürchte, morgen beim Stapellauf werde ich nicht mehr dazu kommen, ein persönliches Wort an Euch zu richten. Und übermorgen werden wir schon die Anker lichten.«

Der Admiral machte eine kleine Pause. Leonardo fühlte sich unwohl unter dem Blick des Seehelden. Auch wenn der schnauzbärtige Sanin ihn wirklich freundschaftlich musterte.

»Was ich Euch aber eigentlich sagen wollte, Leonardo, ist, daß Ihr in Harben immer willkommen seid. Falls Ihr Havena jemals verlassen solltet … Ihr sollt wissen, ich schätze Euch, und bei mir werdet Ihr immer alles bekommen, was Ihr zu Eurer Arbeit braucht …«

»Ich danke Euch für dieses großzügige Angebot, Admiral«, fiel Leonardo Sanin ins Wort. »Seid Euch gewiß, ich weiß Eure Einladung wirklich zu schätzen, doch bitte habt Verständnis, daß ich mich nach den letzten Wochen gerne auch wieder anderen Aufgaben widmen möchte. Offengestanden, ich kann Schiffe nicht mehr sehen. Sie verfolgen mich sogar schon in meinen Träumen. Das reicht! Trotzdem vielen Dank.«

Sanin war sichtlich enttäuscht. »Vielleicht überlegt Ihr es Euch ja noch einmal …«

»Vielleicht, doch bitte entschuldigt mich nun. Ich muß noch ein letztes Mal das Schiff vermessen und die Daten mit meinen Berechnungen vergleichen.«

»Ich bin sicher, daß morgen beim Stapellauf alles gutgehen wird.« Sanin streckte ihm die Hand entgegen. Eigentlich mochte Leonardo so joviale Gesten nicht, doch die Hand auszuschlagen, wäre eine Beleidigung.

Der Admiral ergriff seine zögerlich ausgestreckte Rechte und drückte sie kräftig. Dabei musterte er ihn noch einmal mit seinen dunkelbraunen Augen, um die sich ein Kranz feiner Falten zog. »Das Reich bräuchte mehr Männer wie Euch, Leonardo. Mögen die Zwölfgötter Eure Wege behüten!« Mit diesen Worten drehte sich der große Mann um und ging gemessenen Schrittes zum Tor der Schiffshalle zurück.

Das Reich braucht Männer wie mich. Leonardo mußte

über die pathetischen Worte des Admirals lächeln. Wahrscheinlich hatte Sanin keine Ahnung. Doch Leonardo wußte ganz genau, daß die Inquisition ihn jahrelang hatte beobachten lassen. In der Stadt des Lichtes stand er im Ruf ein Ketzer zu sein, auch wenn man ihm nie etwas hatte nachweisen können. Doch seine ungewöhnlichen Ideen waren nicht überall geschätzt.

Das war einer der Gründe, warum er in Havena lebte. Dort war er vor dem direkten Zugriff der Inquisition sicher. Dabei waren die Vorwürfe gegen ihn im höchsten Grade lächerlich. Angeblich sollte er mit seinen Erfindungen die Ordnung der Götter durcheinanderbringen. So ein Unsinn. Die Götter dürften wohl kaum menschliche Hilfe brauchen, um ihre Ordnung aufrecht zu erhalten. Aber solche Gedanken behielt er besser für sich.

Leonardo drehte sich noch einmal zu seinem Schiff um. Hoffentlich würde es die großen Erwartungen erfüllen, die alle in die *Widder* steckten. Vor allem den jungen Prinzen würde er ungern enttäuschen. Er war so anders als die meisten Adligen, die Leonardo bisher kennengelernt hatte.

Man stelle sich das vor. Ein Prinz, der mit gemeinen Soldaten plauderte und vor einigen Wochen darauf bestanden hatte, mitsamt seinem Offiziersstab in einer der einfachen Holzbarracken am Stadtrand untergebracht zu werden, weil er kein besseres Quartier haben wollte, als die Frauen und Männer, die an seiner Seite ihr Leben für das Reich riskierten.

Auf den Feldzug im letzten Jahr soll er nach der Schlacht am Orkenwall sogar mit dem Kopf im Schoß eines alten Pikeniers eingeschlafen sein. Wirklich ungewöhnlich. Seine Soldaten vergötterten ihren Anführer. Doch Helden sterben jung. Erst heute hatte der Prinz verkündet, daß er persönlich die Kavallerie anführen würde, die die Schiffe den Fluß hinauf eskortierte. Hoffentlich würde sein Glück ihn nicht verlassen.

Leonardo murmelte ein Gebet an Rondra, die Göttin der

Krieger. Brin war ein Mann wie die Kriegerkönige in den alten Heldenliedern. Hoffentlich würde ihn Rondra nicht schon zu bald an ihre Seite rufen.

Zerwas pfiff leise durch die Zähne. Er hatte eine Hügelkuppe erreicht und konnte nun die ganze Flotte überblikken, die sich gegen die Strömung den Großen Fluß hinauf kämpfte. Fünfzig Schiffe! Der größte Flottenverband, der jemals auf diesem Strom gefahren war.

Die meisten waren freilich nur kleine Flußkähne, die durch die Techniker des Windhager Regiments notdürftig auf einen Kampf vorbereitet waren, doch durch ihre schiere Masse wurden auch sie zu einer Gefahr. Die meisten der Schiffe hatten havenisch getakelte Masten. Leonardo hatte Sanin davon überzeugen können, daß die Dreieckssegel den großen quadratischen Segeln, die bislang auf den Schiffen vorgeherrscht hatten, überlegen waren. Mit dieser Takelung konnte man flexibler auf die durch die Flußkehren ständig wechselnden Windverhältnisse reagieren.

Fast alle der Flußkähne waren mit Hornissen oder leichten Aalen ausgerüstet worden, um sich gegen feindliche Bogenschützen zur Wehr setzen zu können.

Hoffentlich war Sadrak Whassoi gut ausgerüstet. Diese Flotte machte den Eindruck, als würde sie sich durch nichts aufhalten lassen. Am Ostufer wurden sie von fast fünfhundert Reitern begleitet, über die der Prinz persönlich das Kommando führte. Sie dienten als Eskorte für die muskelbepackten Arbeitspferde, die auf dem Treidelpfad gingen. Um schneller gegen die Strömung vorwärts zu kommen, wurden alle Schiffe von Kaltblütergespannen gezogen.

Es war schon beachtlich, was Sanin und der Generalstab in den letzten Wochen geleistet hatten. Alle Arbeitspferde im Umkreis von hundert Meilen waren für dieses Unternehmen zusammengezogen worden. Die Zwerge des Koschgebirges mußten fast ihre gesamten Kupfervorräte zu großen Platten geschmiedet haben, mit denen dann die vordersten drei Schiffe des Konvois gepanzert worden waren.

Krieger und Abenteurer hatten sich aus allen Himmelsrichtungen freiwillig gemeldet. Ein Teil von ihnen war der Reiterei angegliedert worden, die meisten füllten allerdings die Decks der Schiffe. Ausgerüstet mit Bogen und Armbrüsten, waren sie gegen jeden Angriff, den die Orks von den Ufern aus unternehmen mochten, wohl gewappnet.

Selbst Efferd und der sagenumwobene Flußvater schienen dem Unternehmen günstig gesonnen zu sein. Das braune Wasser des gewaltigen Stroms stand jetzt so hoch, daß die meisten Sandbänke überspült waren und es bislang keine Probleme mit dem Vorrücken gegeben hatte.

Zwanzig Meilen, das war die Strecke, die sie am ersten Tag zurückgelegt hatten. Und wenn sie dasselbe Tempo wie bisher beibehielten, würden sie auch am zweiten Tag nicht weniger schaffen. Höchstens anderthalb Wochen mochten sie bei diesem Tempo bis Greifenfurt brauchen.

Zerwas war gespannt, was der Schwarze Marschall dagegen unternehmen würde. In der Gestalt des Ritters Roger hatte der Vampir an allen wichtigen Versammlungen des Generalstabs teilnehmen können. Die Pläne des Prinzen kannte er bis ins Detail, und vor acht Tagen war er noch einmal des Nachts in seiner Dämonengestalt im Lager des Sharraz Garthai vor Greifenfurt erschienen. Er hatte dem Orkgeneral alles verraten, was er wußte, und ihm dringend empfohlen, seinen Oberbefehlshaber zu verständigen. Nun lag es bei den Schwarzröcken, was sie aus den Informationen machten.

Wieder blickte er auf den Fluß hinab. Die Spitze des Konvois bildeten die drei gepanzerten Schiffe, die Meister Leonardo konstruiert hatte. Es folgten drei Flußgaleeren mit je 80 Rojern. Die Schiffe kamen aus Havena, gehörten aber eigentlich zur dritten Galeerenflotte der kaiserlichen Flotte im Meer der Sieben Winde. Sie bildeten den Abschluß der vorderen Kampfgruppe der Flotte. Ihnen folgten 40 Flußschiffe der unterschiedlichsten Größen. Es gab kleine Nachen, die von den Zwergen, die den Angbarer See befuhren, gestellt worden waren, etliche Flußschiffe von freien

Kapitänen und zu guter letzt sogar einige der größeren Schiffe aus den Handelcompanien von Elenvina und Havena. Diese Lastkähne, die normalerweise nur im Treidelverkehr auf der unteren Hälfte des Großen Flusses Verwendung fanden, waren von Meister Leonardo mit einem Ring dickbauchiger, fest an den Rumpf getäuter Fässer umgeben worden. So erhielten die Lastkähne zusätzlichen Auftrieb und konnten auch die Strecke bis Greifenfurt schaffen, obwohl das Bett des Stroms im Norden wesentlich flacher war.

Erreichten die Lebensmittel und Waffen, die auf diesen Schiffen transportiert wurden, tatsächlich ihr Ziel, so würden die Belagerten ohne Probleme den Rest des Winters überstehen. Ganz zu schweigen von den unzähligen Söldnern und Abenteurern, die dem Aufruf des Prinzen gefolgt waren. Mit diesen Truppen mochte es vielleicht sogar gelingen, den Belagerungsring um die Stadt zu sprengen.

Zerwas gab seinem Pferd die Sporen und lenkte es den Hügel hinab, um sich wieder dem Hauptverband der Reiterei anzuschließen. Seine Linke krampfte sich vor Wut um den Sattelknauf. Sein Plan, der Flotte durch den Alchimisten Promos den Untergang zu bringen, schien fehlgeschlagen zu sein. Promos fehlte noch immer eine wichtige Chemikalie, um seine Arbeit zu vollenden.

Wütend knirschte Zerwas mit den Zähnen. Diese Runde seines Intrigenspiels hatte er verloren. Vielleicht mochte es dem Schwarzen Marschall gelingen, die fünfhundert Reiter aufzuhalten, doch die Schiffe würde er nicht abfangen können. Greifenfurt schien gerettet!

»Bruder Anshelm, Meister Pagol, der das Amt des Wahrers der Ordnung bekleidet, hat dich als besonders pflichtbewußt empfohlen.« Der kleine, korpulente Mann wich dem Blick des Inquisitors Roderick aus. Der feiste Geweihte, der mit unangenehm öliger Stimme sprach, saß auf einem thronartigen Sessel Anshelm direkt gegenüber.

Der schmale, aber hohe Saal, in dem sich Anshelm befand, wies außer den Bannern in den Farben des Praios keinen Schmuck auf. An seiner Stirnseite standen vier hohe, kostbar geschnitzte Stühle. Einer davon war verwaist. Das mußte der Platz sein, auf dem Baron Dexter Nemrod sonst zu sitzen pflegte.

Die anderen drei waren besetzt von Ordensbrüdern, die sich bereits seit Jahrzehnten im Kampf gegen die Ketzerei bewehrt hatten. Fast in der Mitte saß Roderick, derjenige, der das Wort an ihn gerichtet hatte. Die Fettpolster unter seinem Kinn erbebten bei jedem Wort, das er gesprochen hatte, und gaben ihm gemeinsam mit seinem voluminösen Körper ein eher komisches, als auch bedrohliches Äußeres. Doch dieser Eindruck täuschte. Kein anderer Inquisitor hatte so viele Hexen auf den Scheiterhaufen gebracht wie Roderick.

Links neben ihm saß Magon, den man in Gareth auch furchtsam *Flammenhand* nannte. Er war groß und muskulös. Sein Kopf war kahlgeschoren und sein Alter schwer zu schätzen. Er war Scharfrichter in den Diensten der Inquisition und dafür berühmt, daß er auch den verstocktesten Ketzer dazu überreden konnte, seine Sünden zu beichten, so daß er danach auf die Gnade des Praios hoffen durfte. Daß er an dieser Versammlung teilnahm, war etwas Besonderes, denn Magon bekleidete im Gegensatz zu Roderick nicht das Amt eines Geweihten.

Ganz rechts außen saß ein dürrer Mann, der selbst hier in der Stadt des Lichtes seine Rüstung nicht abgelegt hatte. Anshelm kannte ihn nur dem Namen nach. Graf Gumbert war Hauptmann in der Tempelgarde, doch war dies ein reines Ehrenamt. In Wirklichkeit leitete er einen Teil des Agentennetzes der KGIA. Der Graf hatte nach Baron Dexter Nemrod für einige Jahre die gefürchtete Maraskan-Abteilung des Dienstes geleitet und war dann weiter in Amt und Würden aufgestiegen. Man sagte von ihm, daß er fast so gut wie der Baron selbst über die Dinge, die im Reich vorgingen, informiert war.

»Anshelm«, Roderick hatte sich ihm wieder zugewandt.

»Ist es richtig, daß du bislang noch nicht unserem Bruder Marcian begegnet bist.«

»Nicht ganz, ehrwürdiger Bruder Roderick. Einmal habe ich ihn von weitem auf dem Übungsplatz gesehen.«

»Doch dich kennt er nicht?« Roderick strich nachdenklich über sein Doppelkinn.

»Nein, ehrwürdiger Bruder. Nicht, daß ich es wüßte.«

»Du weißt, daß Marcian sich schon einmal eines Verbrechens schuldig gemacht hat, das, wäre es allgemein bekannt geworden, dem Ruf der Inquisition nachhaltigen Schaden bereitet hätte?« Graf Gumbert sprach nun. Er maß Anshelm mit einem Blick, der den jungen Inquisitor zutiefst beunruhigte. Anshelm hatte zwar auch schon vor Jahren die Kunst des ›lodernden Blicks‹ erlernt – von dem man im Volk behauptete, ein Inquisitor könne einem so direkt in die Seele blicken –, doch Graf Gumberts Blick war von einer Intensität, wie Anshelm sie noch nie bei einem Sterblichen erlebt hatte.

»Ich habe Gerüchte gehört«, murmelte der junge Geweihte leise.

»Die Wahrheit ist, daß Marcian der Buhle einer Hexe war.« Magon hatte seine Stimme erhoben. »Eigentlich hätte er für diesen Verrat an der Inquisition auf den Scheiterhaufen gehört, doch da ihn der Baron schützte, wurde er nicht einmal aus seinem Amt als Inquisitor entfernt.«

»Nun ist uns durch einen meiner Agenten zugetragen worden, daß selbiger Marcian schon wieder Mittel anwendet, die uns zur Schande gereichen. Einer meiner Männer gehört zu den Vertrauten, mit denen er sich in Greifenfurt umgeben hat. Die Vorwürfe, die mich auf diesem Weg erreichten, sind so ungeheuerlich, daß ich dich, Bruder Anshelm, mit der Untersuchung der wahren Hintergründe dessen, was zur Zeit in dieser belagerten Stadt passiert, beauftragen möchte.«

»Und wie steht der Baron dazu?« wandte Anshelm zögerlich ein.

»Marcian konnte sich nur halten, weil Nemrod ihn

schützte, doch du kannst dir dessen sicher sein, daß auch dieser eine Schandfleck in dem ansonsten untadeligen Lebenslauf des Barons eines Tages seine Konsequenzen haben wird. Vielleicht sind seine Tage im Amt des Großinquisitors gezählt, so daß er Marcian schon bald nicht mehr schützen kann.« Gumberts Gesichtsausdruck war schwer zu deuten. Er schien über das Vorgehen des Großinquisitors ernsthaft entsetzt zu sein. Und das zu Recht, dachte sich Anshelm, wenn es wirklich stimmte, daß Baron Dexter Nemrod Marcian wider besseres Wissen protegiert hatte, dann wäre er nicht mehr würdig, sein Amt als erster Inquisitor des Reiches auszuüben.

»Du darfst uns nicht mißverstehen, Bruder«, mischte sich Roderick wieder ein. »Uns geht es hier nicht darum, eine Intrige zu spinnen. Wir wollen die Wahrheit ans Licht bringen, um die Inquisition vor Schaden zu bewahren. Deshalb legen wir diese Aufgabe auch in deine Hände. Du kennst Marcian nicht und bist weder sein Freund noch sein Feind. Du wirst gerecht urteilen können, ob er gefehlt hat oder ob unser Verdacht nur auf übler Nachrede beruht.«

»Ein schweres Amt«, antwortete Anshelm zögerlich.

»Gewiß Bruder, doch sind wir alle der Meinung, daß es bei dir in den rechten Händen liegt. Außerdem möchten wir dich noch mit einer zweiten nicht minder wichtigen Aufgabe betrauen. Wir wissen, daß sich Geweihte fast aller Götter der Flotte des Prinzen angeschlossen haben, denn die Bürger Greifenfurts müssen seit nunmehr anderthalb Jahren auf den Trost und Beistand von Götterdienern verzichten, weil die Orks bei der Eroberung der Stadt alle Geweihten verschleppten. Du sollst dort für die Errichtung eines neuen Praiostempels sorgen und wirst in Greifenfurt das Amt des Hochgeweihten bekleiden. Das Haus des Herren ist, wie du sicher wissen wirst, durch die Orks zerstört worden. Doch Greifenfurt ist für unseren Kult eine überaus wichtige Stadt. Nicht nur, daß der Glanz des Praios die Bluttaten der Schwarzpelze vergessen machen soll, vor Jahrhunderten ist dort der Götterbote Scraan in seiner fleischlichen

Gestalt zu Tode gekommen. Allein schon ihm zum Ruhme geziemt es sich so schnell als möglich, die Präsenz des Praios, repräsentiert durch einen würdigen Geweihten, wiederherzustellen.«

Anshelm zögerte. Seit einer Weile schon gab es Gerüchte, daß sich Baron Dexter Nemrod von seinem Amt als Großinquisitor zurückziehen wollte. Ober einer der drei hier sein Amt übernehmen würde? Ganz ungeachtet davon, daß es ihm als neuem Hochgeweihten des Praios in Greifenfurt obliegen würde, zu entscheiden, ob Marcian schuldig war oder nicht. Bis sich noch einmal die Gelegenheit bieten würde, ein so hohes Tempelamt zu übernehmen, mochten Jahre vergehen. Anshelms Entscheidung stand fest.

»Ehrwürdige Meister, ich fühle mich zutiefst geehrt durch das Vertrauen, daß Ihr, trotz meines niedrigen Ranges in der Geweihtenschaft, in mich setzt. Ich werde versuchen, Eure Erwartungen nach bestem Wissen und zur Ehre unseres Gottes zu erfüllen.«

»Gut, Bruder Anshelm.« Roderick lächelte zufrieden. »So begebe dich nun in deine Kammer, um für die Reise zu packen, und beeile dich, denn im Hof erwarten dich schon ein Pferd und drei Ritter der Tempelgarde, zu deinem Schutz. Du mußt der Reichsstraße nach Angbar folgen, und sobald du auf die Breite triffst, gen Norden reiten. Dann wirst du auf den Prinzen und seine Armee stoßen. Möge das Licht des Praios immer auf deinen Wegen scheinen.«

»Ihr ehrt mich durch Euer Vertrauen und Euren Großmut.« Anshelm verbeugte sich vor den drei Würdenträgern und verließ dann eiligen Schrittes den Saal.

3

»Glaubst du, daß ich Unglück bringe?«

Marcian lag erschöpft vom Liebesspiel neben Cindira und starrte die hohe Decke seines Turmgemachs an.

»Mir hast du noch kein Unglück gebracht.«

Der Inquisitor drehte sich um und strich der Südländerin sanft über ihr rabenschwarzes Haar.

»Ich denke, deine Freunde aus der *Fuchshöhle* reden nicht mehr mit dir. Keine drei Monate lebst du nun mit mir zusammen, und schon stehst du allein in der Welt.«

»Was ist los? Woher diese dunklen Stimmungen?«

Marcian zögerte ... In der Stille war allein das Knistern des Kaminfeuers zu hören. »Ich habe geträumt ... ich sterbe, und ich habe immer wieder die Vision von einem Feuer, das Verderben bringt. – Ich will dich nicht mit in den Abgrund reißen. Nicht auch noch dich!«

Cindira nahm ihn in den Arm, und Marcian umklammerte sie mit einer Heftigtkeit, daß es beinahe schmerzte.

»Ich bin bei dir«, flüsterte sie leise. »Ich werde immer bei dir sein. – Ich liebe dich.«

»Der einzige Wunsch, den ich noch habe, ist, mit dir in den Süden zu gehen und ein ruhiges Leben auf einem Landhaus oder in einer Villa an der Küste Khunchoms zu führen.«

Marcian atmete schwer. Der Duft von Cindiras langem, dunklem Haar verwirrte und betörte ihn. Wenn diese Nacht doch ewig dauern würde ... Auf immer den Kopf an ihre zarten Brüste gepreßt ... das Haupt umspielt von ihrem seidigen Haar, das jetzt in langen Strähnen über sein Gesicht und seine Brust fiel. Oder so zu sterben ... Sie wollte immer bei ihm sein.

»Ich habe Geld. Morgen früh werde ich dir ein Siegel geben ... Das einzige, was ich von meinem Vater besitze. Damit wirst du nach Festum reisen und es dem Handelsherren Stoerrebrandt vorlegen. Er verwaltet mein Geld und ...«

»Gar nichts werde ich ohne dich tun. Wir werden zusammen dorthin reisen.« Zwischen Cindiras Augenbrauen zeigte sich eine steile Falte. »Du wirst mich in diesen Tagen doch nicht alleine nach Norden reisen lassen«, fügte sie dann halb im Scherz hinzu.

»Ich gebe dir Gold. Du sollst mit einer Zofe und Kriegern als Begleitung reisen, wie eine große Dame. Und wenn ich nachkomme, werde ich dir Schmuck und Kleider kaufen, mehr als du tragen kannst. Kostbaren Brokat aus Grangor, Gold- und Silberschmuck aus Unau, dunkle Perlen, wie man sie nur vor der Küste von Jilaskan findet ... Du wirst wie eine Fürstin Hof halten, und ich werde dein erster Diener sein.«

»Mein verliebter Narr.« Cindira strich Marcian durch sein kurzgeschorenes Haar. »Was soll ich damit? Ich will nur dich, und zwar nicht als meinen Diener.« Mit beiden Händen faßte sie sein Gesicht und hob sanft den Kopf des Inquisitors, bis er genau in ihre braunen Augen blickte. »Morgen werden wir zur alten Nana gehen. Sie hat uns bei Lancorian die Kleider gerichtet und manchmal auch gekocht. Nana ist eine weise Frau. Sie soll uns aus der Hand lesen.«

Marcians Blick wurde kalt. »Mit solchem Hexenwerk will ich nichts zu tun haben. Meine Zukunft liegt allein in Praios Hand, und keinem Menschen ist es bestimmt, zu wissen, welches Schicksal seiner harrt.«

Cindira zuckte ein wenig zurück. »Aber ... Ich wollte doch nur wissen, wie viele Kinder wir haben werden. Das ist doch nichts gotteslästerliches.«

Marcian schwieg. Das Gerede von der alten Frau hatte ihn an den nächsten Tag erinnert. Das Gespräch, daß er mit Gordonius zu führen hatte. Noch fiel kein Licht durch den Holzverschlag, der das einzige Fenster des Raums verschloß. Noch gemahnte ihn das Praiosgestirn nicht daran, seine Pflicht zu tun. Würde es nur für immer dunkel sein.

Marcian griff nach Cindiras Handgelenk. Noch immer musterte sie ihn. Er könnte sich selber verfluchen. In solchen Augenblicken hatte er das Gefühl, daß sie Angst vor ihm hatte. Angst vor dem ›lodernden Blick‹, den ihn die Geweihten des Sonnengottes gelehrt hatten. Und Angst vor der Kälte in seinen Worten, hinter der er seine eigenen Gefühle zu verbergen pflegte.

»Bitte, verzeih mir. Wir werden zu dieser Nana gehen. Ich wollte dich nicht verletzen ...«

Cindiras Züge entspannten sich. Sie beugte sich herüber ... lehnte nun ihren Kopf an seine Brust.

»Wann wird dieser Krieg zu Ende sein?« Leise schluchzte sie. »Wann werden wir keine toten Kinder mehr unter Shazars Apfelbäumen beerdigen müssen?«

Marcian spürte ihre Tränen auf seiner Brust.

»Weißt du, daß ich ein Kind von dir unter dem Herzen trage?«

»Was ...«

»Ich wollte es dir nicht sagen ... Ich weiß ja, daß du schon genug Sorgen hast ... aber ich frage mich immer öfter, ob es jemals das Licht des Praios erblicken wird. Ob wir den Winter überleben? Manchmal habe ich sogar die Angst, daß ich ganz alleine sein werde, wenn ich ...«

»Du darfst so nicht reden!« Marcian strich ihr sanft über das Haar. »Im nächsten Frühjahr, noch bevor die Apfelbäume blühen, wird der Prinz vor den Toren der Stadt stehen, und dann sind alle Schrecken vorbei. Ich werde meinen Abschied bei der Inquisition nehmen und ...«

»Du bist ein schlechter Lügner, Marcian.« Cindira hatte ihren Kopf gehoben und starrte ihn jetzt aus tränenroten Augen an. »Wir werden zu Nana gehen, und dann werden wir wissen, was sein wird.«

»Das ist nicht Euer Ernst!« Meister Gordonius war von seinem Sitz aufgesprungen und funkelte Marcian böse an. »Das verbiete ich Euch! In Peraines Namen, Ihr werdet nicht Eure Hand an die Kranken legen.«

»Und wenn ich Euch dafür verhaften muß. Mein Entschluß steht fest. Ich kann weder vor meinem Gewissen noch vor meinem Gott verantworten, daß es so weitergeht. Euch dürfte doch wohl klar sein, was für ein Ende die Sache nimmt, wenn ich nicht eingreife.«

»Nein, das ist mir nicht klar.« Gordonius hob herausfordernd sein Kinn. »Aber ich bin sicher, Ihr werdet es mir erklären.«

»Selbst Ihr dürftet doch wohl mittlerweile erkannt haben, daß die Kranken im Perainetempel an der Duglumspest leiden.«

»Ihr seid jetzt also unter die Heiler gegangen, Kommandant«, höhnte Gordonius. »Ich denke, den Zustand dieser bedauernswerten Kranken zu beurteilen, fällt wohl eher in mein Fach.«

»Nicht in diesem Fall!«

»Was macht Euch denn so sicher in Eurem Urteil? Wenn Ihr so bewandert in der Lehre der Heilkunst seid, dann müßtet Ihr doch auch wissen, daß nach allen Berichten, die über diese Krankheit existieren, die Infizierten am Ende der siebenten Woche sterben. Die meisten sind nun aber schon seit mehr als neun Wochen in meiner Behandlung. Wie erklärt Ihr Euch diese Diskrepanz?«

»Die Kranken liegen im Tempel der Peraine, das mag die Sache hinauszögern. Aber seht sie Euch doch an. Ich war erst vor einer Stunde dort. Bei den meisten hat sich die Haut schon fast ganz vom Körper geschält. Ich mußte Soldaten abstellen, um zu verhindern, daß die verängstigten Bürger den Tempel niederbrennen. Und selbst für meine Kämpfer kann ich nicht mehr garantieren. Die schrecklichen, unmenschlichen Schreie, die die Kranken ausstoßen, zerren auch an ihren Nerven. Es dauert sicher nicht mehr lange, und sie werden diese Kreaturen dort im Tempel nicht mehr verteidigen. Seht sie Euch doch an, Gordonius, wie sie dort liegen, mit ihrer gräßlichen Dämonenhaut. Was haben sie noch Menschliches an sich? Und gestern hat der erste von ihnen sich selbst entleibt ...«

Der grüngewandete Therbunit wich Marcians Blick aus. »Wollt Ihr ihnen denn wirklich die letzte Möglichkeit nehmen, ihre Seelen in Borons Hallen zu retten? Versteht Ihr das unter der Verantwortung, die ein Medicus trägt? Begreift Ihr denn nicht? Wenn wir dem nicht ein Ende bereiten, dann werden sie zu Dämonen werden!«

»Dummer Aberglaube! Dafür gibt es keinen Beweis.« Gordonius lief in seiner Wut rot an. »Ich werde nicht dulden, daß Ihr Euch aus purem Eigennutz dem Willen der Mehrheit in dieser Stadt beugt. Und wenn ich mich mit den Kranken im Tempel verbarrikadieren muß! Euren abergläubischen Ängsten werde ich mich nicht beugen. Wo habt Ihr diesen Unsinn überhaupt gelesen?«

»Ihr verhöhnt den Praiosspiegel?«

Schlagartig wich Gordonius alle Farbe aus dem Gesicht.

»Nein ...« Seine Stimme hatte ihre Kraft verloren.

»Und wollt Ihr vielleicht behaupten, im Praiosspiegel stünde auch nur ein unwahres Wort?«

Der grauhaarige Therbunit zögerte.

»Unterstellt Ihr vielleicht, daß die Inquisition sich irrt?« Marcian gab seiner Frage absichtlich einen lauernden Unterton.

Gordonius spielte mit der Rechten nervös an der schlichten Schnur, die sein Gewand zusammenhielt.

»Ich erwarte Eure Antwort ...«

»Nein«, murmelte der alte Mann leise.

»Ich habe Euch nicht verstanden.« Marcian maß den Therbuniten mit kaltem Blick.

»Nein ... ich zweifele nicht ... an dem, was im Praiosspiegel steht.« Gordonius' Stimme klang rauh, und er sprach abgehackt, so als müsse er sich jedes Wort abringen. »Doch seid Ihr überhaupt befugt, nach dem Recht der Inquisition zu urteilen?«

Marcian hielt dem Blick des Therbuniten stand, bis dieser schließlich sein Haupt neigte.

»Kurz vor Sonnenuntergang werde ich kommen. Sorgt dafür, daß die Kranken transportfähig sind.«

Der Inquisitor wandte sich um und ging zur Tür. Unter

dem hohen Bogen wandte er sich noch einmal um. Gordonius starrte ihm mit leerem Blick nach.

»Was seid Ihr nur für ein Mann, Marcian? Und was macht Ihr mit den Menschen? Ihr sollt wissen, daß ich zum ersten Mal in meinem Leben gerade darüber nachgedacht habe, ob ich einmal meine Hilfe verweigern werde, wenn sie gebraucht wird. Betet zu Praios, daß Ihr nicht verwundet werdet oder aus einem anderen Grund eines Tages meiner Heilkunst bedürft.«

»Los, los, los. Beeilt Euch!« kommandierte Marcian in scharfem Ton. Er hatte den Nachmittag damit verbracht, dreißig besonders zähe Soldaten auszuwählen. Männer und Frauen, deren Seele sich so weit verhärtet hatte, daß sie für Geld alles taten. Ein Goldstück hatte er jedem von ihnen versprochen. Ein fürstlicher Lohn für nur zwei oder drei Stunden Arbeit.

Marcian hatte befohlen, allen Kranken die Hände auf den Rücken zu binden. Nun zerrten die Kriegsknechte sie an den Fesseln aus dem Tempel. Wer nicht mehr die Kraft zu gehen fand, wurde rücksichtslos über den Boden geschleift.

Rund um den Perainetempel hatten sich Dutzende gröhlender Bürger eingefunden. »Ins Feuer mit Ihnen! Vernichtet die Dämonenanbeter!« tönte es aus der Menge.

Die Soldaten versuchten, mit ihren Hellebarden die Bürger zurückzudrängen. Eine Frau durchbrach die Kette der Krieger und warf sich vor einen der beiden Karren, auf die die Kranken gezerrt wurden, in den Schlamm.

»Tötet die Bestie, die meinen Mann besessen hat. Vernichtet den Dämon.« Hysterisch schreiend riß sie sich ihr Kleid von den Schultern und begann sich mit den Nägeln Brust und Arme blutig zu kratzen. »Sieh mich, o mein Herr, Praios! Ich büße für meinen Mann, damit du ihn in dein Himmelreich aufnimmst. Zerschmettere die Dämonen!«

»Los, schafft sie weg!« befahl Marcian schroff.

Zwei Krieger packten die Frau bei den Schultern und stießen sie in die Menge zurück.

»Es sind alle auf den Wagen«, meldete der magere Weibel, der die Kriegsknechte kommandierte.

»Gut, dann laßt die Wagen anfahren!« Marcian mußte schreien, um das Lärmen der Menge zu übertönen.

»Die Göttin wird dich dafür verfluchen«, raunte es hinter dem Inquisitor.

Ruckartig drehte der Kommandant sich um und blickte in das Gesicht von Gordonius.

»Hörst du mich«, raunte der alte Heiler. »Dafür, daß du Kranke von Söldlingen aus ihrem Tempel hast zerren lassen, wird Peraine dich verfluchen.«

Marcian maß den Mann mit eisigem Blick, bevor er antwortete. »Und du kannst gewiß sein, daß das Auge des Praios auf dir ruht. Wer dagegen aufbegehrt, daß ich die Larven vernichte, aus denen schon bald gottlose Dämonen geboren würden, der ist ein Ketzer. Vergiß nicht, daß der Arm der Inquisition eines Tages auch wieder bis Greifenfurt reichen wird, Gordonius. Und dann bete zu Peraine, daß sie dich vor dem Zorn der Diener des Praios bewahren möge.«

Die Ochsenkarren hatten sich bereits in Bewegung gesetzt. Mühsam bahnten die Soldaten ihnen einen Weg durch die aufgebrachte Menge. Marcian schloß mit langen Schritten zu den Söldnern auf.

Hatte Gordonius recht? War er ein Unmensch? Er folgte nur den Vorgaben des Praiosspiegels. Selbst Cindira fand seine Entscheidung richtig. Noch vor wenigen Wochen hatte er die Kranken vor dem Mob beschützt. Und nun war er es, der das Todesurteil über sie sprach. Aber er hatte keine Wahl mehr gehabt. Oder ...

Bis vor ein paar Tagen hatte Marcian noch darauf gehofft, daß sich Peraine der Unglücklichen in ihrem Tempel vielleicht erbarmen würde. Aber jetzt durfte er nicht mehr länger warten.

»Tod den Dämonenkindern!«

Die Bürger am Straßenrand hatten sich in eine fanatische

Raserei hineingesteigert, die fast nicht mehr unter Kontrolle zu halten war. Einige schleuderten Steine nach den Unglücklichen auf dem Wagen. Andere warfen sich beim Anblick der gräßlich entstellten Männer und Frauen auf den Boden, um wimmernd zu den Göttern zu beten.

Die meisten der Kranken in den beiden Karren bekamen wahrscheinlich nicht mehr mit, was um sie herum geschah. Apathisch standen sie auf den Wagen und rührten sich kaum. Obwohl sie bei dem eisigen Wind, der an ihren dünnen, weißen Büßerhemden zerrte, eigentlich erbärmlich frieren mußten. Eine der Gestalten wand sich schreiend in ihren Fesseln. Gellend stieß sie Laute aus, die nicht von dieser Welt zu sein schienen.

Dieser Dämon hatte wohl begriffen, daß er mit dem Körper, dessen er sich bemächtigt hatte, bald sterben würde, dachte Marcian grimmig.

Die Wagen hatten die ausgebrannten Vorratshäuser an der nördlichen Mauer passiert und bogen nun scharf ab. Die Straße stieg hier steil an und führte geradewegs auf den Platz der Sonne.

Einige der Soldaten griffen in die Speichen der beiden Leiterwagen, die die Steigung kaum bewältigten. Laut wieherten die ausgemergelten Pferde vor den Wagen, denen das Geschirr tief ins sehnige Fleisch schnitt.

Ganz so, als hätten sie begriffen, was die Stunde geschlagen hatte, begannen immer mehr der Kranken aufzuschreien. Einige verdrehten ihre Köpfe in groteskem Winkel, und eitriger Schaum tropfte von ihren schwarz verfärbten, rissigen Lippen. Andere gröhlten mit dunklen Stimmen gotteslästerliche Flüche.

Marcian versuchte die Ohren davor zu verschließen. Kein Zweifel, diese Männer und Frauen waren nicht mehr zu retten.

Jetzt konnte er die Pfähle des gewaltigen Scheiterhaufens vor sich aufragen sehen, der während der Mittagsstunden auf dem Platz der Sonne aufgeschichtet worden war. Bürger und Soldaten hatten Bretter und rußgeschwärzte Balken aus der ganzen Stadt zusammengetragen. Die Trümmer ausgebrannter Häuser. Vor dem Scheiterhaufen hatte sich eine Handvoll Männer und Frauen aufgebaut, die trotz der Kälte nur Lendentücher trugen. Wie in Ekstase schlugen sie sich mit Peitschen und dornendurchwirkten Geißeln auf die nackten Oberkörper, so daß ihnen die Haut in blutigen Fetzen herabhing.

»Praios, erbarme dich!« wiederholten sie in endlos monotonem Singsang. Angeführt wurden die Flagellanten von Glombo Brohm. Der alte Kaufmann war fast nicht mehr wiederzuerkennen. Seit er eines Morgens den abgetrennten Kopf seines Sohnes auf dem Tisch neben seinem Bett gefunden hatte, schien er den Verstand verloren zu haben. Er hatte alle seine Diener entlassen und aß fast nichts mehr. Der feiste Dickwanst von einst war zu einem mageren Gerippe geworden. Mehr Fanatiker hatten sich um ihn gescharrt, um durch Askese und Selbstgeißelung das Unglück von der Stadt zu wenden.

Marcian lächelte zynisch. Es war nicht schwer, in Greifenfurt Asket zu sein. Erst vor drei Tagen hatte er die Lebensmittelrationen wieder kürzen müssen, die an jedem Morgen im Hof der Garnison an die Bewohner der Stadt ausgeteilt wurden. Wohin er auch blickte, überall sah er spitze, hohlwangige Gesichter.

Fast alle Säuglinge waren in den letzten Wochen gestorben, weil die Milch in den Brüsten ihrer Mütter versiegt war. Auch die Ammen waren zu ausgezehrt, um die Kinder retten zu können, und Milchkühe gab es schon lange nicht mehr in Greifenfurt.

Die Wagen hatten den Gipfel des kleinen Hügels erreicht, und die Soldaten begannen damit, die Kranken herunterzuzerren.

»Gebt sie dem Feuer!« erscholl es aus der Menge. »Reinigt die Stadt von dem Bösen!«

Es waren immer mindestens zwei Krieger notwendig, um einen der Gefesselten von den Leiterwagen zu holen. Wie rasend traten sie um sich, versuchten die Männer und

Frauen zu beißen, die Hand an sie legen wollten, und spuckten sie an.

Eine Kriegerin mit kurzgeschorenem, schwarzen Haar rammte einem Knaben den Schaft ihrer Hellebarde in den Unterleib. Sich zusammenkrümmend schrie der Junge mit dunkler Stimme.

»Du Buhle des Laraan. Möge dein Meister dich nackt an das Tor der Stadt nageln und glühende Pfähle durch deinen Leib treiben, bevor dir seine Diener mit eisernen Zangen das Fleisch von den Knochen reißen!«

Erschrocken wich die Kriegerin zurück und schlug ein Schutzzeichen des Praios.

»An die Pfähle mit ihnen!« kreischte die Menge.

Ob wohl der Hunger daran schuld war? Die Bürger auf dem Platz schienen genauso ihre menschlichen Züge verloren zu haben wie die Gestalten an den Pfählen.

Sogar vier Kinder waren unter den Delinquenten. Marcian biß sich auf die Lippen. Er durfte keine Gnade gewähren! Hatten die Kranken erst einmal das letzte Stadium der Duglumspest erreicht, so würden ihre Körper zu Asche zerfallen, und für jeden, der starb, würde ein Dämon geboren. Ihre unsterblichen Seelen aber waren für immer verloren. So stand es im Praiosspiegel, dem heiligen Buch der Inquisition.

Er mußte nun seines Amtes walten, ob er wollte oder nicht. So hatte er es dem Boten des Lichtes, dem Obersten aller Praiosgeweihten geschworen, als ihm das Amt des Inquisitors übertragen worden war.

Er mußte diese Unglücklichen erlösen! Allein das Feuer konnte ihre Körper noch läutern. Indem sie unter Qualen auf dem Scheiterhaufen starben, würden die dämonischen Kräfte ausgetrieben, und ihren Seelen würde sich der Weg zur Erlösung öffnen. Das war die letzte Hoffnung, die ihnen noch blieb.

Marcian durfte jetzt nicht zögern! Er würde sie nicht töten. Er würde ihnen Erleichterung in ihren Qualen verschaffen.

Mittlerweile war auch der letzte angebunden worden, und die Waffenknechte stiegen von dem hohen Scheiterhaufen. Dann bildeten sie eine Kette, um die Bürger auf die südliche Hälfte des Platzes zurückzudrängen. Ihr Weibel trat neben Marcian und reichte ihm eine brennende Fackel.

»O Herr des Lichtes und der Gerechtigkeit, erhöre mich!« Die Stimme des Inquisitors hallte über den Platz. Es war ruhig geworden.

»Praios, richte deinen Blick auf uns und jene Unglücklichen, die von dämonischen Klauen ergriffen wurden und die in die Finsternis jenseits Alverans gezerrt werden sollten. Praios erlöse sie, und nimm alles Übel von ihnen durch die reinigende Kraft deines Feuers.«

Mit diesen Worten stieß der Inquisitor die Fackel ins trokkene Reisig. Gierig leckten die Flammen nach den Brettern und Bohlen, aus denen der gewaltige Scheiterhaufen geschichtet war. Einige der Gefesselten schrien auf, andere starrten stumm vor sich hin, als sei alle Kraft, sich gegen das Schicksal aufzulehnen, von ihnen gewichen.

Die Bürger gröhlten. Dann begannen einige den Choral ›Praios, mein Licht, meine Hoffnung‹ anzustimmen. Immer mehr fielen in den Gesang ein, beugten ihr Knie und schauten mit entblößtem Haupt zum dunklen , wolkenverhangenen Himmel empor.

Auch Marcian murmelte geistesabwesend die Worte des Chorals, den er in den Tagen seiner Ausbildung wohl Hunderte von Malen gesungen hatte. Doch seine Gedanken hingen nicht an jenen längst vergangengen Jahren, in denen er von gestrengen Geweihten gemeinsam mit anderen jungen Männern in den Regeln des Glaubens unterwiesen worden war.

Er dachte an einen längst vergangenen Wintertag. Wieder sah er die kleine Gruppe von Männern mit wehenden Umhängen vor sich. Den Gerichtsplatz der Stadt des Lichtes, mit seinen unheimlichen, dunklen Flecken in dem weißen Sand und den Scheiterhaufen, auf dem seine Geliebte stand.

Als sie in den Flammen gestorben war, hatte er sich geschworen, nie wieder in seinem Leben die Fackel in einen Scheiterhaufen zu stoßen … und jetzt stand er hier.

Immer lauter erscholl der Gesang der Bürger.

… Praios dein Licht ist das Leben,
deine Gnade ist Gerechtigkeit.
Laß meine Feinde erbeben,
Besieger der Schlechtigkeit …

War es gerecht, wenn Kinder starben? Marcian blickte auf den Scheiterhaufen. Das Büßerkleid eines Mädchens hatte Feuer gefangen. Schreiend wand sie sich in ihren Fesseln. Die schwarze Dämonenhaut hatte ihr Gesicht entstellt, und doch konnte er in dem Kind jetzt keine Verkörperung des Bösen mehr sehen.

Nicht die fluchbeladene Rede eines Versuchers klang über ihre Lippen. Es waren die Schreie eines kleinen Mädchens in Todesangst. Und er hatte ihr den Tod gebracht!

Hatte Gordonius am Ende vielleicht doch recht gehabt? Hätte es noch einen anderen Weg gegeben? Wäre es möglich gewesen, die Todkranken vor dem Scheiterhaufen zu retten?

Eine hohe Feuerwand versperrte nun den Blick auf die Gemarterten, doch immer noch waren ihre Schreie zu hören.

Die Bürger hatten aufgehört zu singen, und auch die Stimmen hinter dem Feuer erstarben zu leisem Wimmern, bis schließlich nichts mehr zu hören war, außer dem Knistern der Flammen.

Der würgende Gestank nach verbranntem Menschenfleisch zog mit dem Rauch über den Platz. Die Menge löste sich langsam auf, und es wurde leer auf dem Platz der Sonne. Allein Marcian stand noch immer dicht vor dem Feuer. Lauschte dem unheimlichen Gesang der Flammen, die ihm eine Botschaft aus lange vergangener Zeit zuzuflüstern schienen. Begann er wahnsinnig zu werden, oder hörte er wirklich die Worte »*Ich weine um dich*«?

Ein Arm legte sich sanft um seine Schultern.

»Laß uns von diesem schrecklichen Ort fortgehen«, flüsterte Cindira.

Seit Tagen lebte Himgi wieder in einer Welt, die so weit hinter ihm gelegen hatte, daß seine Erinnerungen an diese Vergangenheit nicht einmal mehr wehmütig gewesen waren. Der Zwergenhauptmann stand in dem Tunnel, der geradewegs auf das Herz der zerstörten Kultanlage der Orks weisen mußte. Trockener Staub füllte seinen Mund; im Schein unstet flackernder Fackeln arbeiteten fast ein Dutzend Zwerge unter seinem Kommando.

Sie räumten das Geröll aus dem verschütteten Tunnel und schafften es in großen Körben in den Turm. Nachts wurden Erde, Gesteinsbrocken und morsche Knochen auf Karren geladen, die zum Fluß fuhren, wo man den Abraum heimlich in den Fluten versenkte, damit die Bürger nicht bemerkten, was unter der *Fuchshöhle* vor sich ging.

Im Moment beaufsichtigte er zwei Zwergenkrieger, die fluchend einen neuen Stützpfeiler aufrichteten, als vom vorderen Ende des Tunnels einige streitende Stimmen erklangen und jemand rief:

»Himgi! Himgi, schnell kommt. Hier ist etwas Merkwürdiges ...«

Himgi warf seine Spitzhacke beiseite und humpelte vorwärts. Die Schmerzen in seinem Bein waren in den letzten Wochen immer stärker geworden. Es war die Kälte, die der alten Wunde zu schaffen machte und ihn manchmal morgens glauben ließ, daß er nicht mehr die Kraft finden würde, sich von seinem Lager zu erheben.

Endlich erreichte er den Ort des Streites. Die drei Zwerge, die vorne im Stollen arbeiteten, hatten ihre Werkzeuge beiseite gelegt. Im Schein einer Blendlaterne war zwischen dem Geröll, das den Gang an seinem Ende ausfüllte, ein schwarzer Felsen zu erkennen.

»Seht, Hauptmann, dieser Steiin ist nicht natürlichen

Ursprungs.« Grotho, ein uralter Zwerg mit einer breiten Narbe über der linken Augenbraue, hatte gesprochen. »Ich habe drei Jahrzehnte in den Gruben bei Angbar gearbeitet, habe den tiefen Süden gesehen und in den Uhdenberger Minen nach Gold geschürft, doch ein solcher Fels ist mir noch nie untergekommen. Kein Stahl vermag ihn auch nur zu ritzen.«

»Dein Arm ist doch schwächer als der einer alten Goblinvettel«, höhnte ein jüngerer Angroschim.

»Schweig!« gebot Himgi barsch. »Es ziemt sich nicht, das Alter zu lästern.«

Dann beugte sich der Hauptmann vor, um über die glatte Oberfläche des Steins zu streichen. Nicht die feinste Schramme war zu entdecken.

»Räumt das Geröll hier weg«, befahl er schließlich, bevor der Streit wieder aufflammen konnte. »Wir wollen sehen, ob es einen Weg gibt, um diesen Stein herumzugraben.«

Nur vier Fackeln erhellten den kleinen Saal, in dem Marcian sich abends mit seinen Offizieren beriet. Selbst die dicken Mauern des Palas durchdrang der monotone Rhythmus der Kriegspauken, die in den Lagern der Orks geschlagen wurden. In den letzten Tagen waren etliche Kontingente aus dem Süden zur Armee des Sharraz Garthai gestoßen, und um sein prächtiges Feldherrenzelt stand ein Wald blutroter Kriegsbanner.

Allen Anwesenden war klar, daß für den nächsten Morgen ein Angriff der Orks bevorstand. Und dann auch noch der desillusionierende Bericht des Zwergenhauptmanns! Es schien, als hätten die Himmlischen den Untergang der Stadt beschlossen.

»Ich weiß nicht mehr, was noch zu tun ist.« Das waren die letzten Worte Himgis gewesen, und ohnmächtiges Schweigen lag über dem kalten Saal.

Der Zwerg hatte berichtet, daß eine große, schwarze Steinplatte bei den Räumarbeiten freigelegt worden war.

Unverrückbar stand sie aufrecht im Gang. Weder Stahl noch Magie vermochten ihr etwas anzuhaben, und selbst die Wände um sie herum, die augenscheinlich nur aus einfachem Erdreich bestanden, hatten sich als undurchdringlich erwiesen.

Die Grabungen hatten allerdings noch etwas anderes ans Licht gebracht. Unmittelbar vor der Steinplatte, die als einzigen Schmuck eine stilisierte Schlange trug, die ein S zu bilden schien, mündete ein zweiter Gang in den Tunnel.

Himgi war der Überzeugung, daß es sich dabei um *»den gewundenen Weg der Krieger und Häuptlinge«* handelte, von dem die Inschriften in Xorlosch berichteten. Seinen Anfang hatten sie ja bereits bei der Öffnung des vermauerten Ganges gefunden. Dieser Weg war zwar verschüttet, doch legte man sein Ohr an das Geröll, so konnte man von Ferne das unregelmäßige Geräusch von Grabungsarbeiten vernehmen. Die Orks waren ihnen nahe, und nach Himgis Meinung würde es vermutlich nur noch wenige Stunden dauern, bis sie zu dem Tunnel vor der Steinplatte durchstoßen würden.

»Also, was ist zu tun? Ich bin mit meiner Weisheit am Ende.« Marcian richtete sich vom Grafen-Thron des Shazar auf und blickte mit vor der Brust verschränkten Armen in die Runde.

»Wir sollten uns für einen Kampf bereit machen.« Lysandras Linke spielte nervös an ihrem Schwertknauf. »Das Getrommel und die Scharmützel der letzten Tage, das alles deutet darauf hin, daß wir stündlich mit einem neuen Angriff zu rechnen haben. Auch wenn viele Geschütze aus den Belagerungsschanzen der Orks abgezogen wurden, so hat Sharaz mehr als genug Krieger zur Verstärkung bekommen, um diesen Verlust auszugleichen.«

»Dann sollten wir uns aber auch auf einen Kampf im Tunnel vorbereiten«, meldete sich Himgi zu Wort. »Es muß die Orks Wochen gekostet haben, diesen Gang unter unseren Stadtmauern hindurchzutreiben. So kurz vor dem Ziel werden sie nicht ihre Strategie ändern. Vielleicht wissen sie sogar, wie die Steinplatte beiseite zu schaffen ist? Ich rechne damit, daß sie beide Angriffe gleichzeitig vortragen.«

Marcian blickte zu Lancorian, der schweigend etwas abseits der Offiziere stand. Noch immer hatte der Magier ihm nicht verziehen, daß er die *Fuchshöhle* hatte beschlagnahmen lassen. Als Lancorian den Blick des Inquisitors spürte, erhob er stolz sein Haupt und blickte ihn mit vor Zorn sprühenden Augen an.

»Habt ihr alle denn immer noch nicht begriffen, worum es hier geht? Glaubt ihr wirklich, wir würden hier nur um eine magische Waffe kämpfen? Einen Streitkolben, den die Orks von ihrem Gott persönlich erhalten haben? Nein. Es geht hier um sehr viel mehr. Glaubt ihr eine Waffe wäre es wert, daß die Orks noch nach mehr als zweitausend Jahren nach ihr forschen? Daß sie jahrhundertelang immer wieder versuchen, diese Stadt dem Erdboden gleichzumachen? Erinnert euch an das, was uns Arthag erzählt hat. Die Orks waren bereits geschlagen, doch den Elfen und Zwergen gelang es nicht, das Heiligtum unter dem Hügel zu erobern. Eine Gestalt stieg vom Himmel herab, und die drei tapfersten Helden aus den Völkern der Zwerge, der Menschen und der Elfen stiegen in die Tunnel, um das zu holen, was dort verborgen lag. Keiner kehrte zurück! Erst das Eingreifen eines Gottes verschüttete diese unselige Höhle. Was wäre geschehen, hätte Ingerimm nicht Summs' Leib erbeben lassen? Hätten die Orks am Ende gar triumphiert? Und ihr setzt alles daran, diese Höhle zu öffnen, ihr seid Narren!«

»Wenn wir es nicht tun, werden es die Orks tun.« Lysandra blickte Lancorian voller Verachtung an. »Ihr seid ein gescheiterter Magier und Besitzer eines Bordells. Von Euch erwartet keiner, daß Ihr heldisch denkt.«

»Die, die heldisch dachten und vor über zweitausend Jahren unter den Hügel gezogen sind, hat niemals wieder jemand lebend zu Gesicht bekommen.«

Der Magier drehte sich zu Marcian. »Vielleicht ist es sogar ein Fehler, dem Schicksal die Stirn bieten zu wollen. Seit du in dieser Stadt bist, um sie zu befreien, sind Hunderte Bürger vertrieben worden oder haben den Tod gefunden. Ich muß sagen, zu Zeiten der Orkbesatzung ging es uns besser. Und ...«

»Elender Verräter!« Lysandra hatte ihr Schwert gezogen und setzte dem Magier die Klinge an die Kehle, doch Lancorian stockte nur einen kurzen Augenblick in seiner Rede.

»Sieh, was hier geschieht, Marcian! Gestern starben mehr als zwanzig Bürger dieser Stadt in den Flammen eines Scheiterhaufens. Ich wohne hier seit Jahren. Ich habe sie alle gekannt. Einem Fremden wie dir fällt es sicherlich leichter, solche Urteile zu fällen. Erinnerst du dich zum Beispiel an das kleine Mädchen, das dort oben gestanden hat? Sie hatte gerade erst sechs Sommer gesehen. Sie war die Tochter des Hundezüchters Wingolf. Ihre Mutter starb bei der Geburt, und das Mädchen war das einzige, was der Mann in diesem Leben noch liebte. Oder Glombo Brohm. Bevor du in diese Stadt kamst, war er ein angesehener Handelsherr. Einer der reichsten Patrizier. Jetzt ist er wahnsinnig. Täglich geißelt er sich bis zur Bewußtlosigkeit, und täglich findet er mehr Anhänger, die es ihm gleichtun.«

»Sag ein Wort, Kommandant, und der Kopf dieses Hurensohns liegt zu deinen Füßen«, zischte Lysandra.

Schon hatte den Zauberer die Klinge der Amazone geritzt. Ein dünner Faden Blut rann von Lancorians Kehle.

»Haltet ein!« Marcian stieg die Stufen von seinem erhöhten Sitz herab und fiel Lysandra in den Arm. »Die Trauer hat ihm die Sinne verwirrt. Er weiß nicht mehr, was er sagt.«

»Ich weiß sehr wohl, was ich sage.« Lancorian spie dem Inquisitor ins Gesicht. »Ihr habt Tod und Wahnsinn in diese Stadt gebracht. Dämonen wandern unsichtbar durch unsere Straßen. Wie sonst hätte sogar Kinder die Duglumspest befallen können? Die Hälfte von Greifenfurt liegt in Trümmern. Selbst die Krieger sind vor Hunger so geschwächt, daß sie kaum noch ihre Schwerte heben können, und vor den Toren rüsten die Orks zu einem neuen Sturm. Jede Nacht habe ich Alpträume und sehe, wie diese Stadt in einem Feuersturm vergehen wird. Kein Jahr wird es dauern, und von Greifenfurt wird noch weniger übrig sein als von Ysilia, wo einst die Oger gehaust haben. Befreit nur das, was ich unter der Erde gesehen habe, und ihr stoßt euch selber die Pforten zu Boron auf!«

»Und was hast du gesehen?« Marcians Stimme klang wie ein Knurren. Doch Lancorian schwieg.

»Stundenlang hat er die Schlange auf der großen Steinplatte untersucht und die Erde, in die die Platte eingelassen ist. Dabei hat er ständig irgend etwas vor sich hingemurmelt. Ich glaube, er hat die Platte verhext! Plötzlich schrie er dann laut auf und hat sich die Hände auf das Gesicht gepreßt. Dann kauerte er eine Weile wimmernd vor der Steinplatte und ist schließlich aus dem Gang herausgestürmt, als säßen ihm alle Dämonen der Niederhölle im Nacken.« Dem Zwergenhauptmann war immer noch anzusehen, wie sehr ihn dieser seltsame Zwischenfall beeindruckt haben mußte.

Der Magier warf Himgi einen spöttischen Blick zu. »Verhext? Dämonen? Du Narr. Ich weiß um die wirkliche Beschaffenheit der Steinplatte. Ich habe die unendlich verworrenen magischen Muster gesehen, die um diesen Stein gelegt sind. Das ist ein Zauber, wie ihn heute sicherlich nicht einmal eine Handvoll Magier aus ganz Dere noch beherrschen. Doch das war noch nichts im Vergleich zu der Macht, die die Höhle selber schützt. Du närrischer Zwerg glaubst doch noch immer, daß der zweite Zauber verhindern soll, daß man von außen durch das Erdreich in die Höhle gelangt. Blanker Unsinn. Dort, wo du es nicht vermocht hast, eine Spitzhacke in lehmige Erde zu treiben, wirkt die Macht nur noch schwach. Im Inneren der Höhle muß sie so stark sein, daß ein Magier, der versucht, ihr Muster sichtbar zu machen, von der ungeheuren Energie, die in diesem Zauber gebündelt ist, geblendet würde. Die Augen würden ihm aus seinem Schädel brennen!«

Lancorian griff sich mit beiden Händen vors Gesicht, als würde er den Schmerz, den er schilderte, am eigenen Leib erfahren. Speichel rann ihm über die Lippen.

Dann stürzte er vornüber und wand sich in Qualen am Boden. »Bitte nicht! Ich werde dich nicht wieder stören! Bitte nicht!« Lancorian erbebte am ganzen Körper. »Das, was dort liegt, haßt Magier!« schrie er mit gellender Stimme. »Als ich meinen Blick auf die Gestalt wenden wollte, hat sie mich fast geblendet und ...« Lancorians Stimme ging in ein undeutliches Gurgeln über.

»Schnell, holt Gordonius«, befahl Marcian, und Arthag, der der Tür am nächsten gestanden hatte, huschte aus dem Saal.

Die Elfe Nyrilla kniete sich neben Lancorian. Behutsam tastete sie nach seinem Gesicht. Die Hände des Magiers lagen noch immer wie zu Klauen verkrampft über seinen Augen.

»Es spürt, daß ich an das denke, was ich gesehen habe«, flüsterte Lancorian. Dann bäumte er sich wieder unter gellenden Schreien auf. »Rettet mich vor dem Licht! Es brennt mir die Augen aus dem Kopf!«

Plötzlich verfiel der Magier in hysterisches Gelächter, und seine Stimme wurde immer dunkler, bis sich aus dem unheimlichen Lachen Worte formten.

»Marcian, ich warte auf dich. Seit Jahrtausenden ist es uns bestimmt, einander zu begegnen. Dein Schicksal wird sich bald erfüllen. Du aber, Lysandra, wirst meinen Herren verraten.«

Während die Stimme ertönte, erfüllte ein überirdisches Leuchten den Raum, und mit leisem Scharren fuhr Marcians Schwert aus der Scheide, ohne daß der Inquisitor seine Hand an die Waffe gelegt hätte. Mit der Spitze auf Lysandras Herz weisend, schwebte das Schwert durch die Luft. Die Waffe schlug gegen den Brustpanzer der Amazone und fiel ihr dann vor die Füße.

Totenstille herrschte in dem kleinen Saal. Niemand konnte sich die eigenartigen Phänomene erklären. Einige schlugen Schutzzeichen gegen böse Geister, andere murmelten leise Gebete.

Lysandra kniete nieder und hob das Schwert auf. Einen

Augenblick wog sie die Waffe prüfend in ihren Händen, dann trat sie vor Marcian. »Euer Schwert, Kommandant.«

Die dunkle Stimme, die den Raum hatte erzittern lassen, war verhallt. Lancorian lag leise wimmernd am Boden. Vorsichtig nahm er seine Hände vom Gesicht.

»Meine Augen! Ich kann nicht mehr sehen! Bei allen Göttern, nein. Bitte nicht das.«

Marcian legte dem weinenden Magier die Hand auf die Schultern. »Bitte verzeih mir, mein Freund, das habe ich nicht gewollt. Verzeih mir.«

»Ich kann dir nicht mehr verzeihen. Du bringst Unglück über jeden, der an deiner Seite steht. Doch jetzt, wo ich ohnehin schon bestraft bin ... kann ich dir auch sagen ... was ich ... gesehen ... habe.«

Lancorians Stimme klang immer angespannter, so als würden seine Schmerzen wieder zunehmen. »Der Zauber soll ... nicht verhindern ... daß wir hereinkommen. Er verhindert ... daß er herauskommt. Such deinen ... Weg bei Tag. Nur ... *ein* ... Wort ... öffnet ... den ...« Stöhnend sank der Zauberer zur Seite.

»Was öffnet ein Wort? Wie meinst du das?« Marcian hatte den Bewußtlosen bei den Schultern ergriffen und schüttelte ihn. »Sag schon. Was für ein Wort!«

»Laßt von ihm ab. Er hört euch nicht mehr.« Gordonius war eingetreten und kniete nun ebenfalls neben dem Magier.

»Was ist mit ihm?« Mühsam hielt sich Marcian so weit unter Kontrolle, daß er den Therbuniten nicht anschrie.

Der graubärtige Mann tastete nach Lancorians Hals. Dann legte er sein Ohr an die Brust des Zauberers. Schließlich richtete er sich auf und blickte Marcian kalt an. »Den habt Ihr noch nicht auf Eurem Gewissen, aber viel hätte nicht gefehlt. Er ist ohnmächtig, und die Götter allein wissen, wann er wieder erwachen wird. Sein Herz schlägt nur noch schwach.

»Denk nicht einmal daran«, herrschte Nyrilla den Zwergen an. »Ich werde nicht versuchen herauszubekommen, was Lancorian gesehen hat. Ich werde weder mit dir in diesen Tunnel gehen, um dort die merkwürdige Steinplatte zu untersuchen, noch werde ich auch nur den leisesten Versuch unternehmen, auf magischem Wege Zugang zu dieser Kammer zu suchen. Ich will mein Augenlicht behalten!«

Schweigend erklommen sie die Wendeltreppe, die zu den Gastgemächern im Palas der Garnison führte. Erst als Nyrilla schon vor der Tür zu ihrer Kammer stand, sprach Arthag die Elfe noch einmal an.

»Hast du eigentlich noch etwas Rauschkraut?«

»Was soll die Frage?« Nyrilla drehte sich zum Zwerg um. »Ist dir das Premer Feuer ausgegangen? Du wirst mir doch nicht ernsthaft erzählen wollen, daß du ...«

»Nein, nein.« Der Zwerg hob abwehrend die Hände. »Es ist nicht so, wie du denkst. Ich hatte nur eine Idee. Wir haben doch einen Hellseher. Vielleicht weiß der weiter? Nur werden wir ihm helfen müssen. Stoßen wir ihm das Tor auf, durch das er die Zukunft sieht. Alles weitere nimmt dann schon seinen Lauf.« Der Zwerg grinste. »Meinst du nicht, es ist einen Versuch wert?«

»Was du da vorhast, ist nach menschlichem Maßstab zutiefst unmoralisch.«

Der Zwerg zuckte mit den Schultern. »Findest du? Wenn die Orks morgen die Stadt überrennen, ist ohnehin alles vorbei. Warum sollten wir Uriens nicht noch ein paar schöne Stunden bereiten. Wenn das Rauschkraut nicht so wirkt, wie ich hoffe, dann wird es ihm auch nicht schaden. Wenn wir aber von ihm etwas erfahren, daß die Stadt retten könnte, dann war es den großzügigen Umgang mit Moral doch wohl wert.«

Nyrilla zögerte noch immer. Nicht, daß sie so sehr um das Schicksal des Wahnsinnigen besorgt war, doch ihr Vorrat an Rauschkraut war fast erschöpft und bei dem, was nun kommen mochte, wäre es schon angenehm, wenigstens gelegentlich für ein paar Stunden Angst und Verzweiflung hinter sich lassen zu können. Auf der anderen Seite konnte es gut sein, daß sie den nächsten Sonnenuntergang nicht mehr erlebte …

»Also gut, laß es uns versuchen.« Nyrilla öffnete die Tür, vor der sie noch immer stand, und holte den kleinen, bestickten Lederbeutel, den sie sorgfältig unter ihrer Matratze verborgen hatte.

»Das war dann wohl nichts!« giftete Nyrilla den Zwerg an. Schon zwei Stunden hatten sie in dem Kerker tief unter der Garnison bei Uriens verbracht, wo der Wahnsinnige zu seinem eigenen Schutz, wie Marcian es nannte, gefangengehalten wurde. Fast die Hälfte ihres ohnehin bescheidenen Rauschkrautvorrats war bei dem Versuch aufgebraucht worden, Uriens zum Sprechen zu bringen. In einem Mörser hatten sie die getrockneten Blätter mit etwas Wasser zu einem zähen Brei verarbeitet und Uriens mit einem Löffel in den Mund gestrichen.

Der grausam Verstümmelte war in einem Zustand, in dem er nicht einmal alleine essen konnte. Schon ohne ihr Zutun schien er in anderen Sphären zu weilen.

Als sie den Kerker betreten hatten, lag Uriens zusammengerollt auf seinem Bett und summte vor sich hin. Selbst als sie ihn mit dem Brei aus Rauschkraut gefüttert hatte, schien er sie nicht wahrgenommen zu haben. Willenlos ließ er alles mit sich geschehen. »Es reicht, hörst du mich, Arthag!«

»Was …« Der Zwerg hockte in einer Ecke und schien kurz eingeschlafen zu sein. »Was ist, Nyrilla?«

»Ich werde jetzt gehen. Wenn es dir beliebt, hier zu übernachten, werde ich dich nicht weiter stören.«

Warum hatte sie nur auf Arthags dumme Ratschläge gehört? Sie hätte es doch wirklich besser wissen müssen. Elfen und Zwerge, das ging nicht zusammen.

»Warte doch noch einen Moment«, brummte Arthag schlaftrunken und klappte die Wachstafeln zusammen, die er auf seine Knie gelegt hatte, um Uriens Worte mitzuschreiben.

»Nein! Ich bin es leid, euch beiden beim Schlafen zuzusehen.« Nyrilla griff nach der Laterne neben sich und ging auf die Kerkertür zu.

Uriens lallte im Schlaf.

»Hörst du?« Arthag hatte seine Wachstafeln wieder aufgeklappt. »Gleich wird er zu uns sprechen.«

Nyrilla warf dem Zwerg einen mitleidigen Blick zu. »Diesen Prophezeiungen hab ich heute schon genug gelauscht. Schlag du dir nur ruhig die Nacht um die Ohren. Ich geh jetzt. Vielleicht muß man ja auch ein trinkfester Zwerg sein, um aus diesem Gelalle etwas zu verstehen.«

Ohne sich noch einmal umzudrehen, verließ die Elfe die Zelle. Ihre letzten Worte taten ihr leid, aber sie war es müde, mit dem Zwerg zu debattieren, und das sicherste Mittel ihn zum Schweigen zu bringen war ihn zu beleidigen.

»Nyrilla, wach doch endlich auf!«

Wieder wurde sie durchgeschüttelt. Nur schwer fand die Elfe in diese Welt zurück. Vor dem Schlafengehen hatte sie selbst einige Blätter Rauschkraut zerkaut.

Jetzt konnte sie verschwommen die Gestalt des Zwergs erkennen.

»Was ist? Greifen die Orks schon an?« Nyrilla hatte von einer langen Reise durch eine Feenwelt geträumt, in der immer Frühling war, und die Kälte in ihrer Kammer wurde ihr jetzt um so deutlicher bewußt.

»Nyrilla, er hat gesprochen …«

»Na und …« Es war noch völlig dunkel in ihrer Kammer. Nicht ein Lichtstrahl fiel durch die hölzernen Läden, die das Fenster zum Hof der Garnison verschlossen. Undeutlich wurde ihr bewußt, daß sie noch nicht lange geschlafen haben konnte.

»Hörst du denn nicht?« Wieder schüttelte der Zwerg sie durch. »Uriens hat gesprochen! Die ganze Zelle war plötzlich voller Licht, und er hat mit so erhabener Stimme seine Prophezeiung verkündet, daß mir ganz warm ums Herz wurde. Es schien auch, als seien alle seine Wunden verheilt und ...«

Langsam wurde Nyrilla etwas klarer. »Und was hat er gesagt?«

Der Zwerg zögerte.

»Na los, rede schon! Was hat er gesagt? So schlimm kann es ja wohl nicht gewesen sein, oder?« Die Elfe richtete sich im Bett auf und blinzelte durch die dunkle Kammer. Es war unmöglich, Arthags Gesichtsausdruck zu erkennen. Noch immer gab der Zwerg keine Antwort.

»Wenn du mir nichts zu sagen hast, warum bist du dann hier?«

»Weil ich deine Hilfe brauche«, eröffnete Himgi schließlich zerknirscht. »Ich hab kein Wort verstanden, von dem, was Uriens gesagt hat. – Aber ich habe alles aufgeschrieben!«

»Dann laß mal hören.«

Wieder zögerte Arthag. »Ich glaube, es ist besser, wenn wir noch einmal alle Offiziere zusammenrufen. Was ich niedergeschrieben habe, ist wirklich nicht leicht zu verstehen, aber es scheint sehr wichtig zu sein. Ich habe nur halt bei dir angefangen. Würdest du jetzt Marcian wecken? Ich hole dann die anderen.«

Ohne ihr Gelegenheit zu einer Antwort zu geben, verschwand der Zwerg aus dem dunklen Zimmer.

Nyrilla seufzte. Dann schwang sie sich aus dem Bett und tauchte ihren Kopf in die Schüssel mit kaltem Wasser, die auf dem Tisch unter dem Fenster stand.

»Zwerge«, murmelte sie immer wieder mißmutig vor sich hin. »Zwerge!«

Die Stimmung im Thronsaal war gereizt. Auch wenn die meisten der dort Versammelten, in Erwartung des Angriffs im Morgengrauen, nicht geschlafen hatten, so hatte es doch des ausdrücklichen Befehls Marcians bedurft, sie hier zusammenzubringen. Mancher wäre jetzt lieber alleine gewesen, um sich im stillen und auf seine Art, auf das, was da kommen würde, vorzubereiten.

Arthag blickte in die Rune. Gordonius, Himgi, Lysandra, Darrag und fast ein Dutzend Offiziere der verschiedenen Bürgerwehreinheiten waren versammelt, und alle starrten zu ihm herüber. Die einen ärgerlich, andere neugierig und manche fast teilnahmslos, so als hätten sie sich schon in ihr Schicksal ergeben.

»Nun, Arthag, was hast du uns so dringendes zu berichten?« Marcian hatte sich vom Thronsaal erhoben, und alle Gespräche verstummten.

Der Zwerg räusperte sich verlegen. Immer wenn er vor so vielen Leuten reden mußte, fühlte er sich unwohl. Dann erzählte er die Geschichte von dem Besuch in Uriens Kerker, wobei er alle Details in bezug auf das Rauschkraut und den Streit mit Nyrilla aussparte. Dann zog er unter seinem Wams die Wachstafeln hervor, auf denen er den Orakelspruch des Wahnsinnigen niedergeschrieben hatte und las laut vor:

Geh', siehe diesen Stein so kalt!
Bedenk dann, das Wort ist alt.
Die verborgne Macht zu kennen,
mußt' laut der Kerze Opfer nennen.
Doch Vorsicht vor der Worte Spiel,
der Tempel Glanz führt nicht zum Ziel.
Der Peraine Frühlingswort
hilft dir an dem finstren Ort.
Doch formen muß die Menschenlunge
der Göttin Ruf nach Elfenzunge.
Denn es ist ein Elfenstein,
der dort steht in dem Gebein.
Ist's mit Bedacht zurück gesprochen,
dann ist die Zaubermacht gebrochen.

Einen Moment war es still. Dann platzte ein Bürgerwehroffizier heraus. »Blanker Unsinn ist das! Und deswegen zieht ihr mich von meinem Posten ab. Ich hab das Andergaster Tor auf den Angriff der Orks vorzubereiten. Für alberne Kinderreime bleibt mir keine Zeit.«

»Hüte deine Zunge, du Wurm!« Gordonius hatten die Worte zutiefst bewegt, und der alte Therbunit hätte dem Soldaten am liebsten eine Tracht Prügel verabreicht. »Erkennst du nicht, daß durch Uriens ein höheres Wesen gesprochen hat?«

»Und wer sagt, daß dieses höhere Wesen mit uns Gutes im Schilde führt?« Lysandra lehnte an der Wand neben der Tür und blickte zynisch lächelnd zu dem grauhaarigen Therbuniten herüber.

»Recht hat sie!« mischte sich wieder der Offizier ein. »Vielleicht sollen wir durch dieses Orakel nur von der Verteidigung der Stadt abgelenkt werden?«

»Ruhe. Offensichtlich ist hier doch wohl die Rede von der Steinplatte, die den Zugang zur Kultstätte unter dem Platz der Sonne verschließt. Was sonst sollte gemeint sein, wenn in dem Orakelspruch von einem Elfenstein, der im Gebein steht, die Rede ist. Ihr habt doch ungeheure Mengen von Knochen dort aus dem Gang geräumt, oder?« Marcian blickte zu Himgi.

»Das stimmt«, bestätigte dieser. »Und wenn man die Steinplatte anfaßt, so fühlt sie sich kalt an, ganz so, wie sie im Orakelspruch beschrieben wird.«

»Wiederhole das zweite Reimpaar!« forderte Marcian Arthag auf.

Die verborgene Macht zu kennen,
mußt laut der Kerze Opfer nennen.

»Damit kann doch wohl nur Wachs gemeint sein«, fügte Arthag hinzu.

»Dieser Teil des Rätsels ist leicht.«

»Ist er das?« Nyrillas Stimme war noch nicht ganz klar. Die Wirkung des Rauschkrauts steckte ihr noch in den Knochen. Diese Lösung erschien ihr gar zu simpel. Als Elfe, die von

Kindesbeinen an mit Wortspielen und Rätselfragen vertraut war, konnte sie an eine so einfache Lösung nicht glauben.

»Warum heißt es dann gleich im nächsten Reimpaar: *Doch Vorsicht vor der Worte Spiel, der Tempel Glanz führt nicht zum Ziel.* Nein, Wachs kann nicht die Lösung sein. Das ist ein Wortspiel, das uns verwirren soll.«

»Wortspiele, Doppelsinn, Verwirrung. Das ist doch eine Falle. Wenn die Zwölfgötter auf unserer Seite stehen, warum helfen sie uns dann nicht? Wozu dieses Rätsel? Das hat sich der Namenlose ausgedacht!« Lysandra redete sich immer mehr in Rage, und etliche der Offiziere dachten offensichtlich ähnlich wie die Amazone.

»Laßt lieber unsere Schwerter sprechen!« rief jemand, den Arthag nicht sehen konnte.

»Die Schwerter werden noch früh genug sprechen«, brummte Gordonius. »Und was eure Mutmaßungen über den Namenlosen angeht, glaubt ihr vielleicht, er oder einer seiner Diener würde es wagen, Peraines Namen in sein schändliches Spiel zu verstricken? Nein! Das Orakel ist wahrhaftig! Und gerade weil die Botschaft verschlüsselt und vieldeutig ist, sehe ich in ihr einen himmlischen Fingerzeig, uns vor einem grausigen Schicksal zu bewahren. Töricht ist, wer glaubt, daß ein göttliches Orakel so klar und unmißverständlich wie das Geschrei eines Marktweibes ist.«

»Dann weißt du doch sicher auch, was mit Peraines Frühlingswort gemeint ist, Meister Siebenschlau«, höhnte ein blonder Bürgersohn.

Gordonius ignorierte den Spott in dessen Stimme und antwortete ruhig. »Natürlich. Ein altes Priesterwort sagt, daß keine Pflanze ohne den Wunsch der Göttin gedeihen kann. So befiehlt sie also im Frühling Gräsern und Bäumen von neuem auszutreiben. Der Peraine Frühlingswort, so wie es nach dem Sinn dieses Rätsels gemeint ist, kann also nur der Befehl WACHS sein.«

»Und damit ist das Rätsel gelöst?« Arthag blieb skeptisch. Das war doch nicht allzu schwer? Konnte das stimmen?

»Ihr vergeßt die letzten Verse des Rätsels. Schließlich steht dort ein Elfenstein, wenn euer Götterwort stimmt. Und der wird sich niemals von der Stelle bewegen, wenn ihr euch davor aufbaut und WACHS ruft.« Nyrilla saß an die Wand gelehnt und hielt sich den Kopf, so als habe sie Schmerzen.

»Ihr müßt euch schon bemühen, daß elfische Wort dafür über eure Zungen zu bringen, denn sonst wird gar nichts passieren.«

»Und wie heißt das?« Marcians Stimme klang langsam ungeduldig.

Arthag versuchte zu schätzen, wieviel Zeit noch bis Sonnenaufgang bleiben mochte. Lange konnte es nicht mehr dauern, dann würde der Angriff der Orks beginnen. Noch immer hallten ihre Kriegstrommeln durch die Finsternis, und der Zwerg hatte das Gefühl, daß der Rhythmus schneller geworden war.

Plötzlich erdröhnten die Mauern des Palas. Der Boden zitterte unter ihren Füßen, und feine Staubfäden rieselten von der Decke. Gleich eine ganze Salve von Katapultgeschossen mußte das Hauptgebäude der Garnison getroffen haben!

Ob die Orks wohl wußten, daß sich hier alle Offiziere der Stadt aufhielten?

»Alle auf ihre Posten!« kommandierte Marcian scharf. »Die Versammlung ist aufgelöst!«

Die Pforte zum Thronsaal wurde aufgerissen. Atemlos stürmte eine Kriegerin herein.

»Die Orks ... Sie kommen von ... allen Seiten. ... Die ersten scheinen sogar schon ... in der Stadt zu sein.«

Arthag wog prüfend seine Streitaxt. Wie die meisten anderen Offiziere war er bereits in Rüstung erschienen und hatte seine Waffen griffbereit gehalten.

Fluchend drängten die Männer und Frauen durch die schmale Pforte des Thronsaals, um in Stadt und Burg ihre Posten zu beziehen.

»Halt!« schrie Marcian und packte gleichzeitig Lysandra an der Schulter. »Du kommt mit mir. – Himgi, Arthag und Nyrilla! Ihr folgt mir auch. Auf uns wartet eine ganz besondere Aufgabe.«

4

Ein eisiger Wind wehte von Westen her über den Fluß.

Es kostete Alrik einige Überwindung aufzustehen. Obwohl er in seinen Umhang und einen Pelz eingerollt geschlafen hatte, war er völlig durchgefroren. Wie mochte es da erst den schlechter ausgerüsteten Kriegern ergangen sein?

Seufzend richtete der junge Oberst sich auf, stieß den schneebedeckten Pelz beiseite und reckte sich. Im Osten war ein erster, blaßblauer Schimmer am Horizont zu sehen. Bald würde die Sonne aufgehen. Alriks Blick schweifte über das Lager, eine langgezogene Wiese, bedeckt mit in ihren Dekken eingeschneiten Schlafenden.

Schon gestern abend, als sie dieses Lager hoch über der Uferböschung gewählt hatten, waren die ersten Schneeflokken gefallen. Der Prinz hatte einen Teil der Decken, die für die Bürger Greifenfurts gedacht waren, unter den Soldaten austeilen lassen.

Jetzt bildeten die eingeschneiten Schlafenden eine bizarre Landschaft aus Hunderten von kleinen Hügeln. Hier und dort gab es einen dunklen Fleck im Weiß, wenn sich einer von seinem Lager erhoben hatte und der nackte Erdboden wieder zu sehen war.

Kleine Grüppchen drängten sich um die Wachfeuer, auf denen meist schon große Kessel mit heißem Wasser oder Suppe standen. Ein wohliges Rieseln durchlief Alrik bei dem Gedanken an eine Tasse warmes Wasser.

Der Oberst griff nach dem Küraß, der neben ihm aufrecht im Schnee stand. Das Metall des Panzers war so kalt, daß seine Finger daran haften blieben. Fluchend zuckte er zurück und zog seine ledernen Stulpenhandschuhe aus dem Gürtel. Sie wärmten zwar kaum, würden ihn aber vor dem kalten Metall schützen. Pelzfäustlinge oder warme Wollhandschuhe wie die Soldaten auf den Schiffen konnte er nicht tragen. Wer zur Kavallerie gehörte, mußte den Tag über ständig kampfbereit sein, und mit Fäustlingen ließ sich keine Waffe führen.

Schaudernd schloß der Oberst die Schnallen an seinem Küraß. Obwohl er ein warmes, wollenes Wams trug, war ihm, als sei er in ein Gefängnis aus Eis eingesperrt. Mit langen Schritten suchte er zwischen den Schlafenden hindurch den Weg zum nächsten Feuer. Er brauchte etwas Warmes, oder er würde vergehen!

»Ihr schaut ja aus, als hätte Euch eine Eisfee geküßt«, begrüßte ihn der alte Soldat, der mit einem großen Schöpflöffel durch den Kessel auf dem Feuer rührte.

»Hier, trinkt! Ich habe ein paar Kräuter reingetan, damit es nach was schmeckt.« Der Mann drückte Alrik eine Holzschale in die Finger und füllte sie fast bis zum Rand mit dem dampfenden, bräunlichen Getränk.

Gierig trank der Oberst. Mit jedem Schluck durchlief ihn ein warmer, wohliger Schauer. Der alte Soldat musterte ihn dabei. Er hatte sich ein Leinentuch um den Kopf geschlagen, auf dem ein wenig verrutscht sein Helm thronte. Über die Schultern trug er eine von den grauen Decken, die der Prinz hatte austeilen lassen. Seine Füße verhüllten Stiefel, die so zerschlissen waren, daß sich selbst mit viel Phantasie ihre ursprüngliche Farbe nicht mehr erraten ließ. Um die Waden hatte sich der Mann Lumpen gewickelt und mit über Kreuz gezurrten Stricken festgebunden.

»Tut gut, nicht?« Der Alte musterte Alrik mit trüben, blauen Augen. Sein Gesicht war wettergegerbt und wurde von einer riesigen, roten Nase beherrscht, die weit über einen struppigen, grauen Schnauzbart hinausragte.

»So ein Kräutersud, das ist schon fast das Beste, was man sich an so einem eisigen Morgen antun kann, nicht wahr, Herr Oberst?«

Alrik brummte zustimmend, legte die leere Holzschale beiseite und rieb sich seine kalten Finger über dem dampfenden Kessel.

Auch der Soldat beugte sich vor. An seiner Nasenspitze glänzte jetzt ein kleiner, durchsichtiger Tropfen. »Es gibt nur eins, was noch besser ist ...« Der Mann grinste verschwörerisch.

Alrik blickte immer noch wie gebannt auf den zitternden Tropfen an der Nase des Alten. Er hatte jetzt fast schon die Größe einer kleine Erbse erreicht.

Der Soldat griff unter die Decke, in die er sich eingehüllt hatte, und zog ein kleines, irdenes Fläschchen hervor. Durch die Bewegung erbebte der Tropfen, zog sich immer mehr in die Länge und löste sich dann von der Nase, die ihn geboren hatte, um geradewegs in den dampfenden Kessel zu stürzen.

Der Soldat schneuzte sich, fuhr mit der lumpenumwickelten Hand unter der Nase durch und reichte Alrik mit der anderen das Fläschchen.

»Trinkt das. Auch wenn es der Prinz verboten hat, nichts vertreibt die Kälte besser als ein Schluck Premer-Feuer. Glaubt nur einem alten Veteranen.«

Eine in dicke Pelze vermummte Gestalt – offensichtlich ein Offizier – war zu den beiden ans Feuer getreten und schlug sich mit den Armen vor den Leib, um sich aufzuwärmen. Ein roter Schal verbarg das Gesicht des Mannes, bis auf die braunen Augen.

Alrik nahm einen tiefen Schluck aus dem Fläschchen. »Bei Firun, das treibt einem wirklich die Kälte aus den Knochen.« Sorgfältig verschloß er die kostbare Flasche und reichte sie dem Soldaten zurück.

Der Vermummte hatte sich eine der Holzschalen genommen, die neben dem Feuer lagen, und ließ sich eine Kelle voll Kräutersud geben. »Der Prinz ist zwar ein wackerer Streiter, aber über die Feinheiten eines Winterfeldzugs muß er noch einiges lernen.«

Der alte Soldat grinste Alrik breit an, und erneut löste sich ein Tropfen von seiner Nase und fiel in den dampfenden Kessel.

»Wie meint ihr das?« brummte der Fremde hinter seinem Schal. Er hatte mit beiden Händen die Holzschale umschlossen, zögerte aber zu trinken.

»Wißt Ihr, Herr Offizier, ich habe schon unter dem alten Kaiser Reto gedient. In dem Winter, nachdem er Bardo und Cella aus Gareth vertrieben hatte, ist er mit dem Heerbann nach Norden gezogen, um einer großen Bande marodierender Orks das Fell zu gerben. Damals war es so kalt, daß manchem Ritter sein Bart am Helm festgefroren ist.«

Der Soldat streckte seine Hände über den dampfenden Kessel und rieb sich die roten Finger.

»Am schlimmsten war es immer, wenn man sich morgens aus den verschneiten Decken gewickelt hatte. Genau wie uns Brin war Reto damals auch so eilig aufgebrochen, daß er auf einen Troß mit Zelten und so verzichtet hatte. So kamen wir dann jede Nacht auf dem beinhart gefrorenen Boden in den Bergen zu liegen. Ich sage dir, Junge, da ist das hier noch gar nichts gegen. – Aber weißt du, was der alte Reto mitgenommen hat? Ein paar Maultiere beladen mit Branntweinfässern. Nicht, daß wir uns besoffen hätten, aber jeden morgen gab es zum Aufstehen einen kräftigen Schluck für Ritter wie Waffenknechte. Da fängt nach so einer lausigen Nacht im Schnee der Tag gleich ganz anders an.«

Alrik nickte. Ganz unrecht hatte der Alte nicht, nur leider war das wohlig warme Gefühl viel zu schnell wieder verschwunden.

»Weißt du, warum die Thorwaler alle schon auf sind?« Der Soldat setzte wieder ein verschwörerisches Grinsen auf. »Die scheren sich einen Dreck um die Vorschrift des Prinzen. Die haben alle schon ein oder zwei Hörner voll warmen Mets getrunken, bevor der erste kaiserliche Offizier in ihre Töpfe schaut. Und recht haben sie, es geht wirklich nichts über einen guten Schluck.«

»Kann ich auch mal an deinem geheimen Vorrat nippen?« meldete sich der Vermummte. Die Holzschale mit dem Kräutersud, an dem er nicht einmal genippt hatte, stellte er vor sich in den Schnee.

Der Alte zögerte. »Nichts für ungut, Herr, aber Euch kenne ich nicht. Gebt mir erst Euer Wort, daß Ihr dem Prinzen nicht verraten werdet, was Ihr bei mir gesehen habt.«

»Mein Wort, ich werde dem Prinzen nichts sagen.« Der Vermummte blinzelte freundlich mit seinen braunen Augen, griff nach dem Fläschchen und zog sich den Schal vom Gesicht.

»Bei allen Göttern ...«, stammelte der Veteran, als er dem Mann ins Antlitz blickte. Dann warf er sich auf die Knie.

»Verzeiht mir, Eure Majestät ... Seit fast vierzig Jahren diene ich treu dem Kaiserhaus ... und ich habe mir nie etwas zuschulden kommen lassen!«

»Komm, steh auf, Alter.«

Der Prinz packte dem Soldaten unter die Arme und half ihm wieder hoch, um dann mit strenger Stimme fortzufahren. »Soldat, dies soll der letzte Tag sein, den du als Gemeiner in meinem Heer dienen darfst. Die lockere Art, in der du über deinen Herrscher redest, muß bestraft werden. Zu Sonnenuntergang wird dein vorgesetzter Offizier dir den Abschied geben.«

Dem Alten rannen Tränen über die Wangen. Doch er stand stramm und sagte nichts.

»Danach meldest du dich bei mir, und ich werde dich persönlich als Heeresmundschenk im Range eines Weibels in die Musterrolle eintragen.«

Dem Soldaten stand der Mund weit offen. Eine Träne hing zitternd an seinem Schnauzbart. Schließlich stammelte er: »Ich ... danke Euch ... Majestät.«

Der Prinz nahm einen Schluck und wischte sich mit der Hand über den Mund. Dann reichte er dem Soldaten schmunzelnd die Flasche zurück.

»Du hast einfach recht. An einem Morgen wie diesem gibt es nichts Besseres als einen kleinen Schluck zum Aufwärmen. Ich brauche Männer wie dich, die frei heraus ihre Meinung sagen, wenn ich mich irre. Du hast mir einen Dienst erwiesen und nicht umgekehrt. Auf den Schiffen haben wir etliche Fässer Branntwein für Greifenfurt. Ab morgen wird es deine Aufgabe sein, dafür zu sorgen, daß jeder, der an dieser Heerfahrt teilnimmt, zum Frühstück einen Becher voller Branntwein bekommt.«

»Ein Becher zur Nacht würde auch nicht schaden«, flüsterte der Alte halblaut. »Damit würdet Ihr Euren Ahnen Reto an Freigibigkeit noch übertreffen.«

»Du nimmst wirklich kein Blatt vor den Mund.« Brin blickte lächelnd auf den Soldaten.

Dieser grinste und wollte etwas entgegnen. Doch seinem offenen Mund entrang sich nur noch ein Röcheln. Eine blutige Pfeilspitze ragte aus seiner Brust.

Einen Moment schwankte der Mann, dann kippte er vornüber in den Topf mit dem siedenden Kräutersud. Zischend ergoß sich das überlaufende Wasser ins Feuer.

Alrik und der Prinz hatten sich zu Boden geworfen.

Ein Alarmhorn erklang, und im selben Moment brach eine Schar von Orkreitern in das Lager ein.

Die wenigen Krieger, die schon auf den Beinen waren, versuchten vergeblich, die Schwarzpelze aufzuhalten. Die, die erst durch den Alarm geweckt worden waren, rollten sich aus den Decken und suchten ihr Heil in der Flucht.

Fluchend riß Brin seinen Säbel aus der Scheide.

Auch Alrik erkannte jetzt, was das Ziel des überraschenden Angriffs war. Die Orks jagten auf die abfallende Uferböschung zu.

»Alles zum Fluß!« schrie Alrik. Unten am Ufer waren die Reittiere der Kavallerie und die Kaltblüter, die die Schiffe den Fluß hinauf schleppten, angepflockt.

Gemeinsam mit dem Prinzen rannte der Oberst auf die Böschung zu. Wenn sie die Pferde verloren, dann war die ganze Unternehmung verloren.

Vom Ufer erklang lauter Kampflärm.

Als Alrik den Rand der Böschung erreichte, blickte er auf eine lange Kampfreihe, die den Angriff der Orks aufgefangen hatte. Über hundert Thorwaler standen dicht an dicht, die Schilde ineinander verschränkt und drängten die Orks von den Pferden ab.

Mittlerweile hatte sich auch auf der Böschung eine kleine Schar von Kämpfern gesammelt.

»Mir nach!« rief der Prinz und stürmte den Abhang hinab. »Für Greifenfurt!«

Alrik fluchte. Der Prinz riskierte zu leichtfertig sein Leben. Schon der Pfeilschuß, der den alten Soldaten getötet hatte, hätte ebensogut ihn treffen können, und jetzt forderte er schon wieder das Schicksal heraus.

»Für Brin und das Kaiserreich!« brüllte Alrik, und die Männer und Frauen, die den Abhang hinabstürmten, nahmen seinen Schlachtruf auf.

Dem zweifachen Ansturm hielten die Schwarzröcke nicht stand. Sie rissen ihre kleinen Ponies herum und galoppierten von den Pferden weg, das Ufer entlang. Bogenschützen, die sich auf dem Grat der Böschung gesammelt hatten, schickten ihnen Pfeiler hinterher, doch ebenso schnell, wie sie gekommen waren, waren die Schwarzpelze auch wieder verschwunden.

»Das wohl, Leute!« brüllte ein hünenhafter Thorwaler über das Schlachtfeld. »Ist noch jemandem kalt?«

Gelächter lief durch die Reihe der rauhbeinigen Seekrieger. »Besser als immer nur zu rudern war das allemal!« rief eine rothaarige Kriegerin zur Antwort.

Die Formation der Thorwaler löste sich schnell auf. Einige gingen zurück zum Lager, um sich ihre Wunden verbinden zu lassen, andere durchsuchten die Leichen der wenigen toten Orks und begannen sich lauthals um die kümmerliche Beute zu zanken.

Nur der Anführer kam die Böschung herauf und ging geradewegs auf den Prinzen zu, der eine Schwadron Ordensritter mit der Verfolgung der Orks beauftragte.

Auf dem Schild des Thorwalers prangte ein weißköpfiger Adler, der eine Schlange in seinen Klauen hielt. Der Mann mußte fast zwei Schritt groß sein. Langes, weißblondes Haar hing ihm in wirren Strähnen bis auf die Schultern herab. Mit eisgrauen Augen musterte er den Prinzen und hob dann die Rechte, in der er immer noch seine Axt hielt.

»Der König der Meere grüßt den König der Lande«, ließ er selbstbewußt vernehmen.

Alrik trat einen Schritt näher an die Seite seines Prinzen. Was mochte der Mann wollen?

»Ich grüße Euch, Phileasson. Großadmiral Sanin hat mir bereits von Euch erzählt, und ich bin froh, Euch an meiner Seite zu haben. Wenn der König des Landes und der König der Meere zusammen stehen, wer könnte sie dann noch aufhalten.«

»Wohl gesprochen, Prinz. Doch laßt uns über ernstere Dinge reden. Admiral Sanin hat mich beleidigt, und ich bin mit meinen Mannen gekommen, um ... wie sagt man auch gleich bei Hof ... Satisfaktion zu fordern.«

»Ihr wollt was?« Der Prinz legte die Stirn in Falten.

Alrik hatte sich unauffällig ein paar Schritt zurückgezogen und winkte einigen Soldaten.

»Mein Recht will ich. Weißt du, vor zwei oder drei Jahren kam es zu einer kleineren Auseinandersetzung zwischen meinen Männern und einer Galeere aus Sanins Flotte. Einige meiner Freunde mußten an Bord als Sträflinge Dienst tun. Seitdem herrscht eine – sagen wir – Mißstimmung zwischen mir und dem Admiral. Dieser Kerl hat sogar schon mehrfach versucht, meiner habhaft zu werden und einen Preis auf meinen Kopf ausgesetzt.«

»Kapitän, Ihr verblüfft mich. Wie ist es Euch denn gelungen, Havena zu passieren und den Großen Fluß hinaufzusegeln, wenn ein Preis auf Euren Kopf ausgesetzt ist?«

»Vielleicht sollten wir das bei einem Frühstück besprechen.« Der Thorwaler grinste dem Prinzen unverschämt ins Gesicht.

Alrik gab den Soldaten ein Zeichen, und acht Bewaffnete bildeten einen Kreis um den Thorwaler, doch der Prinz hob beschwichtigend seine Arme.

»Laßt es gut sein, von Blautann. Dieser wackere Streiter hat gerade unsere Pferde gerettet, und ich werde nicht dulden, daß man ihn noch vor dem Frühstück in Eisen legt.«

»Bei Swafnir! Prinz, du bist ein Mann mit Manieren.« Phileasson steckte seine Axt in den Gürtel und klopfte Brin jovial auf die Schulter.

Alrik schäumte vor Wut. Was nahm sich dieser Pirat da heraus! Nicht nur, daß er den Herrscher des Kaiserreichs duzte, als sei er ihm gleichgestellt, jetzt führte er sich sogar auf, als hätte er einen seiner Saufkumpanen an seiner Seite. Wie konnte Brin sich so etwas gefallen lassen?

»Weißt du, Brin«, erklärte Phileasson im aufgeräumtesten Plauderton, während er mit dem Prinzen die Böschung erklomm. »Bei Hochwasser ist es kein Problem, den Großen Fluß heraufzukommen, ohne Havena zu passieren. Und die Galeeren, die üblicherweise die Seitenarme kontrollieren, waren bereits abgezogen, um deine Flotte in Ferdok zu verstärken.«

»Ich bin sicher, Fürst Cuanu und seine Streiter haben die Güte Eures Herzens erkannt, Phileasson, andernfalls hättet Ihr niemals so weit den Fluß hinaufkommen können, ohne die Stärke seines Schwertarms zu spüren bekommen.«

»Mag sein.« Wieder lächelte der Thorwaler frech. »Dein Admiral jedenfalls weiß meinen Wert nicht zu schätzen. Stell dir vor, dieser Sanin hat hundert Dukaten auf meinen Kopf ausgesetzt.«

»Das erscheint mir für den Angriff auf eine kaiserliche Galeere angemessen.«

»Was?« Phileasson war stehengeblieben. »Auch du beleidigst mich? Seitdem Sanin sich diese Frechheit herausgenommen hat, lacht ganz Thorwal über mich. Hundert Dukaten für den Kopf des Königs der Meere, das ist ...« Der Pirat rang nach Worten.

Alrik legte indessen seine Hand auf den Schwertgriff und versuchte sich vor die linke Seite des Prinzen zu schieben.

Brin strich sich über sein Kinn. »Langsam beginne ich Euren Standpunkt zu verstehen, Phileasson. In der Tat, was Sanin da getan hat, ist Rufmord. Doch mag es hier Männer geben, die vielleicht ganz ähnlicher Meinung sind, wie mein Großadmiral.«

»Was?« zischte Phileasson.

Der Prinz zuckte mit den Schultern. »Wißt Ihr, viele meiner Adligen haben arge Vorurteile gegen Euch Thorwaler.

Vor allem jene, deren Lehen an der Küste oder einem schiffbaren Fluß liegen.«

»Verblödete aristokratische Landratten ...«, brummte der Thorwaler. »Mein Gewissen ist rein. Ich habe in meinem ganzen Leben noch keine Untat begangen.«

»Sagt, seid Ihr wirklich den weiten Weg von Thorwal gekommen, habt meine Offiziere getäuscht und Euch dieser Flotte angeschlossen, um nun von mir die Herausgabe des Großadmirals zu fordern?«

»Es geht hier um meine Ehre«, versetzte der Krieger ernst. »Das ist keine Kleinigkeit. Hinter den Mauern von Harben, geschützt durch eine ganze Kriegsflotte und eine Garnison, konnte ich Sanin leider nicht zur Rechenschaft ziehen. Im übrigen will ich deinen Admiral keineswegs mitnehmen. Ein Duell nach dem Frühstück würde mir reichen. Was danach von ihm übrig ist, kannst du gerne behalten.«

Mittlerweile hatte der Prinz das Offiziersquartier erreicht, wo auf einem Kartentisch etliche Laibe dunklen Brots und ein großer halber Käse lagen. Als der Prinz zur Tafel schritt, traten die Offiziere respektvoll ein Stück zurück. Kritisch musterten sie den Thorwaler in seiner Begleitung. Alrik konnte beobachten, wie etliche der Männer und Frauen nach ihren Schwertern tasteten. Wer Brin respektlos behandelte, beleidigte damit auch seine Edlen.

Als sei nichts geschehen, schnitt sich der Prinz eine dicke Scheibe Brot ab und nahm sich ein Stück Käse. Dann wandte er sich zu Phileasson um.

»Seid gewiß, Kapitän, ich dulde nicht, daß Euch solches Unrecht wiederfährt.« Der Prinz erhob seine Stimme, so daß man sie nun in weitem Umkreis hören konnte. »Auf die Ergreifung der Phileasson Foggwulf, der eine kaiserliche Galeere angegriffen hat, setze ich hiermit einen Preis von tausend Goldstücken.«

»Das wohl!« Der Thorwaler war mit dieser Wendung offensichtlich zufrieden und wollte sich jetzt auch an Brot und Käse bedienen. Daß die Offiziere und Ritter rundherum ihre Schwerter zogen, ignorierte er.

Da legte Brin ihm seine Hand auf die Schulter. »Hiermit erkläre ich Euch für verhaftet, Phileasson. Die Belohnung überlasse ich dem kaiserlichen Schatzamt.«

Brin winkte wie beiläufig mit der Hand.

Das war das Zeichen, auf das Alrik so lange gewartet hatte. Mit der blanken Klinge in der Hand trat er neben Phileasson. »Im Namen des Reiches, legt Eure Waffen nieder und leistet keinen Widerstand, wenn Euch Euer Leben lieb ist.«

Phileasson warf Alrik einen geringschätzigen Blick zu und kaute in aller Seelenruhe weiter an seiner Brotkante.

»Mein Herr, ich glaube Ihr verkennt die Lage, in der Ihr Euch befindet, doch wenn Ihr mich und die anwesenden Edlen weiterhin durch Eure Frechheiten beleidigen wollt, können wir gerne durch ein Duell jede Gerichtsverhandlung überflüssig machen.«

»Sachte, von Blautann.« Der Prinz blickte Phileasson neugierig an. »Was hat Euch dazu getrieben, diesen tollkühnen Streich zu führen? Ihr seid hier doch förmlich in die Höhle des Löwen marschiert.«

Der Thorwaler schien von den Rittern nicht im mindesten beeindruckt. »Nun, Brin. Ich weiß von dir, daß man dich einen mutigen, klugen Mann nennt. Wie viele Krieger hast du hier versammelt? Selbst wenn man die Waschlappen von Seeleuten auf den Flußschiffen mitrechnet, mögen es vielleicht dreitausend sein. Was glaubst du, was passiert, wenn du mich verhaften und vielleicht sogar als Piraten öffentlich hinrichten läßt?«

»Eure Leute würden versuchen, Euer Leben zu retten. Doch wenn sie nur einen Funken Verstand haben, werden sie sich nicht mit einer zwanzigfachen Übermacht anlegen.«

Phileasson runzelte die Stirn. »Ich sehe, du verstehst immer noch nicht. Das ist keine Sache des Verstandes. Das ist eine wirklich ernste Angelegenheit. Es geht um Ehre. Würde auch nur einer meiner Leute nicht sein Leben einsetzen, um mich wieder zu befreien, dann wäre er ehrlos. Also werden sie dich angreifen, Prinz, und einen gloriosen Heldentod sterben, von dem unsere Skalden noch in hunderten Jahren bei den winterlichen Festmählern der Hetleute singen werden. Ich denke, der Ruf unserer Waffen ist schon bis zu dir gedrungen. Allein mein Steuermann Ynu würde es mit einer Handvoll deiner Ritter auf einmal aufnehmen. Sicherlich, du würdest gewinnen. Doch ich denke, du willst gegen die Orks ziehen? Kannst du es dir leisten, deine Krieger in einem so unnützen Gefecht zu verlieren. Überlaß mir Sanin zum Duell, und egal wie unser Zweikampf endet, der Streit ist damit beigelegt!«

»Das ist leider unmöglich. Sanin ist ein Mann von Adel. Er würde sich niemals mit einem Gemeinen ein Duell liefern. Das verstößt gegen unseren Ehrenkodex.«

»Was?« Phileasson verzog sein Gesicht. »Willst du mir sagen, dieser Hampelmann sei von edlerem Blut als ich? Ich trage den Titel König der Meere. Was ist er denn schon?«

»Großadmiral des Kaiserreichs, und wenn wir die Position eines Mannes nach solchen Banalitäten messen, kann ich nur sagen, ihm unterstehen wahrscheinlich wesentlich mehr Schiffe und Krieger als Euch.« Aus der Adelsrunde war Gelächter zu hören. Phileasson zog seine Streitaxt aus dem Gürtel.

»Gemach, mein Freund.« Der Prinz griff ihm nach dem Arm. »Ihr habt einen Mut bewiesen, der mir imponiert, auch wenn das vielleicht nicht auf alle meine Gefolgsleute zutrifft. Außerdem habt Ihr gerade eben unsere Pferde gerettet. Wenn Ihr weiterhin mit uns segelt und auch unter den Augen meiner adligen Offiziere Euren Mut beweist, so spricht nichts dagegen, Euch für besondere Verdienste auf dem Schlachtfeld zum Ritter des Reiches zu schlagen. Damit seid Ihr dann in der Lage, Satisfaktion von Sanin zu fordern. Ich persönlich werde auf dem nächsten Hoftag über Eurem Streitfall zu Gericht sitzen, denn habt Ihr einen Titel, steht es Euch zu, dort öffentlich Klage gegen Sanin zu erheben. Nun, wie denkt Ihr darüber?«

Phileasson kratzte sich am Bart und legte die Stirn in Falten. »Ich werde mich keinem fremden Kommando unterstellen.«

»Das ist auch nicht nötig. Ich denke, Ihr Thorwaler kämpft am besten, wenn Ihr nach eigenem Dafürhalten agiert. Keiner kennt Eure Krieger, ihre Stärken und Schwächen besser als Ihr selbst, Phileasson. Führt Eure Schiffe so, wie sie im Kampf gegen die Schwarzröcke den größten Nutzen bringen.«

Der Kapitän hatte seine Streitaxt wieder in den Gürtel geschoben. »Und wie steht es mit der Beute?«

»Ihr könnt behalten, was ihr euch selbst erkämpft, und das Kopfgeld, daß auf Euch ausgesetzt ist, wird selbstverständlich bis zum Hoftag aufgehoben.«

»Prinz, das ist der Vorschlag eines aufrechten Mannes. Ich nehme an.« Der Thorwaler klopfte Brin wieder jovial auf die Schulter, dann drehte er sich langsam im Kreis, um die anwesenden Adligen mit herausfordernden Blicken zu messen, und machte sich schließlich auf den Weg zurück zu seinen Schiffen.

»Eure Majestät, wie könnt Ihr nur einen solchen Handel mit einem Piraten schließen.« Alrik war entsetzt. Er hätte den Thorwaler am liebsten an der Rah seines eigenen Flaggschiffs hängen gesehen.

»Mein lieber Oberst, Ihr seid ein tapferer Mann, aber es scheint mir, was die Diplomatie angeht, habt Ihr noch einiges zu lernen. Ich bin hier, um Greifenfurt zu befreien und die Orks zu bekämpfen. Welchen größeren Gefallen könnte ich dem Schwarzen Marschall tun, als meine eigenen Truppen durch unnütze Gefechte zu schwächen? Dieses Schlitzohr von einem Piraten hat recht. Würden wir ihm und seinen Männern einen Kampf liefern und das Urteil, das ihm zusteht, vollstrecken, so würde uns das viele Krieger kosten. Doch jetzt wird Phileasson auf unserer Seite stehen, was er ursprünglich nicht beabsichtigte. Ich habe hundertfünfzig erfahrene Kämpfer gewonnen und ihn keineswegs begnadigt, sondern den endgültigen Urteilsspruch nur aufgeschoben. Für Krieger mag diesem Handel der Ruch der

Unritterlichkeit anhaften, aus diplomatischer Sicht war es ein großer Erfolg. Ihr solltet auch nicht die angespannten Beziehungen zum Lieblichen Feld vergessen, Oberst. Vielleicht wird es uns eines Tages noch von großem Nutzen sein, wenn wir unsere Flotte im Meer der Sieben Winde mit den Langbooten eines berühmten Thorwalerkapitäns verstärken können.«

5

Marcian hatte alle Fackeln löschen lassen und den Zwergen den Befehl gegeben, ihre Laternen abzublenden. Fast zwanzig Kämpfer hatte der Inquisitor um sich geschart. Hauptmann Himgi und zehn seiner Zwerge, Lysandra, Nyrilla, Arthag und vier besonders zuverlässige Kämpfer aus von Blautanns Kürassierregiment. Sie hatten sich in dem Tunnel vor der geheimnisvollen Steinplatte verteilt und erwarteten den Durchbruch der Orks.

»Wir werden auf sie warten und sie dann überraschen.«

Keine Antwort. Das einzige Geräusch, das den Gang erfüllte, war der gedämpfte Klang regelmäßiger Schläge von Spitzhacken.

Zehn oder zwölf Schritte trennten Marcian jetzt von der schwarzen Steinplatte. Um den Kultraum zu öffnen, war es zu spät gewesen, als er mit der Verstärkung eingetroffen war. Die Zwerge hatten ihn gewarnt, daß die Orks jeden Moment die Tunnelwand durchbrechen konnten.

Ein leiser Warnruf erklang. Die Schwarzröcke hatten es geschafft! Gestein und Erde rutschte in den Gang, und aus der Sicherheit der Finsternis konnte Marcian beobachten, wie ein Ork mit einer Fackel in der Hand durch das Loch gekrochen kam, das jetzt in der linken Wand des Tunnels klaffte.

»Bist du bereit?« flüsterte der Inquisitor leise zu dem Zwerg neben ihm.

Statt einer Antwort bekam er ein leises Brummen zu hören.

In der Nacht war ein kleines Geschütz in den Gang gebracht worden. *Hornisse* nannten die Seeleute diese große Armbrust, die durch einen komplizierten Windenmechanismus mehrere Bolzen in kurzer Folge hintereinander verschießen konnte. Um die *Hornisse* besser bewegen zu können, war das kleine Geschütz von einem Zwergenschmied mit zwei Metallrädern versehen worden. Trotzdem war es immer noch so niedrig, daß der Zwerg, der es bediente, knien mußte.

Weitere Gestalten mit Fackeln und Blendlaternen erschienen in dem Gang. Marcian fluchte innerlich. Es waren auch menschliche Sklaven dabei. Würden sie jetzt das Feuer auf die Orks eröffnen, war es fast unvermeidlich, auch einige der Sklaven zu treffen.

Der Schwarzrock, der zuerst durch die Öffnung geschlüpft war, stand nun vor der großen, schwarzen Steinplatte und musterte sie aufmerksam.

Marcian spielte nervös an seinem Schwertknauf. Lange konnte er nicht mehr warten. Sobald jemand auch nur ein paar Schritte in ihre Richtung machte, würden sie entdeckt.

Der Ork vor der Steinplatte knurrte einen Befehl, worauf einige Skalven an seine Seite eilten und mit Brechstangen versuchten, die Platte herauszuhebeln. Es schienen fast keine Krieger bei den Arbeitern zu sein. Auch der verräterische Zwerg, der den Orks bei der Planung der Belagerung geholfen hatte, war nirgends zu sehen.

Marcian tippte dem Zwerg vor sich auf die Schulter und gab ihm ein Zeichen, nicht zu schießen. Diese Überraschung würden sie sich für später aufheben. Dann riß der Inquisitor sein Schwert aus der Scheide und rief lauthals: »Für Brin und das Kaiserreich!«

Mit gezogener Waffe stürmte er auf die völlig überraschten Orks zu.

Zwei Sklaventreiber mit Peitschen fielen fast ohne Gegenwehr unter seinen Hieben. Doch der Anführer der Schwarzpelze hatte einen breiten Säbel in der Hand. Mit wuchtigen Schlägen drang er auf den Inquisitor ein, aber für Marcian war es ein leichtes, die Waffe des Gegners mit dem Schild aufzufangen und den Krieger aus der Balance zu bringen. Nach kurzem Gefecht stand der Ork mit dem Rücken zur Steinplatte. Wütend funkelte er den Inquisitor an. Dann riß er seine Waffe hoch, um Marcian mit einem einzigen, gewaltigen Schlag den Schädel zu spalten.

Doch der Kommandant war schneller. Mit einem gewandten Stoß trieb er dem Ork seine Klinge in die Brust. Leise stöhnend ging der Krieger in die Knie. Seine Augen auch im Sterben noch auf Marcian geheftet.

»Grüß deinen Blutgott von mir«, murmelte der Inquisitor. Dann griff er nach dem Umhang des Orks und wischte sein Schwert daran ab.

Hinter ihm, im Gang, war es zu keinen nennenswerten Kämpfen gekommen. Himgi war bereits dabei, den befreiten Männern und Frauen die Sklavenringe von den Füßen zu brechen.

Erbärmliche, ausgemergelte, schmutzige Gestalten waren es, die den Orks geholfen hatten. Ihr Haar hing ihnen in wirren Strähnen vom Kopf. Ihre Augen wirkten stumpf und waren tief in ihre Schädel eingesunken. Nicht einer hatte bislang etwas gesagt, so als könnten sie noch immer nicht fassen, wieder in Freiheit zu sein.

»Himgi.« Marcian war neben den Zwergenhauptman getreten. »Gib zweien deiner Männer Befehl, die Sklaven hier wegzuschaffen. Sie werden uns nur im Weg sein. Laß sie in die Burg bringen und ihnen so viel zu Essen geben, wie sie mögen.«

»Ja, Kommandant.«

»Das war nur das Vorspiel.« Lysandra, die den fliehenden Orks nachgesetzt war, tauchte mit blutigem Schwert in der Hand im Tunneldurchbruch auf. »Die rennen wie die Ratten. Ein paar sind uns entkommen. Dafür haben wir noch ein gutes Dutzend Sklaven mitgebracht.«

»Schick sie mit den anderen raus«, kommandierte Marcian scharf. Er wollte jetzt so schnell wie möglich zum wesentlichen kommen und dann den Tunnel verlassen. Himgis Zwerge hatten bereits etliche Streben so präpariert, daß sie hinter sich den Gang einstürzen lassen konnten.

Gleich nach dem Angriff waren Nyrilla und Arthag zu dem schwarzen Stein geeilt. Noch einmal hatte die Elfe seine Oberfläche sorgfältig auf verborgene Zeichen untersucht.

»Mach schon, öffnet dieses verdammte steinerne Tor«, drängte Marcian ungeduldig.

»Nyrilla richtete sich auf. Alle anderen wichen ehrfurchtsvoll vor der Steinplatte zurück. »Ich werde jetzt das elfische Wort für den Befehl WACHS rückwärts sprechen, wie es der Orakelspruch verlangt.«

Im Gang herrschte völlige Stille.

»ALARDRUN!« Laut hallte die Stimme der Elfe durch den Gang.

Gespannt beobachtete Marcian die Steinplatte, doch nichts geschah. Nyrilla streckte ihre recht Hand vor, so daß sie die Steinplatte berührte. Die Linke legte sie auf die Stirn. Ihr Gesicht war aufs äußerste angespannt.

»ALADRUN!« ertönte es erneut. Doch die Steinplatte bewegte sich nicht einen Finger breit. Gemurmel wurde hinter Marcian im Gang laut.

»Bringt Fackeln in den Gang der Orks, damit er gut ausgeleuchtet ist und schafft die Hornisse in den Durchbruch. Lysandra, du nimmst dir einige Krieger und erkundest den Gang. Wenn du auf Orks triffst, läßt du dich auf keinen Kampf ein, sondern kommst sofort zurück.«

»Mit Vergnügen, ich hab doch gleich gesagt, das man mit Schwertern weiter kommt als mit Worten.«

Marcian hörte darüber hinweg und ging zu der Elfe.

»Was ist los. Warum passiert nichts«, herrschte er Nyrilla an. »Ich denke, du hast das Rätsel gelöst. Schöner Zauber! Was ist passiert?«

»A'dao bhanda.«

»Sie meint, sie wird darüber nachdenken«, mischte sich

Arthag ein, der die ganze Zeit dicht hinter der Elfe gestanden hatte.

»Dann soll sie sich mal beeilen, es wird mit Sicherheit nicht mehr lange dauern, und wir werden hier einen Tanz mit den besten Kriegern von Sharraz beginnen können, und wer weiß, was der uns noch alles herunterschickt. Bis dahin sollte Nyrilla mit Nachdenken fertig sein!«

Als die Zwerge zurückkehrten, die die befreiten Sklaven zur Garnison geführt hatten, brachten sie schlechte Nachrichten mit. Ihre Worte trafen Marcian wie Hiebe. War es falsch, daß er hier unten wartete?

Den Schwarzpelzen war es gelungen, an drei Stellen die Mauern zu überwinden. Die meisten Bürger flohen mit all ihrer Habe zur Garnison. Die östliche Stadthälfte schien so gut wie verloren, und diesmal gab es keinen Zerwas, der ihnen mit übermenschlichen Kräften helfen konnte.

Darrag führte das Kommando in der Osthälfte der Stadt und versuchte, eine neue Verteidigungslinie zu errichten. Schlug Marcians Plan fehl, würden die Orks leicht bis ins Zentrum von Greifenfurt vordringen können. Dann waren sie hier unten in den Tunneln abgeschnitten. Vielleicht würden sie sogar schon bald von hinten angegriffen, wenn die Orks den Eingang im Purpurgewölbe am Fuß des Turms fänden.

»Taubraza fialgra! Orkenzauber!« Die Stimme der Elfe schreckte Marcian aus seinen düsteren Gedanken.

»Was ist passiert?«

»Es ist gerade ein Zauber gewirkt worden. Der Fluß der astralen Kräfte hat sich verändert. Was genau es ist, kann ich dir nicht sagen.«

Marcian mußte sich auf die Lippen beißen, um nicht laut zu fluchen. Lysandra war mit ihrem Spähtrupp immer noch nicht zurückgekehrt. Ob sie in eine Falle der Orks geraten war?

»Seht nur, dort hinten«, ertönte die heisere Stimme eines

der Zwerge, die am Eingang zum Tunnel der Orks auf Wache lagen.

Rauch oder Nebel schien sich im Gang zu sammeln und langsam in ihre Richtung zu ziehen. Ein leises Klirren wie von Metall war zu hören. Der Nebel zog sich immer dichter zusammen. Angstvoll tuschelten die Zwerge. Im Kampf Ork gegen Zwerge mochten sie bis zum letzten Blutstropfen fechten, doch Zauberei war ihnen unheimlich.

»Wenn ich *jetzt* sage, beginnt ihr mit der Hornisse zu schießen«, flüsterte Marcian. Angespannt lauschte er in den Gang. Doch es war nichts Verdächtiges mehr zu hören. Hatte er sich geirrt?

Die kalten Nebelschwaden zogen durch die Öffnung, die in ihren Tunnel führte. Das Licht der Fackeln, die sie im Gang der Orks an den Wänden befestigt hatten, wurde von dem Dunst fast erstickt.

»Jetzt!« schrie Marcian.

Die Zwerge begannen zu schießen. Ohne Ziel feuerten sie blindlings in den Nebel hinein. Dumpf hallte das Geräusch der Bolzen, die irgendwo in die lehmigen Höhlenwände einschlugen, durch den Zaubernebel.

»Feuer einstellen.« Die Stimme des Inquisitors klang tonlos. Seine Nerven waren mit ihm durchgegangen. Er reagierte genau so, wie der verfluchte Ork-Schamane, der diesen Zauber gewebt hatte, es sich wünschen mußte.

Wieder lauschte er angespannt in den Nebel. War da ein verdächtiges Geräusch gewesen? Verdammter Nebel! Würde er noch einmal einen Feuerbefehl wegen nichts geben, hatte er sich endgültig lächerlich gemacht und zögerte er zu lange, ständen die Orks womöglich plötzlich vor ihnen.

Wo Lysandra nur abgeblieben war?

Wieder war ein Geräusch zu hören. Ein schrecklicher Gedanke durchzuckte Marcian. Was war, wenn Lysandra durch den Nebel kam, und er das Feuer auf sie eröffnen ließ, weil er so nicht mehr zwischen Freund und Feind unterscheiden konnte?

»Wer da?« rief er, doch alles blieb ruhig.

»Schon wieder blinder Alarm, tut mir leid«, murmelte Marcian zerknirscht.

»Kann schon mal passieren.« Himgi wirkte im Gegensatz zu den anderen Zwergen völlig gelassen. »Uns bleibt nichts, als unser Leben in Angroschs Hände zu legen. Hier zu ...« Weiter kam der Zwergenhauptmann nicht. Ein gellender Ruf drang durch den wirbelnden Dunst. Dunkle Gestalten tauchten unmittelbar vor ihnen aus dem Nebel auf.

»Schießt was das Zeug hält. Schickt sie zu Tairach und den anderen Götzen, die sie anbeten«, schrie Marcian. Doch es war schon zu spät, um das Geschütz noch effektiv einzusetzen. Schon war der erste Ork in die Bresche gesprungen.

Ein Stoß mit seinem Schild schleuderte Himgi beiseite.

Ein zweiter Krieger tauchte scheinbar aus dem Nichts auf, packte die Hornisse, hob sie hoch über den Kopf und schleuderte sie auf die Zwerge, die weiter hinten im Gang Stellung bezogen hatten.

»Bei Praios««, entfuhr es Marcian. Dann stürmte er nach vorne. Er trug die beste Rüstung von allen, die mit ihm den Tunnel verteidigten. Wenn einer diesen Kerl, der Kräfte wie ein Stier zu haben schien, aufhalten konnte, dann war er es.

»Ai Kattach! Keine Gefangenen!« Der Schlachtruf der Tordochai, der größten und mächtigsten unter den Ork-Kriegern, hallte durch den Gang.

In blitzendem Bogen sauste die Streitaxt des Orks auf Marcians Schild herab. Die Wucht des Aufschlags betäubte dem Inquisitor den Arm. Knirschend durchschnitt das Axtblatt den eisenbeschlagenen Schildrand und fuhr tief ins Holz.

Darauf hatte Marcian gewartet. Mit einem kräftigen Ruck zog er seinen Schild nach hinten, um dem Ork die Waffe aus der Hand zu reißen, bevor er sie wieder befreien konnte.

Doch sein schmerzender Arm schien keine Kraft mehr zu haben. Der Versuch schlug fehl, und der Ork drehte den Spieß um. Mit aller Kraft zerrte er an der Axt, die noch immer in Marcians Schild feststeckte. Der Stärke des Orkkriegers hatte er nichts entgegenzusetzen. Reißende

Schmerzen durchfuhren seinen Arm. Der Ork vollführte eine Drehbewegung mit der Axt, und beinahe hätte er Marcian den Arm ausgekugelt. Der Kommandant schrie auf.

Immer weiter zerrte der Ork den Inquisitor in den Gang hinein und trennte ihn so von den anderen Kämpfern.

Lange würde er das nicht mehr durchstehen. Marcians Atem ging keuchend. Wenn er das Gleichgewicht verlor und in seiner schweren Rüstung stürzte, dann war es um ihn geschehen. Fieberhaft suchte der Inquisitor nach einem Ausweg.

Wieder zerrte der Ork mit aller Kraft an seiner Axt, und erneut versuchte er dem Inquisitor mit einer drehenden Bewegung den Arm auszukugeln.

Das war die Gelegenheit! Marcian ließ die ledernen Schlaufen los, so daß ihm der Schild vom Arm gerissen wurde. Der Ork, der immer noch mit aller Kraft am Griff seiner Axt zerrte, geriet dadurch, daß er plötzlich keinen Widerstand mehr hatte, aus dem Gleichgewicht und taumelte ein Stück zurück.

Im selben Augenblick setzte Marcian nach und trieb dem wehrlosen Gegner sein Schwert durch die Kehle. Lautlos sank der Ork zurück. Der Inquisitor lehnte sich gegen die Höhlenwand. Noch immer schmerzte sein linker Arm. Den schweren, eisenbeschlagenen Holzschild würde er nicht mehr führen können.

Fluchend blickte er sich um. Diesmal war der Nebel, der die Gänge ausfüllte zu seinem Vorteil. Obwohl nur wenige Schritte von ihm entfernt gekämpft wurde, beachtete ihn niemand. Es schien, als seien die Orks in einer Art Blutrausch. Ihre Kampfkraft war enorm, doch fochten sie nur mit Wut und nicht mit Verstand.

Marcian blickte in die glasigen Augen des toten Gegners an seiner Seite. Dann kniete er nieder und nahm sich den Dolch, den der Ork am Gürtel trug. Eine lange, schlanke Waffe mit weit geschwungener Parierstange. Mit Sicherheit war sie ein Beutestück aus den Kriegszügen der letzten

Jahre. Welchem kaiserlichen Ritter dieses Schmuckstück wohl einst gehört hatte?

Die leichte Waffe würde ihm den Schild ersetzen.

Mühsam richtete er sich auf und blickte prüfend an seiner Rüstung herab. Darrag hatte sie verstärkt. Er trug nun Arm- und Beinstücke, die seine Glieder vollständig umschlossen. Die meisten Waffen würden an dem gehämmerten Stahl wirkungslos abgleiten, zumindest hatte der Schmied das behauptet.

Nun, jetzt war die Gelegenheit herauszufinden, ob er recht hatte. Marcian faßte Schwert und Dolch fester und schritt durch den Nebel auf den Kampflärm zu.

Vor ihm tauchte eine schemenhafte Gestalt auf. Marcian stieß ihr den Dolch zwischen die Schulterblätter. Der Ork stürzte nach vorne, doch seine Kameraden schienen nichts zu bemerken. Zu sehr waren sie in ihrer Kampfeswut auf die zurückweichenden Zwerge konzentriert.

Marcian holte mit dem Schwert aus, um den nächsten Gegner zu fällen. Funkenstiebend glitt seine Klinge am Helm des Orks ab und fuhr ihm tief in die Schulter.

Brüllend vor Schmerz fuhr der Krieger herum, doch noch bevor er den ersten Streich führen konnte, hatte der Inquisitor ihm den Dolch in die Brust gestoßen. Blut quoll ihm über die Lippen, doch tödlich verwundet warf er sich gegen den Ritter, um ihn zu Boden zu reißen.

Marcian taumelte zurück, stolperte über einen Toten, der am Boden lag und prallte gegen die Höhlenwand. Ein Ork hatte sich umgedreht und kam mit wiegendem Schritt auf ihn zu.

Marcian stieß den Toten zur Seite und riß ihm dabei den Dolch aus der Brust.

Mit lautem Schrei stürzte sich der Krieger auf den Inquisitor. Der Nebel hatte sich etwas gelichtet, und der Ritter konnte die Tätowierungen im Gesicht seines Gegners erkennen. Geschwungene Muster, die von der Stirn hinab um die Augenbrauen bis hin zu den Wangenknochen führten. Selbst die Lippen des Kriegers waren mit blauschwarzen Ornamenten geschmückt.

Der Säbel des Orks streifte die Decke der Höhle, als er mit weitem Schwung nach Marcians Kopf schlug.

Der Inquisitor kreuzte die Klingen von Dolch und Schwert, um so den schweren Schlag abzufangen. Kreischend schlug das Metall aufeinander, und durch die Wucht des Angriffs wurde Marcian zurück gegen die lehmige Wand des Tunnels geschleudert. Auch dieser Ork schien wahre Bärenkräfte zu haben. Obwohl sich Marcian nach Leibeskräften wehrte, drückte der Tätowierte die Klingen immer weiter nach hinten, bis sie klirrend gegen die Halsberge der Rüstung des Inquisitors stießen.

Beide Arme waren Marcian auf die Brust gepreßt. Der Ork bleckte seine Zähne. Stinkender Atem schlug Marcian ins Gesicht.

Der Tätowierte brauchte nur eine Hand, um ihn völlig bewegungsunfähig zu machen. Mit der anderen schien er nach seinem Gürtel zu greifen. Dann verspürte Marcian einen Stoß. Ein lautes Knirschen war zu hören. Der Ork mußte versucht haben, ihm eine Waffe in den Bauch zu treiben.

Kalter Schweiß lief dem Inquisitor über die Stirn. Wieder spürte er einen Schlag gegen die Panzerplatte, die Brust und Bauch schützte. Der Ork gab ein ärgerliches Knurren von sich. Dann hob er die Linke. Ein kurzer, breiter Dolch glänzte in seiner Hand.

»Ja, Kattach!« grunzte der Ork und hob quälend langsam den Dolch. Dabei zielte er auf Marcians rechtes Auge. Verzweifelt versuchte sich der Inquisitor dem Schwarzpelz zu entwinden, doch dieser drückte ihn mit schier übermenschlicher Kraft gegen die Wand.

Nur wenige Zoll war die Klinge noch von Marcians Augen entfernt, als der Tätowierte plötzlich schreiend herumfuhr. Ein Schwerthieb hatte ihn an der Hand getroffen, noch bevor der Dolch sein Ziel gefunden hatte.

Erleichtert atmete Marcian auf, während die Amazone den verletzten Orkkrieger niederstreckte.

»Wo kommst du her?« Marcian fühlte sich plötzlich entsetzlich schwach.

»Wir haben uns in einem Seitengang versteckt, als der Nebel heranzog. Dann stürmten die Krieger an uns vorbei.« Lysandra grinste breit. »Ich hab dir etwas mitgebracht, Kommandant. – Ulrik, zeig mal unsere Trophäe.«

Einer der Kürassiere tauchte hinter Lysandra auf und hielt einen abgetrennten Orkkopf in die Höhe.

»Mit dem Nebel wird hier gleich Schluß sein!« verkündete Lysandra stolz. »Wir haben das Übel gleich bei der Wurzel gepackt. Weiter hinten im Gang wartete ein Schamane mit zwei Leibwächtern. Ich glaube, er hat auch die Krieger verzaubert, die hier gekämpft haben.«

Marcian blickte sich um. Alle Gegner waren erschlagen, doch auch sie hatten einen hohen Blutzoll entrichten müssen. Fast alle Zwerge waren tot oder verwundet.

»Kommandant, bitte kommt, schnell!« Die Stimme erklang aus der Richtung, in der die rätselhafte schwarze Steinplatte stand.

Stöhnend richtete sich Marcian auf. Lysandra stützte ihn. Vorbei an Himgi, der gerade notdürftig einen verletzten Kameraden verband, bahnten sie sich ihren Weg durch den verwüsteten Gang. Die Hornisse, die der erste angreifende Ork nach den Zwergen geschleudert hatte, war nur noch ein Haufen verbogenes Metall.

Dicht dahinter kauerte Arthag. Neben ihm lag Nyrilla, die linke Hand fest auf die Brust gepreßt. Blut rann ihr durch die Finger. Ihr lederner Brustpanzer war auf einer Elle längs aufgeschnitten.

»Sie hat mir das Leben gerettet«, Arthags Stimme klang dumpf. »Ein Ork hatte mich niedergeschlagen und wollte mir den Todesstoß versetzen, da hat sie sich ihm in den Weg geworfen.« Arthag schluchzte. »Sein Schwert hat ihren Panzer wie Daunen zerschnitten. Ich konnte hören, wie unter der Wucht des Schlages ihre Rippen brachen. Ich hab dem Schwein meinen Dolch in den Unterleib gestoßen, doch für Nyrilla war es zu spät. Sie sagt, sie wird sterben ...« Wieder stockte dem Zwerg die Stimme. »Sie wollte dir etwas sagen, Marcian.«

»Ich war dumm«, hauchte die Elfe. Ihr Gesicht hatte fast alle Farbe verloren. »Ich hatte vergessen ... wie alt ... der Stein ist. Matzyla Asdharia ... Marcianama.«

Fragend blickte der Inquisitor den Zwerg an. »Sie sagt, der Stein muß aus der Zeit der Hochelfen stammen. Sie hat mir eben schon erzählt, daß sie das falsche Wort gewählt hat, eines, das noch nicht zur Sprache der Alten gehörte.«

»Und wie heißt das richtige Wort.«

Marcian griff nach der Rechten, der Elfe, die wie leblos herunterhing. »Das Wort, Nyrilla, wie heißt es?«

War sie schon tot? Nyrillas Gesicht erschien dem Inquisitor wie eine blasse Maske. Ihre bernsteinfarbenen Augen wirkten leer und ausdruckslos.

»Schmerzen ...«, murmelte sie leise. »A' dao valva iama.«

Wieder blickte Marcian zu Arthag.

»Sie glaubt, daß sie sich bald in ihr Seelentier verwandeln wird.« Die Stimme des Zwergen klang heiser. »Sie wird jetzt sterben.«

»Das Wort ...« Marcian ließ resigniert Nyrillas Hand sinken. Ihre Finger fühlten sich schon ganz kalt an.

»Sha... val.« Ein leichtes Zittern lief durch den Körper der Elfe.

Ihre Rechte wies auf die Steinplatte, die weniger als eine halbe Elle von ihrer Hand entfernt war. »Sie redet von einem Sonnenhüter.«

Wieder durchlief ein Zittern ihren Körper. Nyrillas rechte Hand zuckte.

»Kann ihr denn keiner helfen?« schrie Arthag verzweifelt auf. »Warum muß sie so jämmerlich krepieren?«

Tonlos bewegten sich die Lippen der Elfe. Diesmal richtete sie sich ein wenig auf, sackte aber sofort wieder kraftlos zurück. Ein neuer Schwall Blut quoll aus ihrer Wunde.

»Sie will an den Stein. Seid ihr denn alle blind?« Lysandra stieß Marcian und Arthag grob beiseite. Dann griff sie der Elfe unter die Schultern und zog sie vorsichtig zu der großen schwarzen Steinplatte, so daß sie schließlich mit dem Rükken dagegen lehnte. Wieder durchlief die Elfe ein Schauer. Mit schier unmenschlicher Kraft hob sie den rechten Arm und legte ihre Hand auf die stilisierte Schlange, die die Felsplatte schmückte.

»Ar...« Nyrilla zitterte jetzt immer heftiger. »Arsun.« So als habe sie das Wort ihre letzte Lebenskraft gekostet, sank sie zur Seite.

Arthag fing sie auf, während die anderen wie gebannt auf die Felsplatte starrten.

Der große schwarze Stein erzitterte, und dann wurde er immer kleiner. Hinter ihm lag eine von unirdischem Licht erfüllte Höhle.

»Wir bringen dich hier raus. Es wird alles wieder gut.« Arthag hielt Nyrilla im Arm und strich ihr zärtlich über die schweißglänzende Stirn. »Bald werden wir wieder zusammen wandern, und dann bringst du mir die Feinheiten deiner Sprache bei, damit ich dich besser verstehen kann.«

Nyrilla lächelte. Ein dünner Faden Blut floß aus ihrer Nase und benetzte ihre Lippen.

»Sanyasala, boroborinoi ... Auf Wiedersehen, kleiner Bartmurmler.« Nyrillas Kopf sank zurück.

»Sanyasala, feyama. Auf Wiedersehen, meine Elfenfreundin.«

Vorsichtig legte Arthag ihr Haupt zurück und faltete Nyrillas Hände, so daß sie die schreckliche Wunde in der Brust verdeckten. Sanft drückte er ihr die Augen zu.

Dann verbarg der Zwerg sein Gesicht in den Händen.

Die Höhle, die sich geöffnet hatte, war nicht sehr groß. Marcian schätzte, sie maß nur wenig mehr als zehn Schritt in der Tiefe. Ihm gegenüber stand ein gewaltiges Götzenbild aus schwarzem Stein. Der Dämon mit den zwei Herzen in seinen erhobenen Krallenhänden, der ihnen schon so oft als Runenzeichen in den Tunneln begegnet war. Tairach, der Blutgott der Orks.

Doch dieses riesige Abbild war auf erschreckende Weise anders. Es war so naturalistisch, daß man kaum wagte, es aus den Augen zu lassen, obwohl Marcian noch niemals etwas gesehen hatte, das so abstoßend und so lebensverneinend war, wie dieses Götterbild.

Vorsichtig schritt der Inquisitor in die Höhle. Die Steinplatte, die den Eingang verschlossen hatte, war auf die Größe eines kleinen Würfels zusammengeschrumpft.

Ein goldenes Licht, das in seltsamem Gegensatz zu dem abstoßenden Tairach-Bildnis stand, erfüllte die Höhle.

Marcian ging jetzt ganz langsam. Vielleicht mochte es hier verborgene Fallen geben? Der Boden war bedeckt von Knochen. Gleich am Eingang hatte das feingliedrige Skelett eines Elfen gelegen. Auf der linken Seite erschien dem Inquisitor das seltsame Licht eine Spur heller zu scheinen. Vorsichtig durchquerte er das Gewölbe, um den großen Haufen Knochen dort in Augenschein zu nehmen.

Was für eine gewaltige Kreatur mochte das gewesen sein. Ein großer ausgeblichener Schädel mit Schnabel und mumifizierten Vogelschwingen von Mannslänge erinnerten an einen riesigen Adler. Doch der Körper erschien zu massig für einen Vogel. Ein unheimliches Leuchten umspielte die bleichen Knochen und zerzausten Federn.

Kein Zweifel, dies mußte die Quelle für das Licht im Inneren der Höhle sein. Marcian kniete nieder, um einen besonders dicken Knochen in Augenschein zu nehmen.

Nein, das war mit Sicherheit kein Vogel gewesen. Das war der *der vom Himmel stieg*. Ein Greif! Ein Bote des Praios! Doch was mochte ein so machtvolles Wesen vernichtet haben? Dem Inquisitor lief ein Schauer über den Rücken. Mit was für Mächten hatte er sich hier eingelassen?

»Schaut einmal hier, Marcian. Das ist es!« Die Amazone war die einzige, die es bislang gewagt hatte, dem Inquisitor in die Höhle zu folgen. Sie kniete vor dem Standbild des Tairach und wog einen großen, keulenartigen Gegenstand in ihren Händen.

Sie wird mich verraten, ging es Marcian durch den Kopf.

Es war erst wenige Stunden her, daß der Magier ihn vor der Amazone gewarnt hatte. Doch konnte er den Worten Lancorians trauen? Oder war der Magier nur zum Sprachrohr einer Macht geworden, die mit ihnen ein übles Spiel trieb? Vielleicht sollten sie einfach nur einander mißtrauen?

Vorsichtig näherte er sich der Kriegerin.

»Erstaunlich, wie leicht diese Keule ist«, flüsterte Lysandra. Sie hatte sich aufgerichtet und hielt die Waffe prüfend in ihrer Rechten.

Der Streitkolben hatte einen ungewöhnlich langen Griff. Zum Ende hin wurde er so dick, daß man den Kopf der Keule selbst mit beiden Händen nicht mehr umspannen konnte. Mehrere fingerlange, rote Dornen ragten aus dem Keulenkopf. Das Ganze ähnelte entfernt einem überproportionalen Knüppel, durch dessen Ende man einige lange Nägel getrieben hatte.

Lysandra vollführte jetzt einige Schläge in die Luft. Und Marcian war verblüfft, mit welcher Leichtigkeit, sie die klobige Waffe handhabte. Er war gespannt darauf, sie selber in Händen zu halten.

»Wo hast du sie gefunden?« Marcian stand jetzt an der Seite der Amazone.

»Dort.« Sie wies mit der Waffe auf ein ungewöhnlich großes Skelett, daß vor dem Götterbild lag. Ein blaugrün schimmernder Halbmond lag zwischen den Knochen des Brustkorbs. Mit etwas Phantasie konnte man noch die Reste einer metallverstärkten Lederrüstung erkennen. Zerrissene Perlschnüre, mumifizierte Tierpfoten und andere Amulette lagen scheinbar wahllos um den Leichnam verstreut.

Am beeindruckendsten aber waren die selbst für einen Ork ungewöhnlich langen Fangzähne, die aus den Kiefern des Schädels ragten. Wahrscheinlich war der Tote zu seinen Lebzeiten ein äußerst einflußreicher Krieger gewesen, vielleicht sogar ein Hohepriester des Tairach-Kultes.

Wieder schlug Lysandra eine Reihe von Finten in die Luft.

»Die Keule ist leicht wie eine Tannenrute. Die beste Waffe,

die ich jemals in Händen gehalten habe. Jetzt kann ich verstehen, warum man so viel Aufhebens darum macht.«

»Laß sie mich einmal sehen.« Marcian streckte die Hand aus, doch statt ihm die Waffe zu geben, wich die Amazone ein Stück vor ihm zurück.

»Laß sie in Ruhe!«

Eine Stimme wie Donnergrollen füllte plötzlich die Höhle aus. Erschrocken fuhr der Inquisitor zusammen. Lysandra jedoch zeigte keinerlei Reaktion.

»Diese Waffe ist nicht für dich bestimmt, Marcian! Sie verdirbt jeden, der sie führt. Dein Schicksal steht im Zeichen der Flamme.«

Nervös blickte der Inquisitor sich um, doch niemand war zu sehen. Auch Himgi und Arthag, die noch immer im Eingang zu der Höhle standen, ohne es zu wagen, sie zu betreten, schienen nichts gehört zu haben.

Nur das Licht wurde ein wenig intensiver.

»Seht nur!« Lysandra hatte die Waffe sinken lassen und zeigte auf das Gerippe des toten Greifen.

Spiralen von goldenem Licht liefen um die Knochen und formten langsam einen durchscheinenden Greifenkörper, der sich über den Leichnam erhob. Die Gestalt war so riesig, daß sie bald die halbe Höhle ausfüllte und ihre stolz aufgerichteten Schwingen bis hin zur Decke reichten.

»Ich bin Scraan, Diener des Praios und Herrscher aus vergangenen Äonen. Mehr als zweitausend Jahresläufe war es mir bestimmt diese Höhle nicht verlassen zu können. Doch nun ist die Zeit der großen Erschütterung nicht mehr fern. Einer Epoche, die das Gesicht Deres verändern wird und es ist mir bestimmt die Wacht über Xarvlesh, den Fleischreißer, aufzugeben.«

Die Stimme der Lichtgestalt ließ die Höhle erbeben. Staub rieselte in breiten Streifen von der Decke des Gewölbes; Marcian konnte an den Gesichtern seiner Gefährten ablesen, daß diesmal alle Scraans Stimme gehört hatten.

»Die ersten Tage des Firunmondes werden ganz im Zeichen der Rondra stehen. Es ist die Zeit gekommen, in der sich entscheidet, ob Greifenfurt auch für die nächsten Wochen noch bestehen kann oder in Flammen und Elend vergeht. Lysandra aber ist es

bestimmt, Xarvlesh noch heute von hier fortzutragen. Der Fleischreißer ist mehr als nur eine Waffe, und fällt er in die Hände der Orks, ist das Schicksal des jungen Prinzen besiegelt. Du, Lysandra, tätest gut daran, dem Wort des Praios zu folgen, denn es ist Gerechtigkeit und Wärme. Wenn du dies vergißt, wird der kalte Atem des Firun dein Schicksal besiegeln.«

Die Amazone sank auf die Knie. Mit beiden Händen umklammerte sie Xarvlesh und neigte bußfertig ihr Haupt. »Bei Rondra, ich werde mein Leben dafür geben, diese verfluchte Waffe in die Stadt des Lichtes zu bringen. Auf daß sie für immer in der Obhut der Praiosdiener sein möge.«

»Du sollst nicht leichtfertig auf deine Göttin schwören, törichte Kriegerin. Ich sehe deine Zukunft, und ich weiß, daß du, noch bevor der Firunsmond vergangen ist, meinen Gott und deine Freunde verraten wirst, so wie du schon einmal Verrat an deinem heiligsten Schwur begangen hast. Dies ist dein Schicksal, und nur gottgefälliges Handeln vermag es zu mildern.«

»Niemals werde ich Verrat an den Zwölfen oder meinen Gefährten üben!« Lysandra war aufgesprungen, ihr wallendes Haar wogte wie eine rote Flamme um ihre Schultern. »Und ich werde mich auch nicht von einem Trugbild täuschen lassen. Mein Weg steht im Zeichen der Rondra, und nichts wird mich davon abbringen.«

»Du sprichst wahr, doch ahnst du noch nicht, wie prophetisch deine Worte sind, und das ich recht behalten werde. Doch es ziemt meiner nicht, mit Sterblichen zu streiten, und ich bin es müde, noch weiter in dieser Höhle, die so lange mein Gefängnis war, zu verweilen. Auch spüre ich, wie euer Verderben näher rückt. So geht nun, bedenkt, was ich euch gesagt habe, und handelt weise. Du aber Marcian, nimm das Horn des Lechdan, jenes Kriegers, der einst mit mir zusammen seinen fleischlichen Leib verloren hat. Wenn die Not am größten ist, stoß dreimal ins Horn, und ich werde dir zu Hilfe eilen. Doch selbstlos muß dein Anliegen sein. Nutzt du das Horn allein zu deinem Vorteil, werde ich mich gegen dich wenden. Also, bedenke wohl, wann du mich rufst, denn mir ist es bestimmt in diesem Aeon nur noch ein einziges Mal auf Dere zu erscheinen! Und nun eilt euch, denn die Zeit drängt.«

»Ihr habt gehört, los, alles weg hier.« Marcians Stimme bebte. Er war sich immer noch nicht ganz sicher, ob diese Erscheinung übles Blendwerk war oder wirklich den Kräften des toten Greifen zuzuschreiben.

Lysandra war die erste, die den Kultplatz verließ. Sie vermied es dem Inquisitor in die Augen zu sehen. Immer noch umklammerte sie mit beiden Händen die Waffe und hielt sie eng an ihre Brust gepreßt, ganz so, als habe sie Angst, jemand könne ihr Xarvlesh entreißen.

Aus dem Gang, der zu den Linien der Orks führte, waren weit entfernt Kommandorufe zu hören.

»Beeilt euch, gleich bekommen wir Besuch.« Auch Marcian hatte nun den Kultraum des Tairach verlassen. Noch einmal blickte er zurück. Scraan hatte sich verändert. Seine Gestalt schien ein wenig kleiner geworden zu sein. Dafür wurde das Leuchten, das von seinem ätherischen Körper ausging, immer intensiver.

Ein schwarz befiederter Pfeil schlug neben dem Inquisitor in die Höhlenwand. Marcian duckte sich. Die meisten seiner Gefährten waren schon im Halbdunkel des Tunnels verschwunden. Nur Arthag kauerte noch neben Nyrilla.

»Bitte helft mir, Marcian.« Flehentlich blickte er zum Inquisitor. »Wir können sie doch nicht einfach hier liegen lassen. Die Orks werden ihr den Kopf abschlagen und ihn auf einen Speer stecken.«

»Sie ist doch tot. Was soll die Sentimentalität? Deine Zwergenbrüder, die gefallen sind, müssen wir doch auch zurücklassen.«

Marcian wollte weitergehen. Am Tunnelende wurde es immer heißer und es schien, als würde die Hitze von Scraans veränderter Gestalt ausgehen. *Eilt euch, die Zeit drängt*, waren die letzten Worte des Greifen gewesen; er hatte sie mit größter Eindringlichkeit gesprochen.

Arthag hatte indessen seine Axt und seine Armbrust beiseite gelegt und versuchte sich den Körper der toten Elfe auf den Rücken zu wuchten.

»Los, ich helf dir, aber dann mach auch schnell. Nimm du

ihre Arme!« Marcian beugte sich nieder und griff nach Nyrillas Beinen. Sie waren kalt und steif. Die Berührung mit dem toten Körper war ihm unangenehm.

Mußte er sich Vorwürfe machen? Nyrilla war durch ihn hierher gelangt. Wäre sie nie nach Greifenfurt gekommen, würde sie noch leben. Ja, es hätte sogar schon gereicht, wenn sie mit Arthag nicht mehr zurückgekehrt wäre, als es ihnen gelungen war, die Linien der Orks zu durchbrechen. Brachte er denn allen nur Tod und Verderben? Hatte Gordonius recht, der ihn verflucht hatte, als er die Kranken zum Scheiterhaufen bringen ließ?

Durch die Last kamen sie nur langsam vorwärts. Noch mindestens zwanzig Schritt trennten sie vom Durchbruch zu Lancorians Turm. Die Rufe der Orks wurden immer lauter. Gleichzeitig wurde es wärmer, so als würde ein gewaltiges Feuer hinter ihnen im Heiligtum des Orkgötzen toben.

»Wo bleibt ihr nur so lange?« Marcian erkannte Himgi vor sich im Tunnel. Das Licht von Scraans Körper war hell und gleißend geworden und tauchte den Erdgang in ein unangenehmes, weißes Licht. Einmal hatte Marcian kurz zurückgeblickt und war fast geblendet worden. Scraans Gestalt hatte er von dem Licht nicht mehr unterscheiden können.

Dem Zwergenhauptmann tränten die Augen. Er hatte ein dickes Seil um einen der Stützbalken an der Seite des Tunnels geknotet.

»Beeilt euch und macht, daß ihr zum Turm kommt«, brummte er gutmütig.

»Und du?« Marcian zögerte.

»Ich werde diesen Stützpfeiler niederreißen. Dann wird ein Teil der Decke einstürzen und verhindern, daß die Orks uns folgen.«

»Warum machst du das nicht aus der Sicherheit des Turms? Los, komm schon mit uns, das ist ein Befehl, Himgi.«

»Tut mir leid, Kommandant. Dieses eine Mal werde ich nicht gehorchen. Je länger ich das Seil mache, desto größer ist die Wahrscheinlichkeit, daß die Orks noch rechtzeitig hier sind, um es zu kappen. – Geht schon! Ein wenig Sicherheitsspielraum habe ich noch, obwohl man natürlich nie weiß, was passieren wird, wenn so eine Erdhöhle einmal beginnt einzustürzen. Aber das ist allein mein Problem!«

»Du mußt wissen, was du tust«, zischte Marcian wütend. »Los, laß uns verschwinden, Arthag.«

So schnell es ging, rannte er mit dem Zwerg durch den Tunnel. Himgi begleitete sie ein Stück, bis die Seilrolle, die er über der Schulter trug, abgespult war.

»Mögen die Götter dich schützen, Marcian. Ruft, sobald ihr den Turm erreicht habt.«

»Geh mit Ingerimm, du Dickkopf!« Marcian zögerte keinen Augenblick mehr. Himgi zu überreden war unmöglich.

Immer lauter wurde das Geschrei der Orks. Sie konnten nicht mehr sehr weit vom unterirdischen Kultraum entfernt sein und mußten das übernatürliche Licht auch schon bemerkt haben. Ob sie Tairach davor beschützen konnte?

Immer wärmer wurde es im Tunnel. Marcian fluchte über seine Rüstung. Sie behinderte ihn bei jeder Bewegung; er hatte das Gefühl, langsamer vorwärtszukommen als der kurzbeinige Zwerg. Außerdem begann das Metall des Panzers sich zu erhitzen. Wie heiß es wohl in der Höhle sein mochte, wenn er die Hitze selbst hier noch spürte?

Endlich tauchte vor ihnen der Mauerdurchbruch auf.

»Jetzt, Himgi!« brüllte Marcian, während er mit Arthag die tote Elfe durch die schmale Maueröffnung ins Purpurgewölbe wuchtete.

Einen Augenblick war es still. Sie konnten Himgi nicht sehen. Das Licht am Ende des Tunnels blendete jetzt so stark, daß es unmöglich war, noch irgend etwas zu erkennen.

Dann war ein leises Knirschen gefolgt von einem dumpfen Schlag zu hören und kurz darauf ein infernalischer Lärm. Dichte Staubwolken wälzten sich durch die Maueröffnung. Marcian mußte husten. Jeder Atemzug wurde zur Qual. Die Lungen brannten. Das Gefühl zu ersticken wurde immer stärker.

»Wir müssen hier raus«, keuchte Arthag.

Doch Marcian wollte noch auf Himgi warten. Er mußte doch jeden Moment kommen!

»Himgi, wo steckst du?« schrie der Inquisitor mit heiserer Stimme. »Los, sag schon was.«

»Er hat gewußt, was er tat, Marcian. Laß uns gehen. Himgi hat ein Grab gefunden, das eines Zwergen würdig ist.«

»Nein!« Die Stimme des Kommandanten klang schrill, fast schon hysterisch. »Ich werde ihn suchen!« Marcian riß eine der Fackeln, die an der Wand hingen aus ihrer Halterung. »Er lebt! Hörst du! Kümmer du dich um deine Tote, Arthag, ich muß in den Tunnel zurück.«

»Nein, Kommandant. Das ist Wahnsinn. Schon eine leichte Erschütterung kann jetzt zu weiteren Einstürzen führen. Außerdem wird es noch eine Ewigkeit dauern, bis sich der aufgewirbelte Staub so weit gelegt hat, daß man wieder etwas erkennen kann.« Arthag wurde von einem Hustenanfall geschüttelt. Der Zwerg stellte sich breitbeinig in die Spalte, die zum Tunnel führte.

»Himgi, sag doch was!« schrie der Inquisitor wieder in den wirbelnden Staub hinein, doch alles blieb ruhig.

»Es ist vorbei, seht das doch endlich ein.«

Marcian zog sein Schwert. »Du wirst mich nicht daran hindern, jetzt in diesen Tunnel zu gehen.« Er würde Arthag zur Not niederschlagen.

»Denkt daran, die Stadt braucht Euch und …«

»Mach Platz!« Marcian zielte mit dem Schwert nach der Kehle des Zwergen. Langsam wich Arthag zur Seite.

»Ihr seid ein Narr, Kommandant.«

»Und Narren soll man nicht widersprechen.« Marcian leuchtete mit der Fackel in den Tunnel hinein. Das Licht des Greifen war verschwunden. Der Gang mußte vollkommen mit Erde ausgefüllt sein. Mit der Rechten zielte der Inquisitor immer noch nach Arthags Kehle. Vorsichtig schlüpfte er durch den Mauerspalt und tastete sich langsam ins Dunkel.

Der Staub in der Luft dämpfte das Licht der Fackel so

stark, daß Marcian kaum sehen konnte. Noch immer rieselte Erde von der Decke. Weiter entfernt war das Geräusch von polternden Steinen zu hören.

»Himgi! Himgi, wo bist du.« Der Inquisitor wagte nicht, laut zu rufen, aus Angst einen neuen Einsturz auszulösen.

Staub füllte seinen Mund. Seine Lungen brannten, und die Luft wurde immer schlechter, je weiter er vorstieß. Jeder Atemzug wurde zur Qual. Die Flamme der Fackel flackerte unstet und drohte zu erlöschen.

Nur ein paar Schritt noch, dachte Marcian, dann würde er umkehren. Wieder rief er leise nach dem Zwergenhauptmann.

Es war sinnlos. Wahrscheinlich lag Himgi irgendwo unter den Trümmern begraben. Der Inquisitor hatte jetzt einen Punkt erreicht, wo der Gang völlig verschüttet war. Es war unmöglich hier noch weiter zu kommen.

Niedergeschlagen machte er sich auf den Rückweg. Mühsam zwängte er sich an einem eingedrückten Deckenbalken vorbei, der den Gang halb blockierte. Dann machte er eine kurze Pause und lehnte sich gegen die Höhlenwand. Sein Atem ging pfeifend, und sein Mund war trocken und voller Staub. Doch was war das? Als er langsam wieder zu Atem kam, wurde ihm bewußt, daß er mit dem linken Fuß auf einem seltsamen Ding stand.

Marcian leuchtete mit der Fackel den Boden ab. Er stand auf einer Hand! Himgis ausgestreckter Arm ragte unter dem Balken hervor, der den Tunnel versperrte.

Der Inquisitor kniete sich nieder, um Erde und Geröll beiseite zu schieben. Schnell hatte er den Oberarm freigelegt und dann den Kopf. Der Zwerg hatte Glück im Unglück gehabt. Ein Stück des Deckenbalkens und ein Felsbrocken hatten eine Nische gebildet, so daß er nicht von den herabstürzenden Erdmassen erstickt worden war, sondern Kopf und Oberkörper in einer kleinen Höhlung lagen.

»Himgi!« Marcian versetzte dem Zwerg eine leichte Ohrfeige. »Komm zu dir!« Doch der Hauptmann regte sich nicht.

Der Inquisitor zog seine Handschuhe aus und befühlte das Gesicht des Zwergen. Es war noch warm. Es mußte noch Leben in ihm sein!

Vorsichtig räumte er noch mehr von den Trümmern beiseite, doch immer wieder rutschte neue Erde nach. Bis zur Hüfte hatte er den Zwerg befreien können, doch beide Beine waren noch unter Geröll begraben.

Marcian packte ihn unter den Achseln und versuchte Himgi herauszuziehen. Vergebens.

Erschöpft lehnte er sich wieder zurück. Der Versuch, den Zwergen zu befreien, hatte ihn fast seine letzten Kräfte gekostet. Keuchend lauschte der Inquisitor in die Finsternis. Noch immer war der Gang nicht zur Ruhe gekommen. Ständig war das Geräusch nachrutschender Erde zu hören.

Besorgt hob er die Fackel. Der dicke Balken, der unmittelbar vor ihm die Decke abstützte, hatte einen fast fingerbreiten Riß. Wollte er Himgi von hier wegbringen, blieb ihm nicht mehr viel Zeit.

Marcian versuchte, das Geröll hinter dem Balken wegzuscharren, um Himgis Beine freizulegen. Mit beiden Händen schaufelte er Steine und Erde beiseite. An dieser Stelle hatte er mehr Glück. Bald war das rechte Bein frei, doch dann stieß er auf einen großen Felsbrocken, unter dem das linke Bein des Zwergen begraben war.

Der Inqusitor fluchte. Der Stein war zu groß. Allein konnte er ihn nicht von der Stelle bewegen. Das Knirschen des angebrochenen Deckenbalkens hinter ihm wurde lauter.

Noch einmal packte Marcian den Zwerg unter den Achseln und versuchte ihn herauszuziehen, doch alle Mühe war vergebens. Himgi stöhnte leise, dann schlug er die Augen auf.

»Was ... was macht ... Ihr hier?« Die Stimme des Zwergenhauptmanns schwankte vor Schmerzen.

»Stell keine dummen Fragen, versuch lieber, ob du dein linkes Bein bewegen kannst«, entgegnete Marcian barsch.

Himgi verzerrte sein Gesicht. Schweiß perlte von seiner Stirn, schließlich stöhnte er laut auf. »Unmöglich!«

Wieder knirschte der Deckenbalken, und eine Lawine von Staub und Erde stürzte hinter ihnen in den Gang.

»Macht, daß Ihr … hier wegkommt … Ihr Narr. Wem nutzt es, wenn … wir beide sterben! Die Stadt … braucht Euch!«

»Ohne einen fähigen Artillerieoffizier sind wir genauso verloren. Ich werde nicht ohne dich gehen. Es gibt noch einen Weg. Wenn ich dich mit dem Bein nicht hier herausbekomme, dann eben ohne.« Marcians Atem ging keuchend. Mit bedächtiger Bewegung, ja fast zögerlich ließ er sein Schwert aus der Scheide gleiten.

»Nicht das!« Himgi wand sich am Boden. »Macht mich nicht … zum Krüppel.«

Dem Inquisitor zitterte ein wenig die Hand. Er mußte das Bein kurz oberhalb des Kniegelenks treffen und die Wunde danach schnell abbinden, sonst würde Himgi verbluten.

»Ich … verfluche Euch!« Der Zwerg drehte den Kopf zur Seite und spukte dem Inquisitor vor die Füße.

Marcian stieß zu. Seine Schwertspitze durchtrennte den Muskel des Oberschenkels und glitt dann am Knochen ab.

Himgi schrie gellend auf. Die Wunde blutete stark.

Marcian biß sich auf die Lippen. So ging es nicht. Er hatte nicht genügend Platz, um mit dem Schwert auszuholen und einen sauberen Schlag zu landen. Würde er es wieder mit einem Stoß versuchen wie eben, würde die Waffe wahrscheinlich erneut am Oberschenkelknochen abrutschen.

Hastig schnallte er die Brustplatte seiner Rüstung ab und legte sie über das unverletzte Bein des Zwergen. Dann schob er das Schwert unter Himgis linkes Bein und drehte die Klinge nach oben. Das Bein war fest eingekeilt, und mit dem Brustpanzer als Stütze konnte er das Schwert nun wie einen Hebel einsetzen.

Marcian warf sich mit seinem ganzen Gewicht gegen den Griff der Waffe. Die Klinge schnellte hoch und schnitt ins Fleisch des Zwergen. Wieder schrie Himgi erbärmlich auf, bis sich seine Stimme überschlug und sein Kopf zur Seite sank.

Noch immer konnte der Inquisitor deutlich den Widerstand des Knochens spüren.

»Peraine hilf!« murmelte er zwischen zusammengebissenen Zähnen und stemmte sich erneut mit aller Kraft gegen den Griff seines Schwertes. Endlich spürte er einen Ruck. Es war geschafft! Der Knochen hatte nachgegeben.

Mit lautem Krachen barst der Deckenbalken. Erde stürzte in den Tunnel. Marcian wurde von den Beinen gerissen und gegen die Wand der Höhle gepreßt.

Bitte nicht jetzt, dachte er verzweifelt. Ihr Götter, gebt mir nur noch einen Augenblick! Der Inquisitor ruderte mit den Armen, um sich aus der lockeren Erde zu befreien. Über ihm war ein dumpfes Grollen zu hören. Doch im Moment rutschte keine neue Erde nach.

Die Fackel war erloschen. Vorsichtig tastete Marcian nach dem Zwergenhauptmann. Schließlich bekam er ihn am Haarschopf zu fassen und zerrte ihn zu sich herüber.

Dann stemmte er sich stöhnend auf die Beine, nahm den Leib des bewußtlosen Zwergen in seine Arme und kämpfte sich auf den Knien langsam vorwärts.

Endlich hatte er den Einbruch hinter sich. Himgis Blut floß warm über seine Hände. Würde er die Wunde am Bein nicht abbinden, wäre der Zwerg verblutet, bevor sie den Ausgang im Turm erreicht hätten.

Marcian riß sich einen breiten Streifen vom Umhang und knüpfte daraus eine Schlinge, die er um Himgis Beinstumpf legte. Dann zog er seinen Dolch, tastete vorsichtig nach der Schlinge, schob die Klinge unter ihr durch und begann zu drehen. Mit der Linken tastete er nach dem Beinstumpf. Erst als er kein Blut mehr über seine Finger fließen spürte, hörte er auf. Die Schlinge schnitt nun tief in das Fleisch und preßte die Adern des Oberschenkels zusammen. Das würde reichen, bis Himgi in die Hände der Therbuniten kam.

Einen kleinen Moment lehnte sich Marcian erschöpft zurück. Was würde er jetzt für einen Becher voller Wein geben! Oder ein Bad! Wehmütige Erinnerungen an die prächtigen Thermen Al' Anfas stiegen in ihm auf. Tage voller Luxus und Muße.

Marcian schreckte auf. Er war für einen Augenblick eingeschlafen. Die Luft wurde immer schlechter. War das der Anfang des Erstickungstodes? Er durfte hier nicht länger sitzen bleiben. Er würde wieder einschlafen!

Stöhnend richtete er sich auf. Er war fast am Ende seiner Kräfte. Der leblose Körper des Zwergenhauptmanns erschien ihm mit jedem Schritt schwerer. Wenigstens konnte Marcian jetzt wieder halbwegs aufgerichtet gehen. Der Ausgang des Tunnels würde nicht mehr weit sein. Der Gang war hier kaum noch mit Steinen und Geröll gefüllt.

Dann hörte er eine Stimme. Jemand rief seinen Namen. Undeutlich sah er Lichtschein. Das unstete Flackern einer Fackel. Für einen Moment wurde ihm schwarz vor Augen.

Dann war da wieder das Licht. Er konnte eine Gestalt mit Fackel erkennen. Arthag! Er war ihm also doch noch in den Tunnel gefolgt. Endlich.

Marcian stürzte. Der Körper des bewußtlosen Zwergen glitt ihm aus den Armen. Auf einmal schien der Tunnel erfüllt von Fackeln, die sich immer schneller drehten, bis sie zu riesigen Feuerrädern verschwammen, die direkt auf ihn zu rollten.

Wieder wurde dem Inquisitor schwarz vor Augen.

6

Als Lysandra aus der *Fuchshöhle* floh, herrschte Chaos in der Stadt. Die Orks waren an mehreren Stellen durch die Verteidigungslinie der Bürger gebrochen. Fast die gesamte Osthälfte Greifenfurts war schon in ihrer Hand. Darrag zog die wenigen noch verbleibenden Truppen auf die alte Stadtmauer zurück, die sich von den Unterkünften der Stadtwache im Norden bis zum Rondratempel im Süden zog.

Die Amazone drängte sich durch das Getümmel in der engen Gasse. Eine Abteilung junger Frauen und Männer, geführt von einem Kürassier kam ihr entgegen. Sie waren mit Sicheln bewaffnet, deren Blätter nun aufrecht standen, so daß man sie wie Speere benutzen konnte.

Die meisten dieser ›Soldaten‹ hatten wahrscheinlich nicht einmal sechzehn Sommer gesehen. Sie waren keine Gegner für die Heerscharen des Sharraz Garthai, auch wenn sie mit dem Mut der Verzweiflung kämpften.

»Wo ist der Kommandant?« Die Stimme des Kürassiers klang heiser. Auch er mochte nicht viel älter als zwanzig sein.

»Das Andergaster Tor kann sich nicht mehr lange halten. Die Orks haben einen Rammbock herangebracht. Wo ist Marcian? Die Schwarzröcke sind an mindestens drei Stellen schon über die Mauer gelangt, und nirgends sind noch Offiziere. Was sollen wir tun?«

»Wenn das Andergaster Tor bedroht ist, wirst du jetzt deine Leute nehmen und den Verteidigern helfen. Darrag muß dann ohne dich auskommen. Los, mach dich auf den Weg!« Die Amazone funkelte den jungen Soldaten böse an. Er war kurz davor, den Kopf zu verlieren, und wenn er in Panik geriet, war sein kleines Häuflein Bewaffneter auch nichts mehr wert.

»Los, macht euch davon, oder ich mach euch Beine!«

»Jawohl!« Der Kürassier salutierte kurz und brüllte dann: »Alles kehrt marsch! Wir sind Entsatz für das Andergaster Tor.«

Seine Kindersoldaten stießen ihre improvisierten Speere in die Luft und gröhlten: »Auf zum Tor.« Dann drehten sie sich und rannten auf der Straße den Weg zurück, den sie gekommen waren.

Einen Augenblick sah Lysandra ihnen nach. Mit ihren hohlwangigen Gesichtern und den ausgemergelten Körpern sahen sie aus wie Marionetten, die Krieg spielten. Sollten die Orks mehr als nur einen Scheinangriff gegen das

Andergaster Tor führen, dann würden diese Kinder sie nicht aufhalten können.

Die Stadt war dem Untergang geweiht, und Lysandra stand hier mit der Keule, die einst Tairach seinen blutdurstigen Priestern geschenkt hatte. Sie durfte keine Stunde länger in Greifenfurt bleiben. Doch allein würde sie es nicht schaffen.

Pfeifend zog ein Felsbrocken über ihr durch die Luft und schlug krachend in ein Häuserdach auf der anderen Straßenseite ein. Zersplitterte Schieferschindeln fielen vor ihren Füßen in den Schnee. Sie mußte zu ihren Leuten in den Quartieren der Stadtwache! Marcian hatte vor einer Woche die letzten Pferde dorthin bringen lassen, weil immer mehr Bürger Zuflucht in der Garnison suchten. Neben den Kaltblütern waren das die letzten Pferde der Stadt. Es schien fast, als habe es das Schicksal so gewollt. Ja, sie sollte die Stadt verlassen! Das konnte kein Zufall sein!

Die Amazone begann zu rennen. Links von ihr sammelten sich Bogenschützen auf der alten Stadtmauer.

»Für Brin!« schrie eine Frau, und die anderen nahmen ihren Schlachtruf auf.

Lysandra hatte das Ende der Straße erreicht. Schräg gegenüber lag das hohe Tor der Stadtwache. Unmittelbar daneben hatten die Bürger aus zerbrochenen Möbeln, Erde und festgestampftem Schnee eine Barrikade auf der Straße die in den Osten der Stadt führte, errichtet.

»Macht Platz!« Hinter ihr ertönte dumpfer Hufschlag und das Rasseln eines schweren Wagens. Lysandra preßte sich gegen die Mauer.

Eines der Fuhrwerke, das von Himgis Sappeuren beschlagnahmt worden war, ratterte von zwei mächtigen Kaltblütern gezogen, an ihr vorbei. Auf der Ladefläche des Karrens kauerten einige Soldaten.

Der Wagen ging in die Kurve und bremste. Die Krieger sprangen herab und machten sich an zwei Hornissen zu schaffen, die von Planen bedeckt gewesen waren.

»Los! Beeilt euch ihr Memmen, oder die Orks werden

euch noch Beine machen!« erscholl die Stimme eines Weibes.

Lysandra überquerte die Straße und hämmerte mit dem Knauf der Keule gegen das eisenbeschlagene Tor. Hinter ihr ertönten noch immer die Rufe der Soldaten, die die beiden Geschütze in Stellung brachten. Der Wind zerrte mit eisigen Fingern an ihrem Umhang.

Ein Schatten fiel auf das hohe Tor.

Eine dunkle Stimme schien mit dem Wind zu klingen. Eine Stimme, der es schwerfiel, Worte in der Sprache der Menschen zu formen.

Du wirst meinen Weg gehen!

Krachend schlugen die Flügel des Tors zurück. Von innen ertönte ein Alarmruf.

Erschrocken blickte sich Lysandra um, doch auf der Straße waren nur die Soldaten zu sehen, die die Hornissen hinter der Barrikade in Stellung brachten.

Bewaffnete kamen auf den Hof, der hinter dem Tor lag, gelaufen. Lysandra hob die Keule aus dem Heiligtum hoch über ihren Kopf. »Ruhig Leute. Movert! Robak! Sucht die besten aus, die noch übrig sind und macht die Pferde bereit. Wir werden das hier aus der Stadt bringen.«

»Jawohl, Herrin.« Der blonde Robak machte auf dem Absatz kehrt und lief auf den Stall zu.

Movert war näher zu Lysandra getreten. Er war ein dunkler Mann, mit einem kurzgeschorenem Kinnbart und verdrossenem Gesicht. »Was ist mit dem Tor passiert, Lysandra? Es war mit einem Balken versperrt, und niemand war im Hof, um dir zu öffnen?«

»Scher dich nicht um Dinge, die du nicht begreifst! Ich bin dir ...«

»Seht nur! Dort drüben im Lager der Orks! Bei den Göttern ...«

Der Wachtposten auf dem Flachdach des Pferdestalls wies mit ausgestrecktem Arm nach Osten auf das Hauptlager der Schwarzröcke. Lysandra rannte die schmale, steinerne Treppe zum Dach hinauf. Als sie ankam, konnte sie eine eigenartige Erscheinung am Himmel sehen: eine Flamme, die direkt auf das Praiosgestirn zuzufliegen schien und dann verschwand.

»Es muß aus der Erde gekommen sein ... Ein helles Licht ...«, stammelte der Wachtposten. »Es sah aus wie ein Löwe ... aber auch wieder wie ein Adler. Es war aus Licht und Flammen und hat alle Zelte in der Nähe in Brand gesetzt.«

Lysandra blickte zum Lager der Orks. Schwarzer Rauch stieg dort zum Himmel. Zehn oder mehr der großen, ledernen Zelte brannten. Viele Orkkrieger hatten den Angriff auf die Stadt abgebrochen und rannten zum Lager zurück, um ihre Habe zu retten.

»Das war ein Zeichen der Götter!« Die Amazone war auf die andere Seite des Daches gegangen und blickte nun in den Hof, wo mittlerweile fast alle ihrer Gefolgsleute versammelt waren.

»Sie wollten uns den Weg freimachen. Sattelt die Pferde! Die Besten werden mich nun begleiten, um diese verfluchte Waffe auf heiligen Boden zu bringen. Dorthin, wo sie nie wieder die Hand eines Orks berühren wird. Ihr anderen aber bleibt hier und haltet die Stadt. Und schöpft neuen Mut, denn die Himmlischen haben uns ein Zeichen gegeben, nicht zu verzweifeln. *Wenn eure Stunde gekommen ist, werde ich wieder hier sein!*«

»Lysandra! Lysandra!« Die Männer und Frauen im Hof wollten nicht aufhören, ihren Namen zu rufen. Sie schlugen mit ihren Waffen auf die Schilde und schrien, bis Robak und Movert die ersten Pferde aus den Ställen führten.

Lysandra kannte jeden einzelnen im Hof so gut, als wäre er von ihrem Blut. Über ein Jahr lang waren sie mit ihr durch die Wälder der Grafschaft gestreift. Hatten die Orks überfallen und waren ihrerseits von den Schwarzpelzen gejagt worden. Viele in der Stadt hielten sie für Strauchdiebe und Halsabschneider, doch in ihren Augen waren es die besten Krieger, die noch auf Greifenfurts Mauern standen. Jeder von ihnen hatte einen ganz persönlichen Grund zur Rache, und niemand würde von den Mauern weichen, solange auch nur ein Ork vor Greifenfurt stand. In diesem fanatischen Haß hatte sie auch ihre ›Löwinnen‹ erzogen. Ehemals brave Bürgerstöchter, die in den letzten Wochen bei ihr das Fechten gelernt hatten und mittlerweile Rondra alle Ehre machten. Lysandra war sich sicher, ihre Freischärler und die ›Löwinnen‹ würden auch ohne sie auskommen. Sie alle trugen etwas im Herzen, das sie in jeder Schlacht mehr beflügeln würde als der tollkühnste Anführer: Haß!

Kurze Zeit später stand Lysandra mit neun anderen Reitern kurz hinter der Bresche in der Ostmauer. Bis hier waren sie auf keinen Widerstand gestoßen. Obwohl auch weiterhin noch am Andergaster Tor gekämpft wurde, hatten die Orks diesen Stadtteil wieder aufgegeben.

Die Amazone strich über den Streitkolben, der von ihrem Sattel herabhing. Dann griff sie wieder nach der Lanze, die sie gegen die Mauer gelehnt hatte.

»Also, zum letzten Mal. Ich will keine unnötigen Kämpfe. Wir wollen allein aus der Stadt heraus! Ist das klar?«

Ihre Kämpen nickten stumm. Fast alle trugen mehr oder weniger vollständige Rüstungen, hatten Köcher mit Bögen an die Sättel geschnallt und hielten in der Rechten eine Lanze. Die letzte Kavallerieattacke Greifenfurts, dachte Lysandra. Gut, daß Marcian im Tunnel zurückgeblieben ist. Dann hob sie die Linke. »Jetzt!«

Die Männer und Frauen gaben ihren Pferden die Sporen und lenkten die Tiere durch die Trümmer des Turmes, der einst diesen Teil der Mauer geschützt hatte. Dann waren sie auf dem freien Feld vor der Stadt. Im Lager der Orks wurde Alarm geblasen.

Lysandra konnte erkennen, wie Krieger zu den Geschützen auf den Erdwällen liefen. Doch die waren keine ernste Gefahr mehr. Die meisten Katapulte und Rotzen waren vor einigen Tagen abgezogen worden. Vermutlich brauchten die Schwarzröcke sie bei einer anderen Belagerung.

In gestrecktem Galopp passierten die Reiter das Feld. Die wenigen Geschosse, die man auf sie abgefeuert hatte, verfehlten ihr Ziel. Ein guter Auftakt, dachte Lysandra und hielt mit ihrem Hengst auf das Hügelland nordöstlich des Orklagers zu. Es scheint wirklich so, als seien die Götter uns gewogen.

7

Anshelm war äußerst schlecht gelaunt. Die Reise zum Heer des Prinzen war zwar ruhig verlaufen, doch in diesem eisigen Wetter dauernd auf einem Pferderücken zu sitzen war nicht seine Sache. Nein, ein Geweihter sollte anderen Aufgaben nachgehen. Vor allem wenn er Pferde verachtete.

Nicht, daß ihm jemals ein Pferd etwas zu leide getan hätte, doch war es bei seiner Leibesfülle nicht ganz leicht, den Rücken eines Reittiers zu erklimmen, und führte meist dazu, daß alle, die ihm dabei zusahen, mehr oder weniger bemüht ihr Schmunzeln verbargen. Pferde machten ihn lächerlich! Also haßte er Pferde. Den ganzen Tag lang zu Fuß zu gehen machte ihm nichts aus, doch im Sattel zu sitzen …

Mittlerweile war es nicht mehr so schlimm, wie an den ersten beiden Tagen, nachdem er mit seinen Leibwächtern Gareth verlassen hatte, doch damals hatte er geglaubt, er würde sich nie wieder in seinem Leben hinsetzen können.

Nun, er hatte auch das überstanden. Selbst der eisige Wind machte ihm nicht mehr ganz so viel aus, wie am Anfang.

Brin hatte ihn persönlich bei dem Heer, das gen Greifenfurt zog, willkommen geheißen. Noch nie war er dem zukünftigen Kaiser so nahe gewesen. Ein freundlicher, junger Mann. Vielleicht ein wenig zu jung, um die schwere Verantwortung zu tragen, die nun auf seinen Schultern lastete.

Jedenfalls war er, seit er im Heerlager eingetroffen war,

ständig in der Nähe des Herrschers gewesen, und so hatte er nicht umhin gekonnt, mitzuerleben, was er sich an diesem Morgen geleistet hatte.

Ein Pirat hatte den Vertreter des Kaiserhauses beleidigt! Ihn auf infame Weise geduzt und war dann noch seinem gerechten Urteilsspruch entkommen. Ein Skandal!

Anshelm hatte kurz danach mit Großadmiral Sanin über den Zwischenfall gesprochen. Der Admiral war mit ihm einer Meinung, daß dieser Phileasson ein berüchtigter Freibeuter sei und eigentlich an den nächsten Galgen gehöre.

Trotz der Kälte wurde Anshelm ganz heiß vor Wut. Was hatte sich der Prinz nur dabei gedacht? Gerade in Kriegszeiten mußte man besonders hart durchgreifen! Einem Feind des Reiches durfte kein Pardon gegeben werden.

Anshelm blickte auf den Fluß. Die Schiffe der Thorwaler Piraten bildeten das Ende des langen Zuges von Schiffen, die den dunklen Strom heraufkamen. Das war mit Sicherheit kein Zufall. Dort war es am leichtesten, zu verschwinden, wenn es ernst werden sollte. Vielleicht würden sie auch noch einige der schutzlosen Ortschaften weiter im Süden plündern, bevor sie schließlich auf hoher See verschwanden. Dieser leichtfertige Prinz! Er hatte fast alle Soldaten aus der Region abgezogen, um die Truppen der Flotte zu verstärken.

Die großen Flußkähne, auf deren Decks sich der Nachschub für Greifenfurt stapelte, kamen nur langsam gegen die Strömung vorwärts. Der Wind stand schon seit Tagen ungünstig. Ein Zeichen dafür, daß auch die Götter gegen diese Flottenoperation waren!

Gespanne zogen die Schiffe. Pferdeknechte führten die Tiere am Zaun und achteten darauf, daß sich die Geschirre und die langen Lederseile, die zu den Schiffen führten, nicht verhedderten. Ab und zu ließen sie auch ihre Peitschen knallen, wenn die Pferde nicht mehr weiter mochten.

Mehr als eine Meile zog sich der Konvoi den Fluß hinab. Zum Schutz der Zugpferde patrouillierten Reiter am rechten Flußufer, und Prinz Brin ritt mit seinem Gefolge an der

Spitze des Zuges. Er schien keinen Gedanken daran zu verschwenden, wie leicht ihn der Pfeil eines verborgenen Bogenschützen treffen konnte. Erst an diesem Morgen war ein Soldat, der neben ihm stand, durch einen Pfeil zu Tode gekommen. Vermutlich dachte Prinz Brin gar nicht daran, daß das Reich erneut in Chaos und Anarchie versinken würde, wenn er starb. Wer sollte ihm auf den Thron des Kaisers folgen? Anshelm erschauderte bei dem Gedanken. Er wußte, daß einige seiner Brüder daran dachten, daß es in diesem Fall das beste sei, den Boten des Lichts, den Hohen Priester des Praios, zum Herrscher auszurufen, so wie es vor langer Zeit schon einmal geschehen war, als der Thron in Gareth verwaist war. Vielleicht wäre das wirklich das beste? Doch zunächst galt es den jungen Prinzen, der trotz seiner kurzen Regierungszeit im Volk immer beliebter wurde, nach Kräften zu schützen.

An der Spitze des Zuges ertönte ein Signalhorn. Ein Spähtrupp unter der Führung Oberst von Blautanns kehrte zur Hauptmacht zurück. Anshelm gab seinem Grauen die Sporen, um zum Prinzen aufzuschließen.

Doch zu viele hatten sich schon um den Prinzen versammelt und so konnte Anshelm nur wenige Worte hören, die der Wind ihm zutrug.

»... Durchkommen unmöglich ... überall Orks. Zu wenige, um die Hauptmacht aufzuhalten, aber ... für Spähtrupps. Wir müssen nahe an ihrem Lager sein und ...«

Ein Durchkommen unmöglich? Anshelm konnte darüber nur verächtlich schnauben. Hier war die Elite der kaiserlichen Ritterschaft und mehr als zwanzig Geweihte der Rondra, die in den Stand der Ritterschaft erhoben waren. Sie alleine würden ausreichen, um die Orks aus den Büschen zu treiben, in denen sie sich verstecken mochten.

Doch der Prinz ließ zum Sammeln blasen, und dann verkündete ein zweites Hornsigel, daß sich alle Offiziere und Würdenträger um ihn versammeln sollten.

Andra verstand die kaiserlichen Offiziere nicht. Während sie in der ersten Reihe des riesigen Reitertrupps trabte, der sich nun den Fluß hinauf bewegte, dachte sie wieder an die Stabsbesprechung.

Die Kaiserlichen wußten nichts über die Orks und ihre Verteidigungsvorbereitungen. Ja, sie wußten nicht einmal wie viele Gegner vor ihnen lagen. Alle Spähtrupps, die man den Fluß hinauf geschickt hatte, waren niedergemacht worden. Nur der junge Ritter Roger, ein Streiter aus dem Gefolge des Prinzen, hatte Glück gehabt. Er war der einzige, der von einem zehnköpfigen Spähtrupp zurückgekehrt war.

Die Schiffer, die diesen Abschnitt des Flusses kannten, hatten erklärt, daß in etwas mehr als einer Meile Entfernung der Zusammenfluß von Auge und Breite lag. Wahrscheinlich befand sich dort das Lager der Orks.

Um sich Klarheit zu verschaffen, wurden zwei Magier ausgeschickt, die Tiergestalt angenommen hatten, doch auch sie blieben verschwunden.

Dann sollte vorzeitig ein Nachtlager aufgeschlagen werden, und die Versammlung löste sich schon auf, als plötzlich der Wind drehte. Zum ersten Mal, seit sie Ferdok verlassen hatten, wehte er aus südlicher Richtung. Bei dieser Brise konnten es selbst die langsamen Flußboote in zwei Tagen bis Greifenfurt schaffen, und alle Pläne wurden umgeworfen. Der Prinz ließ die Reiter aufsitzen und gab den Offizieren Befehl, die Kämpfer zehn Reihen tief antreten zu lassen. Die ersten beiden Reihen, jeweils hundert Reiter, waren ausschließlich Ritter und schlachterprobte Kavalleristen. Sie sollten die Formation des Feindes aufreiben und wie ein Sturmwind über die Orks hinwegfegen. Um die Ritter mit Artilleriefeuer zu unterstützen, wurden sie auf dem Fluß von den kupferbeschlagenen Schiffen und drei Galeeren begleitet. Während die Reiter frontal angriffen, sollten die Schiffe das Lager der Orks vom Wasser her beschießen.

Wieder schüttelte Andra den Kopf. Die Mittagsstunde war schon längst verstrichen; es würde nicht mehr lange hell sein. Die Jägerin war von diesem Plan nicht überzeugt. Alrik hatte ihr vorgeworfen, daß sie nicht ritterlich dachte, doch nach ihrem Dafürhalten war es blanker Leichtsinn, einen Feind, über den man nichts wußte, frontal anzugreifen.

Trotzdem war sie mitgekommen. Warum, wußte sie selbst nicht ganz. Sie war eine Jägerin und kein Soldat. Noch vor wenigen Wochen hätten sie sich niemals auf so etwas eingelassen. Tat sie es wegen des Obristen? Wollte sie nicht, daß Alrik sie für feige hielt? Er hatte ihr angeboten im Lager zu bleiben und erklärt, daß auch hier besonnene Köpfe gebraucht würden.

Seine Worte waren vernünftig und trotzdem hatten sie in ihren Ohren wie eine Beleidigung geklungen. Sie hatte ihm eine schallende Ohrfeige gegeben und danach ihr Pferd gesattelt.

Und jetzt ritt sie an seiner Seite. Der Himmel hatte sich im Westen schon rötlich verfärbt, und vielleicht fünfhundert Schritt vor ihnen lag die Stelle, an der sich die grauen Fluten von Auge und Breite zum Großen Fluß vereinten.

Am Ostufer, direkt am Treidelpfad, erhob sich ein flacher Hügel. Dort schienen die Orks ihr Lager aufgeschlagen zu haben. Einige Rauchsäulen stiegen in den Himmel, und es war ein wenig diesig.

Andra kniff die Augen zusammen, aber es war unmöglich zu erkennen, ob die Schwarzröcke irgendwelche Verteidigungsanlagen errichtet hatten, oder einfach nur auf dem Kamm des Hügels standen und dort ihren Angriff abwarteten.

Die Schiffe hatten die Reiter schon überholt. Der gleichmäßige Schlag der Trommler, die den Ruderern auf den Flußgaleeren den Takt angaben, hallte über das Wasser. Auf den Decks waren Kohlebecken aufgestellt worden, um Brandpfeile und flüssiges Feuer zu verschießen.

Prinz Brin hatte seinem prächtigen Schimmel die Sporen gegeben und war ein Stück vor die Front der Reiter galoppiert, um dann sein tänzelndes Pferd zum Stehen zu bringen und die Reihe der Ritter entlangzublicken.

Eine Mauer von blitzendem Stahl. Manche der reichsten

Adeligen hatten sogar Panzer für ihre Pferde anfertigen lassen. Sie bildeten die linke Flanke.

Ganz rechts standen die Ritter vom Orden der Rondra. Diese weitgerühmten Recken trugen altertümliche, weiße Waffenröcke über ihren Kettenpanzern, auf denen rot eine sich aufbäumende Löwin prangte, das Wahrzeichen ihrer Göttin. Direkt daneben hatten sich um einen kleinen, dikken Mann in Gewändern aus Gold und Brokat einige Ritter versammelt, deren kostbare Rüstungen mit Einlagen aus poliertem Messing verziert waren. Auf ihren Helmen prangten wallende Büsche aus roten und gelben Federn. Ihre Schilde und die Wimpel an den Lanzen zeigten Greifen. Sie mußten zur Tempelgarde der Stadt des Lichts bei Gareth gehören.

Der Kontrast zu den Rittern neben ihnen hätte nicht größer sein können. Sie trugen dunkle Harnische und waren die letzten der Schwarzreiter, die sich in der Schlacht bei Silkwiesen so sehr hervorgetan hatten. Alrik führte über sie das Kommando.

Das Zentrum der Schlachtreihe bildeten die Leibwachen des Prinzen, unter denen nun auch der junge Ritter Roger aufgenommen worden war.

Alle Augen waren auf den jungen Prinzen gerichtet. Es war fast völlig still. Nur ab und an war das Schnauben eines unruhigen Pferdes zu hören. Der Prinz verharrte einen Augenblick, dann zog er sein Schwert aus der Scheide und rief so laut, daß man es bis zu den Schiffen hören mußte: »Greifenfurt oder der Tod!«

Hunderte von Säbeln und Schwertern flogen aus den Scheiden, und wie Donnergrollen beantworteten die Reiter den Schlachtruf des Prinzen. »Greifenfurt oder der Tod!«

Der hundertfache Ruf hatte ein seltsames Gefühl in Andra geweckt. Alle ihre Zweifel waren geschwunden. Die Euphorie der anderen hatte sie angesteckt. Sie gab ihrem Braunen die Sporen, und wie eine Flut aus lebendem Stahl rasten sie auf den Hügel zu.

Das Donnern von Tausenden Hufen ließ den schneebedeckten Boden erbeben. Es war eine Lust, sich mit den anderen mitreißen zu lassen, den eisigen Wind auf den Wangen zu spüren und wie von einer riesigen Welle getragen vorwärtszutreiben.

Sie blickte zu Alrik, der neben ihr ritt. Sein Gesicht war angespannt und zeigte doch einen Ausdruck von Verzükkung. Seine Augen waren fest auf den Hügelkamm gerichtet, den es zu erobern galt.

Auch Andra blickte wieder zu dem Lager der Orks und erschrak. Die Schwarzpelze waren vom Hügelkamm verschwunden. Das konnte nur heißen, daß sie einen Wall aufgeschüttet hatten, hinter dem sie jetzt Zuflucht nahmen. Dann entdeckte Andra etwas, das ihr einen mächtigen Schrecken einjagte. Halb unter dem frisch gefallenen Schnee verborgen, ragten Hunderte von zugespitzten Pfählen aus den Flanken des Erdhügels.

Und dann war das dumpfe Geräusch von Katapultarmen zu hören, die auf Lederpolster aufschlugen. Andra starrte in den Himmel und sah einen Hagel von faustgroßen Steinen auf die Reiter niederprasseln.

Innerhalb eines Atemzuges verwandelte sich die prächtige Angriffsformation in ein Durcheinander aus stürzenden Pferden und aufgewirbeltem Pulverschnee. Krieger wurden aus den Sätteln gerissen, und Pferde wieherten in Panik. Für die zweite Reihe, die mit nur wenigen Schritt Abstand folgte, war es unmöglich, den Gestrauchelten auszuweichen. Sie ritten über ihre gefallenen Kameraden hinweg, und dann folgte eine neue Reihe und noch eine und ...

Andra lief es kalt über den Rücken. Hier zu stürzen bedeutete den sicheren Tod! Ängstlich blickte sie zu Alrik herüber, doch der Obrist saß noch in seinem Sattel.

Wieder feuerten die Orks eine Salve ab. Andra riß ihren Schild hoch, obwohl sie nur zu gut wußte, daß er sie bei einem Treffer kaum schützen würde.

Wenigstens erwiderten die Schiffe mittlerweile das Feuer der Orks. Einige Geschosse, die einen dünnen Rauchschweif hinter sich herzogen, flogen auf den flachen Hügel zu. Tonkrüge, die mit dem gefürchteten Hylailer Feuer gefüllt waren und auf denen glimmende Lunten steckten. Doch die Salve war schlecht gezielt gewesen. Zwei der Krüge zerschellten an der Hügelflanke, und die anderen flogen irgendwo in das Lager der Orks.

Dann ertönte auch von der Halbinsel zwischen den beiden Flußarmen das Geräusch abgefeuerter Katapulte. Sie mußten dort hinter Wällen aus Schnee verborgen gestanden haben. Wie der Schwerthieb eines Gottes dröhnte es über das Schlachtfeld, als eines dieser Geschosse, gegen die Aufbauten des metallverstärkten Flußschiffes an der Spitze des Konvois schlug.

Wieder prasselte ein Schwall von Steinen auf die Reiter herab. Die erste Reihe hatte sich schon bedenklich gelichtet. Andra konnte sehen, wie dem Prinzen durch einen Treffer der Schild vom Arm gerissen wurde. Einen Augenblick schwankte er bedrohlich im Sattel, doch dann konnte er sich wieder fangen und winkte einen Hornisten an seine Seite.

Die Jägerin blickte zum Hügel. Sie hatten nicht einmal die Hälfte des Weges zurückgelegt.

Ein Hornsignal übertönte den Schlachtlärm. Der Prinz ließ zum Rückzug blasen. Immer wieder ertönte das kurze Signal über die Schlachtreihen und wurde von anderen Hornisten aufgenommen. Doch eine Formation von fünfhundert Reitern im vollen Galopp konnte nicht einfach anhalten.

Andra zog an ihren Zügeln, um ihr Pferd in eine langsamere Gangart fallen zu lassen. Wenn sie den Braunen einfach herumriß, würden die Reiterreihen, die hinter ihr folgten, sie überrollen.

Wieder prasselten Steine vom Himmel.

»Alles in Ordnung?« brüllte Alrik neben ihr. Sie wollte antworten, doch ihre Stimme war nur ein heiseres Krächzen.

Hinter ihr ertönte lautes Getöse. Nicht alle waren so besonnen gewesen, das Tempo zu verringern. Offiziere versuchten den Lärm zu überschreien, Pferde wieherten, und Krieger brüllten vor Todesangst und Schmerzen.

Endlich war die Reiterformation zum Halten gekommen, und Andra wagte es, ihr Pferd zu wenden. Hunderte Reiter flohen in völliger Unordnung vom Schlachtfeld. Überall lagen tote Pferde und die bis zur Unkenntlichkeit entstellten Leichen von Rittern, über die die Reiterkavalkade hinweggegangen war.

Der Jägerin wurde übel. Sie hatte schon manchen Kampf hinter sich, doch das hier war das gräßlichste, was sie je gesehen hatte.

Wozu hatte das geschehen müssen? Diese Demütigung! Unter den Orks würde es vermutlich kaum Tote und Verwundete gegeben haben. Sie waren nicht einmal bis auf Schußweite an den Hügel herangekommen. Doch wer hätte damit rechnen können? In der Schlacht bei Orkenwall, an der wesentlich mehr Krieger beteiligt gewesen waren, hatten die Schwarzpelze nur über ein einziges Katapult verfügt. Sie mußten den Zwerg, der die Belagerung von Greifenfurt leitete, hierher gebracht haben. Alrik hatte ihr von ihm erzählt. Anders war diese Katastrophe nicht zu erklären.

Sich in dieser Art zu verschanzen sprach gegen alles, was sie jemals über die Kriegsführung der Orks gehört hatte. Man konnte daraus nur zwei Schlüsse ziehen. Die Schwarzpelze hatten sich von ihrer Niederlage bei Silkwiesen vollständig erholt und ihr Heer reorganisiert. Vor allem aber mußte auf diesem Hügel Sadrak Whassoi, der Schwarze Marschall stehen. Niemand sonst wäre in der Lage gewesen, die Scharen fliehender Orks wieder zu einem solchen Heer zusammenzuschmieden.

Mittlerweile war die Sonne untergegangen. Die Schwarzröcke hatten aufgehört zu schießen, und die Reste der zerschlagenen Reitertruppe zogen sich auf das Lager zurück, das eine Meile weiter südlich am Fluß lag.

Auch die Schiffe hatten gewendet. Ihre dunklen Schatten glitten über die Fluten, die im Licht des Madamals silbrig schimmerten. Zumindest sie schienen bei dem fehlgeschlagenen Angriff keinen Schaden genommen zu haben.

Andra drehte sich im Sattel um, und blickte noch einmal zum Hügel zurück. Der Abendhimmel schimmerte rötlich vom Schein der Lagerfeuer. Es mußten Hunderte sein! Waren dort wirklich so viele Orks, wie Feuer brannten? Oder war auch das eine Kriegslist des Schwarzen Marschalls? Wie viele Krieger mochte er haben? Hätten seine Reiter die geschlagenen Kaiserlichen verfolgt, wäre die Schlacht in ein regelrechtes Massaker ausgeartet und sein Triumph nur um so größer geworden. Vielleicht verfügte er aber auch nur über sehr wenige Krieger? Falls dort allerdings eine ganze Armee stand, war Greifenfurt verloren, denn dann würden sie niemals die letzten Meilen den Fluß hinaufkommen.

Für die Nacht war ein ledernes Zelt aufgeschlagen worden, um die Offiziere vor Wind und Schnee zu schützen. Brin hatte alle Truppenkomandanten um sich versammelt, um mit ihnen gemeinsam nach einer Möglichkeit zu suchen, an den Orks vorbeizukommen.

»Wenn wir nicht wenigstens einen dieser Artillerieposten ausschalten, haben diese rattenpelzigen Banditen die Hälfte unserer Flotte in Stücke geschossen, bevor wir Greifenfurt erreichen.« Großadmiral Sanin hatte die Hände auf den Rükken gefaltet und ging während er redete, aufgeregt auf und ab. »Ich habe eben erst mit den Flußschiffern gesprochen. Trotz des Hochwassers werden nicht mehr als zwei Schiffe nebeneinander die Mündung der Breite passieren können. Bei dem Geschützfeuer, mit dem die Orks uns heute belegt haben, werden sie die Lastkähne in Treibholz verwandeln. Hätten wir wenigstens eine der beiden Bastionen in unserer Hand, könnten wir die gepanzerten Schiffe bis dicht an die zweite Geschützstellung fahren lassen. Während sie das Feuer auf sich ziehen würden, könnten die Flußkähne mehr oder weniger ungeschoren passieren.«

»Noch einen Angriff wie heute abend können wir uns aber nicht mehr leisten. Die Attacke hat achtundzwanzig Rittern das Leben gekostet, und mehr als doppelt so viele sind verwundet. Ich bin beileibe nicht feige, aber den Hügel mit Reitern zu stürmen, ist unmöglich. Habt Ihr die angespitzten Pfähle gesehen, mit denen er gesichert ist. Da kommt kein Reiter vorbei. Wir bräuchten Sappeure, die uns eine Bresche schlagen.« Von Blautann zuckte resigniert mit den Schultern. »Wir könnten höchstens versuchen, diese Stellung weiträumig zu umgehen und schauen, ob die Schwarzröcke sich auch auf einen Angriff von hinten vorbereitet haben.«

Brin spielte nervös mit seiner Reitgerte. Vor einer halben Stunde hatte er sich die Toten angesehen, die im Schutz der Dunkelheit vom Schlachtfeld geborgen worden waren. Achtundzwanzig Männer und Frauen, deren Leben er sinnlos vergeudet hatte. Er hätte sich auf diesen Angriff nicht einlassen dürfen! Statt so zu taktieren, wie man es von einem Feldherren erwarten durfte, war er geradewegs in die Falle gelaufen, die Sadrak Whassoi ihm gestellt hatte.

»Wenn wir wenigstens wüßten, wie viele Gegner uns dort auf dem Hügel erwarten«, warf der Praios-Geweihte ein.

»Das ist in diesem Fall uninteressant!« versetzte Sanin barsch. »Wir müssen wissen, wie viele Geschütze sie dort oben haben. Ich würde meine rechte Hand darauf verwetten, daß sie den Belagerungstroß um Greifenfurt abgezogen haben.«

»Wenn das so ist, können wir umkehren.« Alrik von Blautann sprach leise. »Die Schwarzpelze haben ganze Wochen damit verbracht, Geschütze zu bauen. Wenn sie die hierhergeholt haben, müssen wir mit mindestens zehn schweren Rotzen rechnen, etlichen Böcken und einigen Aalen.«

»Wißt Ihr, was Ihr da sagt, Mann?« rief Sanin. »Heute sind wir nur mit Katapulten beschossen worden. Wenn dieses Pack auch noch Rotzen hat, können die nur rechts und links am Ufer stehen, um uns ins Kreuzfeuer zu nehmen, sobald wir in die Flußmündung hineinsteuern.«

»Also müssen wir uns auf eine Belagerung einrichten, um den Belagerten in Greifenfurt irgendwann einmal helfen zu können«, meinte Brin.

Es war still im Zelt geworden. Niemand wollte dem Prinzen in die Augen sehen. Deutlich hörte man von draußen die Geräusche des Lagers. Pferdewiehern und die Schritte der Wachen, die im Schnee ihre Runden drehten.

»Ich hätte einen ganz anderen Vorschlag.« Dicht neben dem Eingang des Zeltes stand Phileasson. Bisher hatte er nur zugehört. Die kaiserlichen Offiziere mieden ihn, und auch jetzt erntete er fast nur abfällige Blicke.

»Sind wir schon so weit, uns von einem Piraten belehren zu lassen?« Sanins boshafter Einwurf wurde mit Gelächter quittiert.

»Laßt den Mann reden!« Wütend hatte Brin mit der Reitgerte auf den Tisch geschlagen.

»Hält diese goldbetreßte Landratte, die sich Großadmiral nennt, es für möglich, in einer Nacht alle Reiter auf die andere Seite des Flusses zu bringen.« Phileasson lächelte böse.

Admiral Sanin fiel es sichtlich schwer, die Fassung zu bewahren. Sein Gesicht war rot angelaufen, und sein breiter Schnauzbart zitterte vor Zorn. »Wir binden einige Lastkähne zusammen, und bauen eine Schiffsbrücke über den Fluß. Kein Problem für disziplinierte Truppen.« Sanin sprach mit gepreßter Stimme

»Gut, dann brauche ich nur noch einen fähigen Magier, zwanzig Zimmerleute und einen Tag Zeit. Dann werde ich dir zeigen, wie man den Orks einen Schlag versetzen kann, wo sie ihn nicht erwarten, mein Prinz.«

8

Die Sonne war hinter dunklen Wolken verschwunden, und Sharraz hatte seinen Kriegern befohlen, die Kämpfe abzubrechen. Sie hatten das Andergaster Tor erobert und waren fast bis zum Platz der Sonne vorgerückt.

Auch die östliche Hälfte der Stadt war überrannt worden, obwohl er seine Kämpfer am Mittag für kurze Zeit hatte zurückziehen müssen, um die Brände im Hauptlager zu löschen. Nur eins war ihm nicht gelungen ...

»Sharraz, Sharraz!« Die Rufe eines Kriegers schreckten ihn aus seinen Gedanken.

»Ein Reiter kommt von Süden auf das Lager zu!«

»Ein einzelner Reiter?« Der Orkgeneral stieg den niedrigen Erdhügel hinab, von dem aus er die Stadt betrachtet hatte.

»Ja, Sharraz, ein Reiter und zwei Oger.«

Eilig durchquerte der Anführer das Lager. Ein Reiter begleitet von zwei Ogern. Das konnte nur einer sein. Sein Nackenhaar sträubte sich. Dieser Fremde bedeutete Ärger.

Als Sharraz den südlichen Teil des Lagers erreichte, ritt die hochgewachsene Gestalt bereits zwischen den Zelten hindurch. Ein alter Schamane, in Felle gehüllt. In seiner Rechten hielt er einen gewundenen, schwarzen Stab. Sein Haar hing in grauen Strähnen vom Kopf. Perlen schmückten seine Kleider, und mitten über der Brust trug er eine kupferne Mondsichel, als Zeichen seines Standers als Tairack-Priester. Man sagte von dem Alten, daß er mehr Macht habe, als selbst Sadrak Whassoi, auch wenn er sich nie öffentlich in die Pläne des Kriegsherren einmischte.

Er hatte bereits viele Winter verstreichen sehen, und sein faltiges Gesicht trug die Zeichen von Kämpfen und den Schrecken, die nur ein Schamane erfahren konnte, der die Welt der Geister zu betreten verstand. An seiner Seite wachten zwei mächtige Streitoger. Der eine trug einen Schild, fast so groß wie ein Orkkrieger und hielt in der Rechten einen gebogenen Arbach. Die Klinge des gebogenen Schwertes war so mächtig, daß keiner seiner Krieger in der Lage wäre, sie zu führen, dachte Sharraz.

Der andere Oger war in eine speckige Lederrüstung gekleidet und hatte eine gewaltige Streitaxt geschultert. Um die Hüften trug er einen Gürtel mit den abgetrennten Gliedmaßen erschlagener Feinde. Vielleicht war es aber auch nur eine Wegzehrung, denn diese mächtigen Krieger fraßen mit Vorliebe das Fleisch ihrer erschlagenen Gegner. Alle Krieger, die den Alten sahen, neigten ehrfürchtig ihr Haupt. Manche warfen sich sogar in den Schnee. Kriecherische Memmen, dachte Sharraz und trat dem Reiter entgegen. Dann neigte auch er das Haupt.

»Ich grüße dich, Uigar Kai, Verkünder des Tairach, Träger des Schwarzen Stabes, Meister der drei Welten, Herr der Geister und Hohepriester alle Stämme.«

Der alte Ork beugte sich auf seinem Pony vor. Böse blinzelte er den General an.

»Möge dir Tairach gönnen, deine Klinge wieder in das Blut unserer Feinde zu tauchen, glückloser General, oder dein Kopf wird zum Krähenfuß auf einer Stange stecken.«

Sharraz schauderte. Warum mußte der alte Hohepriester ausgerechnet in dieser Nacht auftauchen.

»Sei mein Gast mächtiger Uigar Kai, und teile mit mir mein Zelt und die schönsten meiner Frauen.«

Der Alte grunzte verächtlich. »Teilen? Ein Wort von mir, und alles ist mein.«

Sharraz schwieg und ging dem gefürchteten Priester zur Mitte des Lagers voran. Vor dem prächtigen Häuptlingszelt wartete Gamba. »Welch Freude, Euch nach so langer Zeit wiederzusehen, Uigar Kai. Mit Euch wird der Ruhm wieder Einzug in unsere Zelte halten.« Der Druide kniete nieder und hielt dem alten Priester den Steigbügel, während Uigar vom Pony stieg.

Schleimige Kröte, dachte Sharraz. Seit Wochen hat er kaum noch etwas zu unserem Sieg beigetragen. Wie sollte da Ruhm in ihren Zelten Einzug halten?«

Der Orkgeneral öffnete dem Priester die Lederplane am Zelteingang und ließ ihn samt Gefolge eintreten.

»Nehmt Platz an meinen Herdfeuern, und erfreut Euch an den Genüssen, die meiner Gäste harren.«

Sharraz gab einer Sklavin einen Wink, dem Schamenen ein Stück gebratenes Fleisch und einen Becher voll Wein zu reichen, doch Uigar knurrte ärgerlich.

»Ich bin nicht hier, um mich dem hinzugeben, was aus den Menschen so schlechte Kämpfer macht. Gebt mir einen Becher Wasser, das ist genug! Und dann sagt mir, wie weit die Tunnel sind. Kolon hat mir vor drei Tagen berichtet, daß selbst unter deiner Führung, Sharraz, die Sklaven mittlerweile bis kurz vor die heilige Höhle des Tairach gelangt sein müssen.«

Sharraz hatte Mühe, dem Schamenen darauf etwas zu erwidern. Ihm wollten einfach nicht die rechten Worte in den Sinn kommen, um von dem zu berichten, was am Mittag geschehen war. Aus den Augenwinkeln konnte er sehen, wie Gamba hämisch grinste.

»Nun, Gebieter der Geister ... wir haben heute die Höhle des Gottes gefunden.«

»Gut, Sharraz, es freut mich zu hören, daß deine Taten den Ruf, den du in den letzten Wochen im Zelt des Marschalls hast, Lügen strafen. Nun gibt mir Xarvlesh, damit ich die Götterwaffe dem Ashim Riak Assai, dem Herren aller Stämme überbringen kann.«

»Das geht nicht ..., mein Gebieter.« Sharraz hatte das Gefühl an den Worten zu ersticken. Obwohl er zu Boden starrte, konnte er den Blick des Schamanen spüren.

»Was soll das heißen?« Uigars Worte waren schneidender als der Wind des Winters.

Sharraz lief der Schweiß von der Stirn. Seine Lippen bebten, doch es wollte ihm nicht gelingen zu antworten. Da erklang Gambas Stimme.

»Das soll heißen, daß ihm ein paar Menschen Xarvlesh gestohlen haben. Wir haben sie vor der Höhle getroffen, und es ist ihnen gelungen, unsere Krieger zurückzuschlagen und die Waffe des Gottes zu stehlen. Aber das schlimmste kommt noch. Unser begnadeter Feldherr war nicht einmal in der Lage, zu verhindern, daß sie die Götterwaffe aus der Stadt brachten. Ein kleiner Trupp Reiter ist am Mittag durch unsere Linien gebrochen und ...«

»Ist das wahr?«

»Alle meine Reiter folgen ihnen, Uigar, bald werden sie die Köpfe der Menschen auf Spießen zurückbringen. Außerdem ist es uns heute gelungen, in der Stadt Fuß zu fassen, und morgen werden wir die Verteidiger bis hinter die Wälle der Festung ...«

»Das interessiert mich nicht!« Uigar schnaubte vor Wut. Dann schleuderte er den Pokal mit Wasser, den ihm eine der Sklavinnen immer noch hinhielt, nach dem Häuptling. »Du nichtsnutziger Wurm. Hast du denn nicht begriffen, worum es hier geht. Was bedeutet schon diese Stadt der Menschen? Xarvlesh solltest du holen! Greifenfurt ist so bedeutungslos wie ein Staubkorn in der Steppe!«

»Bitte, Uigar, ich weiß, daß ich gefehlt habe, doch gebt mir nur noch ein paar Tage, und ich lege Euch die Stadt und die Götterwaffe zu Füßen.«

»Leere Worte«, höhnte Gamba. »Wie viele Wochen liegen wir jetzt schon hier vor der Stadt, und nichts geschieht.«

»Glaubt ihm nicht!« Sharraz zitterte am ganzen Körper. »Ich halte hier einen Menschen verborgen. Einen mächtigen Flammenrufer. Er wird uns ein Feuer schenken, das mit Wasser nicht gelöscht werden kann. Damit erobern wir die Stadt.«

»Das hört sich an wie das Geheul eines Welpen, der zu schwach ist, um an die Milch seiner Mutter zu kommen. Erlöst uns davon!«

Sharraz hatte sich vor Uigar auf die Knie geworfen. Diese Schlange Gamba. Er hätte ihn schon längst vernichten sollen.

Der Orkgeneral zitterte etwas weniger. Noch nie hatte er vor jemandem gekniet. Doch Uigar machte ihm angst. Ein Krieger könnte ihn nur töten, doch der mächtige Schamane besaß die Macht, ihm für immer den Eintritt in das Reich der Geister zu verwehren. Er konnte ihm Dinge antun, gegen die der Tod so süß wie der Honig wilder Bienen war. Nein, er hatte keine Angst zu sterben. Mit dieser Gefahr hatte er in seinen vielen Jahren als Jäger und Krieger jeden Tag gelebt …

»Erhebe dich Sharraz.« Die Stimme des Schamanen klang nun ruhiger. »Zeige mir die Slavin, die dir am meisten Freude bereitet. Sie soll uns begleiten.«

Der Anführer der Orks zögerte. Wollte ihn der Schamane auf diese Weise strafen? Sollte er wirklich so viel Glück haben?

Einen Moment lang blickte er sich im Zelt um. Dann wies er mit ausgestreckter Hand auf die blonde Sklavin, die sich um das Feuer in der Mitte des großen Zeltes kümmerte.

»Vana, komm zu mir. Uigar Kai will, daß du mit uns kommst.«

Mit gesenktem Blick näherte sich die hochgewachsene Menschenfrau. Sie war im Lager schon oft Zeugin der Macht von Tairach-Priestern und ihrer Rituale geworden. Sie sah noch blasser aus als sonst.

Sharraz ballte seine Hände zu Fäusten. Wahrscheinlich würde Uigar Kai sie auf dem Platz vor dem Zelt Tairach opfern. Schade.

Der General hatte Vana aus dem befestigten Landgut eines Ritters geraubt. Sie hatte mitansehen müssen, wie seine Männer ihren Vater an das Tor seines Hauses nagelten und dann verbrannten. Und trotzdem war sie eine bessere Sklavin geworden als alle anderen Menschenfrauen, die er auf diesem Kriegszug erbeutet hatte. Sie verstand es, all seine Gelüste zu befriedigen. Auch war Vana nicht so unterwürfig und langweilig wie die anderen Sklavinnen. Sie rang beim Liebesspiel wie eine Wölfin mit ihm, kratzte ihn und biß. Außerdem war sie die einzige Menschenfrau im Zelt, die genug von seiner Sprache gelernt hatte, um ihm schmeicheln zu können.

Trotzdem würde er es nicht wagen, Uigar Kai zu wider-

sprechen. Wenn er Vana wollte, dann sollte er sie auch bekommen.
Sharraz musterte den alten Schamanen, doch dessen Miene war nicht zu entnehmen, was er als nächstes tun würde.

Uigar Kai wechselte einige Worte mit Gamba, der darauf eilig das Zelt verließ. Dann winkte er Sharraz zu sich.

»Folge mir, mein Bruder. Du wirst nun Gelegenheit haben, deine Ehre wieder reinzuwaschen.«

Uigar Kai hatte darauf bestanden, durch den Tunnel bis zu dem verlorenen Heiligtum unter dem Platz der Sonne geführt zu werden. Überall in dem langen Erdgang lagen die verkohlten Leichen von Orks. Der Ausbruch des geheimnisvollen Lichtwesens war genau zu dem Zeitpunkt erfolgt, als Sharraz neue Truppen zur Verstärkung in den Tunnel geschickt hatte.

Gamba fröstelte es, obwohl es hier, tief unter der Erde, wesentlich wärmer war als im verschneiten Feldlager. In dem gewundenen Gang hatte der Druide das Gefühl gehabt, noch immer ein wenig von der zerstörerischen Macht zu spüren, die dort vor Stunden gewütet hatte.

Doch das Heiligtum, in dem sie jetzt standen, war davon unberührt geblieben. Nervös blickte Gamba auf den Knochenhaufen, der nicht fern des Eingangs lag. Die Gebeine eines Fabelwesens, doch waren sie zu stark zerfallen, um noch erkennen zu können, was es einst gewesen war. Auf jeden Fall hatte das Wesen Flügel gehabt.

Uigar Kai hatte seine Stimme erhoben und einen monotonen Gesang angestimmt, um die Geister der Ahnen herbeizurufen. Gleichzeitig zeichnete er mit dem kleinen Finger der linken Hand, den er in einen Tiegel mit rötlicher Farbe getaucht hatte, verschlungene Zeichen auf einen großen Schädel, der unmittelbar vor dem Standbild des Tairach lag.

Als er damit fertig war, gab Uigar Kai Gamba das vereinbarte Zeichen, und der Druide begann kleine Schalen mit Weihrauch und anderen Kräutern entlang der Höhlenwand aufzustellen.

Außer ihnen beiden waren nur noch Sharraz und Vana in

der heiligen Opferstätte. Der Orkgeneral hatte sein Gesicht zu einer Grimasse verzogen und starrte scheinbar unbeteiligt zur Decke, doch Vana zitterte am ganzen Leib und wimmerte leise vor sich hin. Sie schien zu ahnen, was ihr bevorstand. Gamba grinste hämisch. Selbst ihre schlimmsten Phantasien würden nicht annähernd an das heranreichen, was der Schamane ihr nun antun würde.

Uigar Kai hatte inzwischen damit begonnen, seine Knochenkeule für das bevorstehende Ritual zu weihen. Sie war aus dem Oberschenkelknochen eines großen Büffels gefertigt und mit verschlungenen Schnitzereien geschmückt. Zahllose kleine Lederriemchen mit Federn, durchbohrten Steinchen und Dinge, die Gamba nicht zu benennen vermochte, hingen von der Keule herab.

Der Druide entzündete die Schälchen mit dem Räucherwerk. Dichter Qualm stieg auf, brannte in den Augen und öffnete den Verstand für Dinge, die dem Unbedarften auf immer verborgen blieben.

Gamba hatte plötzlich das Gefühl, fremde Mächte in der Höhle zu spüren. Eine Kraft, die ihm zugleich vertraut und fremd erschien. Noch immer ertönte der Gesang Uigar Kais. Der Orkschamane wiegte sich in grotesken Verrenkungen hin und her. Mit der Rechten hielt er den bemalten Totenschädel hoch, mit der Linken schwang er die Knochenkeule.

Sharraz Garthai stöhnte leise und Vanas Gesicht war zu einer Maske des Entsetzens geworden. Scheinbar gegen ihren Willen bewegte sie sich langsam auf den Schamanen zu.

Welche Kraft Uigar Kai besaß! Gamba war fasziniert. Schon in der Vergangenheit hatte er manchmal einem der machtvollen Zauber des Schamanen beiwohnen dürfen, doch dies übertraf alles, was er bisher gesehen hatte.

Vana stand nun unmittelbar vor dem Schamanen. Ohne sie zu berühren, zwang er die Sklavin auf die Knie zu gehen, indem er langsam seine mächtige Knochenkeule senkte.

»Nackt bist du in diese Welt gekommen, nackt sollst du sie wieder verlassen!« grollte die Stimme Uigar Kais. Er gab

Gamba einen Wink und der Druide eilte herbei, um der Sklavin die Kleider vom Leib zu reißen. Vanas ganzer Körper schien sich zu verkrampfen, so als würde sie sich mit aller Kraft gegen etwas Unsichtbares auflehnen.

Als Gamba den Befehl ausgeführt hatte, wich er ehrfurchtsvoll bis zur Höhlenwand zurück. Uigar tauchte nun seine Keule in die flache Schale mit roter Farbe, die vor dem Tairachbildnis stand. Dann zeichnete er verschlungene Linien auf Vanas Körper, die im umsteten Licht der glimmenden Räucherpfannen ein eigenes Leben zu entfalten schienen.

Der Hohepriester der Orks legte die geweihte Keule beiseite und brach aus dem Schädel, den er die ganze Zeit in der Linken gehalten hatte, einen langen Hauer. Mit dem Zahn, der sich in Jahrhunderten gelblich verfärbt hatte, zog er noch weitere Linien über Vanas blasse Haut.

Der scharfe Eckzahn hinterließ blutige Spuren, und die Sklavin stieß gellende Schreie aus, die sich mit dem monotonen Singsang des Schamanen zu einer Kakophonie des Grauens einten.

Uigar legte nun das Folterinstrument zurück in den klaffenden Kiefer des Totenschädels, doch Vana hörte nicht auf zu schreien, ganz so, als werde sie längst nicht mehr allein von der Macht des Schamanen heimgesucht.

Dann murmelte der Hohepriester einige Worte, deren Sinn Gamba nicht verstand. Ja, der Druide vermochte nicht einmal zu sagen zu welcher Sprache diese fremdartigen, halb tierischen Laute gehörten. Als er aber sah, wie sich Uigar nun nach vorne beugte und seine rechte Hand, scheinbar ohne auf Widerstand zu stoßen, durch Vanas schweißbedeckte Brust stieß, um nach dem Herzen der Sklavin zu greifen, da glaubte der Druide einen Augenblick lang, ihm würden die Sinne schwinden.

Uigar schien der Schrecken seiner Tat nicht zu berühren. Noch immer murmelte der Schamane Beschwörungen, wenngleich seine Stimme von Vanas infernalischen Schmerzenschreien verschluckt wurde, so daß Gamba nur sah, wie der Priester die Lippen bewegte. Er schien Tairach anzurufen und ließ dabei seine Hand langsam höher wandern, bis sie schließlich nach dem Hirn der Sklavin griff.

Gamba preßte sich die Hände auf die Ohren. Einen Moment lang glaubte er, am Rande des Wahnsinns zu stehen. Der Druide vermeinte zu spüren, wie der Schmerz der gepeinigten Vana zu einer Kraft wurde, die versuchte, ihn im Tod mit sich in den dunklen Abgrund zu reißen.

Oder waren es die Kräuter, die seinen Geist umnebelten und die Grenzen zu Dingen, die die Götter den Menschen verboten hatten, durchlässiger machten? War es das verbotene Wissen um das, was noch alles in dieser Welt existierte, das ihn in den süßen Irrsinn umfassenden Verstehens lokken wollte? Gamba schloß die Augen, kämpfte gegen diese Versuchung an, und plötzlich endete Vanas Schrei.

Allein das Murmeln des Schamanen war zu vernehmen. »... so nimm sie, und schenke mir den Verderber des Göttergeschenks, den Hohepriester, dessen Namen die Schamanen aus dem Gedächtnis der Stämme getilgt haben.«

Vorsichtig öffnete Gamba seine Augen. Uigar Kai hielt nun eine bebende, blutige Masse in seiner Rechten und streckte sie dem Standbild des Tairach entgegen. Die Sklavin lag unbeweglich vor seinen Füßen. Ihre Glieder waren in grotesker Weise verrenkt, so, als sei jeder einzelne Knochen in ihrem Körper gebrochen, doch das schrecklichste war der Ausdruck auf ihrem Gesicht.

Sharraz lag keuchend auf den Knien. Er schien sich erbrochen zu haben und hielt nun sein Gesicht in den Händen verborgen.

Neben dem Hohepriester formte sich eine blasse Gestalt aus dem Rauch der Räucherpfannen.

»Ich grüße dich, Verkünder des Tairach, Träger des schwarzen Stabes und Meister der drei Welten, Uigar Kai, Abbild all dessen, das ich einst war.« Eine tonlose Stimme füllte die Höhle aus, ohne das es möglich war, zu sagen, woher sie erklang. »Beuge dich meinem Wort, Verfehmter! Du, dessen Hochmut einst das Schicksal unseres Volkes bestimmte.

Wahnsinniger, der du das Geschenk des Gottes mit in dein Grab gerissen hast.«

»Was verlangst du, Uigar Kai?«

»Finde die Frevlerin, die Xarvlesh mit sich genommen hat, und bringe sie nach Khezzara. Lösche deine alte Schuld, und deine ewige Wanderschaft zwischen der Welt der Toten und der Welt derer, die das Blut wärmt, wird ein Ende haben.«

»Doch wie soll ich sie zwingen, etwas zu tun, wo ich sie nicht einmal berühren kann, solange sie Xarvlesh mit sich führt?«

»Jammere nicht wie ein altes Weib. Nutze die Kraft, die dir geblieben ist, und bedenke, was Tairachs Geschenk denen antut, die es tragen. Und nun beginne deine Suche!«

Der Schemen, der sich im Rauch geformt hatte, verschwand, und es wurde still in der Höhle. Die Beschwörung schien Uigar Kai fast alle Kräfte gekostet zu haben. Er begann zu taumeln. Gamba eilte ihm zur Hilfe und fing den alten Ork auf.

»Laß mich los«, zischte der Schamane böse. »Wenn ich nicht mehr die Kraft habe, auf eigenen Beinen zu stehen, dann bin ich es auch nicht länger wert, das Amt des Hohepriesters zu bekleiden.«

Gamba wich ein Stück zurück, doch blieb er nahe genug, um den Schamanen und Tairach-Priester zur Not auffangen zu können, falls er stürzte. Nur zu gut wußte der Druide, wie sehr mächtige Zauber an den Kräften des Körpers zehrten; er selber war schon oft nach machtvollen Ritualen zusammengebrochen, obwohl er um etliche Jahre jünger war als der Ork.

»Nun zu dir, Sharraz.« Uigar Kai hatte sich dem General zugewandt. »Ich habe den Eindruck, das Jahr, das du Verweser der Provinz Finsterkamm gewesen bist, hat dich weichgemacht. Kolon hat mir berichtet, daß du oft nicht an den Kämpfen teilgenommen hast, die in den letzten Monaten um die Stadt geführt wurden und daß viele deiner Krieger dich verachten. Doch werde ich nicht nach dem Wort eines

Zwergen allein urteilen. Gamba, ist das wahr, was mir Kolon, den man auch den Tunneltreiber nennt, berichtet hat?«

»Ja, mein Meister. Sharraz ist fett und träge geworden. Es gibt Tage, an denen er nicht einmal sein Zelt verläßt und seine einzige mannhafte Leistung die Hurerei mit Sklavinnen ist. Außerdem …«

»Das ist nicht wahr! Gamba und Kolon verleumden mich und …«

»Schweig!« Uigar Kai hatte drohend seine Knochenkeule erhoben. »Was hast du mir noch zu berichten, Gamba?«

»Man sagt, daß Sharraz sich nächstens mit einem Dämonen trifft und Unzucht mit einem alten Mann treibt, den er in einem Zelt gefangen hält, das außer ihm niemand betreten darf. Doch noch viel weniger verzeihlich ist für einen Krieger, daß uns Sharraz Garthai, seit wir hier vor den Mauern der Stadt liegen, nicht einen Sieg schenken konnte. Viele Krieger murren und wollen lieber zum Heer des Sadrak Whassoi oder in ihre heimatlichen Stammesgebiete zurück. Sie haben Angst, den ganzen Winter vor den Mauern der Stadt zu lagern und im Eis zu erfrieren, statt den Tod eines Kriegers zu finden.«

Der Hohepriester des Tairach runzelte die Stirn und überlegte eine Weile, bevor er zu Sharraz sprach. »Du hast die Klagen vernommen, und ich muß dir sagen, selbst Sadrak Whassoi, der dein Freund ist, wird dich nicht länger schützen. Doch sollst du Gelegenheit haben, deinen Mut zu beweisen und deine Ehre als Krieger wieder reinzuwaschen.« Der Schamane zog ein kupfernes Messer aus seinem Gürtel und warf es dem General vor die Füße. »Ich sollte deinen Kopf abschlagen und auf einem Speer vor deinem Zelt aufstellen, Sharraz, doch ich erinnere mich noch an die Zeit, in der du ein gefürchteter Krieger warst und mir so manchen Dienst erwiesen hast. Deshalb soll dir dieser ehrlose Tod erspart bleiben.«

Der Orkgeneral nickte stumm und begann die Schnallen an der Seite seines ledernen Brustpanzers zu lösen. Dann legte er den eisenbeschlagenen Harnisch ab und streifte das wollene Wams, das er darunter trug, über den Kopf.

»Siehst du, wie weich er geworden ist. Kein anderer im ganzen Lager trägt so warme Kleidung wie Sharraz. Er ...«

»Schweig, Gamba. Ein großer Krieger geht nun auf seine letzte Reise, und ich werde nicht dulden, daß du ihn dabei verhöhnst. Sieh lieber gut zu, was er tut, denn es mag der Tag kommen, an dem du sein Schicksal teilst.«

Der Druide schluckte. Bislang hatte er angenommen, Uigar Kai würde ihn als Freund oder zumindest als eine Art Schüler betrachten.

Sharraz war nun vor das Bild seines Gottes getreten.

»Tairach, vergib mir«, murmelte Sharraz leise. »Lang ist es her, daß ich dir zu Ehren das Blut von Menschen vergossen habe. Ich weiß, du zürnst mir und hast mir deshalb die Kraft zu siegen genommen. So nimm du nun mein Blut und wisse, daß es nichts gibt, weder im Himmel noch in den weiten Steppen, das ich über dich stelle.«

Damit stieß sich der Orkgeneral den kupfernen Dolch in die Kehle, so daß sein Blut in pulsierende Fontänen gegen das Bildnis des Gottes spritzte.

Stöhnend versuchte der Ork sich auf den Beinen zu halten. Er klammerte sich an den kalten, schwarzen Stein der Tairach-Statue und huldigte mit immer leiser werdender Stimme seinem Gott. Schließlich verließ Sharraz die Kraft, die ihm so viele Siege in seinem langen Leben als Krieger geschenkt hatte, und er rutschte zu Boden, so daß sein mächtiger Leib den verstümmelten Körper Vanas bedeckte. Ein letztes Mal bäumte er sich noch auf und hob mit verzweifelter Kraftanstrengung den Kopf, um in das Gesicht der Toten Sklavin zu blicken.

Dann sank er nach vorn. Ein dünner Strom seines Blutes floß zwischen den Brüsten Vanas herab zu ihrer Scham, fast als wolle Sharraz sich im Tod auf makabre Weise noch ein letztes Mal mit ihr vereinen.

Uigar Kai spuckte auf den Leichnam des Generals. »Was hat diese Stadt aus dir gemacht, Sharraz? Ist es das, was uns alle erwartet, wenn wir in den steinernen Zelten der Menschen herrschen, statt in der weiten Steppe als Jäger tagtäglich ums Überleben zu kämpfen?«

Der Hohepriester schüttelte den Kopf. »Gamba, lösche die Räucherpfannen und schlage sie wieder in das Tuch ein, das du von meinem Pony geholt hast.«

Der Schamane nahm den gewundenen, schwarzen Stab, den er an die Wand gelehnt hatte, als er in die Kultstätte eingetreten war und ging mit schlurfenden Schritten zum Eingang. Als er schon im Tunnel stand, drehte er sich noch einmal zu dem Druiden um.

»Die Geister meiner Ahnen haben mir voller Verachtung zugeraunt, woran Sharraz dachte, als er starb. Er war überzeugt, immer recht gehandelt zu haben, weil er alle Anweisungen eines Boten, den ihm angeblich Tairach geschickt haben soll, genau befolgt hat. Doch das ist nicht alles! Sein allerletzter, frevlerischer Gedanke war, ob er wohl die Menschensklavin dort treffen würde, wohin er seine Reise angetreten hatte.«

Uigar blickte Gamba lange an, und der Druide begann sich immer unwohler zu fühlen. In dem Schweigen des Schamanen schien eine Drohung zu liegen. Ob er wohl daran dachte, auch ihn noch zu töten? Dann wäre Uigar der einzige, der diese Höhle wieder lebend verließ.

Die Stimme des Schamanen klang sehr alt, als er endlich das Schweigen brach. »Manchmal frage ich mich, ob es meinem Volk nicht großen Schaden bringt, wenn wir uns mit euch verweichlichten Menschen abgeben. Wer kann sich seine Kraft erhalten, wenn er sich in Zelten aus Stein verbirgt, erntet statt jagt und anfängt, eure törichten Gedanken zu denken. Vielleicht wäre es besser, euch alle zu Tairach zu schicken.«

Uigar Kai drehte sich um und Augenblicke später hatte ihn das Dunkel des Tunnels verschluckt. Nur seine schlurfenden Schritte klangen Gamba noch lange in den Ohren.

9

Fröstelnd rieb Darrag die Hände. Es hatte wieder angefangen zu schneien, und er stand nahe dem halbverfallenen Henkersturm auf Wache. Am späten Nachmittag, nachdem Lysandra aus der Stadt geflohen war, hatten die Orks es geschafft, den verlorenen Boden wiedergutzumachen. Die Schwarzröcke kontrollierten jetzt den östlichsten Teil der Stadt. Auch das Andergaster Tor war verloren, und es bestand die Gefahr, daß sie am nächsten Tag von der Garnison und dem Westteil Greifenfurts abgeschnitten würden.

Darrag stampfte mit den Füßen und hauchte auf seine kalten Hände. Er hatte es nicht einmal geschafft, die Kinder und die Alten von hier fortzubringen. Weil die Orks schon in seinem Rücken waren, konnte er sie nicht ohne Begleitung zur Garnison schicken, doch hatte er viel zu wenig Krieger, um auch nur einen zu entbehren. Also hatte er alle zunächst einmal im Rondra-Tempel untergebracht. Dort würden sie einigermaßen sicher sein.

Der Schmied blickte über die finsteren Ruinen, die sich rings umher gegen den Nachthimmel abzeichneten. Was war aus der Stadt geworden? Greifenfurt, einst größte und reichste Stadt der Markgrafschaft, war jetzt nur noch ein Trümmerhaufen.

Wie schön war das Leben hier unter dem Markgrafen Shazar dem Pflanzer gewesen. Die Dinge gingen in geordneten Bahnen, der Handel florierte, und daß es einmal einen Krieg gegeben hätte, daran konnten sich nicht einmal die Alten mehr erinnern.

Es war in dem ersten Frühling, in dem Shazar regierte, als Misira ihm die Hand zum Verlöbnis gereicht hatte. Darrag erinnerte sich noch gut, wie er bei ihrem Vater, dem Zunftmeister der Fleischhauer, vorgesprochen hatte. Er hatte ein Messer als Geschenk mitgebracht, und Misira hatte ihn später immer damit aufgezogen, daß er sie um den Preis eines guten Messers ihrem Vater abgehandelt hatte.

Darrag ging ein wenig auf und ab, um sich warmzuhalten. Dabei achtete er darauf, immer hinter Barrikaden oder Häuserruinen in Deckung zu bleiben. Die Vorposten der Orks waren nur wenige Schritt weit entfernt. Erst vor zwei Stunden war ein unvorsichtiger Botenjunge, der von der Garnison kam, durch einen Pfeil verletzt worden.

Wieder schweiften die Gedanken des Schmieds zurück zu der glücklichen Zeit, die er mit Misira verlebt hatte. Selbst die Besatzung der Orks und die Regierung von Sharraz Garthai waren noch vergleichweise gut gewesen. Das wirkliche Unglück hatte mit dem Tag begonnen, an dem Marcian in Greifenfurt erschienen war. Viele dachten mittlerweile so, und würde ihnen der Orkgeneral noch einmal dasselbe großmütige Angebot zur Übergabe machen, dann würde Marcian Greifenfurt verlieren. Die Bürger waren es müde zu kämpfen; sie wollten sich endlich wieder einmal satt essen und nicht Tag für Tag um ihr Leben bangen.

Doch die Zeit für Verhandlungen schien vorbei zu sein. Fast jeder hatte in dieser Belagerung Menschen verloren, die er liebte, und viele glaubten mittlerweile, daß allein Praios ihnen noch helfen könnte. Täglich schlossen sich mehr Verrückte den Flagellanten um den alten Glombo Brohm an. Sie waren der Überzeugung, durch ihr asketisches Leben und das tägliche Geißeln würden sie die Gnade des Gottes gewinnen.

Dummköpfe! Darrag hatte schon lange den Glauben an göttliche Gnade verloren. Warum hatte Rondra seine Frau nicht beschützt, wo sie doch so tapfer für die Göttin des Krieges gestritten hatte? Warum mußte sein Sohn am Wundfieber sterben? Marrad hatte nicht einmal Jünglingsalter erreicht. Alles, was ihm von seiner Familie noch geblieben war, war seine kleine Tochter Jorinde. Seit Marrads Tod hatte er viel Zeit mit ihr verbracht. Darrag hatte ihr eine Puppe gebastelt, obwohl er mit seinen groben Fingern kaum in der Lage war, Nadel und Faden zu halten, er hatte ihr Märchen erzählt und sie nachts in den Schlaf gewiegt. Sie sollte nicht auch noch denken, daß sie ihm gleichgültig sei.

Tagsüber, wenn er auf Wache war, kümmerte sich Cindira um das kleine Mädchen. Die dunkelhaarige Frau war so anders als Marcian. Was sie an diesem hartherzigen Mann nur finden konnte?

Jedenfalls wäre Darrag sehr zufrieden, sobald Marcian die Stadt verlassen hätte. Dann würde alles besser werden! Die Leute sagten, das Unglück würde an dem Kommandanten haften. Nun, zumindest was ihn selber anging, stimmte das, dachte Darrag grimmig. Marcian hatte Tod und Verderben nach Greifenfurt gebracht, und er selbst hatte dadurch Weib und Kind verloren.

Aber bald würde Brin mit einer Flotte den Fluß hinauf gesegelt kommen, und alles Leid hätte ein Ende. An dem Tag, an dem sein Sohn durch einen Pfeil verletzt worden war, hatten Nyrilla und Arthag diese Botschaft gebracht, und seitdem klangen täglich Hunderte Gebete zum Himmel, daß Praios und Rondra den Prinzen beschützen mochten und Efferd den Schiffen einen günstigen Wind schicke. Doch bisher war kein Segel am Horizont aufgetaucht.

Doch wenn Brin sich zu lange Zeit ließ, würde es keinen mehr geben, der nach den Schiffen Ausschau halten konnte. Die Lebensmittelrationen waren so knapp, daß selbst wenn man seine ganze Tagesration auf einmal aß, der Hunger nicht verging. In zwei Wochen würde das große Sterben beginnen. Schon jetzt war eine Verwundung das Todesurteil. Bei dem kärglichen Essen siechten die Verletzten dahin, ohne sich von ihren Wunden zu erholen. Die Therbuniten unterhielten mittlerweile sechs oder sieben Hospize in der Stadt. Seit Einbruch des Winters gab es immer mehr Kranke. Kinder und Alte starben an Unterernährung, viele hatte ein seltsames Fieber gepackt, das in der Stadt umging, und manche waren sogar an der blauen Seuche erkrankt.

Darrag schlug die Arme gegen den Leib. Jetzt ein Schluck Branntwein! Aber Branntwein oder Bier gab es auch schon lange nicht mehr.

Der Schmied hörte ein Geräusch hinter sich und drehte sich ruckartig um, das gezogene Schwert in der Hand. Doch statt eines Orks stand dort Jorinde, die ihn mit großen Augen anschaute.

»Was machst du denn hier, meine Kleine?« Darrag steckte die Waffe weg und beugte sich zu seiner Tochter herab, um sie auf den Arm zu nehmen.

»Ich kann nicht schlafen. Da sind so viele Fremde in dem Zimmer, die husten und machen komische Geräusche und ...« Das Mädchen trat verlegen von einem Fuß auf den anderen.

»Und was?« Darrag strich ihr über den Kopf und drückte sie ein wenig fester an sich. Das kleine Mädchen war so leicht, daß er es immer noch ohne Schwierigkeiten mit einem Arm halten konnte. »Na, sag schon, was los ist. Bestimmt kann ich dir helfen.«

»Ohne Tinka kann ich nicht schlafen.«

»Wo hast du denn die kleine Tinka? Hat sie dir irgendein Bengel weggenommen?« Darrag mußte lächeln. Wie sehr Jorinde an der kleinen Puppe mit den Zöpfen aus geflochtenem Stroh hing, die er ihr gemacht hatte.

»Niemand hat mir Tinka weggenommen ...« Jorinde setzte einen Schmollmund auf. »Die dumme Cindira hat sie vergessen, als wir heute morgen die Sachen gepackt haben. Jetzt ist Tinka ganz alleine. Bestimmt hat sie Angst im Dunkeln, wenn ich nicht bei ihr bin.« Plötzlich machte Jorinde ein bestürztes Gesicht und ihre Augen weiteten sich vor Entsetzen. »Oder meinst du, die Orks haben sie? Glaubst du sie werden ihr was tun, Darra? Kannst du sie nicht holen?«

Der Schmied setzte sie wieder auf den Boden und blickte seiner Tochter nachdenklich ins Gesicht. Darra hatte sie ihn genannt, als sie gerade sprechen konnte. Seinen Namen hatte sie damals zuerst gelernt. Und jetzt stand sie da, mit ihren langen blonden Zöpfen und ihren wunderschönen Augen und fragte ihn, ob er wegen ihrer Puppe sein Leben riskieren würde.

»Ich werde eine neue Puppe für dich machen. Die wird noch viel schöner als Tinka.«

»Ich will keine neue Puppe!« Jorinde versuchte sich aus

seiner Umarmung zu befreien. »Ich will Tinka. Dann geh ich sie eben selber holen.«

»Du wirst nicht da rausgehen.« Der Schmied packte sie mit beiden Händen und hob sie hoch, so daß sie über die Barrikade blicken konnte.

»Siehst du die Häuser dort drüben?« Darrag hatte sich Jorinde auf die Schultern gesetzt und wies mit ausgestrecktem Arm auf die niedrigen Fachwerkhäuser, die gegenüber seiner Schmiedewerkstatt lagen. »Da, wo noch vor ein paar Tagen Olmje, Riva, Prado und all die anderen Nachbarn gewohnt haben, sind jetzt die Orks. Und auch hier, direkt gegenüber auf der anderen Straßenseite, im Haus der Therbuniten haben sich gestern abend Schwarzpelze eingenistet. Sie warten nur darauf, daß sich jemand auf der Straße sehen läßt, um ihn mit ihren Pfeilen totzuschießen.«

Jorinde blickte ihn verwundert an. »Warum tun die das eigentlich? Ich hab doch keinem von den Orks etwas getan.«

Darrag atmete tief ein und seufzte. Was sollte er dem kleinen Mädchen darauf sagen? Eine Weile war nur noch das Brausen des Sturms zu hören. Der Schmied starrte zum Himmel, um nicht Jorindes fragendem Blick zu begegnen.

Das Madamal war in dieser Nacht hinter Wolken verschwunden, und das Schneetreiben wurde immer dichter.

Jorinde trug das handbestickte rote Kopftuch, das ihre Mutter ihr im letzten Frühjahr geschenkt hatte. Ihr Gesicht war immer noch rund und nicht ausgezehrt wie die Gesichter der anderen Kinder. Darrag gab ihr einen Teil seiner eigenen Ration ab, damit sie nicht schwach und krank wurde. Ihre Backen und ihre kleine Stupsnase waren rot vor Kälte. Um die Schultern hatte sie eine Decke geschlungen und ihre zarten Beinchen waren mit dicken Wickelgamaschen verhüllt.

»Wenn ich tot bin, seh ich dann Mama und Marrad wieder?«

Darrag zuckte mit den Schultern und brummte: »Das sagen die Geweihten ...«

»Dann ist es doch gar nicht schlimm, wenn ich sterbe. Tut

das weh? So wie damals, als ich die Kohlen im Ofen anfassen wollte? Feuer mag ich nicht …«

Darrag mußte schlucken. Für einen Moment war er sprachlos. Worauf wollte sie hinaus? »Willst du mich alleine lassen? Mutter und Marrad sind tot. Wir haben nur noch uns.«

»Aber die Geweihten sagen doch …«

»Hör auf, solchen Unsinn zu reden. Ich bring dich jetzt zu den anderen zurück. Mitten in der Nacht in der Kälte zu stehen, das ist nichts für dich.«

Jorinde fing an zu weinen. Sie schrie und schluchzte nicht, doch dicke Tränen liefen ihr über die roten Backen. Ohne ein Wort zu sagen, ließ sie sich von Darrag an der Hand nehmen.

Nach ein paar Schritten blieb der Schmied stehen. Er ging in die Knie und nahm das Mädchen in seine Arme. »Ich will dich nicht ärgern, hörst du. Ich will nur nicht, daß dir etwas passiert draußen.«

»Nie bist du da«, stieß Jorinde stockend hervor. »Immer bin ich allein oder bei anderen Leuten. Und jetzt bringst du mich wieder weg. Du magst mich nicht haben. … am liebsten wäre ich tot.«

»Bitte mein Kleines, versteh mich doch. Ich mache mir Sorgen. Ich muß auf Wache stehen, kommandiere mehr als hundert Bürger und muß …« Darrag brach mitten im Satz ab. Wie sollte sie das verstehen. Sie brauchte ihn und mußte laufend erleben, wie er für andere mehr da zu sein schien als für sie. Und dann war auch noch diese verfluchte Puppe weg, die er ihr gemacht hatte.

»Hör mir mal gut zu. Ich bring dich jetzt zu den anderen, und du bleibst brav da. Und wenn du ganz lieb bist, dann werde ich versuchen, ob ich Tinka nicht aus den Händen der Orks befreien kann.«

»Das machst du wirklich?«

Darrag nickte. »Aber nur wenn du jetzt tust, was ich dir sage.«

Darrag drückte sich mit dem Rücken gegen die Mauer und lauschte. Was er hier tat, war vollkommen töricht. Er setzte sein Leben für eine Kinderpuppe auf's Spiel.

Wenigstens war das Wetter günstig. Der Schnee fiel so dicht, daß man kaum sehen konnte, und ein scharfer Wind trieb die eisigen Flocken vor sich her. Bei dem Wetter würden keine Orks unterwegs sein. Sie haben sich bestimmt Feuer gemacht und in den eroberten Häusern verkrochen. Und selbst wenn Wachen ihre Runden drehen sollten, so konnten sie in dieser Finsternis dicht an ihm vorbeigehen, ohne ihn zu sehen.

Darrag drückte sich weiter an der Rückwand seines Hauses vorbei. Er war nahe beim Rondra-Tempel über die Barrikaden geklettert. Von dort aus waren es nur ein paar Schritt bis zu seiner Schmiede. Vorsichtig bog er um die Hausecke und tastete sich bis zu dem Schuppen vor, in dem er Kohle und Brennholz gelagert hatte. Dann bog er noch einmal ab und stand in dem kleinen Hof vor seinem Haus. Wie oft hatte er hier in den Sommern zusammen mit Misira gesessen und den Kindern beim Spielen zugesehen.

Der Schmied schüttelte sich. Er durfte sich nicht von sentimentalen Gedanken beherrschen lassen. Angespannt lauschte er, ob irgendwelche Geräusche aus dem Haus zu hören waren. Doch alles schien ruhig.

Tastend suchte er den Riegel und schob dann die mit Eisenbeschlägen versehene Tür auf. Zum Einzug des Herbstes hatte er seine Werkstatt, die er den Sommer über immer offen ließ, mit Holzwänden verkleidet, so daß das Feuer der Esse ihn und seine Gehilfen wärmte.

Vorsichtig schlich er durch den dunklen Raum in die Küche, die hinter der Werkstatt lag. Früher hatte es hier immer nach Eintopfgerichten, gebratenem Fleisch oder süßen Honigkuchen gerochen, doch jetzt war es nur noch kalt. Darrag hatte sich nie die Mühe gemacht zu kochen, nachdem Misira gestorben war. Er war seinen Kindern wohl ein ziemlich schlechter Vater gewesen ...

Der Schmied biß die Zähne aufeinander und brummte.

Dann griff er nach der Leiter, die hinauf unters Dach zu ihren Schlafräumen führte.

Seit Misira und Marrad tot waren, hatte er Jorinde nachts immer bei sich im großen Bett schlafen lassen. Vermutlich war die Puppe dort oben geblieben.

Darrag schob seinen massigen Körper durch die große Bodenluke und schaute sich in dem kargen Zimmer um, das er einmal mit Misira geteilt hatte. Die Decken und Felle waren aus dem Bett verschwunden. Cindira hatte gründliche Arbeit geleistet. Außer dem hölzernen Bettgestell, einer leeren Truhe und einem Waffenständer war nichts mehr im Zimmer. Auch keine Puppe!

Darrag ging zu der kleinen Dachkammer wo die Schlafplätze der Kinder gewesen waren. Doch auch dort war nichts zu finden.

Leise fluchte der Schmied vor sich hin. Hatte er das alles für nichts riskiert? Was sollte er Jorinde morgen sagen, wenn sie die Puppe von ihm forderte?

Darrag war in das leere Schlafzimmer zurückgekehrt und hockte sich auf den Bettkasten. Er dachte an den Streit, den er mit Marcian gehabt hatte, als der Ritter zum ersten Mal in seine Schmiede gekommen war. Damals hatte der Inquisitor versucht, ihn einzuschüchtern.

Marcian hatte vorgegeben, Darrags Frau und seine Kinder seien in den Händen der Orks und ihnen würde Übles widerfahren, wenn er nicht verraten wüde, wo er die Waffen versteckt hielt, die er geschmiedet hatte, bevor die Stadt erobert wurde. Marcian hatte ihn damals nur auf die Probe stellen wollen und ihm hinterher verraten, daß er in Wirklichkeit in Diensten der Inquisition und der KGIA stand.

Aber auf wie schreckliche Weise waren die Lügen des Inquisitors doch noch wahr geworden. Marcian hatte einen Krieg um Greifenfurt entfesselt, der ohne ihn sicherlich nie stattgefunden hätte. Und diesem Krieg waren Misira und Marrad zum Opfer gefallen. Gestorben durch die Hände der Orks, ganz so, wie Marcian an jenem Frühlingstag in seinem makabren Spiel gedroht hatte.

Darrag vergrub leise schluchzend sein Gesicht in den Händen. Es war Marcian! Er war eigentlich dafür verantwortlich, was hier geschah. Er hatte diesen hundertfachen Tod entfesselt …

Darrag stöhnte. Begann er jetzt wahnsinnig zu werden? Was dachte er da? Das war ein tragischer Zufall und nicht mehr!

Der Schmied richtete sich auf und lauschte in die Nacht. Hatte er etwas gehört oder spielte ihm seine Einbildung einen Streich?

Jemand war durch die Werkstatt in die Küche geschlichen und dort an einen Stuhl gestoßen. Der Schmied zückte seinen Dolch und beugte sich über die Falltür, durch die die Leiter in die Küche führte.

»Vater?«

»Jorinde?« Darrag reckte sich noch weiter vor. Tatsächlich es war seine kleine Tochter. »Was machst du hier?« Hastig kletterte er in die Küche hinab.

»Ich wollte dir sagen, wo du suchen mußt. Ich glaube, Tinka liegt unter dem Bett.«

Beinahe hätte Darrag angefangen, hysterisch zu lachen. Das war grotesk! »Du hattest mir doch versprochen bei den anderen im Tempel zu bleiben!«

Jorinde wich verlegen seinem Blick aus. »Ich wollte dir nur helfen …«

Darrag bückte sich und nahm das kleine Mädchen auf den Arm. »Ist ja gut, hörst du? Aber du mußt mir versprechen, solchen Unsinn nicht noch einmal zu machen. Ich will dich doch nicht ärgern, wenn ich dir verbiete, mit mir hierher zu kommen. Ich mache mir nur Sorgen, daß dir etwas passieren könnte.«

Jorinde drückte sich ganz eng an ihn. »Ja, Darra.«

Darrag konnte ihr einfach nicht böse sein.

»Holen wir jetzt Tinka?«

»Ja.«

Der Schmied setzte Jorinde wieder auf den Boden und sah ihr zu, wie sie flink die Leiter hinaufkletterte. Kurz darauf hörte er sie rufen: »Ich hab sie! Sie lag unter dem Bett, wie ich gesagt habe.«

In der Schmiedewerkstatt fiel etwas polternd zu Boden.

Mit einem Schritt war Darrag an der Tür und preßte sich dicht neben dem Eingang zur Küche an die Wand.

»Ich komm jetzt«, tönte es von oben.

Es scharrte an der Leiter, und Jorinde kam herunter. Im selben Augenblick trat ein Ork durch die Küchentür. Er hatte seinen Bogen halb gespannt und trug einen schneebedeckten Wolfspelz über den Schultern.

Langsam zog er die Sehne weiter zurück und zielte auf das Mädchen auf der Leiter. Jorinde konnte ihn nicht sehen und plapperte noch immer fröhlich weiter. Lautstark schimpfte sie mit der Puppe, die so dumm gewesen war, keinen Ton von sich zu geben, als Cindira aufgeräumt hatte.

Krachend traf Darrags Faust den Krieger im Nacken. Der Ork taumelte nach vorne. Jorinde drehte sich vom Lärm aufgeschreckt um und begann lauthals zu schreien, als sie den Ork sah.

Der Schmied setzte dem überrumpelten Krieger mit einem Satz nach. Wie ein silberner Blitz schnitt sein Messer durch die Luft. Immer wieder trieb er dem Ork die Klinge in die Brust. Erst das Schluchzen Jorindes brachte ihn wieder zu Verstand.

Das Mädchen war in den kalten Kamin gekrochen und hatte sich dort zusammengekauert.

Darrag ließ das Messer fallen.

»Ist schon gut, meine Kleine. Jetzt ist alles vorbei. Er muß dich gesehen haben, als du hierher gekommen bist.«

Jorinde hatte die Puppe mit dem Strohhaar ganz fest an ihre Brust gepreßt. Wie gebannt starrte sie auf den toten Ork. »Sieh nur …« Zitternd streckte sie ihre Hand aus.

Darrag drehte sich um und folgte ihrem Blick. Der Pelzumhang des Kriegers war zurückgeschlagen und jetzt konnte man ganz deutlich einen Skalp mit langen, blonden Zöpfen sehen, der von seinem Gürtel hing. Bunte Bändchen, wie sie Kinder trugen, hielten die geflochtenen Zöpfe zusammen.«

»Hilga ...«, flüsterte Jorinde. Dann fing sie wieder an zu weinen. Darrag hob sie sanft aus ihrem Versteck und drückte sie fest an sich. Hilga, die Tochter eines Tuchmachers aus der Webergasse, hatten sie heute morgen nicht finden können, als die Orks begannen, diesen Teil der Stadt zu stürmen. Schließlich hatten sie geglaubt, das Mädchen sei alleine bis zur Garnison gelaufen.

Hilga hatte lange, blonde Zöpfe, wie Jorinde und war nur ein paar Wochen älter gewesen. Oft hatten die beiden hier in der Küche gesessen und mit Puppen gespielt oder Misira beim Kochen zugeschaut.

Darrag wurde übel. Wann würde dieser elende Krieg zu Ende gehen? Dieses Gemetzel an Kindern, Kranken und Alten. Hatte die Welt sie denn vergessen?

Noch vor Ende des Sommers ist der Prinz hier, hatte es geheißen. Und jetzt erzählte man ihnen von einer Versorgungsflotte, die den Fluß hinaufkommen sollte. Waren das vielleicht alles Märchen? In ihrer Verzweiflung würden sie beinahe alles glauben? Sollten sie von Marcian nur hingehalten werden, damit sie möglichst lange Widerstand leisteten und die Orks hier nahe der Nordgrenze aufhielten. So würde verhindert, daß die Schwarzpelze sich noch einmal wie im letzten Winter zu einem Marsch ins Herz des Reiches sammelten?

Vielleicht war der Tod von Kindern hier in dieser Stadt Bestandteil einer herzlosen Strategie, die die Offiziere des kaiserlichen Generalstabs ausgebrütet hatten? Man opferte Greifenfurt, um dem Rest des Reiches von den Greueln zu berichten, die hier geschehen waren. So ließe sich vielleicht noch einmal der Kampfeswille von Bauern und Leibeigenen aufrichten, die nach einem Bürgerkrieg und zwei Jahren des Kampfes gegen die Orks müde geworden sein mochten, ihren adligen Lehnsherren in immer neue Schlachten zu folgen.

Jorinde hatte aufgehört zu weinen, und Darrag schob ihr Kopftuch zurück, um über ihr Haar zu streicheln.

»Du mußt jetzt ganz leise sein. Wir werden nun zurück zum Rondra-Tempel schleichen.« Jorinde nickte stumm.

Darrag stieg über den toten Ork hinweg, um in die Werkstatt zu gelangen, dort spähte er durch die Tür, die der Krieger offen gelassen hatte. Zum Glück schneite es noch immer.

Der Schmied stieß die Tür nun vollends auf und begann zu laufen. Der Schnee knirschte leise unter seinen Füßen und dämpfte das Geräusch seiner genagelten Soldatenstiefel. Schnaufend bog er um den Schuppen, als irgendwo rechts von ihm ein Signalhorn erklang. Wie konnten die Wachen ihn nur bei diesem Schneetreiben gesehen haben?

Ohne zu zögern, rannte Darrag weiter, umrundete sein Haus und hatte schon fast die schneebedeckte Barrikade erreicht, als neben ihm ein Pfeil in den Boden schlug.

»Rondra, sei uns gnädig«, stieß er verzweifelt hervor. »Laß uns nicht wegen einer Puppe sterben!«

Jorinde hatte wieder angefangen zu weinen.

Als sie endlich die Barrikade erreichten, schob Darrag das Mädchen mit einem groben Stoß über die Hindernisse hinweg. Auf der anderen Seite konnte er aufgeregte Stimmen hören. Jorinde war in Sicherheit!

Dann versuchte Darrag Halt zu finden und über die Barrikade zu klettern. Ein umgestürzter Leiterwagen blockierte die Straße. Der Schmied umklammerte einen runden Balken und versuchte sich daran hochzuziehen, doch rutschte er wieder ab. Sie hatten Wasser über die Straßensperren gegossen, und jetzt war alles glatt und mit einem Panzer von Eis überzogen.

Zwei Pfeile zischten über ihn hinweg.

»Danke, Rondra«, stammelte der Schmied atemlos. Wäre er nicht abgerutscht, hätten ihn die Geschosse genau in den Rücken getroffen.

»Versuch's noch einmal, Darrag, ich helf dir«, ertönte eine Stimme hinter der Barrikade.

Vorsichtig richtete der Schmied sich auf. Jemand streckte ihm die Hand entgegen und packte ihn schließlich am Arm.

Ein ganzes Stück neben Darrag schlug dumpf ein Pfeil ein. Der Schmied spannte die Muskeln an und taumelte schließlich über das Hindernis hinweg.

Den Mann, der ihm geholfen hatte, riß er mit sich zu Boden.

»Da habt ihr zwei aber Glück gehabt!« Der graubärtige Gordonius rappelte sich auf und klopfte sich den Schnee von den Kleidern. Einen Moment lang blickte er Darrag scharf an, fragte dann aber nicht, was er mit dem Kind auf der anderen Seite der Barrikade gesucht hatte. Statt dessen setzte Gordonius ein freundliches Lächeln auf und zog ihn aus dem Schnee hoch.

»Wenn du nicht vorhast, hier auf der Straße zu überwintern, würde ich vorschlagen, daß du deine Tochter auf den Arm nimmst und mit mir kommst. Im Hof vor dem Rondra-Tempel steht ein großer Kessel mit Suppe auf dem Feuer. Eine delikate Kreation aus Rattenfleisch, Sägemehl, Haferflocken und sehr viel Wasser ... Aber immerhin ist es heiß, ich bin sicher, ihr werdet begeistert sein.«

Darrag lachte verlegen und blickte zu seiner Tochter. »Ich glaube, wir zwei haben im Moment nichts Besseres vor.« Dann nahm er Jorinde bei der Hand und folgte dem alten Therbuniten.

10

»Ich würde schon gerne wissen, wie du Admiral Sanin dazu gebracht hast, daß er uns seine Kajüte überlassen hat.«

Andra lächelte verschwörerisch. »Das muß wohl mein angeborener Charme sein.« Alrik hatte ihr bis zuletzt nicht glauben wollen, als sie ihm erzählt hatte, daß sie die Nacht vor dem zweiten Angriff auf die Orks in seiner Kapitänskajüte auf dem Flaggschiff *Widder* verbringen konnte.

»Ganz schön edel, wie so ein Großadmiral lebt. Überall an

Bord herrscht drangvolle Enge, aber Markgraf Sanin versteht es, selbst unter diesen Umständen einen Hauch von Luxus um sich zu erhalten. Sieh dir nur diese kostbaren Kerzenhalter an den Wänden an.« Alrik drehte sich langsam im Kreis und musterte dabei die Kajüte.

»Schau dir lieber das Bett an. Für einen Seemann allein scheint mir das recht groß geraten zu sein.«

Andra hatte begonnen, ihre Kleider abzustreifen. Der Sekretär aus kostbarem Holz, die kleinen Ölgemälde an den Wänden und das prächtige, goldverzierte Bett, all das vermochte nicht darüber hinwegzutäuschen, daß es auch in der Kajüte nur wenig wärmer als draußen war.

Eilig verschwand die Jägerin unter der Decke. Selbst das Bettzeug war eisig und obendrein auch noch ein bißchen feucht.

»Findest du diese Kajüte interessanter als mich?« Noch immer stand Alrik mitten im Raum und schaute sich um. Andra wurde langsam wütend. »Seit wir das Lager in Ferdok verlassen haben, hatten wir keine Gelegenheit mehr allein zu sein. Und was machst du jetzt? Du starrst die Bilder hier an. Wenn dich das alles so sehr fesselt, sollte ich vielleicht gehen.«

Oberst von Blautann errötete. »Entschuldige ... es ist nur ... Ich war schon so lange nicht mehr in einem ...«

»Willst du mir jetzt erzählen, daß du, seit du dich mit Leriella amüsiert hast, in keinem richtigen Schlafgemach warst? Ist dir das drumherum denn so viel wichtiger, als deine Braut?«

Alrik hatte sich auf das Bett gesetzt und beugte sich zu Andra herab.

»Wenn du den Luxus so liebst, warum bist ...«

Der Oberst brachte die Jägerin mit einem leidenschaftlichen Kuß zum Schweigen.

Andra spürte, wie warme Wellen durch ihren Körper pulsierten. Alrik gegenüber würde sie das nie gestehen, doch sie hatte seine Nähe so sehr vermißt wie eine Nachtigall den Frühling. Die Kälte und die Entbehrungen der letzten Tage waren mit einem Schlag vergessen. Hastig öffnete sie die Lederschnallen an den Seiten von Alriks Küraß und knöpfte danach das dicke Wams darunter auf, während der Oberst sich abmühte, die schweren Reiterstiefel loszuwerden.

»Laß das«, stöhnte Andra lustvoll. »Ich will dich sofort.«

»Aber das Bett ...«

»Vergiß das Bett von diesem dummen Admiral. Wer weiß, wer von uns morgen bei Sonnenuntergang noch lebt. Ich will dich noch einmal lieben, alles andere ist unwichtig.«

Alriks Hände schlossen sich um ihre Brüste.

»Nur einmal willst du mich lieben?« Der Oberst grinste.

Statt einer Antwort zog Andra ihn zu sich hinab und küßte ihn hingebungsvoll. Sie wollte für ein paar Stunden alles vergessen. Den Krieg und den Winter, das gräßliche Gemetzel vom Vortag und die Schlacht, die in wenigen Stunden beginnen würde. Vielleicht blieben ihr schon jetzt nur noch weniger Atemzüge, als sie Sonnenaufgänge in ihrem Leben gesehen hatte.

Ein Trompetensignal schreckte die Jägerin aus ihren Träumen. Verwirrt schaute sie sich um und betrachtete die kleinen Ölgemälde mit Schiffen und Küstenlandschaften.

Alrik stand schon vor dem Bett und gürtete sich sein Schwert um. »Komm, es ist Zeit ...«

Grausam schnell holte Andra die Erinnerung ein. Die letzten Stunden waren vergessen, dafür war das unangenehme Prickeln zurückgekommen. Die Angst. In der letzten Nacht hatte sie von ihrem Tod geträumt. Vielleicht war das nur eine Reaktion auf das, was sie vorher auf dem Schlachtfeld gesehen hatte, doch ihr Vater hatte Träumen immer große Bedeutung beigemessen, und auch ihr fiel es schwer, dieses böse Omen einfach zu verdrängen.

Alrik hatte sie nichts von alledem erzählt. Überhaupt gab es viel, was der junge Oberst nicht von ihr wußte. Doch das war auch besser so. Er liebte sie, so wie sie war. Wozu sollte sie ihn mit ihrer Herkunft belasten? Vielleicht würde er sie sogar verlassen, wenn er wüßte, daß das Blut, das in ihren Adern floß, nicht allein Menschenblut war.

»Beeil dich. Sie werden nicht auf uns warten.« Alrik war schon angezogen und ging unruhig auf und ab.

Mit einem Seufzer verließ die Jägerin die wohlige Wärme der dicken Wolldecken. In der Kajüte war es noch genauso eisig, wie am Abend zuvor.

Hastig schlüpfte Andra in ihre Kleider.

Plötzlich zog Alrik sie in seine Arme und küßte sie.

»Ich weiß, daß du Angst hast.«

Verlegen blickte Andra zu Boden, doch Alrik schob ihr sanft seine Hand unters Kinn und hob ihren Kopf, so daß sie ihm wieder in die Augen blicken mußte.

»Das ist nichts, weswegen man sich schämen müßte. Was glaubst du, wie viele stumme Gebete gerade in diesem Augenblick in unserem Lager gemurmelt werden? – Aber das ist nicht das, was ich dir sagen wollte. Bevor wir beide jetzt das Schiff verlassen, wollte ich, daß du weißt, daß ich dich liebe. Bedingungslos. Du bist die Frau, mit der ich den Rest meiner Tage verbringen möchte und ... und es wird nie mehr eine andere in meinem Leben geben. Egal, was gleich passieren wird ... Und wenn ich sterben sollte, dann werde ich selbst nach meinem Tod noch über dich wachen, ganz gleich, wo ich dann sein werde. Ich werde auf dich warten, denn nicht einmal der Tod wird über meine Liebe triumphieren.«

Andra schluckte. Noch nie hatte der junge Oberst so deutliche Worte für seine Liebe gefunden. Doch seine Todesphantasien erschreckten sie. Sie wollte keinen Toten lieben.

Alrik zog einen kleinen, aus verschlungenen Metallbändchen gefertigten Ring vom Finger und reicht ihn ihr.

»Das ist ein altes Familienerbstück. Man sagt, wer ihn trägt, wird immer zu dem zurückfinden, den er liebt. Nimm ihn. Er soll dich beschützen.«

Noch bevor sie sich bedanken konnte, hatte sich der Ritter auf dem Absatz umgedreht und die Kajütentür geöffnet.

Kalte Luft durchflutete den engen Raum und vertrieb endgültig alle Erinnerung an die letzte Nacht.

Zitternd warf sich Andra ihren schweren Umhang um die Schultern. Für einen kurzen Augenblick betrachtete sie noch einmal den Ring, den sie sich an den Mittelfinger der linken Hand gesteckt hatte. Der Oberst überquerte bereits die Laufplanke, die zum Ufer führte. Er hatte sich nicht einmal nach ihr umgedreht, nachdem er die Kajüte verlassen hatte.

Ärgerlich streifte Andra ihre schweren Stulpenhandschuhe über und verließ die Kajüte.

Obwohl es noch mehr als zwei Stunden dauern mochte, bis die Sonne aufgehen würde, waren bereits alle im Lager auf den Beinen. Die drei Schiffe des Thorwalers Phileasson glitten über das träge dahinfließende Wasser des Großen Flusses. Ab und an konnte Andra helle Eisschollen aufblitzen sehen.

Der harte Frost der letzten Tage hatte den Strom in den Quellregionen zufrieren lassen. Während der wärmeren Tagesstunden brach das Eis dann wieder auf und trieb flußabwärts. Doch die Schollen waren nicht groß genug, um den Schiffen gefährlich zu werden. Ganz im Gegensatz zu den Baumstämmen, die gelegentlich mit der Strömung trieben.

Andra drängte sich zu einem der dichtumlagerten Kessel, bei denen Suppe ausgegeben wurde.

Auf den Kanten alten Brots, den ihr der Fouragier anbot, verzichtete sie. Die dünne Fleischbrühe mußte reichen. Erst gestern noch hatte sie eine alte Kriegerin erzählen hören, daß es besser sei, hungrig in die Schlacht zu ziehen. Sollte man dann eine Bauchverletzung davontragen, wäre der Tod weniger qualvoll.

Gierig schlürfte die Jägerin die Suppe. Die Wärme tat gut.

Gestern hatte dichter Nebel über dem Fluß gelegen. Der günstige Südwind hatte schon nach wenigen Stunden wieder aufgehört zu wehen, und am Abend hatte dichter

Schneefall eingesetzt. Die Schiffe auf dem Fluß sahen aus wie die schwimmenden Paläste des Winterkönigs aus den Kindermärchen. Armlage Eiszapfen von bizarrer Schönheit hingen in der Takelage. Ein wenig erinnerten sie an die Reißzähne von Seeschlangen oder noch schrecklicheren Ungeheuern, von denen die Matrosen nachts an den Lagerfeuern erzählten.

Andra lächelte. Ihre Phantasie ging mit ihr durch. Es war höchste Zeit sich um den Braunen zu kümmern. Sie stampfte durch den beinahe kniehoch gefallenen Schnee zur Uferböschung.

Zuviel Schnee, dachte sie sich. Eine Kavallerieattacke war nun nicht mehr möglich. Die Pferde würden nur noch langsam vorankommen. Vielleicht war das aber auch ein Glück? Vielleicht würden die Schwarzröcke unter diesen Bedingungen erst gar nicht mit einem Angriff rechnen.

Sie rutschte die Uferböschung herab und schritt die lange Reihe der angepflockten Pferde ab. Den meisten Tieren waren Decken übergeworfen worden, damit sie die Nacht überstanden. Überall wimmelte es von Rittern und Knechten, die sich um die Pferde kümmerten, sie mit Stroh abrieben und aufzäumten. Andras Brauner schnaubte erfreut und scharrte unruhig mit den Hufen, als ihm die Jägerin die schwere Decke abnahm. Daneben stand Andrik und kümmerte sich um seine große Stute.

Der Ritter vermied es, ihr in die Augen zu blicken.

»Was ist los?« Andra verstand sein Verhalten nicht. Seit sie die Kajüte verlassen hatte, war sie ihm nicht mehr begegnet.

»Ich habe wegen der letzten Nacht ein schlechtes Gewissen«, brummte der Ritter.

Andra war wie vor den Kopf geschlagen. »Tut es dir vielleicht leid? Du kannst gerne deinen Ring zurückhaben. Einen Mann der ...«

»Das ist es nicht.« Alrik hatte sich zu ihr umgedreht. »Ich war eben beim Generalstab. Achtzehn Krieger sind diese Nacht erfroren. Mehr als doppelt so viele werden Beine, Finger oder Füße verlieren, die ihnen erfroren sind. Und wie haben wir die Nacht verbracht? In Sanins warmem Bett, während die meisten draußen vor Kälte nicht schlafen konnten. Ich schäme mich.«

Alrik zog am Sattelgurt und klopfte seiner Stute auf den Nacken. »Ein Offizier sollte nicht besser dran sein als seine Leute, solange die Armee im Feld steht. Sonst wird er das Vertrauen seiner Krieger verlieren. Ich ...«

»Das ist traurig, aber wäre es dir wirklich lieber, die letzte Nacht hätte nicht stattgefunden?« Andra packte den Obristen an der Schulter und zog ihn zu sich herüber.

»Verstehe mich nicht falsch. Ich möchte keinen Augenblick missen, den ich mit dir verbracht habe, und trotzdem fühle ich mich, als hätte ich einen Verrat begangen.« Alrik riß sich los und schwang sich in den Sattel.

»Ich werde meine Schuld wieder abtragen. Ich werde der erste sein, der in das Lager der Orks eindringt, und wenn es mich mein Leben kostet. Egal, was passiert, bei dieser Attacke wird es für mich kein Zurück mehr geben.«

Der Ritter gab der Stute die Sporen und bahnte sich einen Weg durch das Getümmel am Fluß.

Andra war entsetzt. Was war das für ein Mensch? Wollte er sich tatsächlich selber umbringen, nur um diese eingebildete Schuld zu begleichen? Wem würde das nützen? War ihm ihre gemeinsame Zukunft denn völlig gleichgültig?

Andra säuberte ihren Sattel vom Schnee und wuchtete ihn auf den Pferderücken. Der Braune schaute sie mit traurigen, dunklen Augen an. Ob er verstanden hatte, was passiert war?

Die Jägerin griff in einen kleinen Beutel, den sie am Gürtel trug, und holte einige Haferflocken heraus. Vorsichtig fraß der Hengst ihr von der Hand.

»Wäre es nur genauso leicht, diesen Oberst glücklich zu machen ...« Andra murmelte vor sich hin, und der Hengst quittierte ihre Worte mit einem Schnauben. Dann zog die Jägerin den Sattelgurt fest und gesellte sich zu den anderen Reitern, die dem Fluß nach Süden folgten.

Zerwas ritt nur wenige Schritte vom Prinzen entfernt, als die Kavallerie sich vom Hauptlager entfernte. Aufgrund der untadeligen Herkunft des Ritters Rogers, in dessen Gestalt er geschlüpft war, vertraute man ihm blind, sein Wort hatte sogar einiges Gewicht, wie sich in der Offiziersversammlung vor zwei Tagen gezeigt hatte, als er energisch für einen Angriff auf die Stellungen der Orks plädierte.

Trotzdem war Zerwas überaus schlecht gelaunt. Seit dem fehlgeschlagenen Angriff hatte sich keine Gelegenheit mehr ergeben, das kaiserliche Heerlager zu verlassen. Brin hatte die Wachen verdreifachen lassen und Spähtrupps von zwanzig und mehr Kriegern verhinderten, daß die Schwarzpelze auch nur in die Nähe des Lagerplatzes gekommen waren.

Dabei war sein eigenes Spähunternehmen ein solcher Erfolg gewesen. Der Vampir lächelte grimmig und strich über das lange, in Leder eingeschlagene Schwert, das von seinem Sattel hing.

Seulaslintan hatte endlich wieder Blut zu trinken bekommen. Diese Toren, mit denen er auf Kundschaft geritten war, hatten es nicht anders verdient. Überhebliches Pack! Sie in einen Hinterhalt der Orks reiten zu lassen war eine Kleinigkeit gewesen. Während des Gefechts hatte er dann Dämonengestalt angenommen und seine eigenen Krieger niedergemäht. Die abergläubischen Schwarzpelze waren daraufhin laut schreiend davonngerannt.

Anschließend hatte er Sadrak Whassoi persönlich in seinem Lager aufgesucht. Der Marschall der Orks war der einzige gewesen, der es wagte, ihm die Stirn zu bieten. Nachdem Whassoi sich sicher gewesen war, daß er ihm nichts Böses wollte, hatte er bereitwillig seinen Geist geöffnet, und nun wußte der Ork alles, was es über die kaiserliche Ersatzarmee zu wissen gab.

Zerwas brummte zufrieden vor sich hin. Dieser Tag war wirklich ein Erfolg gewesen. Der Marschall kannte nun die Stärken der einzelnen Truppeneinheiten, er wußte über wie viele Geschütze die Flotte verfügte und an Bord welcher Schiffe sich Magiere befanden.

Whassoi war allerdings auch ohne seine Hilfe schon gut auf die Ankunft der Kaiserlichen vorbereitet gewesen, wie er dem Prinzen noch am selben Tag demonstriert hatte. Die Orkstellungen am Fluß zu überwinden war fast unmöglich. Wenn da nicht dieser verfluchte Thorwaler wäre ...

Die Reiterkolonne war schon mehr als zwei Meilen vom Lager entfernt, als ihr Ziel in Sicht kam. An einer Enge des Großen Flusses waren etliche Lastkähne aneinandergekettet worden und bildeten eine Schiffsbrücke, die am Vortag in aller Eile gebaut worden war. Zwischen den Kähnen war jeweils ein Abstand von ungefähr zehn Schritt – soweit das in der Finsternis der frühen Morgenstunden zu erkennen war.

Von Schiffsbug zu Schiffsbug führten improvisierte Stege aus frischgeschlagenen Baumstämmen. Die Brücke war so schmal, daß sie höchstens zwei Reiter nebeneinander passieren konnten. Die langgestreckten Kajüten der Flußboote hatten eine Brückenführung mittschiffs unmöglich gemacht. Die ganze Konstruktion wirkte zerbrechlich, und Zerwas bezweifelte, daß sie der bevorstehenden Belastung standhalten würde. Die so ungleich verteilte Last auf den ohnehin schon schwer beladenen Schiffen drückte den vorderen Teil der Rümpfe tief ins Wasser.

Der Prinz, der an der Spitze der Kolonne ritt, zügelte sein Pferd und hob die rechte Hand. Dann besprach er sich kurz mit den Offizieren in seiner Nähe und überquerte schließlich mit von Blautann und dem Praios-Geweihten Anshelm als erster die Schiffsbrücke.

Ihre Ankunft am anderen Ufer blieb in der Finsternis verborgen. Erst nach einer ganzen Weile ertönte von der anderen Seite des Flusses ein Hornsignal. Darauf setzte sich die nächste kleine Reitergruppe in Bewegung.

Zerwas schien es unendlich lange zu dauern, bis er endlich an der Reihe war. Die Pferde seiner Gefährten schnaubten nervös, als sie die in der Strömung leicht schwankenden Schiffsbrücke betraten. Sein Hengst jedoch blieb völlig ruhig. Jedesmal bevor er ihn bestieg, mußte er dem Pferd von einem Knecht eine Handvoll Rauschkräuter geben lassen, weil kein Reittier Deres ihn freiwillig auf seinem Rükken dulden würde. Tiere fürchteten ihn und mieden seine Nähe. Sie schienen über Instinkte zu verfügen, die die Menschen schon lange verloren hatten, denn normale Sterbliche konnte er ohne Probleme mit seiner Maske blenden.

Mit sicherem Schritt passierte der Hengst den ersten Abschnitt der Brücke. Jeweils acht bis zehn Stämme waren zusammengebunden und führten von einem Schiff zum nächsten. Die Brücke, die so entstand, war etwas mehr als zwei Schritt breit. Für die Pferde lieferte sie allerdings keinen guten Untergrund, denn in der Eile war es unmöglich gewesen die Baumstämme zu bearbeiten. Es waren zwar alle Äste entfernt worden, doch die Rundungen der Stämme brachten die Reittiere immer wieder ins Rutschen. An einigen Stellen hatte man Erde auf die Brücke gestreut, um den Pferden so zu einem besseren Tritt zu verhelfen, doch diese Arbeiten waren bis zum Morgengrauen noch nicht abgeschlossen gewesen.

Der Vampir blickte auf den träge dahinfließenden, dunklen Fluß. Die Orks waren sich völlig sicher gewesen, daß die Kaierlichen den Strom nicht überqueren konnten.

»Nervös, Herr Roger?« ertönte hinter Zerwas die Stimme eines Ritters.

Der Vampir drehte sich um und musterte den Mann in der goldverzierten Rüstung, der hinter ihm ging. Den ganzen Morgen schon hatte sich dieser Ritter in beinahe aufdringlicher Art in seiner Nähe gehalten. Er gehörte zu den Tempelwachen aus Gareth, die den Praios-Geweihten Anshelm als Leibgarde begleiteten.

»Gäbe es einen Anlaß, nervös zu sein?« entgegnete der Vampir betont gelassen.

»Nun, man munkelt, daß Eure Anwesenheit Unglück bringt«, erwiderte der Ritter geheimnisvoll.

»Das wäre dann doch wohl eher das Problem meiner Begleitung.« Zerwas lächelte. Sie beide waren die letzten eines Vierertrupps. Die nächsten Reiter, die ihnen folgten, waren mehr als zehn Schritt entfernt und nur undeutlich in der Dunkelheit zu erkennen.

Vielleicht war das die Gelegenheit, einen dieser Verfluchten Praiosdiener zu seinem Gott zu schicken? Zerwas erinnerte sich wieder an den Jahrhunderte zurückliegenden Prozeß, der seine Geliebte das Leben gekostet und auch ihn beinahe auf immer in den finsteren Abgrund geführt hatte. Die Folterknechte der Inquisition hatten es verstanden, selbst ihm Qualen zu bereiten. Körperlichen Schmerz konnten sie ihm nicht zufügen, deshalb ließen sie ihn bei den Verhören seiner Geliebten beiwohnen. Hunde! Sie nannten sich die Diener des obersten Gottes, des Gottes der Gerechtigkeit, doch ausgerechnet sie waren es, die die Folter zur höchsten Perfektion gebracht hatten. Und Marcian? Dieser doppelzüngige Verräter! Wie hatte er ihm nur vertrauen können, obwohl er wußte, daß auch er ein Inquisitor war? Seine Dummheit hatte Sartassa das Leben gekostet.

»Ich wünschte, das Licht des Praios würde uns unseren Weg zeigen«, erklang es wieder in seinem Rücken. »Man sagt, das Böse vermag vor ihm nicht zu bestehen.«

»Und das glaubt Ihr?«

»Das weiß ich. Anshelm und uns, den Rittern, die ihn begleiten, ist es bestimmt, das Böse zu vernichten, das in Greifenfurt harrt. Praios hält seine schützende Hand über uns. Deshalb hat auch keiner von uns Schaden genommen, obwohl wir vorgestern alle in der vordersten Reihe geritten sind, die vom Beschuß der Orks am stärksten betroffen waren.«

»Und Ihr glaubt wirklich, daß es Euer Gott war, der Euch beschützte?«

»Was schwingt Ihr für Reden, Ritter Roger? Seid Ihr vielleicht ein Ketzer? Auch Anshelm ist schon aufgefallen, daß Ihr niemals bei den Feldgebeten zu Ehren von Praios und Rondra zugegen wart.«

In den Worten des Ordensritters klang ein Unterton, der Zerwas mißfiel. Was wußte er? Sollte Anshelm ahnen, wer sich hinter dem jungen Adeligen Roger verbarg. Er war

Geweihter und mochte sich vielleicht durch ihn weniger leicht blenden lassen als gewöhnliche Sterbliche. Und dann dieser Ritter, der ihm schon den ganzen Morgen folgte. War das mehr als ein Zufall? Wurde er beobachtet?

»Was denkt Ihr denn, warum ein Ritter nicht zu einem Feldgebet erscheint?« fragte der Vampir lauernd.

»Vielleicht, weil er die Nähe der Götter nicht ertragen kann?« Das Pferd des Ordensritters schnaubte unruhig. »Habt Ihr vielleicht etwas zu verbergen?«

Aus dem Tonfall des jungen Ritters war nicht zu erkennen, ob dies nur die Rede eines überzeugten Praiosanhänger war oder ob sich hinter den Worten mehr verbarg.

Zerwas spähte zum gegenüberliegenden Ufer. Nur ein Schiff lag noch vor ihnen. Vielleicht zwanzig Schritt, und sie hatten das westliche Ufer erreicht. Die beiden anderen Reiter ihrer Gruppe hatten ein gutes Stück Vorsprung gewonnen. Der Vampir hatte sein Pferd während des Gesprächs ein wenig langsamer gehen lassen, und die Brücke war zu schmal, als daß der Ordensritter mit seinem unruhigen Hengst an ihm hätte vorbeireiten können.

»Vielleicht solltet Ihr mit Anshelm über das reden, was Euch vom Gebet entrückt. Er ist ein guter Seelsorger, er kann Euch sicher helfen.«

»Mir kann niemand mehr helfen.« Zerwas drehte sich im Sattel um und entblößte seine Vampirzähne.

Das Pferd des Ordensritters wieherte entsetzt auf, und der Mann starrte ihn fassungslos an. Dann stieß Zerwas ein leises, bedrohliches Zischen aus, und der Hengst des Ritters stieg auf die Hinterbeine. Der Krieger verlor den Halt und stürzte aus dem Sattel. Nur sein rechter Fuß blieb im Steigbügel hängen, so daß auch das Pferd aus der Balance gerissen wurde. Verzweifelt versuchte das Tier auf den harten, glatten Baumstämmen sein Gleichgewicht wiederzufinden. Dann stürzte es unendlich langsam, so als versuche eine unsichtbare Hand es zu retten, von der Schiffsbrücke.

Zerwas schrie in gespieltem Entsetzen um Hilfe und schwang sich vom Pferd, um über den Rand der Brücke in die dunklen Fluten zu starren. Einen Augenblick lang glaubte er, noch einen goldenen Lichtreflex zu erkennen, dann war nichts mehr zu sehen. Allein das eiskalte Wasser würde schon reichen, einen Mann in kürzester Zeit zu töten, doch in der schweren Rüstung hätte der Ritter auch unter günstigsten Bedigungen nicht überleben können. Sein Panzer würde ihn bis zum Grund des Großen Flusses hinabziehen, genau wie Zerwas es beabsichtigt hatte.

»Im Wasser scheint dein Gott wohl all seine Macht verloren zu haben«, höhnte er leise.

Dann trafen die ersten Bootsleute ein und bestürmten ihn mit Fragen, was denn passiert sei, doch für den Ordensritter kam jede Hilfe zu spät. Obwohl die Schiffer mit langen Stangen die Unglücksstelle absuchten, blieben Roß und Reiter verschwunden. Einige der Leute schlugen ein Götterzeichen oder murmelten ein kurzes Gebet. Andere schienen ihn verstohlen aus den Augenwinkeln zu beobachten.

Man munkelt, daß Eure Anwesenheit Unglück bringt, hatte ihm der Ordensritter gesagt. Nun, dieses Gerücht hatte jetzt wohl neue Nahrung erhalten.

Zerwas ging zu seinem Pferd zurück. Männer wie Frauen wichen seinem Blick aus. Mit Schwung sprang er in den Sattel.

Durch das Unglück und die Suche nach dem Ritter hatte sich der Marsch des Heeres über die schmale Brücke um mehr als eine halbe Stunde verzögert. Vielleicht würden sie jetzt erst im ersten Tageslicht die Orks angreifen können. So mochten die Schwarzröcke sie früh genug entdecken, um etwas gegen den Angriff zu unternehmen.

Phileasson stand direkt hinter der hochgewachsenen, rothaarigen Ragnild am Bug eines Schiffes. Es würde noch Stunden bis Tagesanbruch dauern, und die Finsternis war so dicht, daß die Sicht nur wenige Schritt weit reichte. Sein schlankes Schiff kam mit der schweren Ladung nur langsam vorwärts, obwohl sich die ganze Mannschaft an den Riemen abmühte. Etliche Klafter Holz türmten sich zwischen den Ruderbänken.

»Ich spüre die Nähe der Orks«, murmelte Ragnild leise.

»Wo?« Phileasson widmete seine ganze Aufmerksamkeit der jungen Fau aus Olport. Sie sollte die Schiffe sicher in die Mündung der Ange führen und mit ihren besonderen Fähigkeiten für das Gelingen seines tollkühnen Plans sorgen.

»Voraus liegt die Landzunge.«

Der Thorwaler kniff die Augen zusammen und spähte in die Finsternis, doch konnte er beim besten Willen nichts erkennen.

»Sie haben dort Erdwälle aufgeworfen, hinter denen Böcke und Rotzen verborgen stehen.«

»Welchen Kurs müssen wir nehmen?«

»Laß das Schiff leicht nach Backbord abfallen.«

Phileasson drehte sich um und winkte dem Jungen zu, der rittlings auf dem Holzstapel mitschiffs saß. Die Ladung versperrte die Sicht und durch Rufe zum Steuermann hätten sie sich verraten. Der Junge drehte sich um und gab Phileassons Zeichen weiter.

Augenblicke später durchlief ein Zittern die *Otta*. Das Schiff war in die stärkere Strömung der Ange gedreht.

»Wir kommen den Stellungen der Schwarzröcke immer näher«, flüsterte Ragnild. »Ich werde jetzt meinen Zauber weben.«

Die Olporterin murmelte einige Worte und formte ihre Hände zu einer flachen Schale, in die sie hineinbließ. Unmittelbar vor ihr bildete sich Nebel in der Finsternis.

Phileasson hatte Ragnild schon oft bei diesem Zauber zugesehen, doch war er jedesmal aufs neue beeindruckt. Nebel aus dem Nichts entstehen zu lassen, daß war äußerst praktisch, wenn es erforderlich war, ungesehen einen Hafen zu verlassen, was bei seinen Geschäften durchaus schon des öfteren vorgekommen war.

Nun blieb nur zu hoffen, daß die Schwarzpelze keinen Verdacht schöpften. Sollte ein Schamane unter den Wachen sein, mochte er vielleicht erkennen, was hier vor sich ging.

Das Schiff war unterdessen immer langsamer geworden. Männer wie Frauen stemmten sich mit aller Kraft gegen die langen Ruder und hatten Beißhölzer zwischen die Zähne geschoben. Würden die Orks jetzt das Feuer eröffnen, wäre es eine Kleinigkeit, seine Flotille aufzureiben.

Jeder Fußgänger wäre schneller als die Ottas. Außerdem mochte die Entfernung zur Landzunge höchstens zwanzig Schritt betragen. Wahrscheinlich weniger. Selbst ein Husten konnte sie jetzt schon verraten.

Dabei wäre es möglich, durch einen anderen Zauber auch alle Geräusche verstummen zu lassen. Doch Brin hatte nicht genug Magiere in seiner Armee. Es hatte nur dazu gereicht, auch den beiden anderen Ottas Zauberkundige mitzugeben, die sich auf die Kunst verstanden, Nebel zu erschaffen.

Ein Felsen schrammte am dünnwandigen Schiffsrumpf entlang. Phileasson zuckte zusammen. Die Ange war wesentlich schmaler als die Breite und selbst bei Hochwasser im Grunde nicht für Schiffsverkehr geeignet. Die Strömung war reißend, und obwohl das Wasser jetzt mehr als drei Schritt höher stand als im Sommer, ragten überall Felsen aus dem Wasser.

»Nach Steuerbord«, raunte Ragnild.

Der Thorwaler gab das Zeichen nach hinten weiter.

Vernünftig war es nicht, seine Schiffe und das Leben seiner Leute bei diesem Unternehmen zu riskieren. Beute würden sie kaum machen, auch wenn der Prinz ihm alles versprochen hatte, was in dem Lager auf der Landzunge zu finden war. Die Orks hatten mit Sicherheit längst alles von Wert nach Khezzara geschickt.

Jetzt konnte auch Phileasson das weiß schäumende Wasser um den Felsen erkennen, dem sie mit dem Steuermanöver ausgewichen waren. Die Nachtsicht der Olporterin war ihm beinahe schon unheimlich. Wahrscheinlich erklärte sich diese Begabung daraus, daß in dieser nördlichsten Stadt Thorwals die Winter besonders lange dauerten und es an vielen Tagen erst gar nicht hell wurde. Oder sollte auch das außergewöhnliche Sehvermögen mit Ragnilds magischen Fähigkeiten zusammenhängen?

Phileasson beugte sich vor, um besser zu sehen. Die Landzunge steuerbord war noch immer hinter dem Nebel verborgen, und voraus tauchten erneut bedrohliche Klippen im Fluß auf.

Langsam wurde der Thorwaler nervös. Die Sonne war schon vor mehr als einer halben Stunde aufgegangen, und Ragnild wirkte immer erschöpfter. Lange würde sie ihren Zauber nicht mehr aufrecht erhalten können. Immer mehr Löcher klafften in der Nebelwand, die sie über den Fluß gelegt hatte.

Mehr als zwei Stunden war es her, daß sie eine günstige Stelle hinter einer Flußbiegung gefunden hatten, wo sich ihr Plan verwirklichen ließ. Sie hatten die sperrigen Holzanker über Bord geworfen und die Schiffe so vertäut, daß es möglich war auch hier eine Schiffsbrücke zu bauen. Die Ange war an ihrem Ankerplatz nicht einmal zwanzig Schritt breit, und die Brücke aus den Baumstämmen, die sie geladen hatten, war in etwas mehr als einer Stunde fertig gewesen. Sicher kein Prachtbau, aber es würde ausreichen, um die Reiter den reißenden Fluß passieren zu lassen. Doch lange würde Phileasson hier nicht mehr bleiben. Sollte ein Spähtrupp der Orks von dem etwa zwei Meilen weiter südlich gelegenen Lager den Fluß hinauf ziehen, dann würden sie unweigerlich entdeckt werden.

Der Kapitän blickte zum Ostufer. Fünfzig vollbewaffnete Thorwaler standen dort, bereit einen etwaigen Angriff aufzufangen. Doch wie lange würden sie standhalten können? Selbst wenn die Orks nicht mehr Krieger hätten, wäre er wohl kaum in der Lage, ihre Geschützstellung zu erobern.

Phileasson fluchte und spuckte in den gurgelnden Fluß.

Es war wieder eine halbe Stunde vergangen, als endlich einer der Posten auf dem westlichen Ufer einen Falkenruf immitierte und sich kurz aus dem Schnee erhob, und mit übertriebener Geste auf das Hinterland zeigte.

Das mußten sie sein! Mit weit ausholenden Schritten rannte Phileasson über die schwankende Brücke, erklomm den Hügel am Ufer und warf sich neben dem Wachtposten flach in den Schnee, damit man ihn vom Lager der Orks aus möglichst schlecht sehen konnte.

Fast eine Meile entfernt war zwischen den verschneiten Hügeln ein eigenartiges Funkeln zu sehen. Sonnenlicht, das sich auf polierten Waffen spiegelt, ging es dem Thorwaler durch den Kopf. Doch es konnte auch ein Lichtreflex auf einem Eisblock sein.

Plötzlich war das Funkeln verschwunden, um wenige Atemzüge später an einer anderen Stelle erneut aufzutauchen.

»Sie sind es!« seufzte die Frau neben ihm erleichtert. »Endlich!«

Phileasson schirmte die Augen mit der Hand ab, um über die weißglänzende Schneelandschaft hinweg besser sehen zu können. Jetzt zeichneten sich dunkle Reiter ab, die einen Hügelkamm hinunterkamen. Erst waren es nur wenige, so als würden Späher vorausreiten, doch dann wurden es immer mehr, die wie eine riesige dunkle Welle über die Flanke des verschneiten Hügels galoppierten. Langsam arbeitete sich der Reitertrupp durch den tiefen Schnee Richtung Ange vor. Doch sie ritten zu weit nördlich. Wenn sie diese Richtung beibehielten, würden sie die Schiffsbrücken verfehlen, und es würde noch einmal kostbare Zeit verlorengehen.

Der Kapitän drehte sich um und blickte in Richtung der Landzunge. Ein schmaler Waldstreifen lag nördlich der Stellungen der Orks. Von dort erklangen laute Hörnersignale. Vermutlich hatte Sanin nicht länger warten wollen und mit dem Angriff vom Fluß aus begonnen.

Ob er es wagen durfte, auch in sein Horn zu stoßen, um den Reitern die richtige Richtung zu weisen?

Nein! Das ging auch anders. Phileasson erhob sich aus dem Schnee, in dem er gekauert hatte, und kletterte ein kleines Stück die Hügelflanke hinab, so daß er vom Lager der Orks oder von Spähern auf der anderen Flußseite keinesfalls mehr gesehen werden konnte. Dann zerrte er seinen weiten, blauen Umhang von den Schultern und schwang ihn hin und her.

Für einen kurzen Augenblick konnte er sehen, wie die Reiterkolonne ins Stocken kam. Dann änderten sie ihre Richtung und hielten auf die Behelfsbrücke zu.

Kolon brüllte vor Vergnügen. Es war bestimmt das zehnte Mal, daß er sich mit der Faust auf die linke Handfläche schlug und losjubelte. Diese Trottel hatten beschlossen, ihre Flotte Efferd zu opfern. Es war nicht zu fassen. Die Sonne mochte vielleicht eine halbe Stunde am Himmel stehen, als die gepanzerten Schiffe dicht gefolgt von drei Galeeren, den Strom hinaufkamen. Von den Reitern, die den ersten Angriff begleitet hatten, war nichts zu sehen. Nun, vermutlich war ihnen die fehlgeschlagene Attacke eine Lehre gewesen.

Langsam gewann der Zwerg seine Fassung wieder und brüllte Befehle durch das Lager. Alle Orks waren auf den Beinen, seit man das erste Schiff auf dem Fluß entdeckt hatte. Auch im Hauptquartier am anderen Ufer schien man eifrig damit beschäftigt zu sein, sich auf das Gefecht vorzubereiten.

»Los, facht die Feuer an und macht die ersten Kugeln bereit.«

Kolon lief auf dem breiten Erdwall auf und ab, der sich hoch über den Fluß erhob. Bei jedem Geschütz überprüfte er, ob es korrekt ausgerichtet war. Bedauerlicherweise würden die Schiffe nicht in Reichweite seiner Rotzen kommen, wenn sie nicht versuchten, direkt in die Mündung der Breite einzulaufen. Dafür konnte er sie aber mit fünf Katapulten beschießen lassen.

Zwischen den Geschützen auf dem Wall waren große Feuer entzündet worden. Hier sollten die eisernen und steinernen Geschosse der Katapulte bis zur Glut erhitzt werden. Über Hylailer Feuer verfügten sie zwar nicht, aber die glühenden Kugeln waren wenigstens ein kleiner Ersatz dafür. Außerdem waren Hunderte von Brandpfeilen vorbereitet.

Wieder klatschte Kolon vor Freude in die Hände. Er konnte kaum erwarten, daß die Schiffe auf Schußweite heran waren.

»Sie haben die erste Marke erreicht«, schrie ein Krieger.

»Holt jetzt die leichten Kugeln aus den Feuern!« übertönte Kolons Stimme den Lärm auf dem Erdwall.

Die Geschützbedienungen machten sich mit eisernen Zangen in den Flammen zu schaffen. Rötlich schimmernde Kugeln wurden auf die mit Eisenblech verkleideten Löffel der Katapulte gehoben.

Kolon überprüfte noch einmal die Ausrichtung des Geschützes an seiner Seite. Sorgfältig visierte er das vorderste Schiff an und hob den Arm. Gleich war es auf einer Höhe mit dem unauffälligen Busch am linken Ufer. Der Zwerg lächelte triumphierend. Vor zwei Wochen hatte es diesen Busch noch nicht gegeben. Er hatte die Ufer südlich der Geschützstellungen mit unauffälligen Entfernungsmarken bestückt, um den untalentierten Orks das Zielen zu erleichtern. Obwohl er die besten Geschütze und Krieger aus dem Lager vor Greifenfurt mitgenommen hatte, war er von der Qualität der Truppe alles andere als überzeugt. Wenn auf der anderen Seite nur halb so viele Zwerge stehen würden, wie er Orks hatte, würde man sie in Grund und Boden schießen. Aber dazu würde er es nicht kommen lassen.

Jetzt war das erste Schiff auf einer Höhe mit dem kleinen Busch.

»Schießt!« ertönte das Kommando des Zwergen. Mit dumpfem Schlag krachte der Arm des Katapults gegen das lederne Auffangpolster. Fast im selben Augenblick wurden auch die anderen Geschütze abgefeuert.

Rund um das vorderste Schiff stiegen Wasserfontänen auf. Ein Ton wie von einem riesigen Gong hallte über das Wasser. Mindestens eine Kugel hatte getroffen!

»Los, ladet nach. Und schlaft nicht bei eurer Arbeit ein.«

Während die Schwarzpelze die nächsten Kugeln aus den Feuern holten, versuchte Kolon zu erkennen, wo das Schiff getroffen worden war. Doch er konnte nicht den kleinsten Schaden ausmachen. Vermutlich waren die Flußschiffe noch zu weit entfernt, als daß man sie ernsthaft beschädigen konnte.

Der Zwerg schüttelte den Kopf. Diese Panzerung an den Schiffen hatte er noch nie gesehen. Vermutlich stammte die von seinen Brüdern aus den Koschbergen. Menschen wären zu so einer hervorragenden Metallarbeit jedenfalls nicht fähig.

»Die Böcke sind bereit.« Der Ork, der das Geschütz zu seiner Rechten befehligte, blickte ihn erwartungsvoll an.

Kolon zögerte. Sollte er vielleicht noch ein wenig warten. Nein! Munition hatten sie mehr als genug. Er würde den Gegner so oft beschießen wie möglich.

»Feuert!«

Wieder flogen die Steinkugeln in hohem Bogen über das Wasser. Diesmal gingen alle daneben. Kolon fluchte, doch insgeheim wußte er genau, wie schwierig es war, mit einem Katapult bewegliche Ziele zu treffen.

Nun, das war gleichgültig. Diese schweren Schiffe würden eine Ewigkeit brauchen, um den Fluß hinaufzukommen. Sie hatten nur relativ wenige Ruder an den Seiten, und wenn er die Markierung am Flußufer anpeilte, konnte er erkennen, daß sie kaum mehr als zehn Schritt vorwärts gekommen waren.

»Alle Geschütze fertig!« ertönte es wieder an seiner Seite.

»Gut, schießt.«

Wieder stiegen rund um die Boote Wasserfontänen auf.

Diesmal hatte auch die Batterie auf dem anderen Ufer geschossen.

Im selben Augenblick löste sich ein merkwürdiger, unförmiger Gegenstand vom Bug des vordersten Schiffes, flog ein Stück weit über das Wasser und schlug vielleicht zwanzig Schritt vor dem Schiff in den Fluß.

Was war das? Kolon kratzte sich den Bart. Ein Leben lang beschäftigte er sich nun schon mit Geschützen, doch so etwas war ihm noch nicht begegnet. Dann verschossen auch die beiden anderen Schiffe ganz ähnliche Gegenstände.

Wie gebannt starrte der Zwerg auf den Fluß. Es schien, als würden Seile oder Ketten an den merkwürdigen Geschossen hängen. Jedenfalls waren sie mit irgend etwas an den Schiffsrümpfen befestigt.

Diesmal waren die Katapultmannschaften am anderen Ufer schneller gewesen. Ihre Salve erfolgte wenige Augenblicke, bevor Kolon den Befehl zu schießen gab. Mit leisem Pfeifen zogen die Steinkugeln steil in den Himmel, um sich dann bedrohlich in Richtung der Schiffe zu neigen.

Diesmal hatte es gleich mehrere Treffer gegeben.

Die Orks ringsherum gröhlten vor Freude. Einige stießen in ihre Hörner.

»Los, weitermachen! Feiern können wir heute nacht.« Kolon wußte nur zu gut, daß mit den paar Treffern die Schlacht noch lange nicht entschieden war.

Allmählich erwiderten die Schiffe das Feuer. Kugeln, die dünne Rauchfäden hinter sich herzogen, flogen auf seine Stellung zu. Unwillkürlich duckte sich der Zwerg hinter die Brüstung der Erdschanze. Fast im gleichen Moment wurde das Lager auch schon getroffen. Kolon konnte nicht überblicken, wie viele Geschosse ihr Ziel gefunden hatten. An zwei Stellen loderten zwischen den Lederzelten hohe Flammensäulen auf.

»Holt euch Erde und schüttet sie auf die Feuer. Zehn Mann pro Brand und nehmt kein Wasser!«

Der Zwerg hoffte, daß sich die undisziplinierten Orks an

seine Befehle halten würden. Diese Feuer waren nicht durch Wasser zu löschen. Er kannte die Brandgeschosse der kaiserlichen Armee nur zu gut. Es waren Tonkugeln, gefüllt mit den berüchtigten Hylailer Feuer. An der Mündung des Kruges befestigte man eine glimmende Lunte, die den Brandsatz entfachte, sobald der Tonkrug zerschellte. Wasser vermochte diesem dämonischen Feuer nichts anzuhaben. Allein mit Erde konnte man es ersticken.

»Glotzt nicht wie die Ochsen im Schlachthof!« brüllte Kolon wütend und trieb die Krieger in seiner Nähe an die Geschütze zurück. Er mußte sie dazu bringen, stur weiterzumachen. Wenn sie zu sehr darüber nachdachten, mit was sie hier beschossen wurden, dann würden sie ihm am Ende noch weglaufen.

»Diesmal ziele ich!« Kolon stieß den Kommandanten des Geschützes neben ihm beiseite. Sorgfältig visierte er das vorderste Schiff an. Vermutlich war dort der Kommandant der Flotille.

»Los schießt!« Wieder ertönte das dumpfe Geräusch abgefeuerter Katapulte.

Drei Schuß gingen ins Wasser, einer traf. Kolon hatte sein Geschütz mit Bedacht noch nicht abgefeuert. Er wollte wissen, wie gut er selber noch war. Noch einmal überprüfte er die Entfernung zum Ziel und warf einen abschätzenden Blick auf die glühende Steinkugel im Löffel seines Katapults. Dann riß er den Sicherungshebel nach hinten. Zischend durchschnitt die Kugel die Luft. Dann senkte sie sich in einer steilen Kurve der Wasseroberfläche zu und schlug mit lautem Klang mitten auf dem vordersten Schiff ein.

»Hurra! Treffer! Wir werden es ihnen schon geben.« Kolon führte einen wahren Freudentanz rund um das Geschütz auf.

Statt nachzuladen, starrten ihn die Orks an, als hätten sie es mit einer Göttererscheinung zu tun. Kolon riß sich zusammen. Was hatte er eben noch gesagt? Gefeiert wird später!

»Los, ihr lausigen Schwarzpelze. Macht weiter und zeigt euren Ahnen mal, daß ihr Mumm in den Knochen habt.«

Die Krieger eilten zu den Geschützen, und bald war die Batterie erneut schußbereit.

»Admiral, das ist Wahnsinn, das stehen wir nicht durch!« Der Erste Offizier war am Rande der Hysterie, doch Sanin stand scheinbar gelassen auf dem Kajütendach der *Widder* und dirigierte die Geschützbedienung.

»Sorgt dafür, daß alle auf den Posten bleiben. Wie viele Tote haben wir?«

»Bislang einen Toten und zwei Verletzte. Wie es auf den anderen Schiffen steht, weiß ich nicht.«

»Gut, Navigator. Dann geht jetzt auf Euren Posten zurück und seid den anderen ein Vorbild. Vergeßt nicht, daß ein Offizier der kaiserlichen Marine niemals etwas von seinen Leuten fordern darf, was er nicht selbst zu geben bereit ist.«

Das Pfeifen einer neuen Salve klang immer lauter. Wie ein Donnerschlag traf eine Kugel die Außenwand der Kajüte. Der Navigator hatte sich hinter der Reling in Deckung geworfen, während Sanin kerzengerade stehengeblieben war. Ein wenig mitleidig blickte der Admiral auf den Mann hinab.

Sich vor den Orks auf die Knie werfen – so weit käme es noch. Sanin lächelte bitter und gab dann den Bordschützen letzte Anweisungen. Der Erste Offizier war zwar ein altgedienter Seemann, doch hatte er noch nie im Gefecht gestanden. Er würde ihn mit Nachsicht behandeln.

»Navigator! Habt Ihr nicht etwas vergessen?« Der Offizier wollte die schmale Leiter zum Hauptdeck hinuntersteigen und schaute Sanin verblüfft an.

»Man salutiert vor einem Offizier, bevor man geht. Das gilt auch im Gefecht.«

Wieder schlug rund um das Schiff eine Salve der Orks ein. Wasserfontänen schossen in die Luft und überschütteten die Männer an Deck mit einem eisigen Schauer.

»Melde gehorsamst, daß ich mich auf meinen Gefechtsposten zurück begebe.« Der Navigator stand steif wie auf dem Paradeplatz der Marineakademie und salutierte.

»Danke, Navigator.« Der Admiral hob lässig seine Hand zum Gruß und widmete sich dann wieder der Geschützbedienung.

Die Zwerge, die den Bock auf dem Dach der Kajüte bedienten, grinsten einander an. Sie galten als die besten Schiffsschützen der kaiserlichen Marine und genossen mehr Privilegien als die meisten anderen Mannschaftsmitglieder.

»Wollen wir?« Die Geschützmeisterin ließ das zusammengerollte Blatt aus Mohaccotabak von einem Mundwinkel in den anderen rollen und blickte Sanin erwartungsvoll an. Ihre Backen waren rußverschmiert, und ihr wallendes Haar wurde von einem breiten, roten Stirntuch gebändigt. Auch ihre blaue Uniform zeigte einige Rußflecken. Die obersten Knöpfe ihrer knappen Jacke waren offen.

»Nun?«

Wieder schlug eine Salve der Orks rund um das Schiff ein.

»Schießt auf die Landzunge!«

»Aber ...«

»Das ist ein Befehl«, knurrte Sanin gereizt.

Die Geschützmeisterin nahm den glimmenden Tabakstengel aus dem Mundwinkel und hielt ihn an die Lunte der Tonkugel, die auf dem Löffel des Katapults lag. Einen Augenblick wartete sie, bis die Zündschnur in roter Glut aufleuchtete. Dann gab sie das Zeichen zum Feuern.

Augenblicke später stieg eine Flammensäule unmittelbar vor dem Erdwall auf der Landzunge auf.

»Guter Schuß, weiter so«, kommentierte Sanin. Nach Absprache mit dem Generalstab hätte das Geschützfeuer zwar auf die Stellung am rechten Ufer konzentriert werden sollen, doch das hatte sich in Sanins Augen erledigt. Nach dieser Absprache hätte der Prinz kurz nach Sonnenaufgang die Stellung auf der Landzunge angreifen müssen.

Als selbst eine halbe Stunde danach immer noch nichts passiert war, hatte Sanin beschlossen auf eigene Faust anzugreifen. Vermutlich war Brin von den Thorwalern verraten worden. Piratenpack! Er hatte Phileasson nie getraut.

Jetzt würde er Rache nehmen. Sie würden die Landzunge beschießen, bis sich dort nichts mehr regte, und dann würde er mit einigen Truppentransportern Krieger an Land bringen.

Wieder spritzten Fontänen von Wasser über Deck.

»Schießen erstaunlich gut die Schwarzröcke«, kommentierte die Geschützmeisterin die Salve. »Ich möchte nicht wissen, wie es aussieht, wenn wir ihnen erst mal so richtig nahe gekommen sind.«

»Diesem Schiff werden sie nichts anhaben.« Sanin war davon felsenfest überzeugt, obwohl solche mit Kupferplatten beschlagenen Schiffe sich noch niemals in einem Gefecht befunden hatten.

Wie um seine Worte zu unterstreichen donnerten gleich zwei Steinkugeln gegen den Rumpf.

Der Admiral beugte sich über die Reling und blickte auf das Vorderdeck. Gerade ließen dort einige Matrosen den zweiten Anker des Schiffes hinab. Der Navigator stand unter ihnen und beaufsichtigte die Arbeiten. Sobald der schwere Anker am Grund des Flusses sicheren Halt gefunden hatte, wurde der Hauptanker aufgenommen und unter Einsatz von fünfzehn Seeleuten auf die gewaltige Rotze gehoben, die im Bug stand. Vorsichtig wurde der Koloß auf dem schußbereiten Geschütz plaziert.

Noch einmal überprüfte der Navigator, ob die Kettenführung stimmte, und der Anker sich nirgendwo verkantet hatte, dann gab er den Befehl zum Schießen. In flacher Bahn flog der schwere Schiffsanker über das Wasser und verschwand nach etwas mehr als zwanzig Schritt in den grauen Fluten. Mit laut tönendem Rasseln rollte dabei eine schwere Eisenkette ab, die auf Deck lag.

Als der Anker versunken war, kontrollierte der Navigator noch einmal die Kette. Nachdem er mit dem Ergebnis offensichtlich zufrieden war, zog er sein Entermesser und klopfte mit dem Knauf dreimal aufs Deck. Dann brüllte er aus Leibeskräften: »Hol weg!«

Sanin konnte sehen, wie sich die Ankerkette noch straffer spannte und spürte, wie sich das Schiff ruckartig vorwärtsbewegte. Durch die Panzerplatten war das Schiff zu schwer geworden, um allein durch die Kraft der Ruderer gegen die Strömung den Fluß hinauf bewegt zu werden. Im Frachtraum unter dem Bug stand ein großes Ankerspill, über das die Kette ausgerollt wurde, so daß das Schiff sich trotz aller Widerstände langsam den Fluß hinaufarbeiten konnte.

Wieder stieg im Lager der Orks eine Flammensäule auf. Obwohl immer wieder Steinkugeln mit ohrenbetäubendem Getöse gegen die Bordwand krachten, arbeiteten die Zwerge mit unerschütterlicher Präzision. Schuß folgte auf Schuß, und je näher sie den Stellungen der Orks kamen, desto besser wurde die Trefferrate.

Plötzlich schlug neben Sanin eine glühende Felskugel auf die Reling. Die Kupferpanzerung wurde eingedrückt, Holz barst, und scharfe Steinsplitter sirrten durch die Luft. Einige der Zwerge schrien gellend auf.

Etwas traf Sanin am Bein. Für einen Augenblick taumelte der hochgewachsene Admiral. Im selben Moment schoß direkt neben dem Geschütz eine helle Stichflamme in die Höhe. Der Admiral spürte einen dumpfen Schmerz am Bein, und um ihn herum schien sich die Wirklichkeit in einen Alptraum zu verwandeln. Humpelnd stolperte er an das andere Ende des Kajütendachs, wo einige Eimer mit Sand standen. Durch die Speigatten lief ein Teil der brennenden Masse an den Kajütenwänden hinab.

»Feuer, Feuer!« gellten die Schreie der Matrosen vom Hauptdeck. Unterdessen versuchten die überlebenden Zwerge den Brand auf dem Dach unter Kontrolle zu bringen. Auch Sanin taumelte auf den Brandherd unmittelbar neben dem Geschütz zu und kippte seinen Eimer in die Flammen. Doch den Flammen schien der Sand nichts anzuhaben.

Wieder erbebte der Schiffsrumpf unter neuen Treffern.

Einige der Matrosen auf dem tiefergelegenen Deck sprangen in Panik in die eisigen Fluten.

Es roch nach ausgeglühtem Metall und verbranntem Fleisch.

Eimer auf Eimer wurde von den Zwergen in das Feuer geschüttet, bis die Flammen schließlich kleiner wurden und dann ganz erloschen. Doch noch immer brannte es auf dem unteren Deck. Auch rings um das Schiff trieben kleine Inseln der brennenden Masse auf dem Wasser. Sanin begutachtete die ausgeglühten Tonscherben neben dem Katapult. Einer der Splitter des glühenden Felsbrockens, der an der Reling zerschellt war, hatte eine der Kugeln mit dem Hylailer Feuer zerstört. Die ölige Masse war ausgelaufen und hatte Feuer gefangen. Das Geschütz jedoch war fast unbeschädigt geblieben.

»Los, schickt Munitionsträger hinunter.«

Die Geschützmeisterin zuckte mit den Schultern. »Glaubt Ihr nicht, daß das zu gefährlich ist?«

»Unsinn! Das war ein Glückstreffer. Das wird schon nicht wieder vorkommen. Außerdem hat uns auch in diesem Fall die Panzerung vor dem Schlimmsten bewahrt. Dieses Schiff trägt den rechten Namen. Unerschütterlich wie ein wilder Widder werden wir gegen die Stellungen der Orks anrennen, bis wir ihnen den Sieg abgerungen haben. Alles andere werde ich nicht dulden! Verstanden?«

Die Zwergin salutierte und schickte einige der Schiffsschützen die Stiegen hinunter, um aus dem Bauch des *Widders* neue Brandgeschosse an Deck zu holen.

Sanin klammerte sich an der Reling fest. Der Schmerz in seinem Bein wurde immer unerträglicher. Es war ein Pochen, so als säße ein böser Dämon in seinem Schenkel und versuchte, das Fleisch zu zerreissen.

»Admiral, Ihr braucht Hilfe.« Die Geschützmeisterin wollte ihn stützen.

»Zurück!« zischte er böse. »Kümmert Euch um die ernsthaft Verletzten und werft Seile aus, damit die Feiglinge, die ins Wasser gesprungen sind, nicht zu Efferd gehen.«

»Jawohl!« Die Zwergin machte sich an die Arbeit, doch ließ sie Sanin dabei nicht aus den Augen.

Dem Großadmiral wurde übel. Er hatte das Gefühl, als stände er auf dem Deck einer Kogge, die von schwerer See hin- und hergeworfen wurde. Dann begann sich alles um ihn herum zu drehen. Seine Hände glitten von der Reling, und er stürzte der Länge nach auf Deck.

Es hatte mehr als eine Stunde gedauert, die fünfhundert Reiter über die Schiffsbrücke der Thorwaler zu bringen. Die ganze Zeit über war der Lärm der Schlacht in der Ferne zu hören. Sanins verfrühter Angriff erwies sich als Vorteil. Die Schwarzpelze waren dadurch viel zu abgelenkt, um sich noch um das zu kümmern, was hinter ihren Linien geschah.

In eine lange Doppelreihe aufgefächert hatten die Reiter den kleinen Wald nördlich des Orklagers durchquert.

Zerwas wurde immer unruhiger. Nichts würde die Kaiserlichen jetzt mehr aufhalten können, außer vielleicht er selber. Der Vampir tastete nach dem in grobes Leder eingeschlagenem Schwert, das von seinem Sattelknauf hing. Eine unbändige Kraft pulsierte in der Waffe. Sie gierte nach Blut.

Irgendwo in dem Wäldchen ertönte ein langgezogenes Hornsignal. Der Prinz riß sein Schwert hoch, und mit gewaltigem Donnern setzten sich die Reiter in Bewegung, um über die verschneite Ebene hinweg das Lager der Orks anzugreifen.

Auch im Lager der Schwarzröcke ertönten nun Schlachthörner. Eilig versuchte man die Geschütze auf dem hohen Erdwall zu drehen, um dem Angriff der Reiter zu begegnen.

»Rache für Greifenfurt!« übertönte der Schlachtruf des Prinzen das ohrenbetäubende Donnern der Pferdehufe, und hunderte von Männern und Frauen nahmen den Ruf auf.

Die Schwerter und Lanzen weit vorgestreckt, fegten die Reiter über die Ebene. Langsam zerriß die einheitliche Kette, die sie beim Anritt gebildet hatten. Die schnellsten hatten bald einen Vorsprung von einigen Pferdelängen, andere strauchelten in verborgenen Schneewehen. Dann schlugen die ersten Geschosse zwischen ihnen in den Schnee. Auch die Geschütze des Lagers auf der anderen Flußseite nahmen sie nun unter Feuer.

Vielleicht zweihundert Schritt trennten sie noch von der Stellung auf der Landzunge. Nach hinten hatten sie keinerlei Verteidigungsanlagen. Die Orks mußten sich hier völlig sicher gefühlt haben. Ohne auf irgendwelche Hindernisse zu stoßen, könnten die Ritter sofort zwischen die flachen, runden Lederzelte galoppieren und dann den Erdwall im Sturm nehmen.

Zerwas gab seinem Hengst die Sporen. Jetzt oder nie! Es lag allein bei ihm, diesem vernichtenden Angriff die Schlagkraft zu nehmen.

Das Pferd des Prinzen war in einer Schneewehe geraten und strauchelte. Beinahe stürzte Brin aus dem Sattel.

Zerwas zog sein Schwert.

Dieser Mann hatte Marcian nach Greifenfurt geschickt. Er war die Hoffnung der Bürger auf Befreiung, und er war auch am Tod Sartassas schuld. Wäre er, wie versprochen, noch im Spätsommer mit seinem Heer vor Greifenfurt erschienen, wäre alles ganz anders verlaufen.

Zerwas fühlte sich wie in einem Rausch. Immer wieder schrie er den Namen Sartassas. Nur wenige Schritt trennten ihn noch vom Prinzen. Die Welt um ihn herum begann zu verschwimmen, und er sah nichts mehr, nur das wettergegerbte Gesicht des jungen Monarchen.

Dann war er an Brins Seite und holte zum tödlichen Schlag aus, doch noch bevor das Schwert sein Ziel treffen konnte, riß es Zerwas die Waffe aus der Hand.

In hohem Bogen segelte Seulaslintan durch die Luft. Sein rechter Arm war zu einer blutigen Masse zermalmt. Der Schmerz raubte ihm beinahe den Verstand. Zerwas preßte den Arm gegen die Brust.

»Verräter!« hörte er jemanden rufen. Reiter umringten ihn. Der Prinz war nicht mehr zu sehen.

Noch immer versuchte der Vampir zu fassen, was geschehen war. Ein Geschoß der Orks mußte seinen Schwertarm getroffen haben.

»Packt den Verräter, wir werden ihn richten!«

Zerwas konnte nicht ganz klar sehen. Vor Schmerz standen ihm Tränen in den Augen. Vage erkannte er die weißen Roben von Rondra-Geweihten. Dazwischen schimmerte es golden. Von dort schien auch die Stimme auszugehen.

Er mußte fort von hier. Er spürte zwar, wie die schreckliche Wunde an seinem Arm schon zu heilen begann, doch konnte er sich noch nicht wehren.

Zerwas knurrte wie ein Raubtier und entblößte seine langen Vampirfänge. So würde er nicht zu Grunde gehen!

»Vorsicht, hinter Roger verbirgt sich ein Dämon!« rief eine Frau. Der Kreis um ihn wurde ein wenig weiter.

»Weiche von uns, unseeliger Dämon, und verlasse den Leib, den du geraubt hast, um deine Untaten zu begehen. Gib uns ...«

Der Mann in Gold hatte mit der Litanei einer Dämonenaustreibung begonnen. Zerwas vermochte sein Gegenüber genauer auszumachen. Es war Anshelm. Der Praiosgeweihte hatte sein Sonnenzepter ausgestreckt und intonierte eine alte Abschwörungsformel.

»Geh aus der Seele in das Mark, das da wohnt im Innersten des Gebeins! Geh aus dem Mark ins Bein und aus dem Bein in das lüsterne Fleisch, daß sich dir zum Opfer geboten hat. Und dann verlasse das Fleisch, denn die Macht der Praios gebietet es dir! Verlasse diesen Körper! Und möge er fortan rein und unschuldig sein, so wie er das Licht Deres erblickte. Dich aber möge die Macht meines Gottes in die Finsternis zurückschleudern, aus der du gekommen bist. Gehe jetzt!«

Schauer von Schmerz durchliefen Zerwas' Körper. Verzweifelt wendete er sein Pferd, doch um ihn hatten Ordensritter einen weiten Kreis gebildet. Er brauchte das Schwert. Nur die Waffe allein könnte ihn retten. Sein Arm begann wieder zu bluten. Seine Kräfte wichen von ihm, sogar das

Licht der Sonne, gegen das er immer gefeit gewesen war, brannte jetzt schmerzhaft auf seiner Haut.

Verzweifelt ließ Zerwas sein Pferd steigen. Die Hufe des Hengstes schmetterten gegen das Pferd eines Ordensritters, und beide Reiter stürzten zu Boden.

»O allmächtiger Praios, tilge dieses Übel vom Angesicht Deres!« erklang Anshelms Stimme.

Zerwas war als erster wieder auf den Beinen und taumelte durch den hohen Schnee. Die Reiter folgten ihm. Schon hatten ihn einige überholt. In wenigen Augenblicken wäre er wieder in einem Kreis gefangen.

Sie würden ihn gnadenlos niedermachen, wenn seine Kräfte weiter von ihm wichen.

Noch immer ertönte der Singsang des Praiosdieners. Wie glühende Nadeln stießen die Worte nach ihm. Bohrten sich in sein Hirn, verwirrten seinen Verstand. Doch da war noch eine andere Stimme.

»Hier bin ich. Greif in den Schnee.«

Zerwas warf sich auf die Knie. Das Sonnenlicht hatte ihn fast blind gemacht. Wie besessen durchwühlte er den eisigen Schnee. Ein schwerer Schlag traf ihn von hinten, und er stürzte nach vorn. Im selben Moment ertastete er etwas Vertrautes. Seulsaslintan! Mit einem gellenden Schrei riß er die Waffe hoch.

Jetzt konnte er auch wieder sehen. Seine Angreifer waren ein wenig zurückgewichen. Einige Pferde scheuten, und die Ritter hatten alle Mühe, die Tiere in ihrer Gewalt zu halten.

Zerwas preßte das Heft des Schwertes an seine Stirn. »Gib mir Kraft«, murmelte er mit spröden Lippen. Noch immer hing sein rechter Arm kraftlos herab.

»Tötet den Dämon, Praios will es so!« rief Anshelm.

Der Vampir spürte, wie er sich zu verändern begann. Sein Leib begann zu schwellen. Die Riemen des Brustpanzers, der ihn in der Gestalt Rogers geschützt hatte, war zerrissen und der Küraß fiel in den Schnee.

»Los, tötet ihn!« Anshelm trieb sein Pferd näher.

Alles Menschliche war nun aus den Zügen des Vampirs

verschwunden. Sein Rücken platzte auf und mächtige rote Lederschwingen wölbten sich über seinen Schultern.

Anshelms Pferd bäumte sich auf und wieherte in Panik.

Mit der Linken führte der Vampir einen Schwerthieb gegen den Hengst des Geweihten. Die Klinge trennte dem Tier beide Vorderhufe ab.

Noch immer fühlte sich Zerwas schwach. Irgend etwas schützte Anshelm und verhinderte, daß der Vampir seine vollen Kräfte wiedererlangte. Die Ordensritter sprangen von ihren Pferden und eilten dem Praios-Geweihten zu Hilfe, dessen Pferd zusammengebrochen war. Mit einem Bein war Anshelm unter dem Leib des Hengstes eingeklemmt.

Zerwas wich ein Stück zurück und entfaltete seine Flügel. Es war Zeit zu gehen. Er würde wiederkommen, wenn er wieder im Vollbesitz seiner Kräfte war.

Seine Gedanken tasteten nach dem Geweihten. Er sollte nicht glauben, schon über ihn triumphiert zu haben.

»Fürchte den Tag, an dem du mich wiedersiehst, Anshelm! Dann werde ich dich zu meinem Diener machen und auf immer in den Schlund der Finsternis stürzen.«

Mit einem gellenden Schrei stieß sich Zerwas vom Boden ab.

Es bereitete ihm mehr Mühe als sonst, an Höhe zu gewinnen.

Tief unter ihm tobte der Kampf um das Lager der Orks.

Der Prinz stürmte als einer der ersten auf die Erdschanze mit den Geschützen.

Der Vampir drehte eine weite Schleife und flog dann nach Norden.

Das erste was Sanin sah, waren leuchtende Öllampen, die von einer hölzernen Decke hingen. Dann drang ein vielstimmiges Stöhnen in sein Bewußtsein.

Der Admiral versuchte, sich aufzurichten, doch seine Glieder waren wie taub.

»Für Euch ist die Schlacht entschieden, Admiral, Ihr bleibt besser liegen.«

Die Stimme erklang irgendwo in seinem Rücken. Sanin versuchte, den Kopf zu drehen, um zu erkennen, wer mit ihm sprach. Langsam wurde ihm bewußt, wo er war. Er lag in einem schmalen Feldbett. Eine dünne Decke mit dunklen Flecken reichte ihm bis zur Brust. Er befand sich in der Kammer der Schiffsheilerin.

Ein Mann begann zu schreien. Abgehackte Worte drangen an sein Ohr. »... gebt ihm mehr Branntwein ... festhalten ... das Beißholz ...«

Ein sägendes Geräusch war zu hören und dann wieder Schreie.

»Steck ihm das Holz in den Mund, sonst beißt er sich noch die Zunge ab.«

Sanin liefen Schauer über den Rücken. Er hatte es bislang immer vermieden, während eines Gefechtes in eines der engen Lazarette zu kommen, in denen die Bordheiler arbeiteten. Nicht daß er Angst vor dem Tod gehabt hätte, aber der Geruch nach Blut, Schweiß und Eiter war ihm unerträglich.

Er blickte zu den anderen Feldbetten. Blasse Männer und Frauen lagen mit schweißüberströmten Gesichtern dort. Einige waren bewußtlos, andere starrten vor sich hin, und manche weinten. Seine Befehle hatten sie zu dem gemacht, was sie jetzt waren. Zu Krüppeln, die, nachdem ihr Sold ausgegeben war, auf der Landstraße ihr Zuhause finden würden.

»... gebt mir jetzt ein paar Blatt Wirselkraut, um die Blutung zu stoppen. – Gut. Leg du hier den Verband an, Bador.«

Ein von blonden Locken gerahmtes Gesicht tauchte über ihm auf. »Nun, Herr Großadmiral, gehts Euch besser?«

»Ich muß aufs Deck zurück. Wie steht die Schlacht?«

Die Heilerin blickte ihn streng an. »Für Euch ist die Schlacht vorbei. Und wie die Schlacht steht ... Schaut Euch doch einmal um. Bedenkt aber, daß wir hier nur die wirklich schweren Fälle haben.«

Die Heilerin hatte ihm bei ihren Worten unter die Arme

gegriffen, und Sanin auf seinem Lager aufgerichtet. In der Mitte der engen Schiffskabine stand ein großer, blutverschmierter Tisch, den ein bärtiger Mann mit einem schmutzigen Tuch notdürftig säuberte.

Überall drängten sich Feldbetten. Es war so eng, daß man sich kaum bewegen konnte. Männer und Frauen lagen in dem Durchgang, der auf das Oberdeck führte. Von der Decke hingen inmitten eines Gewirrs von trocknenden Kräutern und kleinen Tuchbeuteln, die die seltsamsten Gerüch verströmten, etliche Öllampen aus poliertem Messing.

Der Bärtige war mit seiner Arbeit am Tisch fertig und packte eine junge Frau, die am Boden lag. Er nahm ihren Körper auf beide Arme und trug sie quer durch den Raum, um sie in der hintersten Ecke auf einem grausigen Haufen aus verstümmelten Leibern und verrenkten Gliedern abzuladen. Der Tod hatte die Gesichter zu Masken aus klaffenden Mündern und weit aufgerissenen Augen werden lassen. Dann erkannte der Admiral das Gesicht seiner Steuerfrau. Sie hatte ihn schon begleitet, als er noch mit der *Seeadler* das Perlenmeer durchquerte. Sanin wandte seinen Blick ab.

»Denen war nicht mehr zu helfen. Das Hylailer Feuer hat sie erwischt. Dieses klebrige Zeug haftet an der Haut und läßt sich nicht löschen. Wußtet Ihr, daß Verbrennungen die schmerzhaftesten Wunden sind?«

Sanin hatte das Gefühl, hier unten zu ersticken. »Ich glaube, ich bin nicht schwer verletzt. Ich möchte das Bett für jemanden freimachen, der es dringender braucht.«

»Wer hier geht, bestimme immer noch ich!« versetzte die Heilerin ärgerlich. »Ihr seid gar nicht mehr in der Lage, dieses Bett zu verlassen. Ein Splitter hat eine große Ader in Eurem Bein zerrissen. Ihr habt sehr viel Blut verloren. Hört auf mich und bleibt liegen.«

Sanins Hände krampften sich um den Bettrand. »Ich muß wieder an Deck ... Los, helft mir.«

Die Heilerin lächelte mitleidig. »Ihr mögt Kommandant dieser Flotte sein, aber vor meiner Tür endet Eure Macht.

Solltet Ihr in der Lage sein, diesen Raum zu verlassen, dann mögt Ihr gehen, wohin Ihr wollt.«

»Ich laß dich kielholen. Wirst du wohl den Befehlen deines Admirals gehorchen!«

Das Lächeln der Heilerin war zu einer Maske erstarrt. »Ihr kennt das kaiserliche Seekriegsrecht mit Sicherheit besser als ich, Admiral. Also wißt Ihr, daß ich nicht Eurer Befehlsgewalt unterstehe. Außerdem habe ich wichtigere Dinge zu tun, als mit Euch zu streiten.«

Ohne ein weiteres Wort drehte die Frau ihm den Rücken zu und kümmerte sich um einen neuen Verwundeten, der vor ein paar Momenten hereingetragen worden war.

Sanin schlug die Decke zurück. Er mußte hier raus! Sein rechtes Bein war bandagiert. Den Stiefel hatte man aufgeschnitten und weggeworfen.

Vorsichtig schwang er das verletzte Bein über die Bettkante. Wieder wurde ihm schwindelig. Der Raum begann um ihn zu tanzen, die Lichter an der Decke schienen immer heller zu werden.

Langsam belastete er das rechte Bein. Es schmerzte kaum. Vermutlich hatten die Heilkräuter unter dem Verband auch eine betäubende Wirkung. Dafür war ihm wieder schwindelig, kaum daß er die Augen öffnete.

Egal! Er mußte zurück auf Deck, mußte wissen, wie es um sie stand und ob der Prinz erfolgreich gewesen war.

Taumelnd kam Sanin auf die Beine und machte den ersten Schritt.

»Legt Euch sofort wieder hin!« erscholl die Stimme der Heilerin.

Geh zu Boron, du Hexe, dachte Sanin bei sich, machte noch zwei Schritt vorwärts und stützte sich dann schwer auf den Tisch, auf dem ein Verwundeter zur Notoperation bereit lag.

Jemand packte ihn am Arm. Sanin blickte auf. Der bärtige Helfer der Heilerin stand vor ihm.

»Laß mich sofort los, du Bastard«, zischte der Admiral.

»Du kommst vors Kriegsgericht, wenn du mich daran hinderst, nach oben zu gehen.«

Der Mann tauschte einen Blick mit der blonden Frau, dann ließ er ihn los.

»Gut so«, brummte Sanin und stieß sich von dem Tisch ab. Er durfte nicht zusammenbrechen! Wenn er schlappmachte, würden die beiden ihn wieder ins Bett zerren und ihm vermutlich noch einen Schlaftrunk einflößen, damit er Ruhe gab.

Der Admiral trat auf irgendeinen weichen Gegenstand. Ein Mann schrie auf. Nur noch zwei Schritt dachte Sanin. Noch einer ...

Zwei Gestalten mit einer Trage kamen die steile Treppe vom Oberdeck herab. Die Männer starrten ihn verwundert an.

»Los, schafft mich an Deck. Das ist ein Befehl!«

Sanin klammerte sich an den Türrahmen. Wieder wurde ihm für einen Moment schwarz vor Augen. Dann spürte er, wie ihn starke Arme packten.

»Holt mir einen Stuhl aus meiner Kajüte. Macht schon!« Der Admiral biß sich auf die Unterlippe. Er zitterte am ganzen Körper. Die wenigen Schritte bis zur Tür hatten ihn all seine Kräfte gekostet.

Im Süden türmten sich dunkle Wolkengebirge am Himmel. Ein frischer Wind blies den Großen Fluß hinauf. Der Admiral sog gierig die kalte Luft ein. Er saß in einem hölzernen Lehnstuhl auf dem Kajütendach des *Widders* und lenkte von dort aus das Gefecht. Der Südwind trieb beißenden Rauch über das Deck. Eine der Flußgaleeren aus Havena war in Brand geraten und trieb steuerlos flußabwärts. Vermutlich hatte es auch dort einen Unfall mit dem Hylailer Feuer gegeben.

»Mistzeug«, brummte Sanin vor sich hin. Und doch war es zur entscheidenden Waffe geworden. Das Hauptlager der Orks stand in Flammen. Seit der Prinz die Stellung auf der

Landzunge angegriffen hatte, konzentrierte die Flotte das Feuer aller Geschütze auf das Hauptlager, um nicht Gefahr zu laufen, auch die eigenen Truppen zu beschießen.

Das wird ein kalter Winter für die Schwarzröcke werden, dachte der Admiral. Sie hatten durch die Brände einen großen Teil ihrer Zelte verloren. Eine Garnison oder irgendein festes Lager, in das sie sich zurückziehen konnten, gab es seines Wissens nicht.

Auf dem Erdwall an der Landzunge war die Fahne des Kaiserreichs aufgesteckt worden. Dort schienen noch immer einige Orks Widerstand zu leisten. Doch mehr und mehr der blutroten Fahnen, die die Schwarzpelze führten, fielen zu Boden. Der Greif, das Wappentier des Reiches, triumphierte über Tairach.

Es war an der Zeit, die letzte Phase der Schlacht einzuleiten. »Navigator!« Der Mann, der dicht neben dem Katapult der Zwerge gestanden hatte, drehte sich ruckartig um. »Laßt den blaugoldenen Wimpel setzen.«

Der hochgewachsene Mann starrte ihn einen Moment mit offenem Mund an. Dann stammelte er: » ... aber Admiral. Parallel zum Fluß stehen immer noch jede Menge intakte Geschütze. Wenn wir jetzt der Flotte Befehl geben, in die Mündung der Breite einzulaufen, dann ist das schon fast so, als würden wir uns selbst versenken. Außerdem zieht ein Sturm auf.«

»Genau deshalb will ich die Schiffe jetzt durchbringen. Mit dem Wind im Rücken werden die schweren Pötte wenigstens vernünftig Fahrt machen. Das Schneetreiben, das mit dem Sturm einsetzen dürfte, wird den Orks die Sicht nehmen, und wir können uns mit den gepanzerten Schiffen bis dicht ans Ostufer wagen. Dann werden sie uns beschießen und nicht die Schiffe mit dem kostbaren Nachschub.«

»Aber ...« Der Naviator blickte entsetzt auf den Admiral herab, der in eine Decke gehüllt auf seinem Stuhl thronte.

»Unser Auftrag lautet, dafür zu sorgen, daß die Versorgungsschiffe bis Greifenfurt kommen. Nur deshalb sind wir hier. Wir müssen den Sieg des Prinzen nutzen und jetzt alles auf eine Karte setzen. Los, laß endlich den Wimpel setzen.«

»Aye, Admiral.«

Der Navigator machte sich an einer kleinen Kiste neben dem Mast zu schaffen und holte ein blaugoldenes Stück Stoff heraus. Dann knüpfte er den Wimpel an ein Seil und zog es am Mast hinauf, bis es hoch über dem Krähennest leise knatternd im Wind stand. Die goldene Scheibe auf blauem Grund war eines der ältesten Symbole des Praios. Ein Zeichen dafür, daß der oberste der Zwölfgötter und seine Diener über alle Widrigkeiten triumphierten.

Sanin drehte sich um und blickte den Fluß zurück. Es begann jetzt schnell dunkler zu werden. Die Wolkenberge hatten sich näher herangeschoben und verfinsterten schon den ganzen südlichen Himmel. Auch die vier anderen Schiffe hißten den blaugoldenen Wimpel. Es würde nicht mehr lange dauern, bis die Flotte beim Hauptlager ihre Anker hiefte.

Die Kapitäne hatten den Auftrag gehabt, sofort nachdem die Reiter aufgebrochen waren, das Hauptlager abzubrechen und alle verbliebenen Männer an Bord zu nehmen, um für einen schnellen Aufbruch bereit zu sein.

Ein wenig besorgt blickte Sanin auf den beinahe schon schwarzen Himmel im Süden. Hoffentlich war die Schiffsbrücke schon abgebrochen. Ein Sturm würde sie auseinanderreißen wie ein Spielzeug und die Schiffe kentern lassen.

Völlig erschöpft und durchgefroren zog sich Kolon das Ufer hinauf. Er hatte sich an einer der Baumsperren, die dicht unter der Wasseroberfläche verborgen lagen, durch den Fluß gezogen. Das war wohl das letzte, was die Flotte noch aufhalten mochte. Unweit der Ufer hatte er im seichten Wasser mächtige Pfähle ins Flußbett rammen lassen. Sie dienten als Anker für drei Reihen von aneinandergeketteten Baumstämmen. Diese Barriere würde dafür sorgen, daß die kaiserlichen Schiffe genau unterhalb der Geschütze des Hauptlagers zum Stehen kamen. Aber was nutzte ihm die Gewißheit dieses letzten Triumphs? Er hatte sein Lager verloren. Mehr als zweihundert Krieger, die Sadrak Whassoi ihm anvertraut hatte, waren tot.

Kolon war verantwortlich für die Planung der Lager und dafür, daß kein Schiff die Breite hinaufsegeln konnte. Und er hatte versagt. Der Zwerg wußte nur zu gut, was das bedeutete. Ihm würde es nun nicht besser gehen als Sharraz Garthai, über den er falsches Zeugnis abgelegt hatte. Er hatte den Orkgeneral in ein möglichst schlechtes Licht gerückt, als Uigar Kai ihn nach den Leistungen von Sharraz ausgefragt hatte, und ihm war klar gewesen, welche Konsequenzen das haben würde.

Und jetzt hatte er selber direkt unter den Augen des Schwarzen Marschalls versagt.

Kolon hatte sich aufgeplagt und spähte vorsichtig die Uferböschung hinauf. Ein Sturm zog auf. Es würde nicht mehr lange dauern, bis er losbrach. Wenn er nicht erfrieren wollte, mußte er bis dahin trockene Kleider haben. Schon war sein Bart voller Eiskristalle, und die nassen Kleider begannen steif zu werden. Er würde das Lager umgehen und einen der Vorposten niederstechen.

Zitternd streifte der Zwerg die Kleider ab. Das Spiel war aus. Er konnte dem Marschall nicht mehr unter die Augen treten. Nur zu gut wußte er, was die Orks mit Verbündeten machten, die versagt hatten. Er war selber schon dabei gewesen, wie man Männer und Frauen gepfählt hatte. Eine bestialische Art zu sterben. Manchmal dauerte es mehr als einen Tag, bis ein Gepfählter an den inneren Verletzungen gestorben war. So lange hing er auf dem Speer oder der zugespitzten Holzstange und litt unerträgliche Qualen. Selbst die härtesten Krieger begannen da um Gnade zu winseln.

Kolon hatte alle Kleider abgestreift und schlich geduckt am Ufer entlang. Im eisigen Wind tanzten die ersten Schneeflocken. Der Zwerg fluchte. All das Gold, das er in der Zeit zusammengetragen hatte, als er der Geschützmeister des schwarzen Marschalls gewesen war, mußte er nun auf seinem Packpferd im Lager zurücklassen. Nichts war ihm geblieben. Nur der Dolch, den er mit rotgefrorenen Fingern umklammerte und die Kleider, die er dem Wächter abnehmen würde, der sein Opfer werden sollte.

Angrosch mußte ihn verlassen haben, und selbst Kor, der Gott der Söldner, dem er schon so lange huldigte, schien ihm nun seine Gunst entzogen zu haben.

Aber er würde daraus lernen. Vor allem würde er in eine Gegend aufbrechen, in der es nicht so kalt war wie hier und wo es keine Orks gab. Vielleicht würde er in Al'Anfa oder Mengbilla als Söldner unterkommen? Ein guter Geschützmeister konnte in diesen Zeiten fast überall sein Brot verdienen.

Als Kolon sich vom Uferstreifen abwandte und begann, die flache Böschung zu erklimmen, fing es an zu schneien. Wie tausend Nadeln stachen die Schneeflocken in die Haut des nackten Zwerges. Er mußte sich nun beeilen. Lange würde er in der Kälte nicht mehr überleben.

Im dichten Schneetreiben waren die Uferstreifen beinahe nicht mehr zu erkennen. Admiral Sanin hatte eine dicke Wolldecke um die Schultern geschlungen und versuchte, im Zwielicht die Bewegungen der Orks auszumachen.

Ein Stück vor ihm standen frierend die Zwerge, die das Katapult auf dem Kajütendach zu bedienen hatten. Immer wieder schlugen sie sich mit den Armen gegen die Brust oder stampften mit den Füßen auf. Seitdem sie ihr Katapult aus der Verankerung am Deck gelöst und es so gedreht hatten, daß sie nun zur Seite hin das Ufer beschießen konnten, war für sie nichts mehr zu tun gewesen. Sanin hatte an alle Schiffe den Befehl gegeben, mit Anbruch des Schneetreibens das Feuer einzustellen, damit die Orks nicht erkennen konnten, wo sich die Flotte befand. Wahrscheinlich wäre es schon dunkel, bevor die ersten Lastschiffe die Flußmündung erreichten. Alle Bordlichter waren gelöscht worden, und nicht einmal Hornsignale durften mehr gegeben werden. Das Schicksal der Schiffe hing nun allein vom Geschick ihrer Lotsen ab.

Sanin war sich sehr wohl der Gefahr bewußt, daß es unter solchen Bedingungen leicht zu Kollisionen kommen konnte, doch dieses Risiko schien ihm geringer zu sein, als nur Zielscheibe der Orks zu werden. Erst wenn die Orks erkannt hatten, daß die Flotte in die Breite einlief, würde man zumindest an Bord der gepanzerten Schiffe wieder Lichter anstekken. Sie sollten dann das ganze Feuer der Geschütze auf sich ziehen.

Seitlich an der Reling drängten sich etliche Armbrustschützen. Das Schiff würde sich dem Lager der Orks so weit nähern, daß auch Schußwaffen mit geringer Reichweite zum Einsatz kommen konnten. Auch die Magier der Flotte, die sich samt und sonders auf den drei von Meister Leonardo entworfenen Schiffen befanden und bislang unter Deck in Sicherheit gewesen waren, mochten auf diese kurze Entfernung ihre tödlichen Künste entfalten.

Plötzlich durchlief ein Zittern das Schiff. Dutzende Seemänner und Soldaten riß es von den Beinen. Überall war leises Fluchen zu hören.

Ob sie eine Sandbank gestreift hatten? Sanin spielte unruhig mit den Fingern auf den Stuhllehnen. Aber was war das? Die *Widder* machte eine Drehung nach Steuerbord. Gleich würde das Schiff quer zur Strömung liegen!

Der Navigator kam die Stiege zum Kajütendach hinaufgehetzt. »Ein Hindernis ...« stammelte er atemlos. »Wir sind auf eine Sperre aufgelaufen, die sich quer durch den Fluß zieht.«

»Was für eine Sperre?«

Der schlaksige Mann zuckte mit den Schultern. »Das wissen wir noch nicht. Sie liegt knapp unterhalb der Wasseroberfläche. In dem Schneetreiben ist nichts zu erkennen. Ich werde ein paar Männer an Seilen an der Bordwand herablassen, die sollen überprüfen, womit wir es zu tun haben und dann ...«

Mitten im Satz wurde der Navigator von den Beinen gerissen und gegen die Bordwand geschleudert. Reglos blieb er liegen. Mit dumpfen Schlägen donnerten Gesteinsbrocken gegen die Wand. Überall auf dem Schiff waren Schreie zu hören.

Besorgt blickte Sanin auf ein Loch in der Wand. Die Panzerung hatte dem Schuß nicht standgehalten. Sie lagen zu nahe bei den Geschützen der Orks. Nun galt es, schnell zu handeln.

»Macht den Kran achtern einsatzbereit! Holt das Segel ein und erwidert endlich das Feuer dieser verlausten Schwarzpelze, oder wollt ihr seelenruhig zusehen, wie sie unser Schiff in Trümmer schießen?«

Endlich kam Bewegung in die Leute. Achtern war das laute Knirschen vom hölzernen Ausleger des Krans zu hören. Die Geschützmeisterin hatte sich an einer Lunte eine neue Zigarre angezündet und überprüfte noch einmal ihr Katapult.

Wieder schlugen einige Steinkugeln donnernd gegen die Schiffswand. Diese Hunde haben dazugelernt, dachte Sanin, während er versuchte, das andere Ufer zu erkennen. Nicht ein Feuer schien im Lager der Orks zu brennen, und es war unmöglich, in dem dichten Schneetreiben auszumachen, wo genau die Geschütze der Feinde standen. Worauf die Geschützmeisterin wohl zielen mochte?

»Wir haben ein Leck zwei Hand oberhalb der Wasserlinie!« erklang eine Stimme von unten. Im selben Moment wurde das Katapult abgefeuert und die Tonkugel stieg leise zischend in den Himmel.

»Zehn Freiwillige sollen mit dem Schiffszimmermann unter Deck gehen«, brüllte Sanin gegen das Sturmgeheul an. »Und macht mir endlich das Geschütz im Bug klar! Wieso wird da noch nicht zurückgeschossen?«

Pfeifend zog eine Salve vom Ufer dicht über das Schiff hinweg.

»Setzt Laternen auf der Rückseite der Kajüte auf. Wenn wir unsere Position nicht kennzeichnen, wird uns noch eine der Galeeren mitschiffs rammen. Wir wollen den Orks doch wohl nicht die Freude machen, uns vor ihren Augen selbst zu versenken, oder?«

Am Ufer stieg eine Feuersäule empor. Es war unmöglich zu erkennen, ob der Treffer einen Schaden angerichtet hatte, doch diente er wenigstens zur Orientierung, denn mittlerweile war es fast vollständig dunkel geworden.

Trommelschlag hallte über das Wasser und Fetzen eines eigenartigen Singsangs drangen durch den Sturmwind.

Hoffentlich sind die Magier an Bord vorbereitet, dachte Sanin nervös. Bald würden sie die Macht der Schamanen zu spüren bekommen.

Mittlerweile waren eine ganze Reihe von Feuersäulen am Ufer zu sehen, so daß man auch undeutlich den Erdwall erkennen konnte, auf dem die Geschütze der Schwarzpelze standen. Was sich da im Dunkel zeigte, behagte dem Admiral allerdings gar nicht. Bislang hatten alle seine Schiffe zu weit geschossen. Die Brände mußten im Lager der Orks liegen.

Einige Pfeile schlugen mit metallischem Klang an Deck. Zu zielen war bei dem Sturm unmöglich. Die Bogenschützen mußten blind in die Finsternis geschossen haben und dabei gehofft haben, daß es hin und wieder einen Glückstreffer geben könnte.

Eine ganze Reihe von Brandkugeln schlug entlang der Uferböschung ein. Diesmal hatten die Schiffsgeschütze zu kurz gezielt. Achteraus war lautes Rufen zu hören. Einer der schweren Flußkähne glitt knapp am Heck der *Widder* vorbei und lief auf die Sperrkette aus Baumstämmen auf.

Sanin fluchte. Diese elenden Süßwasserkapitäne schienen noch immer nicht begriffen zu haben, was hier vor sich ging. Wieder wurden Schreie laut. Ein weiteres Handelsschiff tauchte aus der Finsternis auf. Einen Augenblick lang stand Sanin die Schreckensvision vor Augen, wie ein Schiff nach dem anderen sich an der Sperrkette verfangen würde und sie sich gegenseitig manövrierunfähig machten.

»Hornist, zu mir!«

»Admiral!« Eine junge Frau kam auf das Kajütendach gestiegen.

»Gib Signal zum Ankern. Und stoß so mächtig wie du nur kannst in dein Horn.«

»Aye, Admiral!« Die Frau setzte das Horn an die Lippen, doch noch bevor sie den ersten Ton herausbrachte, war backbord ein lautes Krachen zu hören, gefolgt von dem Geräusch splitternden Holzes.

Schwach klangen Schreie und Flüche durch den Sturmwind. Die erste Havarie! Schwach klang das Signal der Hornistin in die Nacht.

Wieder glitt ein Schatten auf das Schiff zu.

Doch diesmal erklang ein Antwortsignal. Erleichtert hörte Sanin das Rattern einer Ankerkette.

Zumindest diese Gefahr war gebannt.

»Schießt, schießt! Haltet es auf!« tönte es vom tiefer gelegenen Deck, während man nun überall in der Finsternis das Klirren von Ankerketten hören konnte.

»Admiral, was ist das?« Die Geschützmeisterin hatte das Katapult verlassen und deutete mit ausgestrecktem Arm nach Osten.

Das Schneetreiben war lichter geworden, so daß man jetzt etwas deutlicher das Lager am Ufer erkennen konnte. Dort ging eine unheimliche Veränderung mit den Bränden vor sich. Die Feuersäulen wurden dünner und stiegen dafür immer höher in den Nachthimmel, um sich schließlich in einem einzigen Punkt weit über dem Lager zu vereinen. Dort entstand eine sich ständig verändernde, gespenstische Gestalt aus Feuer. Mal erschien sie wie ein flammender Hengst, dann ähnelte sie einem vielarmigen Menschen, und schließlich formte sich die Kreatur zu einem riesigen Vogel mit Flügeln wie feurige Kometenschweife.

Mit einem Mal erloschen alle Feuer im Lager der Orks. Nur der Vogel hoch am Himmel blieb bestehen und flog mit bedächtigen Flügelschlägen auf die *Widder* zu.

»Angrosch beschütze mich und lösche dieses unheilige Feuer«, betete die Geschützmeisterin.

Sanin hatte sich von seinem Sitz erhoben, klammerte sich mit der Rechten an der Reling fest und schlug mit der anderen Hand ein Schutzzeichen gegen böse Geister.

Im Feuerschein des riesigen Vogels war nun die Flotte in der Flußmündung zu sehen. Ein ganzer Wald von Masten, und noch immer kamen von Süden Schiffe nach. Mindestens zwanzig Lastkähne lagen im Moment genau unterhalb der Geschütze, die die Orks auf den Fluß ausgerichtet hatten. Wer immer sich diese Falle ausgedacht hatte, mußte ein fleischgewordener Dämon sein.

Wie ein Greifvogel, der seine Beute schlagen will, stürzte die Flammengestalt nun vom Himmel herab auf das Flaggschiff zu. Sanin warf sich auf den Boden. Einige Männer sprangen kreischend über Bord. Dann war der Feuervogel über ihnen. Die riesigen Schwingen schlossen das ganze Schiff in lodernde Flammen ein, doch noch bevor die erste Feuerzunge das Deck berührte, zuckte ein Gitterwerk bläulicher Blitze rund um das Schiff auf.

Die Flammengestalt stieß einen langanhaltenden Schrei aus, dann zog sie sich in den Himmel zurück, um erneut zu einem Sturzflug anzusetzen.

Sanin preßte sich die Hände auf die Ohren, während er voller Angst den zweiten Angriff erwartete.

Wieder stand das leuchtende Gitter rund um das Schiff, und der Feuervogel schien kleiner zu werden, während er flügelschlagend versuchte, den magischen Schutz zu durchbrechen. Und dann erloschen plötzlich die Blitze, und mit schrillem Kreischen senkte sich die Flammengestalt, die nun nur wenig größer als ein hochgewachsener Mann war, auf das Vordeck der *Widder*.

Fast im selben Augenblick entzündeten sich die Tonkrüge mit dem Hylailer Feuer, die dicht neben der schweren Rotze an Deck lagen. Flüssiges Feuer rann über das kupferne Deck. Seeleute wurden zu lebenden Fackeln und stolperten über Bord.

Als würden die Flammen ihm neue Kraft geben, begann der Vogel zu wachsen.

»Weiche von uns, lebende Lohe!« schrie ein Mann in dunkler Robe, der zum Bug des Schiffes rannte.

Sanin beugte sich über die Reling, um besser zu sehen, was geschah. Jetzt erkannte er den Mann. Es war Hakon, einer der neuen Magier, die am Morgen an Bord gegangen waren. Wo mochten seine Kameraden stecken?

Hakon hatte seinen Zauberstab über den Kopf erhoben und ließ ihn einmal um seine Achse rotieren. Für einen Moment schien die Feuergestalt verwirrt zu sein, dann schlug sie mit einem ihrer flammenden Flügel nach dem Zauberer. Doch bevor ihn das Feuer erreichte, zuckte ein Blitz auf, und der Vogel zog sich ein wenig zurück.

Sanin atmete auf. Sollte es möglich sein, daß ein einziger mutiger Mann diese Kreatur aufhalten konnte?

Der Vogel kauerte genau über dem Geschütz am Bug, das in lichten Flammen stand.

Der Admiral spürte die Hitze des Feuers bis zum Kajütendeck, und das obwohl er mehr als zehn Schritt von der Kreatur entfernt war. Auch die mit Kupferblech beschlagene Reling begann sich langsam zu erwärmen. Wenn nicht bald etwas geschah, würde das Schiff in Flammen aufgehen.

Inzwischen war die Feuergestalt weiter gewachsen. Mit weit ausgebreiteten Flügeln versuchte sie, Hakon zu umfangen. Rund um den Magier erschien wieder das Muster aus Blitzen, das ihn bisher geschützt hatte. Doch das blaue Leuchten wurde immer schwächer, bis es schließlich ganz von Flammen umfangen war.

Entsetzt wich Sanin von der Reling zurück. Durch das lange Stehen pochte die Wunde an seinem Bein.

Ein gellender Schrei ertönte vom Bug her.

Sanin stürzte. Verzweifelt versuchte er, weiter nach hinten zu kriechen und die Treppe zu erreichen, die vom Kajütendach auf die achtern gelegene Hälfte des Decks führte.

Roter Feuerschein fiel auf ihn und wurde auf unheimliche Art von den Kupferplatten des Schiffes zurückgeworfen.

Voller Angst blickte der Admiral über die Schulter. »Praios schütze mich! Praios schütze mich!« murmelte er unablässig. Die Flammengestalt erhob sich jetzt über den vorderen Teil des Kajütendachs. Ihre Schwingen streiften die letzten drei Tonkrüge mit Hylailer Feuer, die neben dem Katapult lagen.

Die Krüge glühten kurz auf und sprühten dann Feuerfontänen.

Immer höher wuchs der unheimliche Vogel in den Himmel. Sanin fühlte sich wie gelähmt. Seine Glieder gehorchten nicht mehr seinem Willen. Er wollte fort. Wollte die Treppe erreichen, sich ins Wasser stürzen. Leben! Doch alle Kraft war von ihm gewichen. Wie gebannt hob er seinen Kopf, um den gewaltigen Vogel zu betrachten.

Augen, hell wie das Praiosgestirn an einem Sommernachmittag, musterten ihn. Ein Blick, der ausreichte, Menschen zu Asche werden zu lassen. Sanin hatte das Gefühl, sein Innerstes habe Feuer gefangen. Nur ein Augenblick blieb ihm noch zu leben, dann würde eine Flamme aus seinem Körper schlagen und alles vernichten, was er war und einmal sein sollte.

»Praois schütze mich!« murmelte er noch einmal, dann gab er es auf, Widerstand zu leisten.

Doch er verbrannte nicht. Statt dessen stiegen rings um das Schiff Schlangenarme, lang wie Schiffsmasten aus dem dunklen Wasser.

Der Vogel stieß einen schrillen Schrei aus, und Wolken weißen Dampfes stiegen auf, wo die dunklen Arme sein glühendes Gefieder berührten. Wieder hallte ein gellender Schrei über das Wasser. Der Feuervogel versuchte, sich in die Luft zu erheben, doch von allen Seiten schlugen die mächtigen Arme auf ihn ein, und mit jedem Treffer verlor sein rotes Glühen an Kraft. Immer kleiner wurde die Feuergestalt, bis sie schließlich nur noch die Größe einer Taube hatte.

Verzweifelt versuchte der Vogel in den Himmel zu entkommen, so als verhieße ihm das ferne Licht der Sterne Sicherheit. Doch eine schäumende Fontäne erstickte auch den letzten Funken dieses unheimlichen Feuerwesens.

Sanin atmete erleichtert auf. Die gewaltigen Schlangenarme waren wieder verschwunden. Auf dem Fluß herrschte völlige Finsternis. Selbst die Signallampen auf der Rückseite der *Widder* waren verloschen. Nicht das geringste war zu erkennen. Nicht einmal die Reling, an der er sich jetzt wieder aufstützte, konnte Sanin sehen. Schritte kamen die Treppe hinauf. Dann schien jemand unmittelbar vor ihm stehen zu bleiben. Sanin rieb sich die Augen, doch durch das helle Feuer des Vogels war er geblendet.

»Alle Geschütze an Bord sind zerstört. Was sollen wir jetzt tun?« erklang die Stimme der Geschützmeisterin.

»Stütz mich, und hilf mir zu meinem Stuhl zurück«, entgegnete Sanin schwach.

Die Zwergin nahm ihn bei der Hand und führte ihn zu dem Lehnstuhl.

Noch immer konnte der Admiral nicht sehen. Ob er erblindet war? Hätte er der Feuergestalt nur nicht in die Augen gesehen!

»Bleib bei mir.« Sanin hielt die Geschützmeisterin noch immer am Ärmel. »Du mußt jetzt für mich sehen.«

»Aye, Admiral.«

Sanin war froh, daß die Zwergin keine Fragen stellte.

»Was geht auf dem Achterdeck vor sich? Ich höre dort Geräusche.«

»Wir haben Trossen um die Sperre im Fluß gezurrt und versuchen sie jetzt mit dem Kran über die Wasseroberfläche zu ziehen. Meine Männer stehen schon bereit, um die Barriere zu zerschlagen, sobald sie hochgehievt wird.«

»Und wie sieht es mit den anderen Schiffen aus?«

»Soweit ich erkennen kann, gibt es keine schweren Schäden. Hier auf der *Widder* haben wir mit Abstand am meisten abbekommen.«

»Gut, dann laß Signal geben, daß die beiden anderen gepanzerten Schiffe hierbleiben, um den Durchbruch zu decken. Wir werden an der Spitze des Konvois den Fluß hinauf segeln. Ohne Geschütze ist die *Widder* hier nutzlos.« Sanins letzte Worte klangen bitter. Ein Admiral, der nicht mehr sehen kann, nutzt niemandem etwas, dachte er bei sich.

Pfeifend zog ein Felsbrocken über das Kajütendach.

»Die Orks haben das Feuer wieder eröffnet«, kommentierte die Geschützmeisterin.

Vielleicht würde ihn ja noch vor Tagesanbruch ein Pfeil oder ein anderes Geschoß treffen. Dann würde er in die lange Reihe der kaiserlichen Admiräle eingehen, die im Gefecht den Heldentod gefunden hatten, und es bliebe ihm erspart, vom Dienst suspendiert zu werden und womöglich noch auf Jahre als Gefangener in einer Welt der Finsternis zu leben.

11

Lysandra schlug sich den Schnee aus den Kleidern und weckte ihre Gefährten. Es war bitterkalt und die Ausrüstung, die sie bei ihrem überstürzten Aufbruch mitgenommen hatten, reichte bei weitem nicht, um bei dieser Witterung im Freien zu übernachten. Der kleine Wald, in dem sie gelagert hatten, schützte zwar ein wenig vor dem Wind, doch war es hier nicht wärmer als in den Hügeln. Murrend erhoben sich die Männer und Frauen um sie herum aus dem Schnee.

»Laßt uns ein Feuer machen«, brummte der schwarzbärtige Movert, während er seine tauben Finger knetete. »Zwei Tage sind wir jetzt schon unterwegs, und nicht einmal haben wir uns aufwärmen können.«

»Du willst also die Schwarzpelze zu uns einladen!« versetzte Lysandra scharf. »Wahrscheinlich möchtest du erst gemütlich mit ihnen frühstücken und ihnen dann Xarvlesh ausliefern und ...«

»Er hat es nicht so gemeint«, unterbrach die blonde Perdia Lysandra.

»Ist das eine Verschwörung?« Die Amazone stand breitbeinig vor ihren Gefährten. In der Rechten hielt sie die unheimliche Waffe aus dem verschütteten Heiligtum unter der Stadt.

»Entweder ihr greift mich jetzt an, oder ihr sattelt die Pferde. Es ist an der Zeit, daß wir von hier fortkommen. Wir sind schon viel zu lange an einem Ort geblieben.«

Murrend begannen die neun Männer und Frauen ihre Reittiere zu versorgen. Lysandra kaute indessen auf einem Stück Trockenfleisch und behielt sie im Auge. Jede Rebellion würde sie im Keim ersticken. Die lange Zeit in Greifenfurt hatte ihrer Disziplin geschadet. Früher hatte es niemand je gewagt, einen Befehl von ihr in Frage zu stellen.

Unsicher schweifte Lysandras Blick über die Bäume am Rand der verborgenen Lichtung. Nichts war zu sehen. Nicht die große Gestalt, von der sie auch in dieser Nacht wieder geträumt hatte und auch sonst nichts. Außer dem unruhigen Schnauben der Pferde und dem unterdrückten Fluchen ihrer Leute war nur das Pfeifen des eisigen Windes zwischen den kahlen Ästen zu hören. Die Landschaft schien wie erstarrt. Der Schnee war zum Leichentuch geworden.

Lysandra hatte kein gutes Gefühl dabei, an der Spitze der kleinen Kolonne zu reiten. Ihre Freischärler waren Härten aller Art gewohnt, doch irgend etwas ging vor sich. Den ganzen Tag über tuschelten sie miteinander, um jedesmal, wenn sie näher kam, abrupt zu verstummen.

Gerade überquerte der kleine Trupp einen langgezogenen Hügel, als vor ihnen in der Ebene ein Dorf auftauchte. Mißtrauisch musterte die Amazone den dunklen Tannenwald auf dem Hügelkamm, dann spähte sie zum Dorf hinab. Nirgends war ein Lebenszeichen zu sehen. Nicht einmal Rauch stieg aus den Schornsteinen der verschneiten Hütten. Ob Orks in der Nähe waren? Lysandra zügelte ihr Pferd. Sie war sich sicher, daß man sie verfolgte. Aber wie nahe mochten die Schwarzröcke ihnen schon sein? Ihre Ponies würden in dem hohen Schnee nur schlecht vorankommen.

Wieder blickte die Amazone zum Dorf hinab. Vielleicht waren bereits andere Truppen informiert? Was wußte sie schon, welche Möglichkeiten einem Orkschamanen zur Verfügung standen. Womöglich wußten schon längst alle Schwarzröcke diesseits des Finsterkamms von ihrer Flucht gen Osten.

Die anderen Reiter hatten aufgeschlossen und hinter ihr einen weiten Halbkreis gebildet. Lysandra tastete nach der dunklen Keule, die von ihrem Sattelknauf hing. Dann zog sie ihren schweren Reitersäbel. Sie wollte die Waffe der Orks nicht im Kampf benutzen, wer mochte schon wissen, was geschah, wenn der Streitkolben mit Blut benetzt wurde. Er war dem Tairach geweiht gewesen. Lysandra versuchte, die Gedanken an die Waffe zu verdrängen.

»Wer meldet sich freiwillig, um das Dorf auszukundschaften?« Die Amazone blickte in die Runde. »Nun?«

Schweigen. Die Krieger wichen ihren Blicken aus.

»Na schön, dann werde ich also selber reiten. Ich hatte allerdings gedacht, daß ihr ein wenig begeistert sein würdet, wenn ihr ein warmes Quartier für die nächsten paar Stunden vor Augen habt.« Lysandra riß ihr Pferd herum.

»Halt«, rief Movert ihr nach. »Hast du denn das Zeichen im Schnee nicht gesehen?«

»Was?« Die Amazone zügelte ihren unruhigen Hengst.

»Das.« Der bärtige Krieger wies mit ausgestreckter Lanze den Hang hinab. Dort lagen auf einem kleinen Tuch eine Vogelkralle, Knochen und Amulette. Ein Lederband war wie ein Schutzkreis um das Tuch gelegt.

»Was ist das?« In der Stimme der Amazone schwang ein Zittern.

»Orkmagie!« erklang es vom Waldrand. Zwischen den Bäumen tauchte ein eigenartiger Mann auf. Eine Fellkrone mit den Hörnern eines Auerochsen schmückte sein Haupt. Er trug einen Umhang aus dunklem Fell über den Schultern, doch Brust und Arme waren nackt, so als würde ihm die klirrende Kälte nichts anhaben können.

Ein mit Amuletten und bunten Stoffbändchen geschmückter Gürtel hielt seine Hose zusammen. Die Füße des Fremden steckten in abgewetzten Stiefeln.

Langsam kam er vom Waldrand die Hügelflanke hinab. Er schien keine Angst vor ihnen zu haben.

»Wer bist du?« Lysandra hatte Schwierigkeiten, ihr unruhiges Pferd unter Kontrolle zu halten.

Der Mann grinste, und sein bärtiges, wettergegerbtes Gesicht wurde zu einer Maske, durchfurcht von Hunderten kleinen Fältchen. Obwohl sein Bart nicht ein einziges graues Haar zeigte, wirkte er plötzlich sehr alt.

»Was für eine philosophische Frage! Wer bin ich? Was bin ich? Die Antwort darauf suche ich selber schon ein Leben lang.«

»Bist du gekommen, um deine Späße mit uns zu treiben?«

Der Mann zuckte mit den Schultern. »Spaße ich?«

»Was ist das, was da im Schnee liegt?« Lysandra zeigte mit ihrem Säbel auf das Tuch.

»Kurz vor Morgengrauen hat ein Orkschamane hier mit den Geistern gesprochen.«

Lysandra spürte, wie sich sämtliche Härchen an ihrem Körper aufrichteten. Sie mußte wieder an die Gestalt aus ihren Träumen denken.

»Was hat er denn von den Geistern erfahren?« höhnte sie. »Vielleicht wo es ein halb verhungertes Rotbüschel zu jagen gibt?« Ihre Leute lachten. Doch es klang nicht wirklich fröhlich.

Wieder zuckte der Fremde mit den Schultern. »Ich weiß nicht, was er dabei erfahren hat. Es ist unhöflich, sich in so etwas einzumischen.«

»Du bist ja mehr auf Etikette bedacht als ein Garether Höfling. Das sollte man bei deinem Äußeren gar nicht vermuten. Wie heißt du eigentlich?«

»Meine Freunde nannten mich früher einmal Gutfolg, aber das ist lange her. Seit ich den Schneebringer verlassen habe, rede ich nur noch mit den Stimmen im Wind und den Tieren des Waldes.«

Robak, der Krieger mit den langen blonden Zöpfen lenkte sein Pferd dichter zur Amazone.

»Der Kerl ist verrückt. Laßt ihn in Ruhe!« raunte er leise.

Lysandra nickte fast unmerklich. »Nun, Meister Gutfolg, womit fristet Ihr denn Euer Leben?«

»Ich lebe von dem, was die Götter mir schenken. Und an den seltenen Tagen, an denen ich auf Menschen oder vernünftige Wesen stoße, sage ich ihnen, was sie nicht hören wollen.«

Der seltsame Mann hatte sich von der Amazone abgewandt und kniete neben dem Kreis im Schnee. Lysandra kam ein wenig näher und beäugte ihn mißtrauisch. »Und was wollen wir nicht hören?«

»Zum Beispiel, daß der Schamane, der hier war, keine Spuren im Schnee zurückgelassen hat.« Gutfolg hielt nun die ausgestreckte Hand über die Vogelkralle und schien sich auf etwas zu konzentrieren. Dann zog er scharf die Luft ein und zuckte zurück.

»Was habt ihr?«

Langsam richtete sich der Fremde aus dem Wald auf und drehte sich wieder um. »Eine Antwort, die Ihr nicht hören wollt.«

»Das müßt Ihr wohl mir überlassen.«

»Muß ich?«

Lysandra musterte die heruntergekommene Gestalt. Sein Blick war von unangenehmer Intensität. Ganz so, wie es manchmal die Augen Marcians waren.

»Ich glaube nicht, daß ich meinem Schicksal entgehen kann.« Lysandra sprach gemessen. »Warum sollte ich es also nicht schon im voraus kennen?«

»Weil Ihr dann die Hoffnung verlieren werdet.«

Lysandra schnaubte verächtlich. »Hoffnung ist der Traum derer, die den Tatsachen nicht ins Auge sehen können. Nun redet.«

»Wenn Ihr meint.« Der Fremde blickte sie ernst an. In

ihrem Rücken konnte sie das leise Tuscheln ihrer Krieger hören.

»Der Schamane hat heute morgen denjenigen Eurer Verfolger gerufen, der Euch am nächsten ist. Ich sah einen Mann, der ein Amulett aus Bronze um seinen Hals trägt. Die Orks nennen ihn Rrul'ghargop. In seinen Adern fließt das Blut von Menschen, Orks und Elfen. Noch niemals ist ihm eine Beute entkommen, denn er versteht es, nicht allein die Spuren in Wald und Ebene zu lesen, sondern er spricht auch mit dem Wind und den Geistern. Er ist Euch sehr nahe. Und er hat geschworen, Euer Herz zu essen, Lysandra. Doch ist dies noch der weniger schreckliche Verfolger. Ich habe auch einen ungewöhnlich großen Orkkrieger gesehen. Er konnte sich allerdings sofort wieder meiner Macht entziehen. Ich glaube, Ihr kennt ihn. Auch wenn er Euch nicht mit Schwert und Speer bekämpfen wird, so ist er doch noch viel gefährlicher als Rrul'ghargop. Auch er hat den Ruf des Schamanen heute morgen vernommen.«

»Nun, was Ihr mir da erzählt, ist nicht neu für mich.« Lysandra drehte sich im Sattel um und musterte ihre Leute. »Oder hat vielleicht einer von euch geglaubt, daß uns niemand verfolgen würde?«

Es kam keine Antwort. Die Gesichter der Männer und Frauen wirkten verschlossen, ja ängstlich.

Der Fremde war an die Amazone herangetreten. »Zeigt mir Eure Hand. Vielleicht kann ich Euch dann mehr über Euer Schicksal sagen.«

»Sind wir hier auf einem Jahrmarkt?« spottete Lysandra. »Seht Euch nur meine Hand an. Die Schwielen werden Euch verraten, daß ich es verstehe, ein Schwert zu führen und den Weg der Rondra gehe.« Die Amazone schob ihren Säbel wieder in die Scheide. Dann beugte sie sich im Sattel vor und hielt dem Fremden die Rechte hin.

Bedächtig strich Gutfolg mit seinen Fingerspitzen über die Linien in der Handfläche. Dann preßte er ihre Finger gegen seine Stirn und verharrte einen Augenblick.

»Und?«

»Ich habe viele Eurer möglichen Zukünfte gesehen«, murmelte Gutfolg leise. »Das Unglück wird Euch ein ebenso beständiger Begleiter sein, wie Euer Schatten. Egal, wie Ihr Euch entscheidet, Ihr werdet einsam sterben, und das, bevor der Schnee zu tauen beginnt.«

»Macht Euch davon, Ihr Unglücksprophet!« zischte die Amazone. »Bisher ist es mir noch immer gelungen, meine Feinde auf eine Schwertlänge Distanz zu halten«, rief sie so laut, daß es alle hören konnten. »Und jetzt folgt mir! Wir werden das Dorf umgehen. Wie ihr gehört habt, sind uns die Orks dicht auf den Fersen. Für eine Rast bleibt keine Zeit.«

Lysandra ließ ihr Pferd steigen und jagte dann in gestrecktem Galopp den Hang hinab.

Sie waren bislang nach Einbruch der Finsternis geritten, bevor sie erneut in einem kleinen Wald ihr Lager aufschlugen. Wider besseres Wissen hatte Lysandra ihren Leuten erlaubt, ein Feuer zu entfachen und ein warmes Essen zuzubereiten.

Die Amazone saß ein gutes Stück abseits des Feuers und musterte ihre Gefährten. Sie alle hatten sich eng um das Feuer geschart und tuschelten wieder miteinander. Was war nur mit ihnen geschehen? So hatten sie sich früher nie verhalten. Den ganzen Nachmittag hatte keiner ein Wort mit ihr gewechselt. Nicht einmal Movert, der sonst nicht mit seiner Meinung zurückgehalten hatte.

Unruhig musterte sie den dunklen Wald ringsherum. Lysandra lehnte mit dem Rücken gegen einen Baum. Von hinten könnte man sie nicht angreifen. – Was für ein Unsinn ihr durch den Kopf ging! Wer sollte sie schon angreifen?

Wieder musterte sie die zuckenden Schatten, die das Lagerfeuer auf die Bäume warf. Hatte sich dort drüben zwischen dem Unterholz etwas bewegt? Ein großgewachsener Mann schien dort zu stehen.

Lysandra tastete nach der Keule an ihrer Seite. Die Waffe war noch da. Einen Moment lang hatte sie befürchtet, er habe sie gestohlen. Jetzt war die Gestalt näher gekommen. Es war ein großer Ork. Der größte, den sie jemals gesehen hatte. Langsam trat er in den Lichtkreis des Lagerfeuers, doch die anderen schienen ihn nicht zu bemerken. Jetzt stand er direkt hinter dem blonden Robak.

Lysandra umklammerte den Griff des Streitkolbens. Sofort fühlte sie sich sicherer.

Doch was war das? Die Gestalt des Orks schien nun am selben Platz zu stehen, an dem auch Robak saß. Beide waren eins! Dann war der Ork plötzlich verschwunden.

War sie einer Sinnestäuschung erlegen?

Der blonde Krieger erhob sich und kam auf sie zu.

»Lysandra, die anderen haben mich geschickt, weil wir beide uns immer gut verstanden haben. Sie wollen ein paar Dinge wissen.«

»So?« Die Amazone hatte sich aufgerichtet und lehnte mit dem Rücken am Baumstamm. In der Rechten hielt sie den Streitkolben.

»Warum reiten wir seit drei Tagen nach Nordosten? Wären wir geradewegs nach Osten geritten, hätten wir heute kurz nach Einbruch der Finsternis Wehrheim erreicht und wären jetzt in Sicherheit.«

»So, wären wir das?« Lysandra musterte Robak. Diese Kreatur würde sie nicht täuschen. Sie wußte, wer hier in Wirklichkeit sprach. »Wenn wir nach Osten geritten wären, würde keiner von uns mehr leben. Wir hätten genau das getan, was die Schwarzpelze erwarten. Niemand von uns wäre in Wehrheim angekommen! Aber vielleicht ist es ja das, was du willst?«

Die Amazone lächelte. Dieser Orkgeist war geschickt. Er schaffte es sogar, Robak verblüfft aussehen zu lassen. Ganz so, als habe sie dem Krieger etwas unterstellt, woran er nicht im entferntesten gedacht hätte.

Robak räusperte sich. »Da ist noch etwas. Wir sollen diese Waffe doch nach Gareth in die Stadt des Lichtes bringen. Aber wir entfernen uns immer weiter von dort. Wir sind

Khezzara jetzt näher als Gareth. Wir alle machen uns Sorgen deshalb. Warum tust du das?«

»Nun, ich gebe zu, mein Plan ist vielleicht tollkühn, aber habe ich euch bisher nicht immer zum Sieg geführt?«

»Von welchem Plan sprichst du?«

»Wir werden an Trallop vorbei bis nach Festum reiten. Haben wir erst einmal das Herzogtum Weiden hinter uns gelassen, befinden wir uns auf sicherem Boden. In Festum werden wir uns dann einschiffen und nach Perricum segeln. Dort will ich die Keule im Tempel der Rondra niederlegen, denn sie wird diese Waffe besser schützen können als Praios.«

Robak schaute sie fassungslos an. Ob der Geist in ihm wußte, was sie in Wahrheit plante? Ob er wohl ihre Gedanken lesen konnte? Nein, wahrscheinlich nicht. Wüßte dieses Geschöpf, daß sie in Wirklichkeit zur Burg Yeshinna in den Drachensteinen wollte, dann würde es etwas unternehmen. Hatte sie erst einmal die Ordensburg der Amazonen erreicht, würde nichts und niemand sie daran hindern, die Waffe dort im Tempel der Rondra der Göttin zu opfern.

Dieser Plan war klug. Sie würde die Gunst der Löwin zurückgewinnen und hätte endlich die Schuld gesühnt, die sie auf sich geladen hatte, als sie tatenlos zusah, wie die Schwarzröcke ihre Gefährtinnen geschändet und dann ermordet hatten.

» ... sind aber der Meinung, daß ...« Robak schien schon eine ganze Weile mit ihr zu reden. »Hörst du mich, Lysandra?«

Seine Stimme gefiel ihr nicht. Er klang zornig.

»Wir haben immer gemeinsam besprochen, was wir tun. Wir sind freie Männer und Frauen, und wir werden uns nicht einfach deinem Willen beugen. Alle sind der Meinung, daß es besser ist, nach Süden zu reiten. Dein Plan, mitten im Winter die Wälder zwischen der Roten und der Schwarzen Sichel zu durchqueren, ist Wahnsinn. Jeder weiß, daß dort Oger und Goblins ihr Unwesen treiben, und wenn die uns nicht umbringen, werden wir erfrieren. Wir haben doch nicht einmal die nötige Ausrüstung, um eine lange Winterreise zu bestehen. Langsam fange ich an zu glauben, daß Movert recht hat, wenn er sagt, daß du verrückt geworden bist.«

»Verrückt nennst du mich? Dann geht doch alleine, wenn ihr glaubt, ich sei verrückt. Ich weiß sehr gut, welcher böse Geist eure Schritte lenkt.«

Robak machte einen Schritt auf sie zu. Lysandra konnte sehen, wie sich an seinem ganzen körper die Muskeln spannten. Gleich würde er sie angreifen. Er streckte seine linke Hand vor. Ein Ablenkungsmanöver!

»Gib mir die Keule, und wir werden gehen. Ich ...«

Mit einem Aufschrei sprang Lysandra vor. »Dir die Keule geben? Glaubst du, ich weiß nicht, wer du bist? Da könnte ich sie ja gleich Uigar Kai bringen!«

Lysandra spürte wie Xavlesh in ihrer Hand zuckte. Die Keule wollte zu dem Besessenen. Das würde sie verhindern! Diesmal hatte der Geist einen Fehler gemacht! Mit Schwung holte sie aus und zielte mit der mächtigen Waffe nach dem Kopf des Kriegers. Die Dornen, die aus dem Keulenkopf ragten, begannen rot zu glühen. Robak versuchte auszuweichen und riß gleichzeitig seine Arme zum Schutz hoch über den Kopf.

Doch Lysandra war schneller. Der gewaltige Schlag fegte die Hände beiseite und zertrümmerte dem blonden Krieger den Schädel. Lysandra konnte sehen, wie der Geist den toten Körper verließ und zu der Gruppe der Krieger am Feuer floh. Sie würde ihn nicht entkommen lassen!

Die anderen zogen ihre Waffen.

Mit einem gewaltigen Sprung setzte die Amazone über das Lagerfeuer hinweg, duckte sich unter einem Schwerthieb weg und schlug einem der Männer in den Unterleib.

Wo mochte der Geist stecken? Wieder parierte sie einen Schwerthieb. Dann sah sie, wie der Ork hinter Perdia Schutz suchte. Nein, er verschmolz mit ihr ... Sie mußte die Kriegerin erschlagen, bevor der Geist sie wieder verlassen konnte. Dann wäre der Unhold in ihrem toten Körper gefangen.

Mit einem fast lässigen Keulenschlag tötete sie einen Krieger, der ihr im Weg stand. Es war erstaunlich, wie leicht sich die große Waffe im Kampf führen ließ. Fast so, als würde sie von sich aus reagieren.

Perdia rannte zu den Pferden.

Ha, der Geist hatte gemerkt, was die Stunde geschlagen hatte. Er versuchte zu fliehen. Doch dann stolperte die Kriegerin über eine Baumwurzel. Einen Atemzug später hatte Lysandra sie erreicht.

»Nein!« ertönte hinter ihr eine schrille Stimme.

Aber nichts würde sie jetzt noch aufhalten. Lysandra hob den Streitkolben, der jetzt von einem fremdartigen, rötlichen Glühen umspielt wurde. Perdia versuchte ihr kriechend zu entkommen. Dann zuckte die Waffe herab. Mit dumpfen Krachen zerschmetterte sie den Brustpanzer der Kriegerin. Sie hörte, wie ihr die Rippen brachen. Blut quoll ihr aus Nase und Mund. Sieg! Lysandra atmete erleichtert auf. Endlich war dieses Nachtgeschöpf gebannt.

»Dafür sollst du sterben!«

Die Amazone drehte sich um. Dicht beim Feuer stand der schwarzbärtige Movert, und hinter ihm, direkt in den Flammen des Feuers, war der Geist zu erkennen.

Wie konnte das sein? Wie hatte er vor dem tödlichen Schlag entkommen können?

»Stirb, du Furie!« Movert hatte einen Bogen in der Hand. »Du bist nicht mehr unsere Anführerin!«

Lysandra war wie gelähmt. Warum wollte Movert sie töten? Sie hatte doch nur sich und ihre Gefährten vor dem Geist des Orks bewahren wollen.

Der Pfeil zischte durch die Luft. Ohne daß sie es wollte, zuckte ihr rechter Arm hoch und zitternd schlug der Pfeil in den Streitkolben.

Movert ließ die Waffe sinken. »Sie ist von Dämonen besessen. Habt ihr das gesehen? Kein Mensch kann das. Lysandra ist tot! Dort steht ein Dämon! Flieht!« Der Krieger warf den

Bogen zur Seite und rannte in den Wald. Die anderen folgten ihm.

Lysandra blickte sich um. Sie hatte drei ihrer Gefolgsleute erschlagen. Verfluchte Waffe! Was für einen unseligen Geist hast du heraufbeschworen?

Irgendwo ertönte ein Lachen.

Die Amazone duckte sich hinter eine Baumwurzel und blickte sich um. Niemand war zu sehen, und doch wurde das Lachen immer lauter. Dabei schien es ständig aus einer anderen Richtung zu kommen. Was war das nur?

»Hör auf, nach mir zu suchen«, höhnte die Stimme. »Ich bin in dir!«

Plötzlich erschien die Gestalt des hochgewachsenen Orks neben dem Lagerfeuer. »Hörst du mich, Lysandra?«

Die Amazone sprang auf und versuchte, ihm einen Schlag mit dem Streitkolben zu versetzen. Doch Xarvlesh fuhr ins Leere, und die Amazone stürzte in den Schnee.

»Gib auf, Menschenfrau. Du kannst nicht töten, was schon tot ist.«

»Wer bist du?« Lysandra hatte sich aufgeplagt und blickte sich um. Jetzt stand der Geist einige Schritte vom Feuer entfernt, direkt neben der Leiche Perdias.

»Mein Name würde dir nichts sagen. Ich bin der, der vor dir Xarvlesh besessen hat. Ein Hohepriester des Tairach und einst die Hoffnung meines Volkes, doch ich habe gefehlt, und nun muß ich büßen. Mein Name wurde von den Schamanen aus dem Gedächtnis meines Volkes getilgt. Nie wurde mir die Gnade zuteil, den Weg zu gehen, den andere tote Krieger nehmen. Ich bin verdammt, zwischen dem Reich der Lebenden und dem der Toten zu existieren, bis Xarvlesh wieder in den Händen eines Tairachpriesters liegt.«

»Das wird niemals geschehen.«

»Nein? Ich glaube, ich kenne deine Zukunft besser, Menschenfrau.« Eine Windböe ließ das Lagerfeuer auflodern. »Du kannst deinem Schicksal nicht mehr entkommen, Lysandra.«

»So? Wenn es in deiner Macht stünde, mir etwas anzutun, warum hast du Xarvlesh dann nicht schon an dich genommen. Du bist körperlos. Du hast keine Macht über die Lebenden!«

»Habe ich das nicht? Sieh dich doch um.«

Lysandra blickte auf die erstarrten Gestalten im Schnee. Seit zwei Jahren hatten sie zusammen gekämpft, und nun hatte sie ihnen den Tod gebracht.

»Siehst du, wie wenig Macht ich über die Lebenden habe? Du hast deine eigenen Gefährten erschlagen. Du bist ausgestoßen! Die, die entkommen sind, werden die Geschichte von deiner Besessenheit im ganzen Nordland verbreiten. Du wirst dich niemals mehr unter Menschen wagen können.«

Lysandra begann zu zittern. Die Worte des Geistes klangen überzeugend. »Und wie willst du verhindern, daß ich Xarvlesh in den Tempel eines meiner Götter bringe? Dort wird Tairach keine Macht mehr haben.«

Der Geist schien zu lächeln. »Das wird die Waffe selber zu verhindern wissen. Niemand, der sie in Händen hält, kann mehr einen Tempel betreten. Ja, er würde sogar jeden töten, der versucht, ihn dorthin zu bringen. Gib auf, Lysandra. Du wirst sterben, und mein Volk wird triumphieren. Bleib hier bei dem Feuer und warte. In ein paar Stunden wird Rrul'ghargop hier sein und dir einen schnellen Tod schenken.«

Diese Erscheinung versuchte, sie zu täuschen! Warum sonst sollte er versuchen, sie zu überreden, hier zu bleiben. Noch war nicht alles verloren. Sie mußte sich nur dazu aufraffen, von hier zu fliehen. Sie konnte ihm entkommen. Dessen war sie sich sicher.

Mühsam plagte die Amazone sich auf. Ihre Glieder schmerzten von der Kälte der Nacht.

»Wohin willst du? Willst du deine Qual noch etwas verlängern?«

Lysandra versuchte die Worte des Nachtgeschöpfes zu ignorieren. Sie nahm sich die Umhänge der Toten, plünderte die Satteltaschen und suchte sich geräuchertes Fleisch und trockenes Brot zusammen.

Die ganze Zeit über klang ihr die Stimme des Geistes in den Ohren. »Weißt du, was passieren wird, wenn du jetzt gehst und wenn es dir gelingt, Rrul'ghargop zu entkommen? Dann wird dich die Macht des Streitkolbens verändern. Am Ende wirst du nur äußerlich noch anders sein als ich. Xarvlesh ist nicht von dieser Welt, und diese Waffe besitzt Kräfte, die du dir nicht vorzustellen vermagst. Glaub mir, am Ende wirst du Tairach huldigen. Dann wirst du nach Khezzara reiten und vielleicht sogar Uigar Kai ermorden, aber nur, um dann seinen Platz einzunehmen. Vielleicht wird die Keule sogar dein Äußeres verändern, denn meine Brüder würden niemals eine Menschenfrau als Hohepriesterin dulden.«

»Schweig!« Lysandra versuchte, noch einmal nach dem Geist zu schlagen, doch wieder glitt die Waffe durch die Erscheinung hindurch, ohne den geringsten Schaden anzurichten.

»Mir kannst du nicht entkommen, und vor der Wahrheit kannst du nicht die Ohren verschließen. Meine Stimme ertönt in deinem Innern. Ich bin sogar dann bei dir, wenn du schläfst, und vermag deine Träume zu formen.«

Die Amazone begann ihr Pferd zu satteln. Leise murmelte sie ein Gebet zu Rondra, doch selbst das vermochte den Geist nicht zu bannen.

»Törichtes Menschenkind«, zischelte die Stimme. »Hast du dich noch nicht gefragt, warum du nach Nordosten reitest? Auch wenn du es nicht willst, wird dich dein Weg nach Khezzara führen. Hattest du Marcian nicht versprochen, die Waffe in die Stadt des Lichtes zu bringen? Und doch entfernst du dich mit jedem Schritt weiter von Gareth. Begreife endlich, daß dein Handeln nicht mehr deinem Willen unterliegt. Du bist in der Hand des Blutgottes, seit du Xarvlesh an dich genommen hast, und ganz egal wohin du reitest, du wirst ihm niemals mehr entkommen.«

»Ich glaube dir nicht!« Lysandra sprang in den Sattel und trieb ihren Hengst in den verschneiten Wald. Einen Augenblick war sie allein mit sich und dem Heulen des Windes im

Geäst. Silbrig glänzte das Licht des Madamals auf dem Schnee und wies ihr den Weg nach Norden.

Sie würde sich niemals beugen! Den Worten der Geistergestalt zu glauben, das hieße, aufgegeben zu haben. Sie würde widerstehen, auch wenn das die schwerste Prüfung ihres Lebens war. Doch am Ende würde sie die Gnade Rondras empfangen.

Kurz vor Morgengrauen fand Lysandra die Leiche Moverts. Er lag mitten auf einem weiten Feld. Ein Pfeil hatte ihn im Nacken getroffen. Das Blut, das aus der Wunde getreten war, war bereits gefroren.

Sie mußte sich im Wald verirrt haben, dachte Lysandra. Anders war es nicht zu erklären, daß Movert zu Fuß viel weiter gekommen war, als sie mit dem Pferd.

Von seinen Mördern war weit und breit nichts zu sehen. Doch hatte sie das Gefühl, daß sie ganz in der Nähe waren. Sie wurde gehetzt, wie ein Rudel Wölfe ihre Beute hetzten.

»Gib auf Lysandra«, erklang die Geisterstimme. »Wenn du jetzt aufgibst, hast du vielleicht noch das Glück, so zu sterben wie dein Kamerad. Entscheidest du dich, Xarvlesh zu behalten, wirst du eine von uns. Du solltest dich sehen. Das Blut deiner Gefährten klebt noch an deinen Kleidern. Die Menschen werden ihre Türen vor dir verschließen. Haß und Verzweiflung haben dein Gesicht entstellt.«

Lysandra stieg wieder auf ihr Pferd und versuchte der Stimme zu entkommen. Vergebens!

»Nimmst du dir dein Leben«, klang es in ihren Ohren, »bekommen deine Verfolger die Waffe. Es gibt keinen Ort hier in der Wildnis, wo du sie vor uns verstecken könntest. Rrul'ghargop würde Xarvlesh selbst vom Grund eines Sees holen.«

Es begann zu schneien. Gnadenlos hieb die Amazone dem Hengst ihre Sporen in die Flanken. Sie wollte fort. Weg von dieser Stimme. Ihre Verfolger hinter sich lassen. Allein sein.

12

Marcian lehnte an der Brüstung des Bergfrieds und blickte über die Stadt. Fast alles war an die Orks verlorengegangen. Nur die Bastionen um den Rondra-Tempel und das Quartier der Stadtwachen wurden noch verteidigt. Schon vor drei Tagen waren die meisten Bürger in die Garnison geflohen, doch obwohl die Festung des Markgrafen Shazar Platz für mehr als dreihundert Soldaten und Bedienstete bot, war sie jetzt hoffnungslos überbelegt. Mehr als tausend Männer und Frauen waren zwischen den Mauern eingepfercht. In der Stadt mochten vielleicht fünfhundert zurückgeblieben sein. Aber sie waren von der Garnison abgeschnitten. Lange würden sie den Orks nicht mehr standhalten.

Darrag führte das Kommando über die Kämpfer beim Rondra-Tempel.

Marcian versuchte zu erkennen, ob die Tempelmauern wieder bestürmt wurden. Doch schienen die Waffen im Moment noch zu ruhen. Überhaupt war es heute ruhiger als in den letzten drei Tagen. Ganz so als bereiteten die Orks etwas vor. Aber was?

Der Inquisitor ging an den beiden Wachtposten vorbei, um den Fluß hinab zu blicken. Seit Wochen warteten sie auf die Entsatzflotte. Ihre Lebensmittel reichten noch für ein paar Tage. Was sollte er tun, wenn das letzte trockene Brot verteilt war? Einfach aufgeben? Den Bürgern erklären, daß all ihre Verwandten und Freunde vergebens ihr Leben geopfert hatten? Vielleicht würden die Orks Gnade walten lassen, wenn er sich mit den letzten noch lebenden Offizieren stellte.

Doch das war Unsinn. Er brauchte nur auf die Straßen vor dem Tor der Garnison zu blicken, um zu sehen, was mit denen geschah, die den Schwarzpelzen in die Hände fielen. Gepfählt hatten sie die wenigen Gefangenen, die den Kampf in den Straßen der Stadt überlebt hatten. Männer, Frauen, Kinder, Greise. Sie machten keinen Unterschied mehr. Zu oft hatte er das Angebot abgelehnt, die Stadt zu übergeben. Jetzt würde es keinen ehrenhaften Abzug mehr geben, wie ihn Sharraz Garthai vor Monaten einmal angeboten hatte.

Die Orks wußten, daß sie gewinnen würden, und daß nur ein Wunder ihnen noch den Sieg nehmen konnte. Doch Wunder hatte es bislang für Greifenfurt nicht gegeben.

Mehr als eine Meile konnte er den Fluß hinab sehen, doch es tauchten keine Segel am Horizont auf.

Die Breite begann an den Ufern zuzufrieren. Jeden Tag wurde es kälter. Noch ein paar Frostnächte, und eines Morgens würde der Fluß ganz unter dem Eis verschwunden sein. Dann waren die Wassergräben kein Schutz mehr für die Garnison. Aber so lange würden sie ohnehin nicht mehr zu leben haben.

Marcian wandte sich um, öffnete die schwere Falltür und stieg die Wendeltreppe hinab, um Himgi zu besuchen. Die Therbuniten hatten sich an seinem Bein zu schaffen gemacht und noch ein Stück vom Knochen abgesägt. Danach hatte den Zwergenhauptmann ein schweres Fieber befallen.

Vielleicht sollte er Himgi seine Suppe schenken? Die Rationen der Kranken waren viel zu klein, um sie wieder auf die Beine zu bringen. Immer mehr starben jetzt schon an leichten Verletzungen. Der Hunger, die Krankheiten und dann auch noch eine Wunde, das war zuviel. Aber Himgi sollte leben!

»Warum wirst du mit deiner Arbeit nicht fertig, alter Mann?« Gamba spielte unruhig mit einem Lederriemen und beobachtete den Alchimisten, wie er Pulver mischte und dann in ein Faß mit einer übel stinkenden Flüssigkeit einrührte.

Angstvoll blickte der Alte zu ihm herüber. »Seit Sharraz verschwunden ist, hat niemand mehr mit ihm gesprochen.«

»Dafür bin ich jetzt hier, du feiger Hund. In Zukunft bekommst du deine Befehle von Uigar Kai und von mir. – Wir brauchen deine Kunst noch heute nacht. Also, wann wirst du fertig sein?«

Der Mann begann zu zittern. Der Mörser, den er in der Hand gehalten hatte, fiel ihm zu Boden.

»Was ist mit dir?« Gamba verlor langsam die Geduld. Wäre er nicht so wichtig, würde er dieses Promos aus dem Lager jagen.

»Es ... Es ist unmöglich ...« stotterte der Mann.

Gamba packte ihn am Kragen. »Warum?«

»Ich ... Ich hatte Sharraz gebeten noch ... etwas zu ...«, der Alte begann schnaufend nach Luft zu ringen, und Gamba ließ ihn wieder los.

Promos rieb sich den Hals.

»Es fehlt noch etwas. Sharraz wollte es besorgen lassen, aber es ist nie angekommen.«

»Reicht denn nicht, was du schon alles hier hast.« Gamba blickte sich in dem engen Zelt um. Überall stapelten sich Fäßchen mit seltsamen Schriftzeichen. Säcke mit Pulvern und Amphoren, denen ein eigenartiger Duft entstieg, machten es fast unmöglich sich hier noch zu bewegen. Allein der große Holztisch, an dem der Alte arbeitet und ein Lager aus Stroh und schmutzigen Decken waren nicht mit den merkwürdigen Zutaten zugestellt, die in den letzten Wochen aus allen Himmelsrichtungen im Lager eingetroffen waren.

Gamba überlegte, wie er Uigar Kai am besten beibrachte, daß sie die Wunderwaffe noch nicht erhalten würden. Die Flotte der Kaiserlichen hatte es geschafft, die Sperren und Stellungen an der Mündung der Breite zu überwinden. Jetzt kämpften sich die Schiffe den Strom hinauf und waren weniger als einen Tag von der Stadt entfernt.

Greifenfurt war kurz davor zu fallen. Wahrscheinlich würde es schon genügen, wenn man die Ankuft der Flotte noch zwei oder drei Tage hinauszögerte. Aber das einzige

Mittel, mit dem sie die Schiffe aufhalten konnten, war die wunderliche Tinktur an der der Alchimist arbeitete.

»Was fehlt denn noch?«

»Ich brauche ungereinigtes Ammoniasal. Alles andere ist hier. In den Säcken lagert pulverisierter Schwefel, aus den Quellen bei Gratenfels. In den Fässern da vorne verbirgt sich Salpeter. Fügt man diesen Salzen Wasser hinzu, entsteht eine gefährliche Säure. Dort, in den rot beschrifteten Amphoren habe ich seltene Baumharze von den Waldinseln. In den anderen Amphoren, die trotz der Wachssiegel einen so unangenehmen Geruch verbreiten, ist Terpenoleum abgefüllt. Eine kostbare Substanz, die aus dem Harz von Schwarzkiefern gewonnen wird. Das Terpenoleum ist der Hauptbestandteil des Gemischs, das ich für euch in ungeheurer Menge herstellen soll. Draußen auf einem Karren lagern noch einmal hundert weitere Amphoren. Es ist mir unbegreiflich, wie Sharraz Garthai das Terpenoleum auftreiben und nach hier bringen konnte. Alle anderen Ingredienzen müssen in Öl gelöst werden. Salpeter, Harze und Schwefel. Und alles muß in der richtigen Menge hinzugegeben werden! Doch ohne das Ammoniasal waren all unsere Mühen vergebens.«

Gamba maß den Alten mit mißtrauischen Blicken. Er selber verstand nicht viel von Alchimie. Es würde Promos leichtfallen, ihn zu belügen. Vermutlich ahnte er, was sie mit der kostbaren Waffe, die er ihnen verschaffen sollte, tun würden. Vielleicht wollte er sie nur hinhalten?

»Wie schnell wirst du fertig sein, wenn ich dir dein Ammoniasal verschaffe?«

»Vergiß nicht, daß es eine ungeheure Menge anzumischen gilt. Allein dafür werde ich zwei Tage brauchen.«

Wieder musterte der Druide den Alchimisten. Wenn er lügen sollte, würde sich das bald zeigen. »In dieser Nacht wirst du dein Salz bekommen. Solltest du dann nicht in zwei Tagen deine Arbeit vollendet haben, wird dir Übles widerfahren.«

Gamba wußte nicht, womit der Mann erpreßt wurde, also

blieb er mit seiner Drohung bewußt vage. Doch diese Rechnung schien aufzugehen, wie man unter Alchimisten und Astrologen sagte. Der Alte wirkte eingeschüchtert.

»Wir sehen uns diese Nacht!«

Gamba schlug die Plane des Lederzeltes zurück und trat ins Freie. Er brauchte nun Ruhe. Er würde in seinem Zelt versuchen, einen Dämon zu beschwören und ihm auftragen, das ungereinigte Ammoniasal zu beschaffen. Wäre er nur früher zu diesem Alchimisten gegangen! Jetzt wurde die Zeit knapp.

Vielleicht sollte er auch noch einmal Arjunoor herbeirufen, damit der Achtgehörnte einen Sturm heraufbeschwor, der die Flotte zwingen würde auf dem Fluß zu ankern oder sogar die Schiffe ans Ufer zu ziehen.

Aber es war gefährlich, sich mit diesem mächtigen Wesen einzulassen. Nur zu gut wußte Gamba, was geschehen konnte, wenn ihm auch nur der kleinste Fehler unterlief. Es reichte schon aus ein einziges Wort in der Beschwörungsformel falsch zu betonen, und der schlangenförmige Dämon mit dem Widderkopf würde ihn vernichten.

Das war auch der Grund, warum er in den letzten Wochen nicht mehr seine besonderen Fähigkeiten auf dem Gebiet der Dämonologie angewandt hatte. Es war einfach nicht wert gewesen, ein solches Risiko einzugehen, um Sharraz Garthai einen leichten Sieg zu verschaffen.

An diesem Morgen stand Marcian allein auf dem Bergfried. Er hatte die Wachen in den Turm geschickt und wollte seine Ruhe haben. Es war der zehnte Tag des Monats Firun. Ein Tag, der einmal in den Geschichtsbüchern des Kaiserreichs genannt werden würde. Die ganze Nacht über hatte er nicht schlafen können. Immer wieder hatte Marcian sich vorgeworfen, daß es seine Schuld sei, wenn diese Stadt zu Grunde ging. Daß er die Ursache für das hundertfache Sterben gewesen war.

Gestern, als er Himgi besuchte, hatte der Zwerg es abgelehnt, von ihm die Suppe anzunehmen. Der Hauptmann war blaß und völlig ausgezehrt gewesen. Er hätte das warme Essen bitter nötig gehabt, um wieder zu Kräften zu kommen. Doch der einzige Satz, den er in der Stunde gesprochen hatte, die Marcian an seinem Bett ausgeharrte, war: *Von dir nehme ich nichts mehr, falscher Freund.* Danach hatte sich der Zwerg umgedreht und nur noch die Wand hinter dem Bett angestarrt.

Es war zu Ende. Der Inquisitor blickte in den überfüllten Burghof. Überall brannten Feuer, auf denen armselige Wassersuppen köchelten. Die Leute wichen ihm aus, gleichgültig wohin er kam. Mehr als tausend Menschen umgaben ihn hier, und trotzdem war es, als wäre er allein. Cindira, für die er sein Leben geben würde, war mit Darrag, Gordonius und etlichen anderen in der Schanze beim Rondra-Tempel eingeschlossen.

Wie sehr hätte er in den letzten Stunden ihren Trost gebraucht! Ohne sie war er nicht mehr im Stande sich vorzustellen, was nach diesem Krieg sein würde.

Marcian stützte sich auf die Mauer und blickte im Zwielicht den Fluß hinab. Der Himmel war grau wie geschmolzenes Blei. Unter dem frisch gefallenen Schnee sah die Ruine der Bastion auf der anderen Flußseite fast malerisch aus. Dort waren Rialla, Gernot und all die anderen Rebellen, die er eigentlich begnadigen wollte, direkt unter seinen Augen gestorben, ohne daß er auch nur das geringste hatte tun können, um es zu verhindern. Die Orks hatten erst gestern ihre Truppen dort abgezogen. Vermutlich weil sie jeden Krieger bei dem bevorstehenden Sturmangriff auf die isolierten Widerstandsnester in der Stadt brauchten.

Eine große Schlacht würde das sicherlich nicht geben. Die Schwarzpelze hatten sogar darauf verzichtet, ihre Kriegstrommeln zu schlagen.

Wieder blickte Marcian nach Osten. Sein Entschluß stand fest. Sobald die Sonne aufging, würde er zum Lager der Orks gehen. Allein, ohne Begleitung. Er würde eine weiße Fahne tragen und verlangen, Sharraz Garthai zu sprechen.

Für einen Ork hatte er sich bisher ritterlich verhalten. Oft hatte Marcian in den letzten Tagen zu hören bekommen, wie gut es den Bürgern unter der Herrschaft des Generals ergangen war. Nun, sie sollten ihn wiederbekommen.

Marcian drehte sich um und schritt ans andere Ende der Turmplattform, um das Hauptlager der Schwarzröcke zu betrachten, aber durch den trüben Morgendunst konnte er nur das Glimmen einiger Wachfeuer erkennen.

Quer durch die verwüstete Stadt mußte er gehen, um zum Zelt des Orkgenerals zu gelangen. Von den prächtigen Bürgerhäusern am Platz der Sonne waren nur noch rußgeschwärzte Ruinen übergeblieben. Allein das Haus, in dem er Lancorian einquartiert hatte, war unversehrt geblieben. Natürlich hatte es der Magier mit seinen exotischen Freunden längst verlassen müssen. Gemeinsam mit Odalbert, Riedmar und Dyonsus pflegte er jetzt Verletzte und Kranke. Die bescheidenen magischen Kräfte, die sie besaßen, reichten nicht aus, um in dieser verzweifelten Lage eine Wende herbeizuführen. Sie konnten lediglich den Verwundeten Linderung verschaffen.

Auch Lancorian hatte er als Freund verloren, dachte Marcian bitter. Es war an der Zeit allem ein Ende zu machen. Über dem Lager der Orks begann sich der Himmel rot zu färben. Der Inquisitor blickte zu der weißen Fahne, die an der Brustwehr des Turms lehnte. Ein abgebrochener Speerschaft, an den ein zerrissenes Bettuch geknotet war.

Vielleicht würde Sharraz sich damit zufriedengeben, wenn er ihn bekam. Welchen Nutzen brachte es dem Ork schon, alle Bürger umzubringen, die sich hinter die Mauern der Garnison zurückgezogen hatten?

Marcian zog an dem Lederriemen, den er um den Hals trug, und zerrte die Greifenfeder unter seinem Brustpanzer hervor, die ihm Baron Dexter Memrod vor langen Monaten zum Abschied geschenkt hatte. Mattgoldene Einsprengsel schimmerten auf der braunen Flaumfeder. Dieser so unscheinbare Talisman hatte ihn vor den Angriffen des Vampirs gerettet. Doch auch diese kostbare Reliquie vermochte keine wunderbare Wendung herbeizuführen.

Der Greif war das Symbol der Macht des Kaiserreichs. Auch alle Inquisitoren trugen das Zeichen des Greifen auf ihren Siegelringen. Die mächtigen Fabeltiere standen für Gerechtigkeit und galten als Sendboten des Praios, doch wo waren sie jetzt? Sie würden den Untergang der Stadt bestimmt nicht verhindern. Vielleicht waren die Götter der Orks sogar mächtiger, als Praios und seine Brüder und Schwestern?

Wie konnte er es wagen so etwas zu denken? Das war Ketzerei! Ja, ein anderes Wort gab es dafür nicht. Marcian lächelte bitter. Ein Inquisitor, der sich der Ketzerei ergab. Wie weit war es mit ihm gekommen. Vielleicht war er ja der Grund dafür, daß keine Hilfe eintraf? Vielleicht strafte Praios ihn, weil er seinen Glauben verloren hatte?

Nun, es war vorbei. Er würde seinen Zweifeln und seinem Leben ein Ende setzen. Der Inquisitor griff nach der weißen Fahne und öffnete dann die Falltür, unter der die Treppe zum Turmplateau lag. Der Gedanke bald tot zu sein, war wie eine Befreiung. Alles erschien ihm plötzlich viel leichter. Der Morgenhimmel, die grauen Mauern des Bergfrieds, sogar die in Lumpen gehüllten Gestalten auf dem Hof, alles erstrahlte jetzt, wo er es ein letztes Mal betrachtete, in einer ganz eigenen, fast göttlichen Schönheit.

Vom Arsenalturm erklang ein Horn.

Dann war noch ein zweites Horn zu hören und laute Rufe.

Marcian ließ die Falltür wieder los und ging zur Brustwehr. Unten im Hof drängten die Menschen zu den Treppen, die zur Flußmauer führten. Überall auf den Zinnen standen Bürger und Soldaten, die ihre Mützen und Hüte schwenkten und dabei immer ausgelassener schrien.

Die aufgehende Sonne hatte die Dunstschwaden über dem Fluß in ein zartes Licht getaucht, und aus diesem Leuchten aus Rot und Gold tauchten Segel auf. Erst eines, dann zwei und dann waren mehr als ein Dutzend zu sehen.

Der Prinz hatte doch noch Wort gehalten. Der Entsatz rückte an. Es war geschafft! Die Belagerung war zu Ende.

Marcian fiel auf die Knie und betete zu Praios. Der Gott hatte ihn in der Stunde der größten Verzweiflung erhört! Es konnte kein Zufall sein, daß die Schiffe genau in diesem Augenblick erschienen waren. Jetzt, wo die Morgensonne das Land in die Farben des Praios tauchte. Fast konnte man meinen, die Flußkähne kämen direkt aus himmlischen Sphären, bemannt mit Sendboten des Gottes, um die finsteren Scharen des Sharraz Garhai zu vertreiben.

Im Burghof hatten einzelne Soldaten angefangen den Choral »O Praios, du Licht der Gerechtigkeit« zu singen. Immer mehr Menschen fielen ein, und immer lauter erklang der Lobgesang zum Himmel.

Marcian hatte sich wieder erhoben und blickte vom Turm herab. Was für ein Bild. Hunderte von Soldaten und Bürger drängten sich jetzt auf den Zinnen. Fast alle waren in schmutzige Lumpen gekleidet und von der monatelangen Belagerung ausgezehrt. Viele mußten einander stützen, weil sie zu schwach waren, sich noch aus eigener Kraft auf den Beinen zu halten, und doch wirkten sie im Morgenlicht feierlicher, als selbst die prächtige Tempelgarde in der Stadt des Lichtes.

Marcian hob die weiße Fahne auf und schleuderte sie in weitem Bogen in den Fluß. Endlich, endlich war alles vorbei.

Die Orks hatten gar nicht erst versucht, ihre Stellungen in der Stadt gegen die frischen Truppen zu verteidigen, die mit der Flotte gekommen waren. Kampflos zogen sie in ihre Lager zurück, und in Greifenfurt begann ein dreitägiges Fest. Überall wurde Fleisch auf den Straßen gebraten, und wohin man auch kam, roch es nach frischem Brot. Zum ersten Mal seit mehr als anderthalb Jahren waren auch wieder Priester in der Stadt. In Scharen strömten die Menschen in die Tempel, um den Göttern zu danken und den Worten der Geweihten zu lauschen.

Überall auf den Stadtmauern waren bunte Fahnen aufgesteckt worden. In den Straßen drängten sich Hunderte neuer Soldaten, ganze Regimenter aus dem Süden des Kaiserreichs, die noch in keiner Schlacht gegen die Schwarzpelze gestanden hatten, aber auch zusammengewürfelte Haufen aus Abenteurern, die dem Ruf zur Befreiung Greifenfurts gefolgt und aus allen Himmelsrichtungen nach Ferdok gekommen waren, um sich der Armee des Prinzen anzuschließen.

Die Flotte war viel zu groß gewesen, um im Hafen der Stadt Platz zu finden. Etliche Schiffe waren unter den Mauern der Garnison vertäut worden oder hatten in der Mitte des Flusses Anker geworfen. Überall waren Bordwachen zurückgelassen, und die Hornissen, mit denen man selbst den kleinsten Kahn der Flotte bestückt hatte, waren drohend auf die Stellungen der Orks gerichtet.

Doch die Schwarzröcke verhielten sich ruhig. Am Morgen des dritten Tages konnte man sogar beobachten, wie Wagen mit Fässern und Säcken das Hauptlager östlich der Stadt verließen und gen Norden fuhren. Manche sahen darin das erste Zeichen zur Aufgabe. Nicht mehr die Menschen waren es, die nun einen Angriff fürchten mußten. Mit Hilfe der frischen Truppen mochte es vielleicht gelingen, die Orks aus ihren Stellungen zu vertreiben.

Trotz all dieser guten Aussichten herrschte unter den Offizieren, und den neuen Hochgeweihten der Tempel, die sich am späten Nachmittag desselben Tages im großen Saal des Palas versammelt hatten, eine gedrückte Stimmung.

»«Wir werden spätestens übermorgen die Stadt verlassen müssen. Länger kann der Prinz mit den Truppen, die er zurückbehalten hat, die Landzunge an der Mündung der Breite nicht verteidigen. Vermutlich haben die Orks eine erdrückende Übermacht, und wenn es ihnen gelingt, den Fluß zu überschreiten, sitzen der Prinz und seine Ritter in der Falle.« Admiral Sanin war noch immer von seinen Verletzungen geschwächt und hatte sich, während er sprach, nicht von seinem Platz erhoben.

Eigens für diese Versammlung waren entlang der Wände des Ratssaals Stühle aufgestellt worden.

»Ich plädiere dafür, alle Verwundeten sowie Kinder und Greise aus der Stadt schaffen zu lassen. Wir wissen nicht, ob wir in den nächsten Tagen den Ring der Belagerung brechen können. Bislang gibt es jedenfalls keine sichere Versorgungslinie bis zum befreiten Reichsgebiet. Das heißt, es mag noch eine Weile dauern, bis die Belagerung tatsächlich zu Ende ist. Solange können wir es uns nicht leisten, unnütze Esser zu unterhalten. Um die Kranken und Schwachen kann man sich ohnehin besser in Ferdok kümmern.«

Die Rede des Hochgeweihten Anshelm wurde mit zustimmendem Raunen quittiert. Der kleine, untersetzte Mann hatte sich, nachdem der Flotte der Durchbruch durch die Flußsperre gelungen war, gemeinsam mit einigen anderen Geweihten und Offizieren in einem kleinen Ruderboot zu den gepanzerten Schiffen bringen lassen, die die Nachhut des Konvois bildeten.

Marcian paßte diese Wendung der Dinge gar nicht. Jedermann in der Stadt glaubte, der Krieg sei endlich vorbei und es könne nicht mehr lange dauern, bis die Orks ihr Lager aufgaben. Cindira, die neben ihm saß, flüsterte, daß er es nicht zulassen dürfe, daß die Bürger, die so lange tapfer gekämpft hatten, nun von den Soldaten des Prinzen aus ihrer Stadt vertrieben wurden.

Anshelm redete noch immer, doch Marcian hörte ihm nicht mehr zu. Mit dem Eintreffen der Flotte hatten sich die Machtverhältnisse in der Stadt verändert. Wenn Großadmiral Rateral Sanin, Markgraf zu Windhag, anführte, auf direkten Befehl des Prinzen zu handeln, dann durfte der Inquisitor ihm nicht widersprechen, auch wenn er durch eine kaiserliche Urkunde zum Befehlshaber Greifenfurts bis zur Befreiung bestimmt war. Würde man diese Formulierung spitzfindig auslegen, konnte man ihm schon jetzt die Befehlsgewalt streitig machen. Schließlich hatten sich die Orks zurückgezogen, und es sah nicht so aus, als würden sie noch einmal zu einer ernsthaften Gefahr werden.

Viel bedrohlicher erschien Marcian dieser Anshelm, der das Amt eines Hochgeweihten in Greifenfurt bekleiden sollte. Damit wäre Anshelm ihm an Macht gleichgestellt, ja, mochte ihn vielleicht sogar übertreffen, wenn er geschickt genug war. Sollte der Hochgeweihte intelligent genug sein, in der Stadt Erkundigungen über die vergangenen Monate einzuziehen, dann hätte Marcian wohl mit einem Inquisitionsprozeß zu rechnen, bei dem er der Ketzerei angeklagt würde.

Zum Glück wissen nur seine Agenten um die wirkliche Natur von Zerwas, dachte der Inquisitor. In der Stadt galt dieser Dämon noch immer als heldenhafter Verteidiger und vor allem als Sterblicher. Wenn Anshelm allerdings jemals herausfand, daß er gezwungen war, einen Pakt mit einem Vampir einzugehen, dann war sein Schicksal der Scheiterhaufen.

Marcian stützte sein Kinn auf die Hand und brütete finster vor sich hin. Er mußte die Wünsche der neuen Machthaber erfüllen. So mochte er vielleicht hinauszögern, daß sie nach Möglichkeiten suchten, ihn gänzlich aus seinen Ämtern zu entheben. Am liebsten würde er mit Cindira auf einem der Flußschiffe die Stadt verlassen. Doch er konnte nicht gehen. Er mußte darauf warten, daß er offiziell von seinen Aufgaben entbunden wurde. Sollte er von sich aus die Macht abgeben, würde man Nachforschungen anstellen. Niemand gab ohne Grund eine Machtposition auf!

Hoffentlich war der Krieg schnell zu Ende. Er war es müde, harte Entscheidungen zu treffen, und je länger er in der Nähe von Anshelm blieb, desto größer wurde die Wahrscheinlichkeit, daß ihn ein übles Schicksal ereilte. Fast war es lächerlich. Eine Komödie wie von einem dieser überdrehten Theaterleute aus dem Lieblichen Feld.

Er, Marcian, hatte seine erste Liebe geopfert, um der Inquisition treu zu dienen. Und nun war er selber auf dem Weg zum Scheiterhaufen. Er hatte sein Schicksal nur um einige Jahre verzögert. Hätte er sich für Jorinde entschieden, hätte er schon damals auf den Scheiterhaufen steigen müssen.

Vielleicht wäre das der bessere Weg gewesen? Zumindest hätte er ehrlicher gehandelt. Und war das nicht eine der obersten Verpflichtungen eines Inquisitors? Ehrlichkeit. Doch das Leben war zu kompliziert, um immer den graden Weg zu gehen. Es zwang einen zu Kompromissen und ...

»Wie steht Ihr dazu?« Anshelm blickte Marcian erwartungsvoll an, und auch alle anderen Augen ruhten auf ihm.

»Er will, daß du den Befehl zur Evakuierung gibst«, flüsterte Cindira ihm zu. »Sie möchten aus der Stadt eine große Garnison machen, bis der Krieg entschieden ist, und beharren darauf, daß alle Bürger gehen müssen, die nicht mehr zur Verteidigung beitragen können.«

»Mir scheint, der Herr Kommandant und Inquisitor war ein wenig abwesend.« Anshelm betrachtete ihn lauernd. Im Saal wurde es lauter. Die Bürger, die militärische Ämter bekleideten, begannen aufgeregt miteinander zu tuscheln.

»Oh, sollte ich hier etwa ein Geheimnis aufgedeckt haben? War denn nicht bekannt, daß Marcian nicht allein in Diensten des Prinzen steht, sondern auch das Amt eines Inquisitors bekleidet und zu den Vertrauten des Barons Dexter Nemrod zählt?« Der Hochgeweihte verbeugte sich tief. »Es tut mir aufrichtig leid, wenn ich hier unwissentlich ein Geheimnis enthüllt habe.«

Marcian schäumte innerlich vor Wut. Hätte er nur schon früher eingelenkt! Was mochte wohl noch alles kommen? Er mußte diesem hinterhältigen Spiel ein Ende setzen, und dazu gab es nur eine Weg.

»Nun, Erhabener, Ihr habt nur meinen eigenen Absichten vorausgegriffen, was die Aufdeckung dieses Amtes angeht. Da die Stadt offensichtlich friedlicheren Zeiten entgegengeht, ist eine Geheimhaltung meiner Ämter nicht mehr notwendig. Was aber die Evakuierung angeht, so bin ich nach reiflicher Überlegung Eurer Ansicht. Wenn es den Orks tatsächlich auch weiterhin gelingen sollte, die Belagerung aufrecht zu halten, dann ist es besser, wenn alle Schwachen und Verwundeten sich an einem sicheren Ort von den Strapazen der letzten Monate erholen können. Mir ist nur noch nicht ganz klar, wann es am geschicktesten ist, die Bürger darüber in Kenntnis zu setzen.«

»Natürlich umgehend!« Sanin spielte nervös mit den Fingern an den Armlehnen seines Stuhles. »Es wird mit jedem Tag kälter. Vielleicht friert der Fluß zu. Wenn die Flotte dann immer noch vor der Stadt liegt, brauchen die verdammten Schwarzpelze nur über das Eis spazieren, um sich ein Schiff nach dem anderen zu nehmen. Man stelle sich das einmal vor! Eine Flotte von Infanteristen überrannt! Ich möchte am liebsten schon morgen die Anker lichten. Alle Ladung ist gelöscht, und so schwer kann es ja nicht sein, ein paar Zivilisten einzuschiffen.«

»Gut, ich werde alles in die Wege leiten. Ich denke, damit ist es dann auch an der Zeit auseinanderzugehen.« Marcian blickte in die Runde. Einige der Männer und Frauen musterten ihn auf unangenehme Weise. Das war wirklich geschickt von Anshelm gewesen, ihn als Inquisitor zu entlarven. Die Bürger würden sich jetzt vielleicht auf Seiten des Geweihten schlagen. Aber woher konnte dieser kleine, so harmlos aussehende Mann wissen, daß er ein Inquisitor war? Käme Anshelm im Auftrag des Barons Dexter Nemrod, hätte er ihn mit Sicherheit nicht auf diese Weise entlarvt. Zumindest stand jetzt fest, daß es zwischen ihnen beiden zu einem Machtkampf kommen würde.

Marcian war allein in seinem Turmgemach. Cindira besuchte die kleine Tochter von Darrag, um sich von ihr zu verabschieden. Sie würde morgen zusammen mit allen anderen Kindern die Stadt verlassen.

Der Beschluß zur Evakuierung hatte für einigen Ärger gesorgt, ganz wie er es vorausgesehen hatte. Die Greifenfurter mochten nicht einsehen, warum sie nun in der Stunde der Rettung gehen sollten. Wieder einmal verfluchten sie ihn. Marcian, der grausame Tyrann, hieß es überall. Auch daß er Inquisitor war, schien schon die Runde gemacht zu haben. Nur darüber, daß er zunächst gegen die Ausweisung gewesen war, darüber sprach keiner. So war das Leben. Die Menschen kannten keine Gerechtigkeit. Allein Praios wußte um das, was in ihm vorging und was eigentlich seine Absicht war. Doch vielleicht hatte der Gott sich schon lange von ihm abgewandt? Verwunderlich wäre es nicht. Kannte Praios jede Intrige und jeden Verrat.

Marcian ließ den Kopf sinken. Er hatte immer nur das Beste gewollt, und doch verstrickte er sich immer tiefer in eine Schuld, die er nicht tragen mochte. Jetzt hatte er auch noch die Evakuierung aller Kranken, Gebrechlichen und Kinder angeordnet. Müttern stand es frei, ebenfalls zu gehen, um bei ihren Kindern zu sein. Doch jedem Mann, der noch eine Waffe tragen konnte, war es verboten, die Stadt zu verlassen.

Vielleicht rettete er so auch viele Leben. Das war der einzige Gedanke, der ihm im Augenblick Trost spendete. Sollten die Kämpfe um Greifenfurt noch einmal aufflammen, dann wären zumindest alle in Sicherheit, die morgen die Stadt verlassen würden.

Es klopfte. Marcian setzte sich aufrecht in den hohen Lehnstuhl und wartete. Zu seiner Überraschung trat Anshelm ein, der Mann, den er am wenigsten zu sehen wünschte.

»Was wollt Ihr, Erhabener?«

»Es ist mir unangenehm, Euch bei Eurer wohl verdienten Ruhe zu stören, nachdem Ihr eine so harte Maßnahme durchführen mußtet, aber ich habe ein sehr dringliches Anliegen.« Die Ironie in Anshelms Worten war unüberhörbar.

»Sprecht«, entgegnete Marcian kurz angebunden.

»Mir sind Dinge über Eure Gefährtin zu Ohren gekommen, die ich einfach nicht glauben kann. Da sie neben Euch an erhöhter Stelle sitzt, muß sie doch wohl von Adel sein, auch wenn sie nur eine Südländerin ist. Doch wißt Ihr, was man sich unter den Bürgern über sie erzählt? Ich vermag es kaum über mich zu bringen, diese verleumderischen Worte in den Mund zu nehmen.«

Marcian war sich nicht sicher, ob das nur ein Spiel des Hochgeweihten war oder ob er ernsthaft meinte, was er sagte.

»Ihr werdet Euch wohl Gewalt antun müssen und mir genauer erklären, was Ihr meint.«

»Nun ...« Anshelm zögerte einen Moment. »Die Bürger behaupten, Cindira sei eine Hure. Man sagt, sie habe sich für Geld in dem Etablissment eines gewissen Lancorian hingegeben, und angeblich hat sie sogar Unzucht mit den orkischen Besatzern getrieben. Wie kommt es, daß man so übel von ihr spricht? Und warum duldet Ihr das? Schließlich wird damit auch Euer Ansehen beschmutzt.«

»Es steht mir nicht zu, gegen die Wahrheit anzureden. Cindira hat tatsächlich in der *Fuchshöhle* gearbeitet.«

Für einen Moment schien Anshelm fassungslos. Dann brach es aus ihm heraus. »Wie ist es möglich, daß sich ein Mann Eures Ansehens mit einer Dirne abgibt. Ihr beschmutzt damit nicht nur Euch selber, sondern die ganze Geweihtenschaft. Nun wundert es mich nicht mehr, wenn Praios sein Antlitz von Greifenfurt abgewandt hat. Wie konntet Ihr so etwas tun? Wie kann man so pflichtvergessen sein?«

Der Geweihte steigerte sich immer mehr in seine Wut hinein. »Am liebsten würde ich Euch auf der Stelle verhaften lassen, Marcian. Wenn diese Schande ruchbar wird, wird man Euch in Gareth den Prozeß machen. Meiner Meinung nach gehört Ihr für den Rest Eures Lebens in eine Gebetzelle gesperrt, damit Ihr Zeit habt, über Gottesfurcht nachzudenken. Ist Euch denn niemals bewußt gewesen, was Ihr da tut?«

»Ich liebe Cindira und handelte nach meinem Gefühl. Für mich ist es nicht ehrenrührig, mit der Frau zu leben, der mein Herz gehört.«

»Ihr sprecht mit der Zunge von Dämonen, Bruder Marcian. Ihr wißt nicht, was Ihr da sagt. Natürlich ist gegen die

Liebe im Grunde nichts einzuwenden, auch wenn es mir fraglich erscheint, ob die Liebe zu Praios es erlaubt, mit einer Sterblichen geteilt zu werden. Sollte doch alle Hingabe des Geweihten seinem Amt dienen.«

»In diesem Punkt laßt Euch belehren, Anshelm. Auch wenn ich Inquisitor bin, so habe ich doch niemals das Amt eines Geweihten bekleidet.«

»Sehr ungewöhnlich ...« Der Hochgeweihte hatte den Kopf leicht schief gelegt und musterte Marcian. »Trotzdem halte ich es für schädlich, wenn Ihr bei einer Frau liegt, die sich diesen Tieren hingegeben hat. Findet Ihr das nicht auch abstoßend? Allein die Vorstellung, daß sich eine Frau freiwillig mit einem Ork einlassen könnte, erscheint mir ungeheuerlich.«

»Es sind noch weitaus ungeheuerlichere Dinge in dieser Stadt geschehen ...«

»Lenkt nicht ab, Marcian. Ich muß Euch sagen, daß ich über diese Enthüllungen zutiefst erschüttert bin. Meine Pflicht als Hochgeweihter der Stadt ist es, alle Verstöße gegen Sitte oder Natur strengstens zu ahnden. Nur so läßt sich die Moral der Bürger wieder herstellen. Wäre Frieden, würde ich Euch von meinen Tempelgardisten verhaften lassen und gemeinsam mit Eurer Buhle in Ketten nach Gareth schaffen, doch in Anbetracht Eurer besonderen Lage werde ich Gnade vor Recht ergehen lassen. Sorgt dafür, daß diese Cindira die Stadt verläßt, und wir werden diese Angelegenheit zumindest so lange ruhen lassen, bis Frieden herrscht.«

Einen Moment lang war Marcian versucht, nach seinem Schwert zu greifen. Was bildete sich dieser feiste, kleine Mann eigentlich ein? Was wußte er schon vom Krieg? Wahrscheinlich hatte dieser Anshelm bislang kaum die schützenden Mauern seines Tempels verlassen. Warum sollte er sich ihm fügen?

Doch wer würde ihm folgen, wenn er gegen den neuen Hochgeweihten aufbegehrte? Die Truppen, die mit den Schiffen gekommen waren, bestimmt nicht, und auch die Städter würden nicht auf seiner Seite stehen.

»Begreift Ihr nicht, was für ein großmütiges Angebot ich Euch mache?« Anshelm stand jetzt unmittelbar vor ihm. Kleine Tröpfchen Speichel trafen den Inquisitor ins Gesicht, während sich der Hochgeweihte ereiferte. »Schickt sie fort! Nur dann kann ich Euch beiden den Prozeß ersparen. Wenn sie nicht mehr aufzufinden ist, könnt nur Ihr ganz allein angeklagt werden, Marcian. Ich respektiere, was Ihr hier in den vergangenen Monaten geleistet habt. Kaum ein anderer hätte die Stadt so lange gegen die Orks halten können. Aber jetzt seid klug! Wenn Ihr diese Frau tatsächlich so sehr liebt, wie Ihr sagt, dann schickt sie fort. Nur so könnt Ihr wenigstens sie retten.«

Es war, als sei alle Kraft aus seinen Gliedern gewichen. Marcian konnte nicht mehr kämpfen. Anshelm hatte recht! Wenn der Hochgeweihte wirklich die Verbindung zwischen ihm und Cindira in Gareth zur Anklage bringen würde, dann stand das Urteil schon jetzt fest. Er mußte sich fügen. Seine Geliebte zu retten war der letzte Sieg, den er in diesem Krieg noch erringen konnte.

»Warum kämpfst du nicht um mich? Ich hatte gedacht, daß du mich liebst.« Cindira standen die Tränen in den Augen. Sie konnte kaum fassen, was er ihr gesagt hatte.

»Ich muß dich opfern, weil ich dich liebe, begreifst du das denn nicht?« Wie sollte er sie mit Argumenten überzeugen, die für ihn selber schal klangen? Marcian war verzweifelt. Ohne Cindira wollte er nicht mehr leben. Aber es ging nicht allein um ihn. Er durfte nicht auch noch sie ins Unglück stürzen.

»Was ist so falsch daran, wenn ein Inquisitor eine Frau liebt? Verlangt es dein Amt, daß du keine Liebe kennst?«

»Das ist nicht verboten, aber ...« Marcian wußte nicht, wie er ihr erklären sollte, was Anshelm ihm vorgehalten hatte, ohne sie zutiefst zu verletzen.

»Bin ich denn eine schlechtere Frau als irgendein Bürgermädchen?«

»Nein ... Bitte, glaube nicht, daß ich das denke, aber ...«

»Wie kannst du dann zulassen, daß dieser Hochgeweihte mich aus der Stadt treibt?«

»Wenn du nicht gehst, wird er dich in Ketten legen lassen. Was glaubst du denn, was er mit dir machen läßt? Sobald Frieden ist, wird er dich nach Gareth schaffen lassen. Dort habe ich viele Feinde, die nur auf eine solche Gelegenheit warten. Wenn man dich erst einmal der hochnotpeinlichen Befragung unterzieht, wirst du denen alles erzählen, was sie hören wollen.«

»Du meinst, ich werde gefoltert? Warum?«

»Weil sie dich zu dem Werkzeug machen wollen, mit dem sie mich vernichten. Selbst wenn das nicht in der Absicht von Anshelm liegt. Bist du erst einmal in den Verliesen der Inquisition, ist unser beider Schicksal besiegelt.«

Cindira blickte ihn fassungslos an. »Ich kann verstehen, daß man dich aus den Reihen der Inquisition verstoßen wird, weil dein Umgang mit mir nicht dem Bild eines Inquisitors entspricht. Aber was habe ich getan, daß man uns beide mit dem Tod bedroht?«

Marcian nahm sie in die Arme und streichelte ihr sanft durchs Haar. Nur mühsam gelang es ihm die Fassung zu bewahren. »Gar nichts hast du getan. Aber man wird dir vorwerfen, daß du dich mit den Orks eingelassen hast. Sie werden behaupten, daß du eine Spionin der Schwarzpelze seist. Vielleicht wird man auch sagen, daß du vom Liebesdämon Laraan besessen bist, weil keine menschliche Frau sich freiwillig einem Ork hingeben würde. Auch in diesem Fall wird unser beider Urteil der Tod sein, denn ein Inquisitor, der sich einer von Dämonen Besessenen hingegeben hat, ist untragbar.«

»Aber das ist doch alles nicht wahr. Das weißt du doch!« Cindira klammerte sich an ihn.

»Natürlich weiß ich das ... Aber sie werden dich mißbrauchen, um mich zu vernichten. Glaub mir!«

»Und wenn ich stark bleibe und alles leugne. Müssen sie mich dann nicht gehen lassen?«

Marcian lächelte zynisch. »Nein. Dann werden sie sagen, daß nur eine Besessene so stark sein kann, der Folter zu widerstehen, und du wirst dennoch sterben.«

Cindira begann zu schluchzen. »Ich will dich nicht verlieren ...« Ihre Hände verkrampften sich.

»Du wirst mich nicht verlieren! Verlaß die Stadt und geh nach Süden. Ich werde dich wiederfinden, wenn das hier alles vorbei ist. Man hat mich gelehrt, Leute und Dinge zu finden, die nicht gefunden werden wollen. Wie leicht wird es mir dann erst fallen, die Spur meiner Geliebten aufzunehmen.«

»Ich habe Angst. Ich will dich nicht verlassen. Ich habe das Gefühl, daß wir beide uns nie wiedersehen werden, wenn ich der Stadt den Rücken kehre.«

»Du brauchst dich nicht zu fürchten.« Marcians Hände glitten über ihre langen Haare. »Ich werde meinen Dienst bei der Inquisition aufgeben.«

»Du lügst!« Cindira stieß ihn von sich.

»Nein! Glaub mir. Ich werde den Greifenring ablegen und nur noch für dich da sein.«

»Du weißt, daß sie dich nicht gehen lassen. Wenn sie deinen Kopf fallen sehen wollen, dann wirst du ihnen nicht entkommen. Du lügst, damit ich mich rette.«

»Vertrau mir ...« Marcian hatte ihre Hand gegriffen. »Ich schwöre dir bei Praios, daß ich für dich zum Verräter werde. Bevor nicht die letzte Schlacht geschlagen ist, wird man mir nichts tun. Ich werde im Schlachtgetümmel fliehen. Man wird mich dann für tot halten ...«

»Wirklich?« Cindira standen noch immer Tränen in den Augen.

Statt einer Antwort küßte er sie. »Laß uns diese Nacht nicht streiten. Wir werden uns so lange nicht mehr sehen.«

»Mach das Feuer im Kamin an. Mir ist kalt, ganz so, als spürte ich den eisigen Atem Borons.«

»Was redest du für einen Unsinn!« Marcian warf einige Scheite in die Glut, doch wurde es kaum wärmer in dem großen Turmzimmer.

Als er sich umdrehte, konnte er sehen wie Cindira betete. Sie bemerkte seinen Blick, erhob sich und schaute ihn traurig an. Dann ließ sie ihr Kleid zu Boden gleiten und streckte ihm die Hand entgegen. »Komm!«

13

Arthag hatte den ganzen Abend getrunken. Er verstand nicht, was in der Stadt vor sich ging. Warum wurden die Bürger gegen ihren Willen fortgebracht? Warum riß man Familien auseinander?

Überall hörte er, wie Marcians Name verflucht wurde. Warum mußte das geschehen? Hatten sie denn nicht gewonnen? Die Orks hatten sich doch aus der eroberten Stadt zurückgezogen, ohne daß es auch nur einen Schwertstreichs bedurft hätte. Was konnte denn dieser jämmerliche Haufen vor den Stadttoren noch tun?

Arthag wollte Antwort auf diese Fragen, und er wußte auch, wo er sie bekommen würde. Seit der Nacht vor Nyrillas Tod war er nicht mehr bei ihm gewesen. Als der Platz in der Burg so knapp wurde, daß man selbst in den Kerkern Flüchtlinge untergebracht hatte, war Uriens in eine kleine Kammer im Frauenturm geschafft worden. Angeblich schlief er tagelang, um in wachem Zustand zu schreien, als seien ihm Dämonen auf den Fersen.

Der Zwerg blieb stehen und lauschte. Nichts rührte sich auf der Treppe im Turm. Die Kammer, in der Uriens gefangen war, hatte man mit einem schweren Balken verriegelt. Dafür gab es kein Schloß. Niemand war so verrückt, sich freiwillig mit dem Wahnsinnigen einzulassen. Wozu hätte man da ein Schloß gebraucht?

Arthas kam das sehr entgegen. Mühelos stemmte er den schweren Schließbalken beiseite. Dann hob er den tönernen Krug auf, den er mitgebracht hatte. Seit die Befreier in der

Stadt waren, gab es wenigstens wieder etwas zu trinken. Der starke Wein würde ihm jetzt zugute kommen. So wollte er die Zunge des Propheten lösen. Arthag horchte. Aber es war nicht das geringste in der Turmkammer zu hören. Dann öffnete er die Tür einen Spalt breit und schlüpfte hinein.

Uriens lag zusammengekauert in einem kleinen Bett. Es stank. In der Ecke stand ein Kübel, auf dem er wohl erst vor kurzem seine Notdurft verrichtet hatte.

Arthag trat vor und schüttelte den Wahnsinnigen sanft.

Uriens stöhnte. Dann drehte er sich um und blickte den Zwergen mit leeren Augen an.

»Was ...« murmelte er leise.

»Trink!« Arthag drückte dem Verrückten den Weinkrug in die Hände.

Ohne weitere Fragen setzte er den Krug an die Lippen und nahm einen langen Zug. Dann gab er ihn dem Zwerg zurück.

»Na, das war doch wohl noch nicht alles«, brummte Arthag.

»Nicht trinken ... Will nichts sehen ...« Uriens streckte seine Hände weit von sich und zog eine Grimasse.

»Du bist doch ein Mann, oder? So'n guter Wein hat noch keinem geschadet.« Der Zwerg kletterte auf das Bett und packte den Uriens.

»Böse Bilder ... jagen mich ... machen mich tot.« Uriens begann mit Händen und Füßen zu strampeln, und es kostete Arthag alle Kraft, ihn festzuhalten und ihm den Krug wieder an den Mund zu setzen.

»Nicht ...« Die Stimme des Irren klang halb erstickt. »Bitte ...«

»Unsinn. Das tut doch nicht weh.« Arthag war ein wenig schwindelig. Er hatte an diesem Abend mehr als nur einen Krug Wein getrunken, und jetzt wollte er wissen, was die Zukunft brachte. Wollte wissen, was in dieser Stadt vor sich ging und warum man sich trotz des eindeutigen Sieges so verhielt, als sei jede Stunde mit einem neuen Angriff der Orks zu rechnen. Ihm reichte dieser Krieg. Er hatte ihn schon zu viel gekostet. Arthag wollte nur noch, daß ihm jemand sagte, daß Frieden sei. Dann würde er den verdammten Greifenring zurückgeben und nie mehr etwas mit Menschen zu schaffen haben.

»Trink.«

Uriens leistete fast keinen Widerstand mehr. Der schwere Wein floß aus den Mundwinkeln in Sturzbächen über seine Brust. Erst als der Krug geleert war, gab sich Arthag zufrieden. Er ließ den Propheten los, der kraftlos zurücksank. Unartikulierte Laute kamen über seine Lippen. Ein Flüstern, wie von weit her.

Der Zwerg hatte das unbestimmte Gefühl, einen Fehler gemacht zu haben. Es schien kälter zu werden in der kleinen Kammer. Am liebsten würde er weglaufen, doch seine kurzen Beine gehorchten ihm nicht mehr.

Nein, er mußte nun durchstehen, was er begonnen hatte. »Was wird die Zukunft bringen? fragte er mit zitternder Stimme. »Wann wird Frieden sein?«

Es war totenstill in der Kammer. Nur das Heulen des Windes um die Turmspitzen der Garnison war zu hören. Und dann mischte sich langsam ein anderer Ton dazu. Wie fernes Donnern. Ja, es klang wie Schnee, der von den Bergen stürzt und alles zerschmettert.

Unruhig blickte sich Arthag um. Was mochte der Quell dieses unheimlichen Geräuschs sein? Er war ganz allein mit Uriens. Der Irre hatte den Mund weit aufgerissen und verharrte bewegungslos auf seinem Bett.

Sollte es der Rausch sein, der ihn narrte? Hatte er zuviel getrunken? Arthag fühlte sich immer unwohler.

»Vor dem Eis kommt das Feuer
und wird des Schiffers Heuer.«

Uriens hatte gesprochen, ohne die Lippen zu bewegen. Dem Zwerg kam es fast so vor, als sei der weit geöffnete Mund des verstümmelten Mannes wie der Eingang einer Grotte, aus deren Tiefe eine Stimme erklang. War es vielleicht gar Satinav selbst, der zu ihm sprach? Der verfluchte Frevler und Herr der Zeit.

»Was wird mit uns geschehen? Wann kehre ich in die Koschberge zurück? Wann wird endlich wieder Frieden sein?«

Statt einer Antwort wurde das Donnergrollen lauter. Er mußte der Ungewißheit entrinnen, oder er würde wahnsinnig werden!

Arthag packte den blinden Propheten am Kragen und schüttelte ihn. »Sprich! Antworte mir. Du weißt, was sein wird. Öffne dein inneres Auge, sieh in die Zukunft. Führe mich ...«

Ein Zittern durchlief Uriens. Mit einer Kraft, die er dem gebrechlichen Mann nicht zugetraut hätte, stieß er den Zwerg vom Bett. Dann umklammerte der Prophet mit beiden Händen seinen Kopf.

»Nein ...« Der Schrei ließ die Kammer erbeben. Das Gesicht des Wahnsinnigen war zu einer Grimasse des Schreckens geworden. Wieder schrie er mit gellender Stimme. »Weicht von mir! Ich will nicht sehen ... Geh weg, Verdammter.«

Dann änderte die Stimme des Propheten ihre Tonlage, und wieder klang es, als spräche jemand in weiter Ferne. Arthag hatte die Vision einer lichtlosen, riesigen Grotte, tief in Sumus Leib. Das Bild eines Schiffes verschwamm mit dem Dunkel der Höhle.

»Sieh die Zeichen, dessen, der kommt von Osten!
Wehe, wenn das Vergangene nach der Zukunft greift,
denn höre, finster ist das, was im Finstren reift.
Und ...«

Die Stimme war immer lauter geworden, wie das Tosen eines Sturmwindes klang sie jetzt in Arthags Ohren, um plötzlich abzubrechen, so, als habe jemand die Pforten geschlossen, aus denen ein Wissen emporquoll, das noch hinter den Schleiern der Zukunft verborgen bleiben sollte. Statt dessen tanzten nun Runen vor Arthags Augen. Verschlungene Schriftzeichen, an die er sich vage erinnerte. Er hatte sie in Xorlosch gesehen. Es waren Runen, deren Bedeutung er nicht verstanden hatte.

Jetzt schienen sie ihm mit einem unheimlichen Leben erfüllt zu sein. Wie kleine Dämonen tanzten sie vor seinen Augen, versuchten seinen Verstand auf einen Weg zu lokken, den er nicht beschreiten durfte. Dazwischen erschien unscharf das Bild von Uriens, der immer wieder mit dem Kopf gegen die Wand schlug.

»Laß mich nicht sehen! Verschließe das Auge …« rief der Prophet, und seine Stimme verklang zu schrillem Geschrei.

Und wieder tanzten die Runen vor Arthags Augen. Diesmal schien sie eine kleine Gestalt anzuführen. Eine Figur, die ihre Hände hoch über den Kopf erhoben hatte und in blutroter Farbe gemalt war. Er mußte sie fangen, um diesen Spuk ein Ende zu bereiten.

Alrik blickte gedankenverloren auf die Schiffe, die sich unter ihm sanft in der Strömung der Breite wiegten. Andra lag in seiner Kammer und schlief, doch er konnte in dieser Nacht keine Ruhe finden. Was war nur mit der Stadt geschehen? Ihm schien es, als habe ein unseliger Geist von Greifenfurt Besitz ergriffen. Ob das damit zusammenhängen mochte, daß Marcian die versiegelte Kultkammer tief unter der Stadt hatte öffnen lassen?

Der Anblick der Bürger, die jetzt Glombo Brohm folgten, hatte den jungen Offizier erschreckt. Selbst jetzt, wo wieder reichlich Lebensmittel vorhanden waren, lehnten sie es ab, mehr als nur das Nötigste zu essen. Und statt Wein tranken sie das eisige Wasser des Flusses. Noch immer zogen sie Tag für Tag in nie enden wollender Prozession durch die Stadt und riefen den Namen des Praios. Ihre nackten Rücken waren zerfurcht von den Wunden, die sie sich selbst geschlagen hatten, und ihre Kleider waren klebrig vom Blut. Waren sie in den Händen von Tairach? Hatte der Blutgott sie zu dieser bizarren Form von Frömmigkeit verführt?

Ein Schrei schreckte Alrik aus seinen Gedanken auf. Unten im Hof konnte er Wachen auf einen der Ecktürme zurennen sehen. Ein Überfall?

Alrik riß sein Schwert aus der Scheide und rannte die steile Treppe hinab, die vom Wehrgang zum Hof führte.

Als er endlich den Turm erreichte, bildeten die Männer und Frauen der Nachtwache wortlos eine Gasse, um ihn durchzulassen. Durch die weit geöffnete Tür konnte er in jene Turmkammer blicken, in der man Uriens eingekerkert hatte.

Über seinem Bett war ein großer Blutfleck an der grauen Wand. Der Irre lag mit zerschmettertem Schädel zwischen den zerwühlten Decken seines Nachtlagers. Und vor dem Bett hockte sein Mörder.

Arthag!

Doch der Zwerg schien sie nicht zu sehen. Angespannt verfolgte er etwas Unsichtbares in der Luft. Warf seinen Kopf hin und her, wie eine junge Katze, die eine Fliege jagt. Dann schnappte er mit der Faust in die Luft und murmelte: »Du entkommst mir nicht. Ich werde dich vernichten.«

Alrik fröstelte es. Es war offensichtlich, daß der Wahnsinn Greifenfurt regierte. Das mußte auch der Grund sein, warum die Orks sich zurückgezogen hatten. Es wäre nicht mehr nötig, Krieg zu führen. Die Stadt und ihre Bürger würden sich selber vernichten, so wie Arthag den Propheten in seinem Wahn ermordet hatte, würden sich über kurz oder lang alle gegenseitig an die Kehle gehen.

Aber er würde dagegen angehen. Er durfte sich nur nicht treiben lassen. Er durfte sich nicht aufgeben!

Der junge Oberst versuchte sich gegen das abzuschirmen,

was er sah. Pflichterfüllung, das sollte sein Schild sein. Er würde sich dem Wahnsinn um ihn herum nicht öffnen.

»Schafft den Toten aus der Kammer!« befahl er mit gepreßter Stimme. »Dann entwaffnet den Zwerg und sperrt ihn an Stelle von Uriens hier ein.«

14

Marcian hatte das Dach des Palas erklommen, um zuzusehen, wie die letzten Schiffe den kleinen Hafen der Stadt verließen. Noch am Morgen hatte er mit Cindira gestritten, denn über Nacht war es ihr in den Sinn gekommen, doch lieber in der Stadt zu bleiben. Sie wolle sich verstecken, hatte sie ihm vorgesponnen. Es hatte ihn seine ganze Überredungskunst gekostet, sie dazu zu bringen, doch noch an Bord eines der Schiffe zu gehen.

»Ich gehe nur, weil es dein Wunsch ist«, waren ihre letzten Worte an ihn gewesen.

Marcian hatte einen Kloß im Hals, als er zu dem Schiff blickte, das nun am Ende des langen Konvois den Fluß hinabglitt. Cindira stand am Heck und blickte zur Stadt zurück. Ein dichter Pelzumhang lag um ihre Schultern, und ihr langes, schwarzes Haar flatterte schimmernd wie Rabenflügel im Wind.

Rahja allein wußte, wie schwer es ihm gefallen war, sich von ihr zu trennen. Bis zuletzt hatte sein Herz dagegen rebelliert. Wie gerne wäre er auf ihren Vorschlag eingegangen, sie bei sich zu behalten. Aber sie wäre in die Hände der Inquisition gefallen, wäre sie noch in der Stadt gewesen, wenn Greifenfurt befreit wurde. Nein, es reichte, wenn ihn allein dieses Schicksal ereilte. Er hatte ihr alles Gold gegeben, daß er besaß. Sie solle ihnen beiden damit ein Heim schaffen, hatte er ihr gesagt.

Marcian schluckte. Würde er sie jemals wiedersehen?

»Jorinde, ich liebe dich! Bald sind wir wieder zusammen!« erklang eine dunkle Männerstimme.

Der Inquisitor zuckte zusammen. Welcher Dämon quälte ihn da? Wer kannte Jorinde, die er einst verraten hatte? Seine erste große Liebe …

Neben ihm stand Darrag und winkte mit beiden Armen. Doch welch bösen Streich spielte er ihm? Warum blickte er zu Cindira und rief Jorindes Namen? Und das jetzt, wo sie Abschied nahmen …

Marcian packte den Schmied grob am Arm. »Was für ein Spiel treibst du mit mir?« Die Zornesröte war dem Inquisitor ins Gesicht gestiegen.

Darrag blickte ihn fassungslos an. »Was meinst du?«

»Woher kennst du diesen Namen?«

Darrag riß sich los. »Ich nehme Abschied von meiner Tochter«, brummte er böse. »Sie steht dort unten auf dem Schiff, wie du es befohlen hast. Sieh doch hinab. Sie steht genau neben Cindira.«

Marcian klammerte sich an die Brüstung. Ihm war schwindelig. Welch seltsamen Weg nahm sein Schicksal? Jorinde und Cindira vereint … Jetzt erst bemerkte er das kleine Mädchen. Cindira hatte es auf ihre Arme genommen, damit es besser sehen konnte. Jorinde winkte ihm zu.

Marcian hatte nie nach dem Namen von Darrags Tochter gefragt. Er hatte nach gar keinem Namen mehr in den letzten Monaten gefragt. Er wollte die Toten nicht kennen. Es reichte, die vertrauten Gesichter zu sehen. Er hatte nicht auch noch die Namen derer wissen wollen, die im Siechenhaus gestorben waren.

Der Inquisitor atmete tief ein. Er durfte diesen Gedanken keinen Raum lassen. Er mußte in diesem Augenblick leben und alles Vergangene hinter sich lassen.

In der Nacht war frischer Schnee gefallen und kleidete die Hügellandschaft entlang des Flusses in ein strahlend weißes Gewand. Der Himmel war klar. Nicht eine Wolke stand am Himmel, und doch trieben dunkle Schatten mit dem Wasser. An einigen Stellen waren schwarze Flecken an den Ufern zu sehen: Unrat, den der Fluß aus dem Norden mit sich gebracht hatte. Die vereisten Uferstreifen zeigten an, wie das Hochwasser langsam zurückging. Gleich flachen Dächern standen dünne Eisschollen von der Böschung ab, während der Wasserpegel schon um einen halben Schritt tiefer gesunken war.

Marcian hob den Arm und winkte. Der Südwind fegte ihm ins Gesicht. Obwohl das Praiosgestirn hoch am Himmel stand, war es eisig kalt.

Keines der Schiffe hatte Segel gesetzt. Schwerfällig trieben die Lastkähne mit der Strömung. Immer mehr dunkle Flecken glitten den Strom hinab. Die kleinen Wellen trieben ihr Spiel mit ihnen, zogen sie in die Länge, rissen sie auseinander oder fügten verschiedene Flecken wieder zusammen. Der ganze Fluß schien damit bedeckt zu sein, und die Strömung trieb sie zwischen den Schiffen hindurch. Ein würziger Duft lag in der Luft. Was mochte das sein? Irgendwie war Marcian der Geruch vertraut, doch wußte er nicht zu sagen woher.

»Jorinde!« Noch immer stand Darrag winkend neben ihm. Überall auf den Zinnen der Garnison, im Hafen und auf der Stadtmauer standen Menschen zusammengedrängt, um Abschied zu nehmen.

Marcians Finger spielten nervös mit dem prächtigen Horn an seinem Gürtel. Wie gern würde er hineinstoßen und sich gemeinsam mit Cindira in den Süden wünschen. Doch was hatte Scraan gesagt, als er ihm das Horn als Lechdan überließ? *Selbstlos muß dein Anliegen sein. Nutzt du das Horn allein zu deinem Vorteil, werde ich mich gegen dich wenden.*

Was war schon selbstlos? Wenn er sich wünschen würde, daß der Krieg beendet sei, so entsprach dies seinem innigsten Bedürfnis, also würde es nicht geschehen. Auch wenn er wünschte, die Schiffe seien in Sicherheit, wäre das nicht selbstlos. Was wohl geschehen mochte, wenn er einen solchen Wunsch aussprach?

Was für törichter Unsinn!

Marcian versuchte, die Gedanken an das Horn zu verdrängen und blickte über das weite Land jenseits des Flusses. Wie ein erschlagenes Ungeheuer ragte die schwarze Ruine der verlorenen Bastion empor.

Plötzlich erhob sich nicht weit vom Turm eine Gestalt aus dem Schnee. Dann folgte eine zweite ... und noch eine ... Binnen weniger Atemzüge waren mehr als hundert Orks durch die unberührte Schneedecke gestoßen. Sie hatten sich unter Decken und Fellen verborgen, über Nacht einschneien lassen.

»Los an das Geschütz!« schrie Marcian die Wachsoldaten auf dem Dach an.

Auch auf den Schiffen war Alarm gegeben worden. Krieger eilten zu den Hornissen, die auf den Bordwänden befestigt waren, um das Ufer zu beschießen.

Marcian schirmte die Augen mit der Hand ab, um besser sehen zu können, was vor sich ging.

Etliche Schwarzpelze machten sich an kleinen Tongefäßen zu schaffen. Andere zogen Sehnen auf ihre Bögen.

»Feuertöpfe ...« Darrags Stimme klang tonlos. »Was, im Namen der Götter, hat das zu bedeuten?«

Schon stiegen die ersten Pfeile in den Himmel. Doch alle Geschosse verfehlten ihr Ziel. Nicht ein Schiff schien getroffen zu sein. Wie war es möglich, daß sie so große Ziele verfehlten? Oder wollten sie vielleicht gar nicht die Schiffe treffen?

Mehr und mehr Brandpfeile schwirrten durch die Luft, und dann geschah das Unfaßbare. Das Wasser des Flusses begann zu brennen. Zuerst war es nur ein kleiner Flammenreis, der gleich einer schwimmenden Insel über die Breite trieb, doch dann stiegen immer mehr Feuer aus den Fluten des Flusses.

Die dunklen Flecken ... Der vertraute Geruch. Hylailer Feuer! Marcian war, als hielte man ihm mit eiserner Faust die Kehle zu. Das konnte nicht wahr sein! Das durfte nicht wahr sein!

Überall auf den Mauern erklang Geschrei. Die Flammen hatten nach einem der Schiffe gegriffen. Vom Wind angefacht erfaßte das Feuer die Takelage. Brennende Taue und Segelfetzen fielen an Deck. Etliche Inseln aus glühender Lohe lagen rings um den Rumpf und bestürmten das Schiff wie Belagerer eine Festung.

Wie konnte das sein? Woher hatten die Orks Hylailer Feuer? Das mußte ein Alptraum sein. Marcian konnte nicht glauben, was sich vor seinen Augen abspielte.

Mehr und mehr Schiffe wurden von dem treibenden Feuer erfaßt.

Verzweifelte Schreie gellten über das Wasser. Immer noch schickten die Orks Salve auf Salve in den Himmel, und Dutzende neuer Brände stiegen aus der Breite empor, bis der Fluß schließlich unter wogenden Flammen zu verschwinden schien. Dichte Schwaden aus weißem Rauch trieben über dem Wasser und verhüllten den Blick auf das, was sich weiter südlich abspielte.

Auch Cindiras Schiff war schon von Flammen umringt. Der Kapitän mußte den Befehl zum Wenden gegeben haben. Steuerbord stemmten sich alle Ruderer in die Riemen und langsam schwang der Bug herum gegen die Strömung.

Es schien, als versuchten sie den Hafen zu erreichen. Doch jeder Kampf gegen das Feuer war aussichtslos. Die Flammen krochen die langen, hölzernen Riemen entlang und nagten an den rußgeschwärzten Bordwänden.

Das Schiff war gerade weit genug gekommen, so daß Marcian sehen konnte, was an Bord vor sich ging.

»Jorinde! Jorinde! Bitte nicht, du bist alles, was ich noch habe.« Darrag schlug mit seinen riesigen Fäusten auf die steinerne Brustwehr. »Bitte Efferd, verlösche dieses unheilige Feuer. Bitte ...«

Marcian war wie versteinert. Da fiel ihm wieder das Horn ein. Unsicher tastete er nach seinem Gürtel und ließ die Finger über die Reliefs auf den goldenen Schmuckbändern gleiten. Er mußte den Greifen rufen. Allein er mochte die Macht besitzen, ein hundertfaches Sterben zu verhindern.

Der Inquisitor riß das Horn von seinem Gürtel und wollte

es an seine Lippen setzen, als eine innere Stimme ihn warnte.

»Tu das nicht, du forderst Dinge, die nicht in meiner Macht liegen!«

Warum? Marcian bebte vor Wut und Verzweiflung. »Warum kannst du nicht tun, was Hunderte so sehr herbeisehnen? Bitte, lösche die Flammen, und wenn dein Preis für diese Tat mein Leben ist, so will ich mich von dieser Mauer stürzen. Doch rette die Schiffe. Bitte ...«

Marcian bekam keine Antwort. Wütend schleuderte er das Horn beiseite, so daß es quer über das Flachdach des Palas schlitterte. Welcher grausame Gott verspottete ihn? Warum mußte sich sein Schicksal auf so schreckliche Weise wiederholen? Warum war es ihm noch einmal bestimmt, seine Geliebte im Feuer sterben zu sehen, ohne daß er auch nur das geringste zu ihrer Rettung tun konnte?

Der Mast von Cindiras Schiff, das jetzt wenig mehr als hundert Schritt von den Stadtmauern entfernt war, brannte wie eine Fackel. Männer, Frauen und Kinder sprangen über Bord. Doch das ließ sie nur einen schnelleren Tod finden.

Marcian konnte sehen, wie Cindira auf das langgestreckte Kajütendach floh. Sie hielt Darrags kleine Tochter in den Armen. Verzweifelt lief sie auf und ab, suchte Schutz vor den Flammen, doch es gab keinen Fluchtweg. Schließlich begann sie zu taumeln und sank auf die Knie. Den Kopf hoch erhoben blickte sie zur Stadtmauer empor. Sie mußte ihn sehen können. Mit der Rechten preßte sie noch immer Jorinde an sich. Das Mädchen rührte sich nicht mehr und lag wie leblos in Cindiras Arm. Die beiden waren völlig allein auf dem Kajütendach. Alle anderen hatten sich entweder ins Wasser gestürzt oder lagen tot auf dem tiefer gelegenen Deck. Cindira wurde jetzt von Hustenkrämpfen geschüttelte. Mit letzter Kraft hob sie ihren Arm und winkte ihm noch einmal ...

Dann stürzte die Rah vom Mast, und seine Geliebte verschwand hinter einer Wand aus Flammen.

Marcian fühlte sich wie tot. Er konnte zwar noch sehen

und hören, was um ihn geschah, doch war er unfähig, auf irgend etwas zu reagieren.

»Nein! Nein. Ich werde dich holen.« Darrag war auf die Zinnen der Mauer geklettert.

»Packt ihn«, erklang irgendwo eine Stimme. »So haltet ihn doch fest, Kommandant.«

Marcian aber rührte sich nicht.

Der Schmied wollte in den Fluß springen. Im letzten Moment griffen ihn die Soldaten, die das Geschütz bedient hatten, bei den Beinen und zerrten ihn von der Mauer. Darrag schlug wie ein Besessener um sich. Fünf Krieger hatten Mühe, ihn im Zaum zu halten.

»Ich muß mein Kind holen. Laßt mich los ihr verdammten Bastarde. Jorinde! Ich ...«

Einer der Männer schlug den Schmied mit einer Keule nieder. Dann trugen sie ihn hinab in den Palas.

Noch immer starrte Marcian auf das brennende Schiff. *Ich gehe nur, weil es dein Wunsch ist.* Das waren Cindiras letzte Worte gewesen. Er hatte sie in den Tod geschickt. Er ganz allein! Warum hatte er nicht auf sie gehört?

Wieder hatte er sich dem Willen der Inquisition gefügt und der Frau, die er liebte, den Tod gebracht. Warum war ihm nicht die Kraft gegeben gewesen, gegen Anshelm aufzubegehren?

»Seht nur. Dort im Rauch.«

Rings umher hoben die Leute die Köpfe zum Himmel. Hoch über ihnen zeichnete sich eine Gestalt im Rauch ab. Eine große flügelbewehrte Kreatur.

»Ein Dämon!« erklang ein Ruf aus der Menge.

»Tu das nicht, du forderst Dinge, die nicht in meiner Macht liegen«, erklang eine höhnische Stimme in Marcians Kopf. »Hast du den Glauben an deinen Gott verloren?«

Jedes Wort traf den Inquisitor wie ein Schlag. »Nein«, murmelte er erst leise, und dann schrie er es laut hinaus. »Nein!«

Nicht der Greif hatte zu ihm gesprochen, als er in das Horn stoßen wollte, sondern Zerwas.

»So ist es!« Wie Donner hallten die Worte des Vampirs in

ihm und zerrten an seinem Verstand. »Ich hoffe, du weißt, warum das hier geschieht!« Der Vampir kreiste nun hoch über dem Palas. »Erinnerst du dich noch an Sartassa? Glaube mir, ich weiß sehr gut, was du jetzt fühlst. Doch wie sagen die Geweihten: Alles Böse, das du tust, fällt eines Tages auf dich zurück.«

Der Inquisitior trat von der Mauerbrüstung zurück und griff nach seinem Schwert. Er wollte das nicht hören!

»Das Licht deines Gottes hat Sartassa zu Asche verbrannt, weil du mich verraten hast. Du hast ihren Tod gewollt und den all der anderen Vampire, die ich erschaffen habe, um dir zu helfen, doch du hast mich hintergangen.«

»Schweig!«

»Nein, mich kannst du nicht zum Schweigen bringen. Du sollst wissen, daß Cindira gestorben ist, weil du Sartassa ermordet hast. Was glaubst du, wer den Orks das Hylailer Feuer gebracht hat?«

Marcian riß sein Schwert aus der Scheide. »Komm herunter und kämpf mit mir!«

»Du willst deine Demütigung vollkommen machen?« Zerwas flog einen weiten Bogen und schoß dann geradewegs auf das Dach des Palas hinab. Mit weit ausgebreiteten Flügeln landete er auf dem Flachdach, wenige Schritte von Marcian entfernt. Eine Gestalt von furchteinflößender Erhabenheit. Seine Haut war dunkelrot und schimmerte leicht, so als sei sie mit Öl eingerieben.

In seiner Dämonengestalt war der Vampir mehr als zwei Schritt groß und überragte den Inquisitor. Mit einer geschmeidigen Bewegung zog Zerwas das lange Schwert, das von einem kunstvollen Geflecht aus Lederriemen zwischen den Flügeln auf dem Rücken gehalten wurde. In blinder Panik rannten Krieger und Bürger von dem großen Steindach, stiegen durch Bodenluken in den Palas hinab oder flüchteten sich auf die angrenzenden Wehrgänge. Ganz allein standen sich die beiden auf dem verschneiten Dach gegenüber.

Außer Marcian hatte niemand hören können, was der

Vampir gesprochen hatte. Doch allen war klar, daß er in irgendeinem Zusammenhang mit dem Feuer auf dem Fluß stehen mußte, und jeder hatte hören können, wie der Inquisitor die dämonische Gestalt zum Kampf gefordert hatte.

»Laß es uns zu Ende bringen«, murmelte Marcian grimmig. Dann machte er einen überraschenden Ausfallschritt und versuchte dem Vampir sein Schwert in die Brust zu stoßen. Doch Zerwas wich mit tänzerischer Eleganz aus und schlug dem Inquisitior mit der flachen Seite seines Schwertes auf den Rücken, so daß er nach Luft ringend gegen die Zinnen taumelte.

Zerwas war ihm in jeder Hinsicht überlegen, dachte Marcian, während er sich erneut dem Vampir zuwandte. Dieser Kampf würde nicht lange dauern.

»Richtig!« erklang es in seinem Inneren.

Marcian erschrak. Er hatte völlig vergessen, daß Zerwas in dieser Erscheinung jeden seiner Gedanken lesen konnte. So wußte der Vampir um jeden Schlag, den er führen würde, noch bevor er auch nur ausgeholt hatte.

Der Inquisitor zögerte mit seinem Angriff. Lauernd umkreiste er Zerwas.

»Hast du dir nicht einmal gewünscht, das Schicksal deiner Geliebten zu teilen«, höhnte der Vampir. »Ich denke, du solltest nicht durch das Schwert fallen.«

Doch wie um seine Worte Lügen zu strafen, führte der Vampir einen Schwerthieb nach seiner Brust. Marcian konnte den Schlag im letzten Moment auffangen. Funkenstiebend krachten die Schwerter aufeinander. Die Wucht des Hiebes lähmte den Schwertarm des Inquisitors. Kaum war er noch in der Lage, seine Waffe zu halten. Ob Zerwas das beabsichtigte?

Erneut holte der Vampir zu einem mächtigen Schwerthieb aus. Wie ein schwarzer Blitz kam die dämonische Klinge auf ihn zugesaust. Marcian duckte sich, um der Attacke auszuweichen. Gleichzeitig schlug er sich selber mit der Linken auf seinen gepanzerten Schwertarm. Noch immer war sein rechter Arm taub vor Schmerzen.

Immer wieder wich Marcian den Attacken des Vampirs aus. Gleich hätte Zerwas ihn in die Ecke gedrängt. Nur noch wenige Schritt nach hinten, dann konnte er nicht weiter zurückweichen. Dann stand er mit dem Rücken gegen die Zinnen, und unter ihm lag der flammende Fluß.

Es mußte etwas geschehen! Aber er durfte nicht darüber nachdenken! Jeder Gedanke würde ihn verraten. Es gab keine Möglichkeit mehr, Zerwas zu entkommen. Es sei denn, er stürzte sich dem Vampir in die Klinge. So hätte er sein Ende wenigstens noch selber bestimmt. Mit gellendem Schrei stürmte er vor.

Der Vampir hatte auch diesen Angriff vorausgesehen. Mit einem kraftvollen Flügelschlag erhob er sich in die Luft und landete nicht einmal einen Atemzug später in Marcians Rükken. Gleichzeitig führte er einen Hieb mit der flachen Seite seiner Waffe gegen den weit vorgestreckten Schwertarm Marcians.

Der Schmerz raubte dem Inquisitor fast die Sinne. Er ließ die Waffe fallen und ging in die Knie. Lichtblitze tanzten vor seinen Augen. Er versuchte verzweifelt den Schmerz zu unterdrücken und nicht das Bewußtsein zu verlieren. Da traf ihn noch ein Hieb in den Rücken und warf ihn flach zu Boden.

Blut quoll aus seinem Mund. Stöhnend versuchte er sich umzudrehen, doch es gelang ihm nur den Kopf zu wenden. Zerwas hatte seinen Fuß auf seinen Rücken gestellt und sein mächtiges Schwert hoch in die Luft erhoben. Dann stieß der Vampir einen markerschütternden Schrei aus.

Für einen Moment wurde Marcian schwarz vor Augen. Als er wieder zu sich kam, hatte Zerwas ihn hochgehoben und schritt auf die Zinnen zu. Der Vampir wollte ihn in den brennenden Fluß werfen!

»Weiche von uns, Dämon und fürchte den Zorn des Praios«, erklang eine vertraute Stimme. Ein Schlag schien Zerwas getroffen zu haben. Der Vampir stöhnte und drehte sich dann um.

Einen Moment später konnte Marcian erkennen, wer es

wagte, den schrecklichen Schwertdämonen anzugreifen. Anshelm, der Hochgeweihte, stand mit einem goldschimmernden Praioszepter vor Zerwas. Er schien nicht die mindeste Angst zu haben. Auch Oberst von Blautann und seine Gefährtin standen mit gezückten Schwertern auf dem Dach.

Zerwas machte einen Sprung zur Seite und ließ Marcian los. Gleichzeitig ertönte seine unheimliche Stimme im Geist des Inquisitors. »Sieh, wie deine Freunde sterben, bevor auch du zu Asche wirst.«

Mit lautem Schrei stürmte der Dämon auf den Geweihten und seine Mitstreiter zu.

Anshelm vermochte zwar den Schwerthieb des Vampirs zu parieren, doch wurde er wie ein Blatt im Herbstwind beiseite gefegt. Zerwas attackierte indessen die Freundin des Obristen. Während sie sich unter den schrecklichen Hieben duckte und den Vampir reizte, versuchte Alrik, ihm von der Seite seine Klinge in den Leib zu rammen. Die Hiebe des Ritters vermochten dem Vampir aber kaum etwas anzuhaben. Allein dort, wo Zerwas der Schlag des Praiosgeweihten getroffen hatte, prangte ein dunkles Mal auf seiner roten Haut, so als habe die Waffe ihn verbrannt.

Der Widerstand der Frau wurde immer schwächer. Marcian konnte sehen, wie Blut durch die Ringe ihres Kettenpanzers sickerte. Dann war Anshelm wieder auf den Beinen und griff Zerwas erneut im Rücken an. Mit einem Aufheulen, drehte sich der Vampir herum. Wieder hatte der Praiosgeweihte ihm mit seinem Streitkolben ein Brandmal beigebracht.

»Einen nach dem anderen werde ich sie töten. Zuerst wird dieser überhebliche Geweihte sterben. Sieh nur gut zu!« erklang es in Marcians Kopf.

Anshelm war einem der Schläge des Vampirs zu spät ausgewichen. Ein breiter, roter Schnitt prangte nun in seiner goldenen Robe.

Und wieder traf ihn einer der Schläge des Vampirs. Der Hochgeweihte würde nicht mehr lange standhalten! Verzweifelt blickte sich Marcian um.

Daß ihnen jemand im Kampf gegen Zerwas zu Hilfe eilen würde, war unwahrscheinlich. Die Tempelwachen und die Pondrageweihten, die es vielleicht gewagt hätten, ihre Klingen gegen den Dämon zu führen, waren in der Stadt. Bis sie eintreffen würde, wäre alles vorbei.

Anshelm schrie vor Schmerz. Schon wieder hatte ihn einer der Schläge von Zerwas getroffen. Es schien, als triebe der Vampir ein Spiel mit dem Geweihten.

Der Hochgeweihte blutete bereits aus mehreren Wunden, es hätte Zerwas ein leichtes sein müssen, ihn zu töten.

Nun, er hatte keinen Anlaß, Anshelm zu lieben, dachte Marcian bitter. Er war es gewesen, der darauf bestanden hatte, daß alle Bürger, die nicht mehr kämpfen konnten, aus der Stadt geschafft wurden, und er war auch dafür verantwortlich, daß man ihn von Cindira getrennt hatte. Anshelm trug genausoviel Schuld am Untergang der Flotte wie er selber.

Aber konnte er zusehen, wie der Geweihte niedergemacht wurde? Und danach Blautann und seine Gefährtin? Die drei waren auf das Dach gekommen, um ihm beizustehen. Mühsam zog sich Marcian an der Mauer hoch. Zumindest würde er nicht hier liegenbleiben und warten, bis ihn sein Schicksal ereilte.

Wenige Schritte entfernt lag das Horn aus der Kultstätte der Orks im Schnee. Hell glitzerten seine goldenen Beschläge im Licht der Wintersonne.

Marcian stieß sich von der Mauer ab und taumelte auf das Horn zu. Jeder Schritt war eine Qual. Blut tropfte ihm von den Lippen, die er sich im Kampf mit Zerwas zerbissen hatte. Hinter ihm tönte noch immer das helle Klingen der Schwerter. Blautann hatte wieder in den Kampf eingegriffen, doch würde auch der tapfere Oberst das Ende nur ein wenig hinauszögern können.

Stöhnend ging Marcian in die Knie und griff mit zitternden Händen nach dem Horn im Schnee.

»Scraan, höre meinen Ruf und vernichte Zerwas«, flüsterte der Inquisitor. Dann setzte er das goldene Mundstück des Horns an seine Lippen und blies es mit aller Kraft.

Der Hornstoß erklang nur schwach. Marcian hatte kaum den Atem, das kostbare Instrument erklingen zu lassen. Beim zweiten Signal war sein Ton nur wenig lauter.

Zerwas hatte indessen den Kampf am anderen Ende des Flachdachs abgebrochen und sich in die Luft geschwungen.

Marcian sog die eisige Winterluft in seine schmerzenden Lungen. Gelang es ihm nicht, noch ein drittes Mal ins Horn zu stoßen, wäre alles vergebens gewesen. Schon fiel der Schatten des Vampirs auf ihn, da erklang das Horn ein weiteres Mal.

Eine wohlige Wärme durchflutete den Inquisitor. Im gleichen Moment packte ihn Zerwas.

»Das wirst du büßen! Glaubst du vielleicht, du könntest mich so aufhalten.« Der Vampir riß ihm das schön geschwungene Instrument aus der Hand und zerdrückte es mit seinen Krallen.

Aus dem Hof war ein ehrfürchtiges Raunen zu hören.

»Seht nur, Praios gebirt ein Kind!« rief eine Frauenstimme.

Marcian blickte zum Himmel. Direkt neben dem Praiosgestirn war ein leuchtender Funke entstanden, der langsam größer wurde.

»Ein Wunder!«

Zerwas trat einen Schritt zurück und hob seine Klauenhand vor das Gesicht, als würde er geblendet.

Der leuchtende Funke war mittlerweile auf die Größe einer Hand angewachsen und schien immer näher zu kommen. Schließlich konnte man deutlich ein geflügeltes Wesen inmitten des Lichts erkennen.

»Praios ich danke dir. Vergib mir meine Verfehlungen. Ich wollte immer nur deinem Ruhme dienen«, betete Marcian.

Scraan kehrte zurück!

Zerwas hatte sich in die Luft geschwungen und flog dem Praiosboten entgegen.

Marcian faltete seine Hände über der Brust und blickte

ehrfürchtig zum Himmel. » ... tilge alles Übel und bringe uns das Licht der Gerechtigkeit zurück, so daß die, die gefehlt haben nunmehr den rechten Weg erkennen mögen.«

Ein Schrei, fast wie der Ruf eines Adlers, doch ungleich majestätischer klang vom Himmel. Scraans Gestalt war nun deutlich zu erkennen. Seine Federn schienen aus reinem Licht zu bestehen. Mächtige Muskeln spannten sich unter seinem Löwenfell. Die ganze Erscheinung des Greifen spiegelte Stolz und die Gewißheit der Unbesiegbarkeit.

Dann trafen die beiden in der Luft aufeinander. Marcian konnte sehen, wie die Adlerfänge des Greifen ein Loch in die Flügel des Vampirs rissen. Doch auch Zerwas' Schwert hatte sein Ziel gefunden. Es schnitt in die körperlose Lichtgestalt seines Gegners, und für einen Atemzug lang schien es dem Inquisitor, als sei die Aura des Greifen ein wenig blasser geworden.

Die beiden Kontrahenten hatten nun einander passiert und zogen weite Bogen, um sich für den nächsten Angriff in eine günstige Ausgangsposition zu bringen. Zerwas schwankte ein wenig im Flug. Deutlich konnte man ein schwarz gerändertes, mehr als faustgroßes Loch sehen, das in seine linke Schwinge gebrannt war. Scraan war es gelungen, weiter in den Himmel zu steigen, und nun stieß er, das Praiosgestirn im Rücken, erneut auf den Vampir herab. Diesmal schlugen seine Krallen in den Leib des Vampirs, und ein gellender Schrei hallte durch den Himmel. Dennoch war es auch Zerwas gelungen, einen Schlag zu landen. Er hatte sein Schwert durch die Brust der Lichtgestalt gerammt. Beide stürzten sich aufeinander und schienen zu Boden zu gleiten. Erst kurz über dem Wasser der Breite trennten sich die zwei.

Diesmal war Zerwas es, der steil in den Himmel emporstieg. Unterdessen verschwand der Greif zwischen den Rauchschwaden über dem Fluß.

Während der Vampir weite Kreise am Himmel zog und nach seinem Gegner suchte, begannen die Flammen auf dem Fluß zu erlöschen. Als Rauch und Dunst sich gehoben hatten, konnte man erkennen, daß mindestens zehn Flußschiffe völlig ausgebrannt waren. Dem größeren Teil der Flotte aber war es gelungen, dem Feuer zu entkommen. Jetzt, wo sie die glühende Lohe nicht mehr mit der Strömung einholen konnte, waren diese Schiffe gerettet.

Weit im Süden stieg der Greif aus den öligen Rauchschwaden zum Himmel empor. Seine Aureole war fast verschwunden, so als habe ihn das Wunder, das er vollbrachte all seine Kraft gekostet.

Die Flügel angelegt stieß Zerwas vom Himmel herab, um Scraan erneut zu attackieren. Doch dem Greifen gelang es auszuweichen. Mit machtvollen Flügelschlägen gewann er an Höhe.

Der Vampir war indessen einen weiten Bogen geflogen und folgte dem Götterboten. Beide verschwanden in den dichten Rauchwolken, die immer weiter in den Himmel stiegen.

Zwei Schreie erklangen. Ein grelles Licht erschien für einen Augenblick inmitten der Rauchwolke. Dann herrschte unheimliche Stille über dem Schlachtfeld.

Marcian kniete noch immer auf dem Dach und betete.

Oberst von Blautann kam humpelnd zu ihm herüber und legte ihm die Hand auf die Schulter. Schweigend starrten beide in den Himmel. Der Südwind trieb langsam die Rauchwolken auseinander.

Die Bogenschützen der Orks hatten es aufgegeben, entlang des Ufers der Flotte zu folgen, und zogen sich in das hügelige Hinterland zurück. Schiff um Schiff des langgezogenen Konvois verschwand am Horizont.

»Es ist vorbei«, flüsterte von Blautanmn.

15

Lysandra keuchte erschöpft. Vor ihr lag eine zerklüftete Eislandschaft. Sie hatte das Ufer des zugefrorenen Neunaugensees erreicht. Seit Sonnenaufgang war sie durch das Sumpfgebiet am Ostufer des großen Sees geirrt.

Die verschneiten, hohen Schilfbündel hatten ihr dabei Deckung vor ihren Verfolgern geboten. Doch jetzt war sie fast eingekreist. Überall hinter ihr tauchten die Schatten der Orkreiter zwischen dem Schilf auf. Nur der Fluchtweg auf den See war noch offen. Doch wie weit mochte das Eis sie tragen?

Nein, sie würde den Schwarzpelzen Xarvlesh nicht überlassen. Eher wollte sie die Waffe in den bodenlosen Tiefen des Sees versenken. Vielleicht würden die Orks es ja auch nicht wagen, ihr auf dieses verfluchte Gewässer zu folgen.

Lysandra begann wieder zu laufen.

»Steh!« erklang hinter ihr eine Stimme.

Im Laufen drehte sich die Amazone um. Ein hochgewachsener Ork auf einem schwarzen Pony hatte das Ufer erreicht. Ein Amulett blinkte golden auf seiner Brust.

»Komm zurück!«

Der Krieger hatte seine Faust um das Amulett gelegt. Seine Worte waren seltsam eindringlich. Nur mühsam gelang es Lysandra, ihren Blick von ihm zu lösen. Jeder Schritt fiel ihr schwerer. Es schien, als hielte sie eine fremde Macht gefangen und wollte sie dazu zwingen, ans Ufer zurückzukehren.

»Komm!« ertönte wieder die befehlsgewohnte, rauhe Stimme.

»Gib auf«, wisperte auch der unselige Geist, der immer um sie gewesen war, seitdem sie ihre Gefährten erschlagen hatte. »Du hast verloren, wie ich es dir gesagt habe. Gib auf und wähle einen leichten Tod.«

Lysandra faßte Xarvlesh fester. Der dunkle Streitkolben mit seinen langen, roten Dornen, die wie von innen zu glühen schienen, verlieh ihr neue Kraft. Sie brauchte ihn nur anzuschauen, und alle Müdigkeit wich von ihr.

In den letzten zwei Tagen hatte sie nicht eine Stunde geschlafen. Doch wann immer sie das Glühen der Dornen betrachtete, fühlte sie sich erfrischt. Sogar die Stimme des Geistes verschwand dann. Sie würde es den elenden Schwarzpelzen schon zeigen. Sie würde nach Yeshinna gehen, und wenn ihre Gefährtinnen erst einmal Tairach folgten, dann würde es nicht lange dauern, bis die Orks vom Antlitz Deres getilgt waren.

Lysandra erschrak. Was hatte sie da gedacht? Sie wollte die Amazonen auf Burg Yeshinna zu Tairach bekehren? Das mußte die Schwäche sein. Sie verwirrte ihre Sinne. Sie würde Xarvlesh in den Rondra-Tempel von Yeshinna bringen. Dort wäre die verfluchte Waffe für immer vor den Orks sicher.

Lysandra stolperte und stürzte auf das Eis. Ein Pfeil zischte über sie hinweg.

Die Amazone lächelte und drehte sich um. Rondra beschützte sie! Der große Orkkrieger war mittlerweile von seinem Pony gestiegen und versuchte sie mit seinem Bogen niederzustrecken. Mehr als ein Dutzend weiterer Orks standen schon am Ufer, doch keiner wagte sich auf das Eis des Sees.

Wieder hatte der Anführer einen Pfeil auf sie abgeschossen. Ohne daß sie etwas dazu tat, zuckte ihr Arm hoch, und die Keule schlug mit einer blitzschnellen Bewegung das Geschoß aus der Luft.

Für einen Moment starrte Lysandra sprachlos auf die Waffe.

»Xarvlesh verteidigt dich. Der Fleischreißer schützt dein Leben. Du sollst seine neue Dienerin werden. Du trägst die Waffe schon zu lange. Nun ruht das Auge Tairachs auf dir. ... Gib Rrul'ghargop die Keule, oder du wirst auf immer verdammt sein, denn ...« Die Stimme des Geistes wurde immer schwächer.

Lysandra raffte sich auf und schritt weiter auf das Eis hinauf. Bald würde die Sonne im Westen versinken. Der Himmel über dem See war mit violetten Wolken verhangen. Es würde bald einen Schneesturm geben. Lysandra zog ihren Umhang enger um die Schultern und preßte Xarvlesh an ihre Brust. Dabei streifte sie kurz mit der Waffe ihr Kinn. Ein Schauer wohliger Wärme durchlief sie, und für einen kurzen Moment sah sie ein eigenartiges Bild vor sich. Sie stand mitten im Eis und hatte all ihre Kleider abgelegt. Zu ihren Füßen lag der Anführer der Orks. Sie hatte ihn erschlagen und zeichnete nun mit der blutverschmierten Waffe seltsame Muster auf ihren Leib.

Die Amazone biß sich auf die Lippen, und der Schmerz vertrieb das Schreckensbild. Dann löste sie die löwenköpfige Fibel an ihrer Schulter und schlug den Streitkolben in ihren Umhang ein. Wie Nadeln stachen die Eiskristalle, die der Wind vor sich hintrieb in ihr Gesicht. Es wurde jetzt immer schneller dunkler. Lysandra drehte sich um.

Das Ufer war schon fast in der Abenddämmerung verschwunden. Einer der Orks war ihr auf das Eis gefolgt. Doch mehr als zweihundert Schritt trennten sie. Sobald es richtig dunkel war, würde sie einige Haken schlagen. Dann hätte er schnell ihre Spur verloren. Fast verspürte sie Anerkennung für den Anführer der Schwarzröcke. Sie selbst hatte den ganzen Tag lang überlegt, ob sie sich auf das Eis des Sees hinauswagen sollte. Die Geschichten, die man sich über den Neunaugensee erzählte, waren Legion.

Grünhaarige Klammermolche sollten an seinem Ufer leben und man sagte, daß es in dem Sumpf von Irrlichtern, Nachtalpen und Geistern nur so wimmelte. Lysandra lächelte. An die Gegenwart von Geistern war sie nun ja schon gewohnt.

Allein die Berichte über eine riesige Seeschlange, die in den Tiefen des bodenlosen Gewässers hausen sollte, beunruhigten sie wirklich. Mit allem anderen würde sie schon fertig werden. Und sollte sie hier auf dem See sterben, dann würde die Waffe mit ihr im Wasser verschwinden. Am

Grund des Sees war sie genauso sicher wie in irgendeinem Tempel.

Aber wenn der Ork sie fand? Lysandra schob den Gedanken beiseite. Sie würde nicht sterben!

Es war jetzt völlig finster, und das Schneetreiben wurde immer dichter. Ihre Füße fühlten sich an wie Eisklumpen. Der Frost biß durch ihre ledernen Handschuhe. Jeder Schritt war unendlich mühsam geworden. Am liebsten würde sie sich für einen Augenblick hinsetzen und ausruhen. Doch das wäre das Ende. Würde sie erst einmal sitzen, hätte sie nicht mehr die Kraft sich zu erheben. Sie würde erfrieren.

»Hol Xarvlesh aus deinem Umhang! Zieh deine Handschuhe aus und streich über die Waffe. Sie wird dich wärmen und vor dem Tod bewahren. Oder stirb, dann werde ich Rrul'ghargop zu dir führen, und er wird die Waffe in seinen Besitz nehmen. Erkenne endlich, daß Tairach auf jeden Fall triumphieren wird, du dummes Weib.«

Lysandra fluchte leise. Sie würde ihre linke Hand dafür geben, der Stimme des Geistes zu entkommen. Jetzt, wo die Sonne untergegangen war, hatte die Stimme sich wieder erhoben, und manchmal konnte sie ein Abbild des Hohepriesters neben sich sehen.

Lysandra stolperte und rutschte. Der eisige Panzer des Sees mußte in diesem Winter schon mehrfach aufgebrochen sein. Wind und Wellen hatten die treibenden Eisschollen übereinandergeschoben und eine bizarre Landschaft geformt. Vielleicht wanderte die Amazone auch geradewegs auf eine dieser Bruchstellen zu? In dem Schneetreiben konnte man kaum die Hand vor Augen sehen. Jeder Schritt mochte den Tod bedeuten. So wie sie vor Momenten gestürzt war, konnte sie auch jeden Augenblick in eine tiefe Spalte abrutschen und ins Wasser fallen.

»Bleib doch einfach liegen«, flüsterte der Geist, »dann kann dir nichts passieren.«

Die Amazone mühte sich auf. Sie würde niemals auf das

hören, was ihr die Erscheinung zuraunte. Sie würde niemals aufgeben. Und wenn sie den See hinter sich gelassen hatte, würde sie geradewegs nach Yeshinna gehen und einen Tairachkult gründen ...

Bei allen Göttern! Wurde die Macht, die Xarvlesh über sie hatte, wirklich immer stärker? Wie konnte sie nur so etwas denken!

Sie würde anfangen, die Litaneien über die Taten der Heiligen zu rezitieren. Jahrelang hatte sie auf Burg Yeshinna diese Texte auswendig lernen müssen, bis sie sie schließlich stundenlang aufsagen konnte, ohne auch nur ein einziges Wort dabei zu vertauschen.

Sie würde mit Thalionmel beginnen. Sie galt als die Schirmherrin gegen übermächtige Feinde.

Die Zähne klapperten ihr vor Kälte, und stockend begann sie zu rezitieren:

»Es begab sich zu jener Zeit, da Vinsalt sich gegen das Kaiserreich erhoben hatte und sich den Söhnen von Keft der falsche Gott Rastullah offenbarte, daß Scheich Tugruk Pascha in seiner Wüstenstadt die neun Sippen vereinte, um sie zu einem Heerzug nach Neetha zu führen. Dort herrschte gar großer Jammer, denn alle Schwerter der Stadt waren gen Norden gezogen, um mit dem Heerbann gegen die Kaiserlichen zu ziehen. Allein Thalionmel vermochte dem Ruf der Waffen nicht zu folgen, da ein starkes Fieber sie niedergeworfen hatte, als die Streiter die Stadt verließen, und so war sie die einzige, die den Söhnen der Wüste auf der Chababbrücke vor Neetha entgegentrat und mutig deren Anführer gebot, das Königreich Vinsalt wieder zu verlassen. Doch die wilden Reiter lachten über die Löwin und bestürmten die Brücke ...«

Lysandra wußte nicht, wie viele Stunden sie durch die Nacht geirrt war. Soeben hatte sie die Litanei von Geron dem Einhändigen, dem Schutzheiligen gegen Ungeheuer beendet. Immer wütender brauste der Sturm gegen sie an, als wollte er verhindern, daß sie weiterging.

»Du brauchst nur Xarvlesh in deine bloßen Hände zu nehmen, und alle Erschöpfung wird von dir weichen«, flüstere der Geist.

Lysandra ignorierte die Stimme. Wenn sie aß, würde ihr das neue Kräfte geben. In einem Beutel hatte sie noch etwas getrockneten Fisch.

Mit ungelenken, halb erfrorenen Fingern versuchte sie, die Knoten des Beutels zu lösen, doch es wollte ihr nicht gelingen. Schließlich zog sie das Messer aus ihrem Gürtel und zerschnitt ihn. Der Fisch war gefroren. Die Flußfischer hatten ihn in dünne Streifen geschnitten und an der Luft getrocknet. Gefroren waren diese Streifen so zerbrechlich wie Glas. Lysandra brach einen der Streifen in Stücke und steckte eines in den Mund. Sie mußte erst eine Weile darauf lutschen, bevor das Fleisch weich genug wurde, um es zu kauen. Es tat gut, wieder etwas zu essen.

Mittlerweile hatte es aufgehört zu schneien, und im blassen Licht des Madamals konnte die Amazone die eisige Ebene überblicken. Überall türmten sich Platten aus geborstenem Eis. Was sollte sie tun, wenn sie plötzlich vor dem dunklen Wasser des Sees stand?

In der Ferne grollte Donner. Lysandra schirmte das Gesicht mit der Hand gegen den Sturmwind und versuchte zu erkennen, wie es weiterging. Am Horizont war ein mattes, rötliches Leuchten zu sehen. Man erzählte sich, daß es in der Mitte des Neunaugensees einen Vulkan gäbe, der immer dann aktiv wurde, wenn Unglück heraufzog.

Wenn sie auf den Vulkan zuging, würde sie den kürzesten Weg nehmen. Vielleicht war der See ja doch ganz zugefroren. Noch einmal blickte sie über das Eis.

Zwischen den Blöcken bewegte sich ein Schatten, der durch das Labyrinth zielstrebig auf sie zukam. Einen Moment verharrte die dunkle Gestalt und blickte in ihre Richtung. Das Licht des Madamals brach sich an einem metallischen Gegenstand auf seiner Brust. Das Amulett! Es war Rrul'ghargop. Der Orkkrieger mußte sie während des Schneesturms überholt haben. Trotz der Strapazen der letzten Stunden bewegte er sich immer noch so kraftvoll und ausdauernd, als habe ihm der Sturm nichts anhaben können.

Lysandra blickte sich um. Sich zu verstecken wäre sinnlos. Rrul'ghagop würde sie finden, und für einen Kampf fehlte ihr die Kraft. Es wäre ein Kinderspiel, ihr die Waffe aus der Hand zu schlagen. Der Ork war einfach besser ausgerüstet. Statt eines Küraß und eines Kettenhemdes, wie sie, trug er wärmende Pelze. Sie hatte verloren ...

»Endlich siehst du es ein. Deine Flucht war sinnlos. Er wird dich schlachten wie ein Tier. Dein Weg endet hier, und Xarvlesh kehrt endlich wieder zu meinem Volk zurück«, höhnte die Stimme des Geistes.

Lysandra weinte vor Wut. War wirklich alles vergebens gewesen? Der Kampf um die Stadt, ihre lange Flucht ...

Nein, sie würde nicht aufgeben! Die Amazone legte die Keule, die noch immer in ihren Umhang eingeschlagen war, vor sich aufs Eis und zog ihren Reitersäbel. Sie würde bis zuletzt kämpfen. Thalionmel hatte sich auch nicht ergeben, obwohl sie allein gegen sechshundert Wüstenreiter stand.

»Rondra schütze mich«, murmelte Lysandra und küßte das Heft ihres Säbels. Wie zur Antwort erklang in der Ferne ein Donnergrollen. Ein Blitz zuckte über den Himmel und tauchte die Wolken für einen Augenblick in einen zugleich majestätischen und unheimlichen Purpurschein.

Breitbeinig stand Lysandra auf dem Eis und wartete auf den Orkkrieger. Kaum mehr als zehn Schritte trennten sie noch, als sie plötzlich von einem Chaos aus Lärm und Licht umgeben war. Das Eis erbebte unter ihren Füßen. Ein Blitz war nicht weit von ihr eingeschlagen und hatte einen riesigen Eisbrocken zertrümmert.

Noch immer schwankte der Boden. Ein bedrohliches Knirschen erklang. Rund um sie klafften Risse im Eis, die sich wie ein Blitz am Himmel schnell weiter verästelten. Der Orkkrieger hatte das Gleichgewicht verloren und war gestürzt. Zwischen ihnen war die Eiskruste aufgebrochen und in dem immer breiter werdenden Spalt schäumte das aufgewühlte Wasser des Sees. Auch Lysandra konnte sich kaum auf den

Beinen halten. So weit sie in der Dunkelheit sehen konnte, war die ganze Eisdecke des Sees in Bewegung geraten.

Ihr Verfolger hatte sich mittlerweile wieder aufgerappelt und sprang auf eine benachbarte Eisscholle. Es schien, als wolle er versuchen, doch noch zu ihr zu gelangen.

Knirschend und krachend schlug das Eis aneinander. Alles war in Bewegung, und der Sturmwind trieb das zertrümmerte Eis nach Norden zur Mitte des Sees hin.

Rund um die kleine Insel aus Eis, auf der die Amazone gefangen saß, lag ein breiter Graben dunklen Wassers. Fast schien es, als hätten sich die Elemente verbündet, um sie vor dem Anführer der Orks zu schützen.

Rrul'ghargop hatte eingesehen, daß er zumindest im Moment nicht mehr zu ihr gelangen konnte. Er nahm seinen Bogen von der Schulter und legte einen Pfeil ein.

Die Amazone fluchte. Auf der großen Eisscholle stand sie wie auf einem Präsentierteller. Ein auch nur halbwegs geübter Bogenschütze konnte sie auf keinen Fall verfehlen. Schützend hob sie den zusammengeknäulten Umhang vor ihre Brust. Vielleicht würde sich das Geschoß darin verfangen. Im selben Moment, als ihr Verfolger den Pfeil von der Sehne schnellen ließ, erbebte das Eis unter einer mächtigen Welle. Das Geschoß verfehlte sie um weniger als eine Hand breit.

Die Eisschollen tanzten auf dem schäumenden Wasser, als wären sie lebendige Wesen.

Und dann begann der mächtige Eisbrocken zu zerbrechen, der ihr bislang Zuflucht gewährt hatte. Lysandra stürzte nach hinten. Umhang und Keule entglitten ihren Fingern und fielen auf das Eis. Um sie herum schlug eisiges Wasser zusammen.

Den ersten Augenblick lang glaubte sie, sie könne nicht mehr atmen und würde auf der Stelle erfrieren, so kalt war das Wasser. Dann drohte sie das Gewicht ihrer Rüstung immer weiter in die Tiefe zu ziehen.

»Du mußt die Keule an dich nehmen. Sie wird dich retten«, heulte die Stimme des Geistes durch den Sturm.

Mit Mühe gelang es der Amazone noch einmal, den Kopf

über Wasser zu bekommen. Aus dem Eisblock vor ihr ragte ein armdicker Ast. Er gehörte zu einem Baumstamm, der in einem Panzer von Eis gefangen war.

Lysandra griff nach dem Ast. »Nicht aufgeben«, murmelte sie vor sich hin. »Nicht aufgeben!«

Die Kälte raubte ihr fast die Sinne. Bei jedem Atemzug konnte sie spüren, wie sie immer mehr die Wärme des Lebens verließ. Mit letzter Kraft zog sie sich auf die Eisscholle. Wenige Schritt vor ihr lag Xarvlesh.

»Nimm die Keule, sie wird dich wärmen!« raunte die quälende Stimme.

Die Amazone robbte vorwärts. Sie hatte nicht mehr die Kraft, sich aufzurichten. Der eisige Wind ließ ihre nassen Kleider zu Eis erstarren, und ihre Sinne gaukelten ihr Bilder aus ihrer Kindheit vor, als sie zusammen mit ihrer Fechtlehrerin durch sonnendurchflutete Bergwälder geritten war.

Lysandras Finger waren so kalt, daß sie sie nicht mehr zu bewegen vermochte. Wie Krallen schlug sie die erfrorenen Hände in den Umhang und zog ihn zu sich heran. Ganz dicht an ihre Brust drückte sie den Stoff.

Jetzt wollte sie schlafen. Sie war so unendlich erschöpft. Nur für einen kurzen Moment die Augen schließen ...

»Wenn du schläfst, wirst du sterben. Wickle Xarvlesh aus der Decke. Die Waffe wird dich retten.« Die Stimme des Geistes war zu einem Kreischen geworden.

Nein! Sie würde dem Versucher widerstehen. Sie konnte doch nicht auf diese Art sterben! Sie war Kriegerin und Amazone. Sie würde ihr Ende in einem Kampf finden.

Und wenn sie doch erfrieren sollte?

»Nimm Xarvlesh. Preß die Waffe gegen dein Fleisch ... Sie wird dich ... wärmen.« Die Stimme in ihrem Kopf wurde immer schwächer.

Sie hatte doch noch gewonnen. Selbst wenn sie sterben sollte, dann würde es den Schwarzpelzen nicht mehr gelingen, an die Waffe zu gelangen. Sie würde auf einer Eisscholle mitten auf dem verfluchten See treiben. Das Eis würde tauen, und ihre Leiche würde mit Xarvlesh in den bodenlosen Tiefen des Neunaugensees versinken. Niemand würde dann jemals mehr diese Keule besitzen. Sie wäre auf alle Zeiten verloren.

Lysandra war zufrieden. Ja, sie durfte sich jetzt eine Pause gönnen. Nur für ein oder zwei Stunden würde sie schlafen, um die beißende Kälte zu vergessen. Sie war schon so müde, daß sie sich nicht mehr rühren konnte. Nach ein paar Stunden Schlaf würde sie aufstehen und nach einem Ausweg suchen.

Sicher würde der Wind sie ans Ufer treiben, und von dort aus konnte sie dann den Weg zu ihrer Burg fortsetzen. Rondra war ihr wieder gewogen. Das wußte Lysandra ganz sicher. Wer sonst, als die Göttin des Sturmes und des Krieges, sollte den Blitz vom Himmel geschleudert haben, der das Eis zerbrechen ließ.

Es hatte wieder begonnen zu schneien, und der Wind trieb die Eiskristalle wie kleine, weiße Pfeile gegen ihre Wangen. Zwischen den tanzenden Schneeflocken bewegte sich etwas. Doch es war nicht Rrul'ghargop. Den Anführer der Orks hatte sie nicht mehr gesehen, seit ihre Eisscholle zerbrochen war.

Was sich dort bewegte, schimmerte in einem angenehmen, warmen Rot. Die Gestalt schien auf vier Beinen zu gehen. Ja, jetzt konnte Lysandra sie besser erkennen. Irgend etwas schritt über das Wasser auf sie zu.

Ihre Augenlider wurden immer schwerer. Sie mußte jetzt schlafen. Es wäre sinnlos noch länger dagegen anzukämpfen. Nur einen kurzen Augenblick wollte sie noch wach bleiben. Sie mußte wissen, was da auf sie zukam, auch wenn sie intuitiv spürte, daß die Gestalt ihr nicht übel gesinnt war.

Jetzt konnte sie es schon besser sehen. Es war eine riesige, rote Löwin, die dort über das Wasser kam. Eine Sendbotin Rondras. Nur wenige Schritte noch, dann würde die Löwin sie erreicht haben und dann ...

Der Wind spielte mit den weißen Waffenröcken und Umhängen der fünf Ritter, die am Seeufer entlang galoppierten, so daß die roten Löwinnen, die sie zu Ehren ihrer Göttin als Wappen trugen, fast lebendig auf dem Stoff wirkten. Vor zwei Stunden hatten sie den verborgenen Tempel in Donnerbach verlassen, um das Seeufer zu erkunden. Ein Jäger, der nur mit Mühe dem schrecklichen Schneesturm entronnen war, der in den letzten Tagen über dem See getobt hatte, hatte Orks am Ufer gesehen.

Die Ritter sollten nun erkunden, ob es sich dabei nur um einige verirrte Späher handelte oder ob vielleicht der Schwarze Marschall plante, die Stadt zu überfallen.

Der Sturm hatte das Eis auf dem See in Trümmer geschlagen. Wulf, der jüngste der fünf Ritter, konnte sich nicht erinnern, jemals einen solchen kalten Winter erlebt zu haben. Vielleicht lag das am Krieg, der schon so lange an den Kräften des Landes zehrte. Er hatte mit einigen seiner Ordensbrüder in der Schlacht bei Silkwiesen mitgekämpft und die Erfahrung machen müssen, daß Ritterlichkeit nicht mehr zu zählen schien, wenn zwei gewaltige Schlachtreihen aufeinandertrafen. Vielleicht lag es auch einfach daran, daß so viele Söldner, Bauern und Bürger in den Krieg hineingezogen worden waren.

Wieder schweifte der Blick des Ritters über den See. Das Ufer war in eine wilde Landschaft aus Eisbrocken verwandelt worden. Sogar vor Donnerbach war der Neunaugensee so weit gefroren gewesen, daß man, bevor der Sturm kam, eine halbe Meile weit ohne Gefahr auf das Eis hinausreiten konnte.

Wulf zügelte sein Pferd. Zwischen den bläulich schimmernden Eisschollen war ein sonderbarer Schatten auszumachen. Während die anderen schon weiterritten, trieb er seinen grauen Hengst näher zum Ufer. Dann sprang Wulf aufgeregt aus dem Sattel, löste sein Horn vom Gürtel und gab den anderen ein Signal umzukehren.

Zwischen den Trümmern lag ein Mensch. Halb kletternd, halb rutschend überquerte der Ritter das Eisfeld und stand schließlich vor einer rothaarigen Frau, die zusammengekrümmt am Boden lag. Die Frau war erfroren. Ihr Gesicht und ihre Rüstung waren von Eis überzogen. Mit beiden Händen preßte sie ein Stoffbündel vor die Brust. Sie mußte während des Sturms versucht haben, den See zu überqueren.

Neugierig musterte Wulf das Stoffbündel, aus dem der Griff einer Waffe herausragte. Es mußte ein Keule oder Axt sein. Das Holz des Griffs war ungewöhnlich dunkel. Es schienen auch Runen oder Symbole in den Schaft eingraviert worden zu sein.

Inzwischen waren die anderen des Trupps eingetroffen. Hildebrand, der Waffenmeister des Tempels und Anführer der kleinen Truppe, beugte sich über die Tote, schreckte aber sofort wieder zurück, als sei er von einer unsichtbaren Kraft abgestoßen worden.

»Hast du sie berührt?« Der alte Mann blickte Wulf streng an.

»Nein, obwohl ich schon gerne die Waffe näher betrachtet hätte.«

»Gut!« Hildebrand strich sich über seinen weißen Bart und musterte die Leiche aus einigem Abstand. Dann wandte er sich zu den drei anderen Rittern um und beauftragte sie, in einem nahegelegenen Birkenwald einige lange Stangen zu schlagen.

»Wir werden eine Pferdebahre bauen und sie mit nach Donnerbach nehmen. Sie war eine Kriegerin und gehört in die Obhut Rondras.«

Als die anderen davongeritten waren, wandte sich Hildebrand wieder an Wulf.

»Hast du die Waffe gesehen, die sie trägt?«

Der junge Ritter nickte stumm.

»Die Waffe muß sehr wichtig sein. Ich glaube, die Kriegerin ist ihretwegen gestorben. Sieh dir an, wie sie den Stoff an ihren Körper gepreßt hat. Was immer sie unter diesem Umhang verbirgt, es wäre unmöglich, es ihr zu entreißen.«

»Seid Ihr denn nicht neugierig zu wissen, was sie bei sich trägt?«

Der Alte schwieg eine Weile und strich sich über den Bart. »Nein«, antwortete er schließlich. »Die Tote hat für dieses Geheimnis ihr Leben gegeben, und das respektiere ich. Vielleicht wäre es falsch, die Waffe auch nur zu berühren. Diese Waffe soll in ihren Händen in den Tempel gelangen. Ich glaube, der Fürst-Erzgeweihte Aldare wird das Orakel befragen, ob die Fremde nach den Tugenden Rondras gelebt hat. Ist sie würdig, im Tempel aufgebahrt zu werden, wird man sie mit Sicherheit in einer der geheimen Grotten bestatten, zu denen nur Hochgeweihte Zutritt haben.«

Wieder schwieg der alte Waffenmeister und musterte die tote Kriegerin. Der Wind spielte mit seinem Umhang. Mit dem wettergegerbten Gesicht, dem wehenden weißen Bart und seinem altertümlichen Kettenpanzer sah Hildebrand wie einer der Helden aus längst vergangenen Tagen aus.

Wulf empfand tiefe Ehrfurcht vor dem alten Mann. So wie er wollte er auch eines Tage sein. Hildebrand war für ihn der Inbegriff von Ritterlichkeit.

Schließlich brach der Waffenmeister das Schweigen. »Wir werden wohl nie erfahren, wie die Kriegerin gestorben ist und wer sie war. Doch glaube ich, daß sie diese Waffe in die Obhut des Tempels bringen wollte. Rondra selbst muß gewollt haben, daß wir sie finden und hat unsere Schritte zu ihr gelenkt, so daß sie ihr Ziel selbst im Tod noch zu erreichen vermag. Vielleicht wird die selbstlose Aufopferung der Kriegerin eines Tages unseren Knappen zum Ansporn dienen.«

In der Ferne konnten sie ihre drei Gefährten über die verschneite Ebene zum See zurückkommen sehen.

Hildebrand nahm seinen Umhang von den Schultern und deckte ihn über die Tote. Sorgfältig strich er die Falten glatt, so daß deutlich die rote Löwin, das Wappen des Ritterordens, zu erkennen war. Dann wandte er sich an Wulf. »Hilf mir jetzt. Wir wollen ihr einen würdigen Einzug nach Donnerbach bereiten.«

Der junge Ritter war verwirrt. Einen Augenblick lang hatte er eine seltsame Spiegelung in der aufragenden Eisklippe hinter der Toten gesehen. Ganz deutlich war ihm die Gestalt der Kriegerin im Eis erschienen. Sie trug eine Rüstung nach Machart der Amazonen, doch von ihren Schultern wehte der weiße Ordensmantel der Rondrageweihten. Sie winkte einmal und drehte sich dann um. Als sie verschwand, schien neben ihr eine rote Löwin zu schreiten.

»Helft Ihr mir jetzt, Herr Ritter, oder wollt Ihr alle Arbeit einen alten Mann machen lassen?« Beim Klang der Worte war die Vision verschwunden. Wulf beeilte sich, dem Waffenmeister zur Hand zu gehen. Wenn Hildebrand begann, ihn mit *Ritter* zu titulieren, würde es erfahrungsgemäß nicht mehr lange dauern, bis er ihn anbrüllte wie ein wütender Stier.

Noch einmal blickte Wulf kurz auf das spiegelnde Eis. Heute abend würde er um eine Audienz beim Fürst-Erzgeweihten bitten und ihm berichten, was er gesehen hatte.

16

Nervös studierte Gamba die Aufzeichnungen des Alchimisten. Der alte Trottel hatte sich in ein Schwert gestürzt, nachdem die Flotte der Kaiserlichen durch seine Hilfe in Flammen aufgegangen war. So ein Dummkopf! Gamba warf wütend einige Pergamentseiten auf den Boden. Die Gunst Uigar Kais wäre Promos gewiß gewesen, auch wenn der größere Teil der Schiffe doch noch entkommen war.

Gamba dachte an sein letztes Zusammentreffen mit dem Alchimisten. Der Alte hatte ihn nach einem Mädchen gefragt, das angeblich von den Orks gefangen gehalten wurde. Gamba hatte gedacht, Promos wolle ihn veralbern und eine entsprechende Antwort gegeben. Vielleicht war das ein Fehler gewesen. Er hatte dem Alchimisten gesagt, alle Menschenfrauen im Lager seien weniger Gefangene, als vielmehr willige Gespielinnen der Häuptlinge und Krieger. Dasselbe würde auch für die Frauen gelten, die in Khezzara lebten.

Der Alte war darauf ganz blaß geworden, hatte irgend etwas gemurmelt und war in sein Zelt zurückgegangen. Als Gamba ihn nach dem Brand der kaiserlichen Flotte zu seinem Erfolg beglückwünschen wollte, lebte Promos nicht mehr. Er lag in einer Blutlache am Boden des Zeltes und hielt selbst im Tod noch das Kurzschwert umklammert, das er sich in den Bauch gestoßen hatte.

Drei Tage waren seitdem vergangen. Am Morgen hatte Sadrak Whassoi mit der Hauptmacht des Heeres das Lager vor Greifenfurt erreicht. Von den Geschützen, die Kolon gebaut hatte, brachten sie nur wenige wieder zurück. Auch der Zwerg war seit dem Gefecht an der Mündung der Breite verschollen. Vermutlich hatte er im Kampf gegen die Reiter des Prinzen den Tod gefunden. Seinen alten Plan, die Garnison sturmreif zu schießen, konnte man nun endgültig begraben.

Noch immer erhoben sich die Mauern der Burg über den Fluß, auch wenn große Teile der Stadt in Trümmern lagen. Mit den Truppen des Marschalls wären sie eigentlich stark genug gewesen, Greifenfurt trotz des Nachschubs, der mit den Schiffen gekommen war, zu erobern. Doch ihnen fehlte der Zwerg. Sein Wissen über den Bau von Belagerungsmaschinen war nicht zu ersetzen. Die wenigen Katapulte und Rotzen, die noch zur Verfügung standen, würden nicht ausreichen, um einen Sieg zu erzwingen. Deshalb war Sadrak Whassoi auf den Plan verfallen, Hylailer Feuer über die Mauern der Garnison zu schleudern. Der Schwarze Marschall war der Überzeugung, daß die Besatzung in Panik die Festung verlassen würde, wenn erst einmal überall auf den Mauern und in den Höfen Feuer brannten, die auf herkömmliche Weise nicht zu löschen waren. Auch die Tatsache, daß alle Greifenfurter mitangesehen hatten, wie ein

Teil der Flotte auf dem Fluß verbrannt war, würde ihnen gewiß keinen Mut machen, gegen das Feuer anzukämpfen.

Mißmutig blickte Gamba über die Papiere, die auf dem Tisch vor ihm lagen. Er war kein Alchimist. Mit dem, was er hier vorgefunden hatte, konnte er nichts anfangen. Er wußte zwar, welche Bestandteile nötig waren, um das Hylailer Feuer herzustellen, doch in welchem Verhältnis man sie mischte, davon hatte er keine Ahnung.

Gamba grübelte eine Weile vor sich hin. Er sah nur eine Möglichkeit, den Wunsch des Marschalls zu erfüllen. Er mußte einen Dämonen beschwören und damit beauftragen, hundert Tonkrüge mit Brandsätzen aus dem Arsenal der Kriegsflotte von Al'Anfa zu stehlen. Das war der einzige Ort, von dem man gewiß sein konnte, daß dort eine größere Menge des gefährlichen Gemischs gelagert wurde.

Aber sollte er es wagen? Jede Dämonenbeschwörung war riskant. Zu oft hatte er in den letzten Monaten schon mit seinem Glück gespielt. Falls die Beschwörung aber gelingen sollte und er dem Marschall diesen beinahe unmöglichen Wunsch erfüllte, hatte er eine eindrucksvolle Demonstration seiner Macht geliefert.

Gamba wußte, daß Sadrak Whassoi den Hohepriester Uigar Kai nicht sehr schätzte. Sicher fürchtete und respektierte der Marschall die Macht des Schamanen, doch sie waren alles andere als Freunde. Gamba hatte schon erlebt, wie sich der Feldherr zähneknirschend den Wünschen des Schamanen gefügt hatte, wenn es darum ging zu entscheiden, an welchen Tagen es günstig sei, sich zur Schlacht zu stellen.

Vielleicht war es sogar möglich, mit dem Marschall ein Komplott gegen den Schamanen zu schmieden? Wenn Uigar Kai nicht mehr lebte, wäre Gamba mit Abstand der fähigste Zauberer im Lager der Orks. In dieser Position würde es nicht schwerfallen, gemeinsam mit Sadrak Whassoi einen Schamanen für das Amt des Hohepriesters auszuwählen, der sich von ihnen beeinflussen ließ.

Wieder dachte Gamba an die herablassende Art, mit der

ihn Uigar Kai in jener Nacht behandelt hatte, in der sich Sharraz Garthai das Leben genommen hatte. Ruhig richtete sich der Druide auf, schritt zum Eingang des Zeltes und schlug die Lederplane zurück. Sein Entschluß stand fest. Er würde es noch einmal wagen, einen Dämonen zu beschwören. Damit mochte für ihn der Aufstieg zu ungeahnten Machtpositionen beginnen.

Mit festem Blick musterte der Druide die bläuliche Gestalt im Bannkreis. Der Dämon hatte zunächst getobt und geschrien, weil Gambas Macht ihn gegen seinen Willen nach Dere geholt hatte. Doch nun wurde er ruhiger. Drei große, rote Hörner ragten aus seinem Rücken, und mit geschlitzten, gelben Augen spähte die fremdartige Gestalt im Zelt umher.

»Kannst du mich verstehen?« fragte Gamba laut.

Der Dämon nickte.

»Du bist hier, um mir einen Dienst zu erweisen. Du sollst für mich in dieser Nacht in das Flottenarsenal von Al'Anfa eindringen und mir von dort hundert Krüge mit Hylailer Feuer in dieses Zelt bringen. Hast du verstanden?«

Wieder nickte der Dämon stumm.

»Dann mach dich auf den Weg! Wenn du diese Aufgabe erfüllt hast, werde ich dich aus meinem Bann entlassen.«

Augenblicklich war die Gestalt aus dem doppelten Schutzzirkel verschwunden, den Gamba auf den gestampften Boden seines Zeltes gezeichnet hatte. Obwohl es draußen bitter kalt war, schwitzte der Druide. Der Dämon hatte sich ungewöhnlich schnell gefügt. Ob ihm bei der Beschwörung vielleicht ein Fehler unterlaufen war?

Noch einmal ging er in Gedanken alle Schritte der Anrufung durch. Dann war er sich sicher, keinen Fehler gemacht zu haben! Auch der Auftrag, den er erteilt hatte, war klar und unmißverständlich formuliert gewesen. Vielleicht war er ja schon so mächtig, daß selbst gehörnte Dämonen es nicht mehr wagten, gegen ihn aufzubegehren? Er hatte die richtige Entscheidung getroffen, als er vor Jahren den toten Magier in den Bergen gefunden hatte und damit begann, sein Zauberbuch zu studieren. Der Tote mußte ein mächtiger Dämonologe gewesen sein. Sein Zauberbuch jedenfalls war ein Schatz gewesen. Es hatte ihn von der ersten Stunde an gefangen genommen, und seit diesem Sommertag hatte er sich sehr weit von den Pfaden entfernt, die Druiden für gewöhnlich zu beschreiten pflegen.

Gamba schreckte auf. Unmittelbar neben ihm war aus dem Nichts ein großer, runder Tonkrug erschienen. Sofort darauf stand noch einer im Zelt, und so ging es nun einige Zeit weiter. Der Dämon hatte Al'Anfa erreicht und teleportierte die Krüge ins Zelt, ganz wie er es sich gewünscht hatte. Zufrieden räkelte Gamba sich und dachte an seinen triumphalen Auftritt vor dem Marschall, wenn er ihm berichten konnte, daß das Hylailer Feuer bereit stand.

Ein bläuliches Leuchten erfüllte das Lederzelt. Der Dämon erschien wieder in seinem Bannkreis. Einen Augenblick lang war Gamba vom hellen Licht geblendet.

»Ich hoffe, ich konnte deinen Wunsch zu deiner Zufriedenheit erfüllen«, sprach die Gestalt mit öliger Stimme.

»Gewiß!« Der Druide schirmte seine Augen mit den Händen ab, um besser sehen zu können. Der Dämon hielt irgend etwas in der Hand. Was sollte das?

»Du hast mir nicht verboten, sonst noch etwas aus Al'Anfa mitzubringen, und deshalb habe ich mir die Freiheit genommen, ein ganz persönliches Geschenk für dich zu besorgen.« Die Stimme der Gestalt hatte alle Unterwürfigkeit verloren und wuchs zu einem Donnern an, das die Tonkrüge im Zelt leise klirrend aneinanderstoßen ließ.

Jetzt wußte Gamba, welchen Fehler er gemacht hatte! Er hätte verbieten müssen, mehr als das zu bringen, was er sich gewünscht hatte ... Diese Floskel gehörte zu jeder Beschwörung. Wie hatte er sie nur vergessen können? Jeder, der sich mit Dämonologie beschäftigte, wußte, wie wichtig es war, die Aufgaben der Dämonen genau zu bestimmen, denn diese Wesen aus fremden Spähren versuchten, den Sinn der

Worte ihres Meisters so zu verdrehen, daß sie ihm schaden konnten.

Gamba begann zu zittern. Gleichzeitig wurde das intensive Leuchten ein wenig blasser, das von der Gestalt im Bannkreis ausging.

»Nimm nun mein Geschenk!« Die Stimme des Dämons ließ das Zelt erbeben und mußte im ganzen Lager zu hören gewesen sein.

Jetzt konnte der Druide endlich sehen, was die Kreatur in Händen hielt. Eine Fackel und einen weiteren Tonkrug mit Hylailer Feuer! Gamba hastete zum Zelteingang. Hinter sich hörte er das Klirren des Tonkrugs. Ein feuriger Sturmwind, tödlicher als der Atem eines Drachen, traf ihn im Rücken und riß ihn von den Beinen ...

Marcian lehnte gegen die verwitterte Mauer des Turmes nah dem Rondra-Tempel und genoß den warmen Frühlingswind. Sein Blick schweifte über das verwüstete Land rings um die Stadt. Dort, wo noch vor drei Tagen die Orks gelagert hatten, standen jetzt die Zelte und Banner des Reichsheeres. Gestern abend war Prinz Brin mit großem Gefolge in die zerstörte Stadt eingezogen, die einst das stolze Greifenfurt gewesen war.

Der Inquisitor dachte noch einmal an die letzten Monate. Nachdem Cindira auf dem Fluß gestorben war, hatte er sein Kommando an den verwundeten Anshelm abgegeben. Von diesem Tag an schien sich das Blatt zu Gunsten der Verteidiger gewendet zu haben.

Marcian lächelte melancholisch. Vielleicht lag ja tatsächlich ein Fluch auf ihm? Noch bevor Anshelm so weit genesen war, daß er sich wieder von seinem Lager erheben konnte, hatte die Orks ein schweres Unglück getroffen. Eines Nachts war aus unerklärlichen Gründen mitten in ihrem Lager ein schwerer Brand ausgebrochen. Eine riesige Flammensäule hatte sich wohl an die hundert Schritt in den Himmel erhoben, und das Feuer setzte die meisten der Zelte im

Hauptlager in Brand. Noch bis in den nächsten Tag hinein brannte das Feuer. Danach war es zu keinem Angriff mit dieser schrecklichen Waffe mehr gekommen.

Nach dem Brand kehrte der Winter mit all seiner Härte zurück. Tagelang tobte ein Schneesturm, dem die Schwarzpelze ohne ihre Zelte schutzlos ausgeliefert waren. Es mußten Dutzende Krieger erfroren sein. Jedenfalls hatte Firun, der Gott des Winters, in diesen Tagen den größten Sieg gegen die Orks errungen.

Viele Bürger sprachen danach davon, daß die Götter ein Zeichen gegeben hätten und sich nun alles zum Guten wenden würde. Der harte Frost hatte auch den Fluß mit einem Panzer aus schillerdem Eis überzogen. Kaum daß der Sturm vorüber war, gelang es den Orks auf diesem Weg in die Stadt einzudringen. Die Schwarzpelze fochten mit dem Mut der Verzweiflung. Sie wußten, daß sie Winterquartiere brauchten, oder verloren waren. Angeführt wurden sie von Sadrak Whassoi und Uigar Kai persönlich.

Es gelang ihnen, den Hügel, auf dem der Platz der Sonne lag, und die östliche Hälfte der Stadt zu erobern. Doch dann war die Wucht des Angriffs gebrochen. Für den Rest des Winters kam es nur noch zu kleineren Scharmützeln.

Marcian hatte in dieser Zeit das Kommando über Lysandras Freischärler geführt. Der wilde Haufen aus Jägern, Bauern und Banditen war die einzige Truppe in der Stadt, die ihn noch als Anführer duldete. Bei ihnen zählte allein die Kraft des Schwertarms. Sie gaben wenig um die Vergangenheit. Vielleicht, weil viele von ihnen selbst manch dunklen Tag zu vergessen hatten. Sie stellten niemals Fragen und waren ein Haufen, in dem jene seltsame Art von melancholischer Fröhlichkeit herrschte, die Menschen an den Tag legten, die jede Stunde so lebten, als wäre es ihre letzte.

Der Inquisitor war in das kleine Zimmer eingezogen, in dem vor ihm Lysandra untergebracht gewesen war. Er kannte es noch gut von den Krankenbesuchen, die er der Amazone abgestattet hatte, als sie mit Fieber und Durchfall ans Bett gefesselt war, weil er ihr ein leichtes Gift in ihr Essen rühren ließ. Manchmal verließ er diese Kammer tagelang nicht. Marcian versuchte zu vergessen, was in den letzten Monaten geschehen war, doch Nacht für Nacht quälten ihn Alpträume. Er sah den brennenden Fluß und Scheiterhaufen, der auf seinen Befehl auf dem Platz der Sonne errichtet worden war. Und er sah wie die Bastion an der Ostmauer in Trümmer versank oder wie Darrag mit Tränen in den Augen neben dem Scheiterhaufen stand, auf dem sein Sohn aufgebahrt lag. In seinen schlimmsten Träumen aber erschien ihm Jorinde und Cindira. Um sie herum züngelten Flammen, und sie streckten die Arme aus, so als wollten sie ihn zu sich holen. Doch noch bevor sie ihn berühren konnten, war er bisher jedesmal erwacht. Schweißüberströmt und allein saß er dann bis zum Morgengrauen in seiner Kammer und dachte an das, was er verloren hatte.

Marcian betrachtete sein Spiegelbild in einer Pfütze auf dem Wehrgang der Mauer. Sein Gesicht hatte sich kaum verändert, doch sein ehemals schwarzes Haar war schlohweiß geworden. Auch jetzt, wo er über die grünen Wiesen vor der Stadt blickte, mußte er wieder an Cindira und Jorinde denken und wie sie ihm in seinen Träumen aus den Flammen zuwinkten.

Der Inquisitor wußte, daß Anshelm Nachforschungen über Zerwas anstellte. Er vermutete auch, daß Odalbert und Riedmar, zwei der Zauberer, die ihm als Agenten gedient hatten, Anshelm alles verraten hatten, was sie wußten. Eigentlich mußte der Hochgeweihte ihm den Prozeß machen. Täte er es nicht, würde er gegen die Gelübde seines Ordens verstoßen.

Hätte Marcian damals, als Anshelm mit Zerwas kämpfte nur wenige Augenblicke später ins Horn gestoßen, dann wäre der Praiosgeweihte nicht mehr dazu gekommen, irgendwelche Untersuchungen anzustellen. Aber Marcian wußte, daß er selber noch vor kurzem nicht anders als Anshelm gehandelt hätte. Der Geweihte tat nur seine Pflicht. Vielleicht konnte er ihm ja entfliehen. Sadrak Whassoi hatte nordöstlich der Stadt seine Truppen gesammelt, und in den nächsten Tagen würde es zur alles entscheidenden Schlacht kommen, und dann ergab sich vielleicht eine Möglichkeit zur Flucht.

Marcian blickte nach Norden. Das neue Lager der Orks lag außerhalb seiner Sichtweite irgendwo zwischen den Hügeln. Die letzten Monate mußten bitter gewesen sein. Seit Ende des Winters hatte Hunger im Lager der Orks geherrscht. Von Gefangenen hatten sie erfahren, daß die Schwarzpelze zum Schluß sogar ihre Toten gefressen hatten. Erst vor drei Wochen war wieder ein Wagenzug mit Verpflegung und neuen Truppen über den Finsterkamm gekommen. Zu diesem Zeitpunkt war schon fast die ganze Markgrafschaft in offener Rebellion gegen die Besatzer gewesen. Die Namen der Baroninnen von Greifenberg, Reichsweg und Schattengrund sowie des Barons von Orkenwall waren in aller Munde. Sie hatten sich zu einem Bund vereint und die Schwarzpelze aus den Städten Reichsweg und Orkenwall vertrieben.

Ihnen war geglückt, was ihm verwehrt geblieben war, dachte Marcian. Der Inquisitor blickte über die Ruinen der Stadt. Er war ein ganzes Jahr zu früh gekommen. Die Orks waren noch zu stark gewesen, und so hatte er der Stadt anstelle von Freiheit nur Tod und Verderben gebracht. Aber vielleicht war dieses Opfer auch notwendig gewesen? Die Armee des Schwarzen Marschalls hatte vor Greifenfurt ihre Kampfkraft und ihren Siegesmut verloren.

In den letzten beiden Wochen vor der Befreiung, als Sadrak Whassoi schon wissen mußte, daß Prinz Brin mit einem Heer auf dem Weg nach Greifenfurt war, hatte der Orkgeneral Tag für Tag ihre Stellungen berannt. Haus um Haus, Straße um Straße hatten die Schwarzpelze den Verteidigern in endlosen blutigen Kämpfen abgerungen. Wieder einmal waren die Garnison der Stadtwache und der Rondra-Tempel zu Inseln inmitten einer von Orks besetzten Stadt geworden. Bis fast unter die Mauern der Garnison waren die Schwarzröcke gekommen und hätte der Prinz die Stadt auch nur eine Woche später erreicht, wäre sie vielleicht nach einem Jahr des erbittersten Widerstands doch noch an die Orks verlorengegangen.

Marcian hatte oft darüber nachgedacht, warum der Marschall nicht zu Beginn des Frühjahrs die Belagerung aufgegeben hatte und bis zum Schluß um die Stadt kämpfte. Xarvlesh, die Kultwaffe, um die es den Orks ursprünglich einmal gegangen war, war von Lysandra fortgeschafft worden. Warum also der erbitterte Kampf?

Vielleicht hatte Sadrak Whassoi geplant, sich selber in der Stadt zu verschanzen, die sich ihm so lange erfolgreich widersetzt hatte? Ob er hier dem Heer des Prinzen trotzen wollte? Vielleicht war es ihm auch nur darum gegangen ein Exempel zu statuieren und den Nimbus der Unschlagbarkeit seiner Armee wiederherzustellen, indem er Greifenfurt doch noch eroberte.

Während der letzten zwei Wochen war Marcian mit den Freischärlern in der Garnison der Stadtwache eingeschlossen gewesen. Unter den rauhbeinigen Kriegern hatte in diesen Tagen eine seltsame Geschichte die Runde gemacht. Manche behaupteten, Lysandra sei zurückgekehrt. Ein bärtiger Bogenschütze hatte Marcian erzählt, die Amazone habe ihn spät in der Nacht, als er kurz davor war, vor Erschöpfung auf Wache einzuschlafen, aufgerüttelt und ihn vor einem Überraschungsangriff der Orks gewarnt, der dann auch tatsächlich wenig später stattfand. Andere berichteten, Lysandra habe plötzlich an ihrer Seite gestanden, wenn der Kampf gegen die Schwarzpelze schon fast verloren schien, und habe sie angefeuert, nicht aufzugeben.

Marcian hatte die Amazone nie zu Gesicht bekommen. Doch erinnerte er sich mit Unbehagen an eine Nacht, die er am Lager einer Sterbenden verbracht hatte. Die Frau hatte, kurz bevor Golgari kam, um sie zu Boron zu holen, angefangen zu phantasieren und im Fieberwahn so gesprochen, als stünde Lysandra an ihrer Seite.

Wann immer er mit den Freischärlern über diese seltsamen Vorkommnisse sprach, hatten sie ihn an den Satz erinnert, mit dem sich die Amazone von ihren Kriegern verabschiedet hatte. *Wenn eure Stunde gekommen ist, werde ich wieder hier sein.* Also mußte Lysandra tot sein und ihren Frieden mit den Göttern gemacht haben. Ob ihm auch ein so gnädiges Schicksal bestimmt war? Der Inquisitor war am Morgen in den Tempel der Rondra gegangen und hatte ein langes Dankgebet zur Göttin des Krieges gesprochen. Vielleicht würde wenigstens sie für ihn sprechen, wenn die Stunde seines Todes gekommen war. Daß er vor Praios keine Gnade finden konnte, war ihm bewußt. Der Gott würde niemals einem Inquisitor vergeben, der sich mit den Mächten der Finsternis eingelassen hatte, um mit einem Vampir einen Pakt zu schließen.

Über eine schmale Steintreppe stieg Marcian in den Hof der kleinen Festung herab, deren Herzstück der Rondra-Tempel bildete. Er konnte sich schon die Rede des Anklägers vorstellen, die ihn erwartete, falls er tatsächlich vor ein Gericht der Inquisiton gestellt würde. Man würde ihm vorwerfen, daß er dem Glauben an Praios verloren hatte. Das schlimmste Verbrechen, dessen ein Inquisitor angeklagt werden konnte. Vermutlich, würde man argumentieren, daß gerade weil er sich mit Zerwas eingelassen hatte, die Stadt keinen Beistand von den Göttern erhalten hatte. Auf jeden Fall würde die Anklage dafür plädieren, ihn wegen Verrats an der heiligen Aufgabe der Inquisition zum Tod auf dem Scheiterhaufen zu verurteilen. Marcian war sich sicher, daß sein alter Feind Roderick sich darum reißen würde, die Rolle des Anklägers zu übernehmen. Schon einmal hatte er versucht, ihn auf den Scheiterhaufen zu bringen.

Der Inquisitor dachte an den stürmischen Frühlingstag, an dem seine Geliebte, Jorinde, wegen Hexerei verbrannt worden war. Er hätte sich damals zu ihr bekennen und mit ihr auf den Scheiterhaufen steigen sollen. Wie viele Tode wären dadurch verhindert worden! Es schien sein Schicksal zu sein, in den Flammen der Inquisition zu sterben. Seitdem er vor diesem Tod davongelaufen war und er seine Liebe verleugnet hatte, hatten die Götter ihn nur ein weiteres Mal auf den Weg zu einem Scheiterhaufen geführt. Es schien ihm bestimmt zu sein, so zu sterben ... Hatte er also das Recht wieder zu fliehen? Welchen neuen Kreislauf aus Tod und Verderben würde er mit seiner Flucht beschreiten? Und würde er nicht am Ende seines Weges wieder vor einem Scheiterhaufen stehen?

Sein Blick schweifte über den Hof. Nur ein paar Schritt von der Stelle, an der er jetzt stand, hatte man vor einem Jahr die Leiche von Lucilla, der Tochter des Bäckers Dromgast gefunden. Egal, wohin er in dieser Stadt ging, überall würde er an Tote erinnert. Auf der anderen Seite des Hofes wuchs neben dem Tempel ein Rosenbusch aus der rissigen Wehrmauer. Er hatte Winter und Krieg überstanden und trug nun die ersten Blüten. Wie gerne hätte er Cindira jetzt eine Rose geschenkt, hätte mit ihr die Befreiung der Stadt gefeiert und wäre am Morgen in ihren Armen erwacht.

Aus dem Fluß, der jetzt nur noch wenig Wasser führte, ragten noch immer die verkohlten Spanten der ausgebrannten Schiffe. Sie waren wie Mahnmale für die Toten des Winters. Nach der letzten Schlacht würde er zum Ufer reiten, und dort, wo Cindira gestorben war, sein Schwert und seinen Schild ablegen. Er würde in keinen Kampf mehr ziehen. Vielleicht sollte er sich dann der Inquisition stellen und sich seinem Schicksal fügen?

Doch erst würde er zu Darrag, dem Schmied, gehen, dessen Werkstatt auf der Rückseite der kleinen Tempelfestung lag. Marcian hatte den bulligen Mann seit Monaten nicht mehr gesprochen. Obwohl die Stadt nicht groß war, hatten sich ihre Wege nicht mehr gekreuzt. Darrag sollte ihm das Schwert schleifen. Die Klinge war in den vielen Kämpfen der letzten Wochen schartig geworden, so daß ein Wetzstein allein nicht mehr viel nutzte.

Anshelm brütete bei Kerzenschein über den Papieren. Er hatte mehr als ein Dutzend Verhöre durchgeführt und zu Protokoll gebracht. Die Beweislast gegen Marcian war erdrückend. Er hatte so ziemlich alles verraten, was der Inquisition heilig war.

Odalbert und Riedmar, zwei der Agenten der KGIA, die mit Marcian in die Stadt gekommen waren, hatten Anshelm alles über die Geschichte von Zerwas verraten und über den Pakt, den der Inquisitior mit diesem Vampirfürsten geschlossen hatte. Dafür würde Marcian auf dem Scheiterhaufen stehen. Nicht einmal Baron Dexter Nemrod könnte ihn jetzt noch retten.

Trotzdem war Anshelm nicht glücklich über seinen Erfolg. Er verdankte Marcian sein Leben. Hätte der Inquisitor nicht rechtzeitig in sein Horn gestoßen, so hätte Zerwas ihn getötet, dessen war sich Anshelm sicher.

Er strich sich geistesabwesend mit dem breiten Ende des Federkiels über die Wange. Er würde Marcian durch die Tempelgarden verhaften lassen, auch wenn ihm das im Grunde widerstrebte. Er würde nicht der Versuchung erliegen ... Aber vielleicht blieb noch etwas Zeit. Der Prinz wollte Marcian nach der letzten Schlacht gegen die Orks adeln und in den Ritterstand erheben. Brin wußte nichts von den Bedenken der Inquisition.

Anshelm legte den Federkiel zur Seite. Er würde warten, bis der Prinz die Stadt verlassen hatte. Dann sollte Marcian seinem Schicksal zugeführt werden. Die Garde würde ihn nachts gefangennehmen und in einem geschlossenen Wagen zur Stadt des Lichts bringen. Es würde dem Ansehen der Inquisition schaden, wenn er diese Verhaftung in aller Öffentlichkeit vornahm. Es war besser, wenn das, was hier in Greifenfurt wirklich geschehen war, ein Geheimnis der Inquisition blieb. Dabei stellte sich allerdings die Frage, was er mit den Agenten machen sollte, die gemeinsam mit Marcian vor einem Jahr in die Stadt gekommen waren. Man mußte davon ausgehen, daß sie alle über das Bescheid wußten, was vorgefallen war.

Anshelm blickte auf die Liste der Männer und Frauen, die vor ihm lag. Sartassa, Nyrilla und Ulf der Söldner waren tot. Arthag war wahnsinnig geworden. Odalbert und Riedmar dienten treu der Sache der Inquisition. Auch dem Ingerimm-Geweihten konnte man trauen. Nur die Jägerin und der Magier Dyonsus mochten vielleicht gefährlich werden. Sie hatten sich bis zuletzt geweigert, Aussagen zu machen, die Marcian vor der Inquisition belasten konnten. Selbst die Drohung, daß man ihnen wegen Mittäterschaft einen Prozeß machen könnte, hatte sie nicht erschüttert. Diese Verstocktheit würde nur dazu führen, daß man sie gemeinsam mit Marcian anklagte.

Der Hochgeweihte stand auf und ging zu dem Fenster hinüber, das auf die Stadt wies. Vor ihm hatten hier Markgraf Shazar, der Orkgeneral Sharraz Garthai und Marcian gestanden. Ob auch sie mit dem Blick über das weite Land Ablenkung von ihren Sorgen gesucht hatten? In der Finsternis war nicht viel zu sehen. Irgendwo im Norden lagerten jetzt die Orks, und es würde nicht mehr lange dauern, bis Brin mit seinem Heer zur letzten Schlacht aufbrach. Sadrak Whassoi waren nur wenig mehr als dreitausend Krieger geblieben. Brin konnte mehr als doppelt so viele Streiter ins Feld führen. Vielleicht würde die Schlacht zumindest seine Probleme lösen. Wenn Marcian und seine letzten Getreuen den Tod fanden, dann würde der Inquisition ein unrühmlicher Prozeß erspart bleiben.

Darrag preßte die glänzende Klinge gegen den rotierenden Schleifstein, so daß die Funken stieben. Seine Werkstatt war fast unbeschädigt geblieben, auch wenn sein Haus bei den letzten Kämpfen zum Teil ausgebrannt war. Erst gestern hatte er die Werkzeuge ausgegraben, die er unter der Esse versteckt hatte, als die Orks die Stadt stürmten. Abgesehen von einer dünnen Schicht Rost, die auf allen Eisenteilen lag, waren sie unbeschädigt geblieben.

Wütend drehte der Schmied an der Kurbel des Schleifsteins. Daß Marcian die Stirn gehabt hatte, ihn darum zu bitten, das Schwert zu schärfen! Der Schmied hatte sich sehr zusammenreißen müssen, um dem Inquisitor nicht an die

Kehle zu springen. Er war der Mann, der für den Tod seiner Frau und seiner Kinder verantwortlich war. Daß er sich überhaupt noch hierher wagte! Merkte Marcian denn nicht, was für eine Stimmung in der Stadt herrschte? Die meisten Bürger würden ihn am liebesten tot sehen.

Nur weil Darrag genau wußte, daß man ihn für einen Mord an Marcian hängen würde, hatte er nicht die Hand gegen den Inquisitior erhoben, als er gestern hier hereingekommen war. Dessen Kampf gegen die Orks hatte Greifenfurt vernichtet. Es gab nicht eine Familie, die keinen Toten zu beklagen hätte, und als endlich der Prinz mit dem Ersatzheer gekommen war, hatte es auch kaum noch unverwundete Verteidiger gegeben.

Viele erinnerten sich an die Prophezeiung von Uriens. *Der Tod trägt rot.* Marcian mit seinem roten Umhang war für Greifenfurt zum Boronsboten geworden, und wenn er jetzt einen schwarzen Umhang trug, dann paßte das nur um so besser ins Bild.

Gestern war der Schmied noch einmal im verwüsteten Apfelhain gewesen, um nach der Stelle zu suchen, an der er die Asche seiner Frau beigesetzt hatte. Vergebens! Die Orks hatten alle Bäume während des Winters verfeuert und waren nicht einmal davor zurückgeschreckt, die Gräber zu schänden und die Leichen der Toten wieder aus der Erde zu holen, um sie an ihre wilden Kampfhunde zu verfüttern.

So erbittert wie in den letzten Wochen war der Kampf in den ganzen Monaten vorher nicht geführt worden. Die Schwarzpelze hatten gefangene Soldaten vor den Toren der Garnison gepfählt, um Anshelm zur Übergabe zu bewegen. Jeden Morgen waren die Verteidiger von Todesschreien geweckt worden.

Doch Darrag hatte sich auf seine Weise an den Orks gerächt. Als ihm einmal ein verwundeter Schwarzrock in die Finger geraten war, hatte er ihm mit seinem Schmiedehammer beide Hände zertrümmert und dann laufen lassen. Er wußte genau, daß dieser Ork nie mehr in seinem Leben eine Waffe halten könnte und deshalb von seinen Kameraden getötet würde. Für unnütze Esser war kein Platz in der Armee des Sadrak Whassoi.

Darrags Rachedurst war noch lange nicht gestillt. Seit dem Tag, an dem er seine kleine Tochter Jorinde auf dem Flußschiff hatte verbrennen sehen, dachte der Schmied nur noch daran, wie er Marcian für seine Untaten ermorden könnte. Jetzt endlich hatte ihm das Schicksal die Gelegenheit gegeben, den Inquisitior zu bestrafen. Der Schmied nahm das Schwert vom Schleifstein und betrachtete die Klinge. Die Schneide war nun wieder tödlich scharf. Kein orkischer Lederpanzer würde ihr widerstehen.

Der Schmied griff nach der kleinen Feile, die auf der Werkbank lag. Dort, wo der blanke Stahl auf die schön geschmiedete Parierstange des Schwertes traf, feilte er die Waffe an. Als er die Arbeit beendet hatte, war das Schwert des Inquisitors an beiden Breitseiten mit einer feinen Bruchkante versehen. Sorgfältig rieb Darrag das Schwert mit Fett ein und schmierte ein wenig Metallstaub in die verräterischen Kerben. Sobald Marcian mit der Waffe einen heftigen Schlag führte, würde das Schwert gleich über der Parierstange abbrechen. Von den Freischärlern wußte Darrag, daß der Inquisitor immer in vorderster Reihe kämpfte und keiner Gefahr aus dem Wege ging. Einer hatte ihm sogar erzählt, daß er ganz den Eindruck habe, Marcian suchte geradezu den Tod.

Darrag lächelte grimmig. So gesehen hatte er dem Inquisitor sogar einen Gefallen getan. Er würde jetzt finden, was er suchte! Wenn die Klinge mitten in der Schlacht brach, käme für den Zerstörer Greifenfurts jede Hilfe zu spät.

Dann bliebe nur noch, Rache an den Orks zu nehmen! Der Schmied hatte gehört, daß einige Barone aus dem Gebiet der Markgrafschaft Kopfgelder auf Orks ausgesetzt hatten. Eigentlich ging es ihm nicht um Geld. Er wollte Orks töten! Wollte dieses elende Pack verrecken sehen. Sie alle sollten dafür büßen, daß sie ihm Frau und Kinder genommen hatten. Er mußte nur genug von ihnen töten, dann würde vielleicht sogar die Mörder seiner Familie ihr Schicksal ereilen.

Für ihn würde es niemals mehr Frieden geben! Alles, was sein Leben ausgemacht hatte, war vernichtet. Und es ging genug anderen Greifenfurter genauso. Darrag war sich gewiß, daß er keine Schwierigkeiten haben würde, Frauen und Männer in der Stadt zu finden, die wie er alles verloren hatten und nur noch Rache wollten.

Am Morgen des zweiten Ingerimmondes war Prinz Brin an der Spitze seiner Offiziere in den Rondra-Tempel gegangen, um vor dem Standbild der Göttin für einen guten Ausgang der Schlacht zu beten. Danach wurden die Tagesbefehle an die Truppen ausgegeben und der mehr als zwei Meilen lange Heerzug setzte sich nach Norden in Bewegung.

Zur Mittagszeit traf die kaiserliche Armee drei Wegstunden nordöstlich von Greifenfurt auf die Armee Sadrak Whassoi. Der Orkgeneral hatte bei der Wahl des Schlachtfeldes erneut sein Geschick als Feldherr bewiesen. Seine Armee hielt eine langgezogene Hügelkette besetzt. Sadrak Whassoi hatte keine Reiter und keine Schlachtwagen mehr. Auch die schweren Geschütze hatte er auf dem Rückzug nicht retten können. Doch durch das unebene Gelände verlor auch die kaiserliche Reiterei ihren Wert. Eine massive Kavallerieattacke war unmöglich geworden.

Prinz Brin plazierte die Reiterregimenter deshalb auf den Flügeln seiner Schlachtformation. Sie erhielten den Auftrag, den Feind zu umgehen und den Orks jede Möglichkeit für einen Rückzug zu nehmen. Der Prinz und seine Offiziere waren fest entschlossen, die Streitmacht der Schwarzpelze ein für allemal zu vernichten.

Umgeben von einer Leibwache aus Baronen und Ordensrittern marschierte der junge Herrscher auf das Zentrum von Whassois Armee, dort, wo die Blutrote Standarte des Schwarzen Marschalls aufgepflanzt war.

Stundenlang wogte der Kampf hin und her. Trotz schwerer Verluste wichen die Orks um keinen Fuß von den Hügelkuppen. Erst als kurz vor Sonnenuntergang die Standarte ihres Marschalls zu Boden ging, wandten sich die Schwarzpelze zur Flucht. Doch nun wurden sie ein Opfer der Reiterschwadronen, die in ihrem Rücken plaziert waren. Nur durch die einbrechende Nacht vermochten einige den Schwertern der Kaiserlichen zu entkommen.

Auch diesmal war es nicht gelungen, Sadrak Whassoi und Uigar Kai gefangen zu nehmen. Doch mehr als zweitausend ihrer Krieger lagen tot auf der Walstatt. Die Macht der Orks war damit endgültig gebrochen.

Unter den Toten befand sich auch Marcian. Seine Kämpfer berichteten, daß er gleich beim ersten Angriff auf die Hügel umgekommen war. Am vierten Tag des Ingerimm, als das Schlachtfeld gesäubert war, und man die Toten begraben hatte, wurde auf Befehl des Prinzen auf dem Hügel, auf dem Sadrak Whassoi gekämpft hatte, ein Scheiterhaufen für Marcian errichtet. Obwohl ihm einige Offiziere und insbesondere der Hochgeweihte Anshelm davon abgeraten hatten, ließ Prinz Brin das ganze Heer am Fuß des Hügels Aufstellung nehmen.

Mit schlichten Worten, die leichter die Herzen der Soldaten rührte, als jede pathetische Rede dankte der Prinz dem Toten dafür, ein Jahr lang der Geißel Tairachs standgehalten zu haben, so daß ihm Gelegenheit blieb, ein schlagkräftiges Heer aufzubauen, um die Orks auf immer aus den Grenzen des Kaiserreichs zu vertreiben.

Als die Flammen an dem Scheiterhaufen emporschlugen, warf der junge Monarch das Feldzeichen des Sadrak Whassoi ins Feuer, das für mehr als zwei Jahre ein Symbol des Schreckens gewesen war.

EPILOG

Oberst von Blautann, der während der letzten Schlacht die Kavallerie auf dem linken Flügel befehligt hatte, wurde in den nächsten Jahren zu einem der engsten Vertrauten Brins. Die Bänkelsänger auf den Straßen gaben ihm den Beinamen *Das Schwert des Prinzen* und die Geschichten, die man sich über seine Heldentaten erzählt sind Legion.

Andra zog die Einsamkeit der Wälder dem Hofleben in Gareth vor. Obwohl der Oberst um ihre Hand anhielt, verweigerte sie ihm die Heirat, doch wann immer Alrik in ein neues Abenteuer ritt, war sie an seiner Seite.

Arthag wurde in eines der Häuser der Noioniten gebracht, wo man sich um den verwirrten Zwerg kümmerte.

Himgi genaß nur sehr langsam von den Folgen der Amputation. Gegen den Rat seiner Vorgesetzten nahm der Hauptmann seinen Abschied bei der kaiserlichen Armee und wurde mit den Jahren zu einem allseits geachteten Schmied und Mechanikus.

Lancorian ließ die *Fuchshöhle*, die schweren Schaden genommen hatte, wieder aufbauen. Durch die starke Garnison in der Stadt machte er blendende Geschäfte und erwarb sich durch seinen Reichtum mit der Zeit auch ein gewisses Ansehen.

Admiral Sanin erholte sich vollkommen von den Verletzungen, die er in der Schlacht auf der Breite davongetragen hatte, und am Hoftag zu Gareth beendete er seine Fehde mit dem Thorwaler Phileasson Foggwulf.

Der Hochgeweihte Anshelm ließ in Greifenfurt einen neuen Praiostempel errichten, der zu einem der prächtigsten Gotteshäuser im Norden des Kaiserreichs gezählt werden darf. In der Stadt des Lichtes und auch im Palast zu Gareth munkelt man darüber, daß der ehrgeizige junge Mann allerdings mit dem Amt des Hochgeweihten noch lange nicht zufriedengestellt ist, und er nach höheren Würden trachtet. Die Unterlagen, die Anshelm über die wahren

Begebenheiten um Marcian und Zerwas gesammelt hatte, übergab er Jariel, dem Boten des Lichts und mächtigster irdischer Diener des Praios.

Wenig später versammelte sich ein Geheimgericht der Inquisition und verurteilte den Magier Dyonsus und seine Gefährtin wegen Ketzerei und der Anrufung dämonischer Mächte in ihrer Abwesenheit zum Tode. Die beiden gelten seit der Schlacht bei Greifenfurt als verschollen und sind vermutlich in der Weite des Nordlandes untergetaucht.

Baron Dexter Nemrod, dem in Kreisen der Inquisition immer häufiger der Vorwurf gemacht wurde, mit Marcian einen Ketzer protegiert zu haben, trat auf dem Hoftag zu Gareth von seinem Amt als Großinquisitior des Kaiserreichs zurück.

Dem jungen Prinzen Brin aber war es auch in Zukunft bestimmt, das Zepter während der dunkelsten Stunden des Kaiserreichs zu führen.

ENDE

Das Schwarze Auge
AUF INS LAND DER FANTASIE: DAS SCHWARZE AUGE ROLLENSPIEL
Das Schwarze Auge
Abenteuer Basis-Spiel
Die Helden des schwarzen Auges
Grundausrüstung für alle Abenteuer
Das Schwarze Auge
Der Löwe und der Rabe I
Tar Honak
Das Schwarze Auge
Strassenballade
Das Schwarze Auge
Im Dschungel von Kun-Kau-Peh
Das Schwarze Auge
Der Löwe
der Rabe II
Schmidt Spiele